Valentina Fast

FLÜSTERNDE
SCHATTEN

Dieser Titel ist auch als E-Book & Hörbuch-Download erschienen.

Originalausgabe

Copyright © 2022 by Bastei Lübbe AG, Köln

Valentina Fast wird vertreten durch die Agentur Brauer

Textredaktion: Annika Grave
Umschlaggestaltung: Kristin Pang
Satz: 3w+p GmbH, Rimpar
Gesetzt aus der Adobe Caslon
Druck und Einband: GGP Media GmbH, Pößneck

Printed in Germany
ISBN 978-3-8466-0143-3

5 4 3 2 1

Sie finden uns im Internet unter: one-verlag.de
Bitte beachten Sie auch luebbe.de

Die Bastei Lübbe AG verfolgt eine nachhaltige Buchproduktion. Wir verwenden Papiere aus nachhaltiger Forstwirtschaft und verzichten darauf, Bücher einzeln in Folie zu verpacken. Wir stellen unsere Bücher in Deutschland und Europa (EU) her und arbeiten mit den Druckereien kontinuierlich an einer positiven Ökobilanz.

Für meine Leserinnen und Leser

KAPITEL 1

»Das ist eine verdammt dumme Idee.« Mein Murmeln hätte in dem Lärm untergehen sollen, der aus dem Club drang. Kühler Herbstwind ließ Gänsehaut über meine Arme wandern, auch wenn ich eine Jacke über meinem dünnen Kleid trug. Wir liefen auf ein altes Backsteingebäude am Rande des Portobello-Viertels zu, das erst kürzlich zu einem Club umgebaut worden war und bereits jetzt zu den angesagtesten Locations der Stadt gehörte.

Ruby hörte mich natürlich und knuffte mich in die Seite. »Aber du liebst Halloween! Ist doch toll, deinen Zukünftigen am gruseligsten Tag des Jahres kennenzulernen.«

»Er ist nicht mein Zukünftiger.«

»Ihr seid so was wie Seelenverwandte. Früher oder später verlieben die sich alle«, wiederholte meine beste Freundin ihre Worte von vor ein paar Tagen und grinste, während sie meinen Ärmel packte und mich langsam näher an den Club heranzog.

»Das glaubst du doch nicht ernsthaft?« Das Entsetzen in

meiner Stimme unterstrich meinen ungläubigen Blick. Dabei stemmte ich meine Pumps in den Boden und verhinderte so, dass sie mich weiterziehen konnte. »Das ist Unsinn.«

»Sag das nicht zu laut, wenn du wirklich in unserem Unsinns-Team mitspielen willst.« Ruby imitierte meine hochgezogenen Augenbrauen vorwurfsvoll, weil sie nicht nachvollziehen konnte, wie ich der Situation so negativ gegenüberstehen konnte. Für sie war dieses Treffen etwas Romantisches, während es für mich darum ging, ob ich mit Leuten zusammenarbeiten musste, die ich seit sechs Jahren wie die Pest mied.

Ich stieß angespannt Luft aus. »Sorry, okay? Ich bin einfach nervös.«

»Warum denn, wenn du an den ganzen Quatsch gar nicht glaubst?«

»Weil …« Ich griff nach dem Anhänger an meinem Armband. »*Du* glaubst daran, und die Vorstellung, dass ich gleich meinem *Seelenverwandten* gegenüberstehen könnte, ist ernsthaft gruselig.«

»Du meinst romantisch.«

»Nein, angsteinflößend.«

»Ein bisschen romantisch ist es aber schon, oder?«

Mein Lachen kam so plötzlich, dass Ruby nur verzweifelt den Kopf schüttelte und ebenfalls kichern musste.

»Ich meine das ernst!«

Sie ignorierte meinen Ausruf und hakte sich bei mir unter, um mich, diesmal energischer, in Richtung der Party zu ziehen.

Der Türsteher ließ uns sofort vorbei, was uns zwar ein paar fiese Blicke einbrockte, sich aber echt gut anfühlte. Wir waren hier schon ein paarmal gewesen, und er hatte unsere gefälschten Ausweise offenbar schon oft genug gesehen, um uns dieses Mal ohne einen Blick darauf reinzulassen.

Als wir durch die Tür traten, wurde ich von der Musik und dem Geruch nach Parfüm und Schweiß beinahe erschlagen.

Von den Decken hingen Dutzende Meter Spinnenweben, die sich durch den leichten Wind der Belüftung hin und her wiegten. Gruselige Skelette standen in den Ecken, und mechanische Knochenfinger griffen nach den Menschen, wenn sie durch die Eingangstür traten. Gespenstische Schreie ertönten, wann immer die Musik für einen Wimpernschlag aussetzte, und ich meinte irgendwo eine Kettensäge zu hören. Licht pochte wie ein Herzschlag über die Menge hinweg. Im kleinen Eingangsbereich tauschten wir unsere Jacken gegen Marken und tauchten dann in das Innere des Clubs hinein.

Ich sah gruselige, blutüberströmte Vampire und sexy Katzen an der Bar stehen. Eine Mumie torkelte an uns vorbei, und an der Wand schoben sich gerade ein Bär und ein Holzfäller gegenseitig die Zunge in den Hals. Wir passten mit unseren Kostümen perfekt hierher, wobei Rubys zerbrochenes Puppengesicht und meine blaue Schminke uns den ein oder anderen anerkennenden Blick einbrachten. Langsam wippte ich hin und her, während ich mich von der Musik mitreißen ließ.

Ruby bemerkte es sofort und steuerte auf die Stelle zu, wo sich die Menge am dichtesten drängelte. »Genauso will ich dich sehen. Lass uns ein bisschen feiern und dann noch den Glücklichen suchen, der dich als Partnerin bekommt!«

Ich zögerte nicht, sondern bewegte mich weiter zu der Musik und schob uns in die Mitte der Feiernden.

Das Lied ließ meine Nervenenden vibrieren, meine Muskeln lockerten sich, und ich legte meinen Kopf in den Nacken, hob die Hände in die Luft und tanzte. Einen Moment lang wollte ich nicht darüber nachdenken, was mich erwartete. Ich wollte mich nur frei fühlen und den Beat in meiner Brust spüren.

Ich wusste nicht, wie lange wir schon tanzten, doch irgendwann überkam mich ein merkwürdiges Gefühl. Als würde mich jemand beobachten.

Ich verlangsamte meine Bewegungen und schaute mich unauffällig um. Mein Atem ging schneller. Es war, als würde ich den Blick körperlich spüren. Meine Haut kribbelte, und in meinem Inneren regte sich etwas, das sich wie eine Art Sehnsucht anfühlte.

Vielleicht bildete ich mir das auch alles nur ein. Doch das Gefühl ließ mir keine Ruhe. Ich ließ meinen Blick schweifen. Vorbei an der Bar, dem DJ, über die Menge, zurück zum Eingang – und da entdeckte ich ihn.

Flammend blaues Haar richtete sich wie ein prasselndes Feuer in die Höhe. Die Schminke war derart realistisch, dass sich meine Brust kurz verengte, während ich nicht aufhören konnte, den Kerl anzustarren, der aussah wie Hades.

Nur als groteske Zeichentrickversion.

Wer hätte das gedacht? Ich war sicher, er würde als Herkules kommen. Welcher Kerl würde schon die Chance versäumen, seine Muskeln spielen zu lassen? Mein Blick wanderte über seine Arme und seinen Oberkörper, die in einem engen Hadeskostüm steckten. Muskeln hatte der Typ auf jeden Fall. Und er betrachtete mich, als hätte er die ganze Zeit nichts anderes getan. Lässig lehnte er dabei an einem Stehtisch und nippte an einem Bier.

Ruby hatte ebenfalls aufgehört zu tanzen und blickte nun in dieselbe Richtung wie ich. »Wow, Conor hat sich ja richtig ins Zeug gelegt. Man erkennt ihn überhaupt nicht.«

»Was für ein Zufall, dass wir *beide* Hades sind. Ich meine, wie konnte er das wissen?«

Rubys wackelte mit den Augenbrauen. »Seelenverwandte. Los, geh zu ihm.«

Ich zögerte nur einen kurzen Moment und spielte in Gedanken meine Möglichkeiten durch. Vaters Akte blitzte vor meinen Augen auf. Das Einzige, was mir helfen würde, seinen Namen wieder reinzuwaschen. Ich musste sie haben. »Bringen wir es hinter uns.«

Ruby jubelte und gab mir einen seichten Klaps auf den Hintern, als ich mich in Bewegung setzte.

Ich lachte und warf ihr noch eine Kusshand zu, bevor ich mich in Richtung Hades aufmachte.

In diesem Moment stimmte der DJ ein neues Lied an. Rihannas *Where have you been*. Mein Kopf fuhr ruckartig herum, und ich lachte, als ich Ruby direkt neben dem DJ stehen und den Daumen in die Höhe recken sah. War sie etwa sofort zu ihm hingerannt, als ich ihr den Rücken zugedreht hatte? Zuzutrauen wäre es ihr.

Ich atmete tief durch, und der Songtext schien mir bis in die Brust zu fahren.

Where have you been. Wo warst du mein ganzes Leben lang? Ernsthaft?

Der Club drehte durch, als der DJ zusätzlich noch Beats unter die Musik legte. Auf einmal fühlte ich mich stärker. Ich straffte meine Schultern. Was auch immer Ruby mir da einreden wollte – Hades dort drüben war einfach ein Kerl, an den ich das nächste Jahr gekettet werden könnte, wenn ich mich entschließen sollte, der Liga beizutreten.

Allein der Gedanke reichte, um meine plötzliche Aufregung durch Ernüchterung zu ersetzen.

Ich trat an den Stehtisch am Rande der Tanzfläche, von dessen Position aus man den gesamten Club überblicken konnte. »Hallo, Hades.«

Sein Mundwinkel zuckte, und ein blau geschminktes Grübchen blitzte auf. »Du bist eindeutig die attraktivere Version des Herrschers der Unterwelt.«

»Das machen die Brüste und das enge Kleid«, erwiderte ich trocken.

Er lachte laut auf und sah mir wieder ins Gesicht. »Es sind die Augen.«

Kein Wunder, meine sonst so langweilig grünen Augen strahlten in einem grellen Gelb. »Kontaktlinsen.« Ich zuckte mit meinen Schultern und wünschte mir, ich hätte ebenfalls ein Getränk, um etwas mit meinen Händen machen zu können.

Sein Lächeln vertiefte sich. »Ich freue mich schon darauf, deine echte Augenfarbe zu entdecken, Eliza.« Mein Name klang aus seinem Mund wie eine Beschwörung, schwer und sinnlich zugleich. Ich wollte ihn wirklich scheiße finden. Einfach aus Prinzip. Aber der Kerl hier hatte etwas an sich, das mir irgendwie unter die Haut ging. Dabei hatten wir bisher kaum mehr als ein paar Sätze gewechselt!

Er hob sein Bier. »Darf ich dich auf einen Drink einladen?«

Mich auf einen Drink einzuladen, bevor er mich für ein Jahr lang an sich kettete, war wohl das Mindeste. »Gerne, Conor. Bier klingt gut.« Ich betonte seinen Namen so wie er meinen betont hatte.

Seine Augen blitzten, und er neigte den Kopf, bevor er sich auf seine Unterlippe biss und in Richtung Bar schlenderte. War der Typ echt so heiß, oder tat er nur so?

Ich lehnte mich gegen die Wand und schaute ihm hinterher. *Conor*. Ein Teil von mir hatte erwartet, dass er schmächtig und vielleicht auch ein wenig blasiert sein würde. So wie ich mir immer alle Leute der Liga vorgestellt hatte. Aber Conor war groß, breitschultrig und hatte kein Problem damit, komplett blau angemalt wie eine Disney-Figur rumzulaufen. Ich stand auf Typen mit Selbstbewusstsein.

Mir entfuhr ein Schnauben. Nur dass aus uns nichts werden würde. Conor gehörte zur Liga, wahrscheinlich war sein Kopf voll von ihrem Unsinn. Genauso wie Rubys.

Ich nahm meinen Blick von seinem Rücken, der mittlerweile die Bar erreicht hatte. Ruby fand ich auf Anhieb. Sie tanzte neben dem DJ wie ein Groupie und machte anzügliche Bewegungen mit ihrer Hüfte, während sie abwechselnd von mir zu Conor zeigte.

Mein Lachen ging in dem nächsten Lied unter, das der DJ anstimmte, und ich merkte, wie ich mich entspannte. Ruby hatte mir auf der Hinfahrt eine Ansprache gehalten, dass ich den Abend einfach genießen sollte. Wenn Conor meiner Meinung nach ein Idiot sei, könnte ich ihn immer noch abschießen und einfach mit ihr weiterfeiern.

Als ich sah, dass der sexy Hades wieder zu mir zurückkam, wurde mir bewusst, dass das vielleicht doch nicht so einfach werden würde. Aber ich würde mich nicht von einem süßen Lächeln, Grübchen und einer guten Figur rumkriegen lassen. Auch wenn mich sein Äußeres – zumindest das, was ich unter der Farbe erkennen konnte – umhaute, war ich doch nicht so oberflächlich, mich davon blenden zu lassen.

Ich nahm ihm die Bierflasche ab und lächelte schief, während ich den Verschluss gegen den Rand des Tisches lehnte und mit meiner Faust auf den Deckel schlug, um sie zu öffnen.

Eine kleine Kerbe gesellte sich zu den vielen anderen Makeln des Stehtisches. »Danke.«

Er grinste nun und prostete mir zu. »Auf unser erstes Kennenlernen.«

»Auf Halloween«, erwiderte ich und trank einen Schluck.

»Also, du warst in den letzten Monaten in England?«

Er nickte. »Ein Kumpel und ich hatten quasi ein Auslandssemester dort. Wie du sicher weißt, ist die Liga überall auf der Welt vertreten.«

»Sind diese ...« Ich wollte das Wort nicht aussprechen, ohne mich dabei lächerlich zu fühlen.

»Seelenfresser?«

»Das Wort ist bescheuert«, entfuhr es mir.

»Wir nennen sie *Sluagh*. Seelenfresser ist eher eine Beschreibung für das, was sie sind und tun.« Er lächelte schief und schien mir meine Worte nicht so übel zu nehmen, wie Ruby es manchmal tat.

Ich zuckte mit den Schultern. Am liebsten hätte ich gar nicht über diese Dinger nachgedacht. Dabei hatte ich in der letzten Woche nichts anderes getan. *Sluagh. Seelenfresser. Nebendimension.* Waren das die Schatten, die mich ständig verfolgten? Sah ich sie deshalb immer nur aus den Augenwinkeln? Aber ich verstand nicht, wieso sie mich dann letztens angegriffen hatten. Ein kalter Schauder überlief mich, und ich zwang mich, meine Konzentration wieder auf Conor zu lenken. Die Liga würde mir Antworten geben, wenn ich es zuließ. Aber dafür müsste ich zuerst meine Einwilligung geben – und mich an Conor, meinen angeblichen Seelenverwandten, binden. Ihm jetzt gegenüberzustehen, machte das alles noch ein Stück realer.

»Und du bist neu in der Liga? Wie kommt das? Deine Familie ist doch quasi berühmt.«

»Die Liga hat mich bisher einfach nicht interessiert.«

»Hast du Angst vor der Aufgabe?« Er stellte seine Frage, ohne eine Miene zu verziehen, während er mich nachdenklich musterte.

»Darüber habe ich noch nicht nachgedacht.«

»Warum bist du dann hier? Welchen Grund solltest du sonst haben, mit mir diese Bindung einzugehen?«

Ich musterte Conor. Er redete wohl nicht lang um den heißen Brei herum, sondern stellte all die wichtigen Fragen, auf die ich eigentlich noch keine Antwort geben wollte. »Das sind private Gründe. Ich bin nur hier, um mir anzusehen, ob ich das nächste Jahr wirklich auf mich nehmen will.«

»Das nächste Jahr?«

»Das Probejahr«, erwiderte ich und merkte, wie all die Musik in den Hintergrund rückte.

»Es gibt-« Er verstummte.

»Richtig. Wird nur nicht publik gemacht. Ich werde es für ein Jahr ausprobieren. Vielleicht sind wir ja doch kein so gutes Team, wie alle glauben.«

Er lächelte nicht, als er sich gegen die Wand lehnte und mich nachdenklich ansah. »Du hast keine Ahnung, wie stark so eine Bindung werden kann.«

Da war etwas in seinen Augen, etwas Dunkles, das meine Haut prickeln ließ. »Ach, ist das so?«

»Lass es uns herausfinden.« Sein Mundwinkel zuckte.

Ich wollte etwas erwidern, da sah ich plötzlich einen Schatten im Augenwinkel. Alles in mir verkrampfte sich, und mein Blick huschte zur Seite. Doch da war niemand. Die nächste Person hatte sicher drei Meter Abstand zu mir und war völlig in die Musik vertieft. Ich schluckte und setzte eine neutrale Miene auf, als ich mich wieder zu Conor drehte.

Er musterte mich ganz genau. »Nervös?«

»Wegen dir?« Mir entfuhr ein Lachen. »Kein Stück.«

Conor stieß sich von der Wand ab und kam um den Stehtisch herum, ohne den Blick abzuwenden. Dann blieb er dicht vor mir stehen. »Nicht mal ein bisschen?«

In meinem Magen flatterte es, und ich musste zugeben, dass ich seine dominante Seite mehr als attraktiv fand. »Nein.«

Er beugte sich zu mir herunter, und seine Lippen streiften mein Ohr, als er flüsterte: »Du hast ihn auch gesehen, oder?«

Mir wurde eiskalt, und ich versteifte mich. »Was?«

»Den Schatten.«

Mist. »Ja.«

»Sie sind überall.« Conor trat einen Schritt zurück. »Und du kannst dazu beitragen, dass es nicht noch mehr werden.«

»Du kannst diese Schatten sehen?«

»Besonders starke Jäger können sie mit bloßem Auge sehen«, erwiderte er und zuckte mit seinen Schultern. »Ich werde diesen Shag gleich jagen und vernichten, aber das sind nicht die Wesen, vor denen man sich fürchten sollte.«

»Jagen.« Das Wort prickelte auf meinen Lippen und brannte in meiner Brust.

Er nickte, obwohl er mich unmöglich gehört haben konnte. Die Musik dröhnte aus den Lautsprechern, und die Hitze des Clubs ließ alles um mich herum vibrieren. »Was meinst du? Denkst du, wir wären ein gutes Team?«

»Keine Ahnung«, erwiderte ich und legten den Kopf schief. »Was denkst du denn?«

Sein Blick glitt über meine nackten, blau angemalten Schultern und meinen Hals hinauf zu meinen Lippen.

Hitze breitete sich in mir aus, und ich lächelte. »Was wird das?«

»Du bist was Besonderes.«

»Oh bitte«, stieß ich aus und lachte. »Komm mir nicht so. Du kennst mich doch überhaupt nicht. Ich könnte eine totale Langweilerin sein.«

»Vielleicht steh ich ja auf langweilige Frauen«, erwiderte er und nahm einen Schluck aus seiner Flasche. Seine Augen funkelten dabei, und mir wurde schlagartig bewusst, dass das alles hier nur eine Show war. Er war hier, um mich für die Liga zu gewinnen. An ihm war alles fake – außer vielleicht seine süßen Grübchen.

Ich lachte und schüttelte meinen Kopf. »Sorry, Conor. Du bist echt heiß, das muss ich dir lassen. Aber du strengst dich ein bisschen zu sehr an.« Ich wackelte wie zum Gruß mit den Fingern, drehte mich um und ließ ihn stehen.

Das fragende Geräusch, das im Schwall der Musik unterging, ließ mich leise lachen, während ich mir den Weg in Richtung DJ und Ruby bahnte. Schade. Für einen Moment hatte ich tatsächlich geglaubt, dass die Liga doch etwas Interessantes für mich zu bieten hätte. Ich hatte zwar auch noch einen weiteren Grund, aber es wäre ein Bonus gewesen, wenn ich mich mit meinem zukünftigen Partner auch gut verstehen würde. Jetzt wusste ich, dass er genauso war wie jeder andere in der Liga.

Ich fand Ruby in der Mitte der Tanzfläche. Anscheinend war der DJ uninteressant geworden, dafür war nun der Kerl in dem Hulk-Kostüm an ihrer Seite.

Als sie mich erblickte, weiteten sich ihre braunen Augen erschrocken, und sie riss total irritiert ihre Arme in die Luft. Ihre dunklen Locken sahen noch wilder aus als sonst, vermutlich vom Tanzen. »Was machst du hier? Wo ist Conor?«

Ich begann mich zu der Musik zu bewegen und machte eine wegwerfende Handbewegung. Seine Worte kamen mir in den Sinn. *Shag.* Waren das die Schatten, die mich verfolgten? Es war Jahre her, dass ich mich überhaupt näher mit der Liga beschäftigt hatte. Ich hielt mich lieber fern, und mein Vater hatte mir vor seinem Verschwinden nur wenige Dinge erzählt. Die Liga jagte Kreaturen, die man als normaler Mensch nicht sehen konnte. Wesen, die Seelen fraßen. Unter normalen Umständen hätte ich der Liga allein deshalb schon keinen zweiten Gedanken geschenkt, aber dann kam da dieses Angebot ... Ich schüttelte den Kopf. Nun war ich in diesem Club, um Conor kennenzulernen und zu entscheiden, ob ich den Handel mit der Liga eingehen wollte. Denn Ja zu sagen bedeutete in diesem Fall so viel mehr, als einer Bande von Mördern beizutreten. Es bedeutete, einen Teil von mir selbst an jemand anderen zu binden und zugleich meine Seele zu opfern.

Ruby schob sich näher an mich heran und wollte etwas sagen, doch als sie über meine Schulter blickte, begannen ihre Augen schelmisch zu funkeln. Sie grinste, drehte sich um und tanzte zurück zu ihrem Hulk.

Ich folgte ihrem Blick und musste den Kopf in den Nacken legen, um in Conors Gesicht zu sehen, der sich hinter mir aufgebaut hatte. War er vorhin auch schon so groß gewesen?

»Ziemlich unhöflich, mich einfach stehen zu lassen.« Seine dunkle Stimme vibrierte auf meiner Haut, so nah war er mir.

»Oh«, stieß ich ein wenig dramatisch aus. »Hätte ich mich verabschieden sollen?«

Er kniff seine Augen zusammen. »Wäre nett gewesen.«

Ich atmete tief durch. »Weißt du, du scheinst wirklich in

Ordnung zu sein. Aber du willst mich ein wenig zu sehr überzeugen, und das riecht stark nach der Liga.«

Er lachte laut auf. »Also hat sich mein Flirten für dich nach Manipulation angefühlt?«

»Ja, ein bisschen.« Ich zog meine Nase kraus. »Nimm es mir nicht übel, aber ich stehe auf Männer und nicht auf Schachfiguren.«

»Ach ja?« Seine Augen blitzten, und seine Grübchen vertieften sich. Gleichzeitig machte er einen Schritt auf mich zu. »Dir gefallen sicher Männer, die wissen, was sie wollen, oder?«

Mein Nacken prickelte. »Worauf willst du hinaus?«

Plötzlich verschwanden die Grübchen, und sein Lächeln wurde träge, dann legte er eine Hand an meine Wange. Sanft glitt er damit über meinen Hals und dann in meinen Nacken, genau dorthin, wo es prickelte. Das Gefühl schoss durch meinen Körper, während er mich zu sich zog und mir dabei entgegenkam.

Er stoppte, bevor unsere Lippen sich berühren konnten. Die ganze Zeit über hielt er meinen Blick fest. Begehren flammte in seinen Augen auf, und alles in mir drängte danach mich ihm entgegenzustrecken.

Seelenverwandt.

Das Wort schoss wie Eiswasser durch meinen Kopf und verdrängte das Prickeln im nächsten Moment. Das, was mich zu ihm hinzog, war nichts als Chemie. Wenn Ruby und ihre Leute recht hatten, war es fast schon vorbestimmt, dass wir uns zueinander hingezogen fühlten. Unkontrollierbar.

Ich war niemand, der gerne die Kontrolle abgab.

Mit einem gezwungenen Lächeln legte ich ihm eine Hand auf die Brust und schob ihn von mir. »Sosehr du auch deinen Charme spielen lässt, so leicht bin ich nicht zu haben.«

Seine Hand fiel hinab, als ich einen Schritt zurücktrat.

In seinen Augen flammte Anerkennung auf, und er neigte seinen Kopf, als würde er sich leicht verbeugen. »Ich denke, wir sehen uns bald wieder. Bis dahin wünsche ich dir noch viel Spaß auf der Party.«

»Danke gleichfalls.«

Er trat von mir weg und verschwand in der Menge.

Erst dann erlaubte ich mir, mich zu entspannen. Wow.

Ich stieß ein schnaubendes Lachen aus, bevor ich mich zu Ruby und Hulk umdrehte, die gerade miteinander verschlungen waren.

Sie nahmen überhaupt keine Notiz von mir, als ich neben ihnen tanzte, meinen Kopf in den Nacken legte und mich einfach der Musik hingab. Dabei spürte ich, wie sich ein Lächeln auf mein Gesicht stahl, obwohl ich mich die ganze Zeit fragte, ob der Preis das Ziel wirklich wert war.

KAPITEL 2

Eine Woche zuvor

Ich spürte, wie uns etwas aus den Schatten heraus beobachtete, und beschleunigte meine Schritte.

»Warum rennst du denn so?« Rubys laute Schritte hallten durch die dunkle Straße, die von parkenden Autos gesäumt war. Alle paar Meter erleuchtete eine Straßenlaterne den Weg, aber ansonsten umhüllte uns die Dunkelheit.

Ich stieß ein leises Lachen aus und zog meine dünne Jacke etwas fester um mich. Wir hatten Ende Oktober, und selbst der Alkohol in meinem Blut reichte nicht, um die Kälte um drei Uhr morgens zu vertreiben. »Mir ist kalt. Eigentlich dachte ich, wir würden nur einen gemütlichen Mädelsabend mit ein paar Bier in einem Pub haben und keine durchzechte Nacht.«

Ruby kicherte und hakte sich bei mir unter. »Wer hätte gedacht, dass wir ein paar süße Jungs kennenlernen würden, die uns zu einer Party mit ein paar noch süßeren Jungs mitnehmen?«

»Die waren echt süß.«

»Und trotzdem hast du mit keinem von ihnen geflirtet«, zog Ruby mich auf. »Du kannst doch nicht ewig Single bleiben. Oder liegt es daran, dass du Shawn und seinen ständigen Bitten um ein Date doch eine Chance geben willst?«

Ich zog meine Nase kraus und kicherte, während ich versuchte, die drängenden Schatten um uns herum zu ignorieren. Vielleicht würden sie sich wieder zurückziehen, wenn ich mich nur stark genug auf etwas anderes konzentrierte. Es war ja nicht so, als müsste ich Angst haben, dass sie mir etwas taten. Denn auch wenn ich wusste, dass ich mir das Ganze nur einbildete, machte es dieses gruselige Gefühl nicht weniger unangenehm. »Er ist echt süß, aber er flirtet nur zum Spaß mit mir.«

»Mit mir könnte er auch gerne mal zum Spaß flirten.« Meine beste Freundin seufzte und kämmte mit ihren Fingern durch ihre dunklen Locken.

»Aber er ist nicht der Grund, warum ich Single bin«, stellte ich klar. »Er ist in unserer Klasse. Mehr nicht. Und ich will momentan mein Leben genießen, mit meiner besten Freundin, langen Nächten und allem, was dazugehört.«

Sie drückte meinen Arm und blieb leicht schwankend stehen. »Diese Freitagabende dürfen wir niemals jemals aussetzen, okay?«

Ich hielt ihr meinen kleinen Finger hin, worauf sie ihren eigenen sofort darin einhakte. »Niemals jemals. Versprochen.«

Sie kicherte und umarmte mich. »Willst du dir wirklich kein Taxi rufen?«

»Es ist doch nicht mehr weit.«

»Nächstes Mal bringe ich dich nach Hause«, schwor sie und wankte dann in Richtung ihres Hauses, einem hübschen Einfamilienhaus mit weißem Anstrich, das sich zu Beginn der Eglinton Road befand. Von hier aus waren es zu Fuß kaum mehr als zehn Minuten bis nach Hause, und es war ja nicht so, als müsste ich durch dunkle Nebengassen laufen.

»Abgemacht.« Ich lachte und sah zu, wie sie sich ihren dicken Wollschal vom Hals wickelte.

»Der ist für dich. Nicht, dass du dir noch eine Erkältung holst und dann keinen Spaß an Halloween hast.«

»Das ist erst in einer Woche.«

Ruby hob ihre Augenbrauen und hielt mir noch immer auffordernd den Schal entgegen.

Ich lachte und nahm ihn ihr ab, bevor ich die rosa Wolle um meinen Hals schlang und mir sofort etwas wärmer wurde. »Danke. Wir schreiben morgen?«

Sie nickte und umarmte mich erneut. Wir verabschiedeten uns voneinander, und ich lief erst los, als ich sah, dass sie vor ihrer Haustür stand. Eine alte Angewohnheit, die ich von meinem Dad übernommen hatte.

Ich wischte den Gedanken an ihn beiseite, als mein Handy klingelte. Ich zog es aus meiner Handtasche und lächelte, als ich dranging. »Wollten wir nicht morgen schreiben?«

Ruby lachte am anderen Ende der Leitung. »Ich muss doch sichergehen, dass du wohlbehalten nach Hause kommst.«

»Das ist schon ein bisschen süß von dir.« Ich überquerte eine Brücke, die über die Dodder führte, und trat auf eine der für gewöhnlich belebteren Straßen Dublins. Es war gespenstisch still. Irgendwo in der Ferne hörte ich ein Auto fahren, aber selbst hier war um diese Uhrzeit nichts los. Ich schaute mich zu allen Seiten um. Während ich einatmete, stieg mir Rubys blumiges Parfüm in die Nase, das in ihrem Schal hing.

»Ich bin zuckersüß«, antwortete sie mir durch die Leitung und ächzte, als würde sie sich gerade aus ihren Overknee-Stiefeln schälen. »Weißt du doch.«

Ich lachte und lief weiter mit schnellen Schritten über ein paar Ampeln und dann an der mehrspurigen Straße entlang, bevor ich schon vor mir die Donnybrook Parish Kirche aufragen sah. »Ich bin sogar schon an der Kirche.«

»Bist du gerannt, oder bin ich einfach nur verdammt langsam?« Sie flüsterte nun, als versuchte sie gerade, sich die Treppen hochzuschleichen. Ihre Eltern waren zwar nicht so streng wie meine Mom, aber Ruby sagte immer, es wäre besser, ihre Güte nicht allzu sehr auszureizen.

Mit gekräuselter Nase dachte ich daran, dass ich noch den Weg über unser Garagendach vor mir hatte. Ich bog in die Ailesbury Road ein und lief an der kleinen Mauer des Kirchengrundstückes entlang, als plötzlich Gänsehaut meine Arme überzog.

Automatisch wurde ich langsamer und warf einen Blick nach hinten, doch die mehrspurige Straße war noch immer wie ausgestorben. In der Ferne hörte ich Motorengeräusche, aber das war nicht, was die Gänsehaut verursacht hatte.

Mich trennten noch knapp vierhundert Meter von unserem Haus, vielleicht fünf Gehminuten, die mir jetzt plötzlich wie fünf Stunden vorkamen.

Mein Blick fiel in die Dunkelheit, die die Kirche umgab. Wind ließ die Blätter der umstehenden Bäume rascheln, und tiefe Schatten zogen sich bis zur kleinen Mauer.

Ruby sagte etwas, doch ich war so konzentriert auf die Dunkelheit, dass ich sie nicht verstand. »Was?«

»Eliza?« Plötzlich klang meine Freundin alarmiert. »Alles okay?«

Ich bemerkte erst jetzt, dass ich an der Kirche stehen geblieben war, und setzte mich ruckartig wieder in Bewegung, bis ich das uralte Gebäude in meinem Rücken hatte. Immer wieder erschauderte ich. Das Gefühl, verfolgt zu werden, traf mich mit voller Wucht, und ein Teil von mir wollte instinktiv nur noch rennen. Ein anderer ballte unbewusst die Hände. Mein Handy knirschte unter dem Druck, und ich lockerte meine Finger. »Ja, alles okay.«

»Wo bist du gerade?« Sie klang überhaupt nicht beruhigt.

»Fast zu Hause. Bin gerade an der Kirche vorbeigelaufen.« Ich versuchte meiner Stimme die Anspannung zu nehmen, während ich mich zu allen Seiten umsah. Vor mir erstreckte sich eine Allee, deren Bürgersteige sich an hüfthohe Ziegelmauern schmiegten, hinter denen hohe Bäume schicke Einfamilienhäuser versteckten. Die Straßenlaternen verschwanden in den Baumkronen und spendeten nur wenig Licht, sodass die Dunkelheit plötzlich noch allumfassender schien.

»Gut.« Rubys Stimme klang seltsam, aber vielleicht bildete ich mir das auch nur ein.

Ich atmete tief durch und warf erneut einen Blick zurück. Da war niemand. Ich musste mir diesen Mist nur einbilden. Genauso wie die Schatten.

Im nächsten Moment knackte etwas über mir. Ich keuchte, riss den Kopf hoch und sah nur noch, wie sich eine dunkel gekleidete Gestalt auf mich stürzte. Dann ging alles ganz schnell. Ich wurde von den Beinen gerissen. Mein Schrei hallte durch die Nacht. Das Handy wurde mir aus der Hand geschlagen und schlitterte mit Rubys Rufen davon.

Mein Kopf schlug auf den Boden. Ich ächzte und wollte

aufstehen, doch im nächsten Moment blitzte etwas auf, und Klauen bohrten sich in meinen Arm.

Ein stechender Schmerz jagte durch meine Venen, und ich schrie wie verrückt. Die dunkle Gestalt ragte wie ein schwarzer Schatten über mir auf und blickte auf mich herunter.

Wut wallte in mir auf, und für einen Moment überwand ich den Schmerz und riss meine Beine zur Seite, direkt gegen das Schienbein meines Angreifers. Er knurrte wie ein wildes Tier. Eine Faust schoss auf mich zu, und für einen Augenblick sah ich nur noch Sterne. In meinen Ohren rauschte es. Ich spürte einen Luftzug, als mein Angreifer verschwand.

Dann hörte ich Reifen quietschen und blinzelte, während ich mich auf die Seite rollte. Ein Ächzen entfuhr mir, und in meinem Kopf drehte sich alles.

»Eliza!« Die Stimme meiner Mutter klingelte in meinen Ohren.

Panik wallte in mir auf, als ich sie plötzlich vor mir knien sah. Ein Fremder eilte um das Auto herum, das direkt vor mir am Straßenrand stehen geblieben war.

Ich wankte, als ich versuchte, mich zu erheben. »Ich-«

»Ganz ruhig«, unterbrach sie mich und packte meinen Arm. Mein Ärmel bestand nur noch aus Fetzen, und auf meiner Haut zeichneten sich leuchtend rote Striemen ab, obwohl es noch immer stockfinster war. »Du musst sofort in die Liga.«

»Was?«, stieß ich schwach und entsetzt aus. »Nein!«

»Du hast die Wahl zwischen mitkommen und sterben!«, herrschte sie mich an, und ihre Stimme ließ keine Widerworte zu. Der fremde Mann griff mit seinem Arm unter meine Achseln und hob mich hoch. Er war groß, muskulös und vermutlich so alt wie meine Mutter. Ich hatte keine Ahnung wer er war, aber ich hatte das Gefühl, ihn irgendwo schon mal gesehen zu haben.

Ich ächzte erneut und weigerte mich nicht, als sie und der Fremde mich in den dunklen Geländewagen hievten. »Woher wusstet ihr-?«

»Ruby«, antwortete meine Mutter knapp, während sie mich anschnallte und sich neben mich auf den Rücksitz schob.

Der Fremde schlug die Türen zu und nahm kurz darauf auf dem Fahrersitz Platz.

Mir entfuhr ein Wimmern, als sich der Schmerz in meinen Adern durch meine Organe zu fressen schien. »Wer hat mich angegriffen?«

»Du meinst wohl eher, *was*«, korrigierte der Fremde mich von vorne.

Ich wimmerte erneut, und mein gesamter Körper schien in Flammen zu stehen. »Kein Grund, mir Angst zu machen.«

»Eliza!«

»Mutter!«, zischte ich durch zusammengebissene Zähne, während die Welt in Schieflage geriet. »Was passiert hier?«

Mir wurde schwarz vor Augen, noch während sie antwortete.

***

Als ich meine Augen wieder aufschlug, befanden wir uns plötzlich in der Innenstadt Dublins.

»Eliza!« Die drängende, leicht panische Stimme meiner Mutter zerrte an mir, während mein Kopf zur Seite sackte und wieder alles schwarz wurde.

Als ich das nächste Mal zu Bewusstsein kam, war ich nicht mehr im Auto. Jemand schien mich zu tragen, mein Kopf knallte immer wieder gegen eine harte Brust, und ich roch Tabak und ein herbes Aftershave.

Im nächsten Moment lag ich auf einer Pritsche, und ich versuchte, meine Augen zu öffnen. Jemand beugte sich über mich. Ein junger Mann, kaum älter als ich. Er lächelte, während er mir eine Spritze in den Arm rammte, die so groß war, dass sie sicher sonst für Ochsen verwendet wurde.

Ich ächzte und spürte zugleich, wie der Schmerz von etwas anderem verdrängt wurde, etwas Weichem und Warmem. Einige Momente lang blinzelte ich nur angestrengt, während ich merkte, wie die Schwärze am Rande meines Sichtfeldes langsam schwand. »Oh scheiße, was war das?«

»Mäßige deine Worte, junge Dame!«

»Meine Güte, Mutter, bitte entspann dich«, stieß ich aus und versuchte, mich aufzurichten.

Sofort wurde ich von dem jungen schmächtigen Mann erstaunlich energisch zurück auf die Pritsche gedrückt. Er hatte blondes Haar, wirkte von meiner Position aus recht schlank. »Und wer bist du?«

Er lächelte schüchtern und trat einen Schritt zurück. »Du solltest dich ausruhen. Das Gegengift braucht einen Moment, um sich völlig zu entfalten.«

»Okay«, antwortete ich lang gezogen und runzelte meine Stirn, während ich ihn anstarrte und zu verstehen versuchte, was dieser Typ hier überhaupt machte. War er nicht viel zu jung, um mich behandeln zu dürfen?

Ich schaute mich in dem Raum um, und mir fiel jetzt erst auf, dass ich mit dem Typen und meiner Mutter allein war. Der Mann, der mich getragen hatte, war nicht mehr da.

Die Pritsche befand sich in einem kleinen fensterlosen Raum gegenüber einer vollständig von Schränken eingenom-

28

menen Wand. Es erinnerte mich ein wenig an das Krankenzimmer meiner Schule. »Wo sind wir?«

»In der Liga«, sagte meine Mutter und schaute mich an. »Jetzt erklärst du mir bitte, was genau passiert ist und wie es sein kann, dass ich dich mitten in der Nacht halbtot am Straßenrand aufsammeln muss, wenn ich eigentlich denke, dass du in deinem Bett schläfst?«

Der Typ senkte den Kopf und räumte die Sachen weg, mit denen er mich verarztet hatte. Dabei zog er seine Schultern hoch, als hätte er Angst, Teil dieser Standpauke zu werden.

»Ich war mit Ruby unterwegs«, gestand ich und starrte an die Decke, während ich merkte, dass in meinem Blut etwas arbeitete. Mein Kreislauf wankte, und jeder meiner Muskeln wurde ganz schwer. »Wir haben uns verabschiedet, und die letzten zehn Minuten wollte ich alleine gehen. War ja nicht weit. Aber dann sprang plötzlich irgendetwas aus dem Baum und hat mir die Haut aufgerissen.«

Ich schaute auf meinen Arm und bemerkte, dass er bandagiert worden war. Offenbar stand ich viel mehr neben mir, als ich dachte. »Ruby hat dich angerufen?«

»Sie war völlig außer sich!«

»Kann ich mir vorstellen«, murmelte ich und dachte an den panischen Schrei, den ich ausgestoßen hatte. »Mein Handy ist hin, oder?«

Meine Mutter betrachtete mich genervt und zog mein Handy aus ihrer Handtasche. Das Display war völlig zerstört. »Das sollte eigentlich dein kleinstes Problem sein.«

Sollte es, aber ich hing nun mal an meinem Telefon, das ich mir erst vor ein paar Wochen von meinem Sommerjob in der Eisdiele gekauft hatte. Ich steckte meinen Arm aus und spürte, wie sehr meine Muskeln zitterten, als ich es ihr abnahm. »Danke.« Mein Blick fiel wieder auf den jungen Typen. »Wann kann ich denn gehen?«

Er starrte mich mit seinen großen Rehaugen an. Durfte der diese Spritzen überhaupt verteilen?

»Du wirst über Nacht hierbleiben müssen«, sagte meine Mutter streng. »Nur zur Sicherheit. Du wurdest angegriffen, falls dir das nicht bewusst sein sollte.«

Ich starrte sie nur an. Als ob mir das nicht klar wäre! Hallo? Mein Arm brannte wie Feuer!

»Die Liga hat dich gerettet, aber das hat seinen Preis.«

Mein Atem beschleunigte sich. »Soll das ein Scherz sein? Du bist meine Mutter! Ist dir mein Leben so wenig wert, dass ich jetzt hier in ihrer Schuld stehe?«

Sie sah mich mit erhobenen Augenbrauen an. Mir fiel auf, dass ihre blonden Haare sich aus ihrem strengen Dutt gelöst hatten und ihre grellorange Bluse zerknittert war. Etwas, das so gut wie nie vorkam. »Sadie ist weg.«

»Was meinst du damit?«

»Dass sie weg ist!«

»Okay. Sadie ist weg«, wiederholte ich diese klägliche Information. Dabei richtete ich mich ein wenig auf und lehnte mich mit einem Stöhnen gegen die eiskalte Wand. »Was meinst du damit genau? Macht sie Urlaub? Wurde sie entführt? Ist sie, ohne Bescheid zu sagen, einkaufen gegangen? Die Möglichkeiten sind unbegrenzt.«

Offenbar hatte ich meinen Sarkasmus nicht gut genug zurückgehalten, denn meine Mutter warf mir einen finsteren Blick zu, während sie in dem kleinen Raum hin und her lief. »Sie ist durchgebrannt! Mit ihrem Tanzlehrer!«

Der Assistenzarzt, oder was auch immer der blonde Typ darstellte, schnappte nach Luft, und als meine Mutter ihn finster ansah, verließ er eilig und eine Entschuldigung murmelnd den Raum.

Nun war ich diejenige, deren Augen sich schockiert weiteten. »Dem Kerl, der ihr Tanzstunden wegen der Verbindungsfeier für sie und Greg gegeben hat?«

Meine Mutter stieß ein Geräusch aus, eine Mischung aus Knurren und Wimmern. »Ja!«

Meine Lippen formten ein O, und ich unterdrückte den Drang loszulachen. »Das ist übel.«

»Natürlich ist das übel!«

»Mutter, du musst *mich* nicht anschreien. Egal wie oft ich mich rausschleiche – ich bin wenigstens immer wiedergekommen.« Dass ich dafür Bonuspunkte bekommen sollte, verschwieg ich, denn wenn die Augen meiner Mutter hätten glühen können, wäre ich jetzt vermutlich in Flammen aufgegangen.

Sie schnaubte verzweifelt und strich sich über ihre Hose, während sie wieder auf und ab lief. »Du hast recht. Entschuldige.«

Ihre Worte ließen mich innehalten. Dass meine Mutter sich bei mir entschuldigte, konnte nichts Gutes bedeuten. »Entschuldigung angenommen. Also … hast du die Polizei verständigt, oder was machen wir jetzt?«

»Sie hat einen Abschiedsbrief hinterlassen – mit einem Foto, auf dem sie ihren Tanzlehrer küsst.« Sie verzog abschätzig ihren Mund. »Und die Polizei hat mir deutlich zu verstehen gegeben, dass sie diesen Fall leider nicht bearbeiten können, weil Sadie nicht in Gefahr zu sein scheint. Ihre Lieblingssachen hängen nicht mehr im Schrank, und einer ihrer Koffer ist weg.«

In meinem Magen grummelte es, als mich eine merkwürdige Vorahnung beschlich. Sadie war eine Anwärterin zur Hüterin gewesen, dem wohl wichtigsten Job der Liga, den es nur zweimal zu besetzen gab. Einen Platz für sie und einen für ihren angeblichen Seelenverwandten. Zu meinem kläglichen Wissen gehörte, dass sie die siebte Hüterin unserer Familie in Folge geworden wäre – was irgendwas mit starken Genen zu tun hatte. Nach ihr war ich die nächststärkste Hüterin. Aber für mich hatte immer außer Frage gestanden, diesen Platz jemals einzunehmen. »Die Protektoren werden sicher schon nach ihr suchen. Es ist immerhin ihr Job, auf sie aufzupassen.«

»Protektoren passen auf Hüter auf. Nicht auf entlaufene Frauen, die sich ihrer Aufgabe entziehen.«

Ich starrte meine Mutter nur an. Ihr jetzt zu sagen, dass Sadie bestimmt nur aus Liebe abgehauen war oder sie vielleicht keine Lust auf diesen Hüter-Quatsch hatte, würde sie sicher nicht besänftigen. Immerhin gehörte es zur Aufgabe eines Hüters dazu, sich mit seinem angeblichen Seelenverwandten zu verbinden und die eigene Seele zu opfern. Etwas, das meiner Meinung nach wie eine echt große Sache klang.

Die zwei verbundenen Hüter beschützten, soweit ich mich recht erinnerte, ein Portal zu einer anderen Welt, damit die Wesen auf der gegenüberliegenden Seite nicht durch das Tor gelangen konnten. Mir wurde klar, dass dies die längste Unterhaltung war, die meine Mutter und ich seit Langem miteinander führten. Nicht dass es mich normalerweise störte, denn die meiste Zeit ging es nur um Dinge, die sie an mir kritisieren konnte.

»Tja«, stieß ich aus, als mir klar wurde, dass sie mein Starren erwiderte und stehen geblieben war. »Dann müssen wir wohl abwarten.«

Sie schüttelte langsam ihren Kopf. »Sadie wird nicht wiederkommen.«

»Du sagst das, als wäre sie tot.«

»Ich habe die Zeichen gesehen.« Meine Mutter rieb sich in einer ungewohnt hilflosen Geste die Stirn und überging meine anklagenden Worte einfach. »Sadie war in den letzten Wochen gedanklich immer abwesend. Sie hat auf den Veranstaltungen nicht mehr so viel gelacht wie früher, und das Training hat sie auch nur noch halbherzig vollzogen. Ich habe geglaubt, es läge an ihrer Nervosität wegen der bevorstehenden Verbindung mit Greg.«

»Hast du bereits mit ihm gesprochen?« Allein der Gedanke daran, was meine Schwester wegen dieser schrecklichen Verbindung alles durchgemacht haben musste, ließ Mitleid in mir aufkommen. Sadie hatte vielleicht immer nur so getan, als wäre sie die perfekte Tochter. Sie hatte sich für eine Welt verstellt, die ich niemals würde betreten wollen. Vielleicht waren wir einander doch nicht so unähnlich, wie ich immer geglaubt hatte.

»Natürlich. Greg war schockiert und zutiefst bestürzt, aber er teilte meine Beobachtungen. Doch auch er hat geglaubt, sie wäre nur nervös.«

Aber offenbar hat sie sich in ihren Tanzlehrer verliebt und gemerkt, dass diese Verbindung ihr Leben ruinieren würde. Mir tat es plötzlich leid, dass ich sie immer als einfältige Mitläuferin bezeichnet hatte. »Greg war sicher traurig.«

»Er war wütend. Verständlicherweise«, stieß meine Mutter erbost aus und blieb mitten im Raum vor meiner Pritsche stehen. »Immerhin hat Sadie ihm die Möglichkeit genommen, etwas Großartiges leisten zu können. Sie hat ihn verlassen und ihn damit in den Rang eines Protektoren oder allenfalls noch Jägers verbannt.«

Ich wollte angesichts ihres Snobismus meine Augen verdrehen, wagte aber kaum, mich zu bewegen. Dabei tat ich so, als würde ich den lauernden Blick meiner Mutter nicht bemerken. »Nun, das mit Sadie ist bedauerlich. Für Greg natürlich umso mehr. Jetzt, da er ohne sie und ihre gemeinsame Verbindung nicht mehr Hüter werden kann. Aber ich bin sicher, dass das Kuratorium eine Lösung dafür finden wird.« Ich unterdrückte den Drang, mir nervös auf die Innenseite meiner Lippe zu beißen. Meine Mutter kannte meine Schwächen nur allzu gut, und ich wollte ihr keine Angriffsfläche bieten. Dennoch spürte ich, wie sie ihre Schlinge immer enger um mich zog und ich kurz davorstand, eingefangen zu werden.

Meine Mutter nickte und bestätigte damit meinen Verdacht, dass sie bereits einen Plan in der Hinterhand hatte, der mich mit einschloss. »Das haben sie tatsächlich.«

»Dann müssen wir nicht weiter darüber reden, und ich kann vielleicht doch noch ein wenig schlafen. Dieses Gegengift war echt übel.« Ich streckte mich und hoffte meine Ablenkungsstrategie würde aufgehen.

»*Du* wirst ihren Platz einnehmen.« Mutters leise Stimme schien den gesamten Raum auszufüllen. »Es ist deine Pflicht. Jetzt, da der Ruf unserer Familie so gut wie ruiniert ist, musst du ihn retten. Deine Schwester hat das, was dein Vater getan hat-«

»Lass Vater aus dem Spiel«, unterbrach ich sie scharf und hob mein Kinn, weil ich wusste, dass sie es hasste, wenn ich so mit ihr sprach. »Das hast du dir ja toll zurechtgelegt. Aber was ist, wenn ich das nicht möchte?«

»Du musst es tun.«

Etwas in ihrer Stimme ließ mich meine Augen zusammenkneifen. »Ich muss nichts tun, was ich nicht möchte. Selbst als Unbeteiligte weiß ich das.«

»Du musst, ansonsten löse ich deinen Collegefonds auf und schicke dich zu Tante Matilda nach Amerika.«

Ich starrte sie an und unterdrückte den ersten Impuls, sie einfach aus dem Zimmer zu schmeißen. Ehrliche Fassungslosigkeit breitete sich in mir aus. »Das kannst du nicht tun.«

»Dir steht nichts zu. Da du noch nicht einundzwanzig bist, hast du noch keinen Zugriff auf das Erbe deines Vaters.« Sie trat wieder näher und lächelte mich auf diese raubtierartige Weise an, die ich schon immer an ihr gehasst hatte. Gleichzeitig wurde ihr Blick warm, als würde sie glauben, mich damit ködern zu können. »Erfülle deine Pflicht, und nimm das Erbe an, das unsere Familie schon seit Generationen erfüllt.«

»Vaters Familie«, fügte ich die ungesagten Details hinzu. »Du hast dich nur in eine mächtige Familie eingeheiratet. Tu nicht so, als hättest du eine Ahnung von dem, was Sadie oder so viele Frauen der Familie zuvor opfern mussten.«

Eisige Kälte schien sich um uns auszubreiten, während keine von uns nachgeben wollte.

Ich ließ mir nicht anmerken, wie sehr mich ihre Drohung tatsächlich verletzte. Natürlich wusste ich, wie sehr es sie schon immer in den Wahnsinn getrieben hatte, dass ich mit dieser Welt nichts zu tun haben wollte. Aber mir war nicht klar gewesen, dass mir damit anscheinend auch der Status als Familienmitglied abgesprochen worden war.

Für meine Mutter war die Liga alles. Das einzige wirklich Gute, worauf sie in ihrem Leben hatte zurückblicken können, war Sadie gewesen. Die Tochter, die unser Familienerbe mit

35

Freuden angenommen und stets getan hatte, was Mutters Meinung nach richtig war.

Jetzt stieß sie den Atem aus und beendete unser Blickduell, bevor sie geradezu verzweifelt an die Decke starrte. »Es tut mir leid. Sicher findest du meine Forderung nicht fair, und ich wollte niemals zu derart harten Mitteln greifen. Ich weiß, ich war nicht immer die Mutter, die du gebraucht hättest. Doch Sadies Ausbildung war wichtig. Hättest du dich dem angeschlossen-«

»Ich denke nicht, dass weitere Vorwürfe nötig sind«, unterbrach ich sie erneut und verschränkte die Arme vor meiner Brust. »Ich bin absolut ungeeignet als Hüterin, Protektorin oder Jägerin.«

»Du hast die Grundausbildung. Dein Vater hat dich von Kindesbeinen an trainiert. Du bräuchtest vielleicht ein Auffrischungstraining und natürlich das Training der Hüter, aber du bist nicht gänzlich ungeeignet.« Ich hasste die Hoffnung, die sich in ihre Stimme mischte. Sie drehte sich zu mir um, und Tränen standen in ihren Augen. Ich hatte keine Ahnung, ob sie echt waren, aber ihre Stimme zitterte, als sie weitersprach. »Versuch es wenigstens. Wie du schon sagtest, hast du die Wahl. Bitte schau dir deinen Anamaite an, lerne ihn kennen und beteilige dich ein- oder zweimal am Training. Ich weiß, du hältst das alles für eine Sekte, aber das sind gute Menschen. Sie beschützen die Menschen, Tag für Tag, und du könntest Teil davon sein. Versuch es wenigstens, und wenn du dann Nein sagst, muss ich das akzeptieren.«

Ich schüttelte immer wieder meinen Kopf. Das Wort *Anamaite* hallte in mir wider wie eine Beschwörung. Es war die Bezeichnung für Seelenverwandte. Zwei Menschen, die zu-

36

sammen das Portal beschützten und gemeinsam ihre Seelen dafür hergaben. »Mutter ...«

»Dieser Angriff war kein Zufall! Du bist nun die mächtigste mögliche Nachfolgerin in der Stadt, und unsere Feinde haben davon Wind bekommen! Du musst es versuchen, Eliza. Ich will nicht mitansehen, wie meine eigene Tochter erneut angegriffen und beim nächsten Mal vielleicht sogar getötet wird!«

Dramatischer hätte sie es wohl nicht beschreiben können. Dennoch lösten ihre Worte und ihr verzweifelter Anblick etwas in mir aus.

Etwas ließ wohl mein Hirn kurzzeitig aussetzen, denn plötzlich hörte ich mich sagen: »Okay.«

Ich wollte das Wort zurücknehmen, wollte husten und es überspielen, doch der Freudenschrei meiner Mutter ließ es nicht mehr zu.

»Du wirst es nicht bereuen!« Sie legte ihre Hände an meine Schultern und drückte mich zu einer kurzen und festen Umarmung an sich. »Ich werde alles in die Wege leiten!« Dann stürmte sie aus dem Raum. »Warte hier! Ich werde sofort veranlassen, dass du in ein besseres Krankenzimmer gebracht wirst!«

»Was habe ich nur getan?«, flüsterte ich leise und starrte die Tür an, während ich mich wieder kraftlos gegen die Wand sinken ließ. Das war übel. Richtig übel.

KAPITEL 3

Skeptisch starrte ich meine Mutter an, die am nächsten Morgen schon neben meinem Bett stand, noch bevor ich überhaupt meine Augen aufgeschlagen hatte. Gruseliger ging es ja wohl kaum. »Was hast du gesagt?« Ich gähnte und wollte mich strecken, als ein scharfer Schmerz durch meinen Arm fuhr. Ich zuckte zusammen, starrte auf den Verband, und schlagartig fiel mir die gestrige Nacht wieder ein.

»Ich möchte, dass du Stillschweigen über den Angriff wahrst.«

Plötzlich umhüllt mich Dunkelheit. Ich höre mich rennen. Panik steigt in mir hoch. Im nächsten Moment wirft mich jemand mit voller Wucht zu Boden.

Ich blinzelte und versuchte, die angsterregenden Erinnerungen loszuwerden, die sich unweigerlich vor meinem inneren Auge abspielten, während ich zu meiner Mutter hochschaute. »Ernsthaft?«

Ihre Augenbrauen zuckten warnend hoch.

»Mir ist schon klar, dass ich niemandem von der Liga und diesen Wesen erzählen darf, gegen die ihr kämpft.« Auch wenn ich nicht so ganz wusste, was das überhaupt für Gestalten waren.

»Das wird nicht ausreichen. Du darfst auch innerhalb der Liga mit niemandem darüber sprechen.« Obwohl ich momentan die einzige Patientin im Krankenflügel der Liga war, senkte meine Mutter ihre Stimme. »Der Angriff auf dich ist höchst beunruhigend, und wir sind uns einig, dass es nur Panik in der Liga auslösen würde.«

»Du meinst, es würde all diese Leute, die in Kampfkunst ausgebildet werden, beunruhigen, dass eine Achtzehnjährige angegriffen wurde?«

»Dass eine *mögliche Hüterin* angegriffen wurde. Die wohlmöglich stärkste.«

Ihre Worte gefielen mir überhaupt nicht, und mir fiel ihre Erpressung von gestern Nacht wieder ein. Sie wollte, dass ich mir die Liga anschaute und ihr wenigstens die Chance gab, meine Meinung über die Liga zu ändern. Doch ich wüsste nichts, was mich dazu bringen könnte, für diese Institution meine Seele zu opfern. »Dafür müsste ich mich erst mal dafür interessieren, was dieser Verein hier tut.«

»Hör auf, so über die Liga zu sprechen!« Ihre Wangen wurden fast so rot wie ihr Lippenstift.

»Wie kannst du vergessen, was sie uns angetan haben? Diese Leute haben Vater einfach seinem Schicksal überlassen.« Bitterkeit floss durch meine Venen, während mich die Hilflosigkeit zu überrollen drohte. Mein zwölfjähriges Ich kämpfte in mir mit den Tränen, während ich nur noch Wut empfand. Er war vor knapp sechs Jahren in ihrem Auftrag verschwunden, und sie hatten nicht einmal nach ihm gesucht! Sie hatten ihn zu einem Geächteten gemacht!

Am liebsten wäre ich aufgesprungen und hätte dem gesamten Laden den Mittelfinger gezeigt.

Meine Mutter strich sich über ihren blonden Dutt und wich meinem Blick aus, so wie immer, wenn wir auf dieses Thema kamen. »Gib uns zwei Tage. Zwei Tage, um dir zu zeigen, dass wir Gutes tun.«

»Wie du willst.« Ich schaute zu dem Fenster, hinter dem ich Bäume sehen konnte. Wolken bedeckten den Himmel, und es sah aus, als würde es jeden Moment regnen. »Was ist mit Sadie?«

»Deiner Schwester habe ich gestern Abend geschrieben. Nicht, dass dieser Angriff etwas mit ihrem Verschwinden zu tun hat. Aber offenbar geht es ihr gut.«

Meine Mutter klang nicht so erleichtert, wie sie sein sollte. Aber so war sie nun mal, wenn sie enttäuscht war. Nachtragend. Einen Moment lang schwiegen wir beide, dann räusperte sie sich. »Auf jeden Fall möchte ich, dass du heute die Liga kennenlernst. Du solltest dem Ganzen eine ehrliche Chance geben. Dein ... dein Vater hätte es so gewollt.«

Ich ballte meine Hände zu Fäusten und vergrub sie in den Laken. Sie hatte kein Recht, so über ihn zu sprechen, nachdem sie ihn einfach abgehakt hatte, so wie die Leute, für die er mit all seinem Herzblut gearbeitet hatte. Doch sie wusste genau, was sie mit ihren Worten in mir anstellte, was mir am meisten wehtat. Natürlich würde ich es mir ansehen. Für ihn. Aber nicht länger als nötig. »Womit fangen wir an?«

Sie lächelte mich an und nickte. Hatte ich da gerade etwa einen Hauch Stolz in ihren Augen aufblitzen sehen? »Ich habe dir ein paar Kleidungsstücke mitgebracht.« Sie ließ eine Tasche auf das Bett fallen, und ich zog sie zu mir heran. Als ich sie aufmachte und die rosa Seidenbluse sowie die schwarze Stoffhose entdeckte, verzog ich meinen Mund. »Das sind Sadies Sachen.«

»Als ich in deinen Kleiderschrank geschaut habe, waren da nur zerrissene Kleidungsstücke drin.« Sie klang, als wäre es dann völlig logisch, die Klamotten meiner Schwester zu nehmen, die alle eine Nummer zu klein für mich waren. Meine Schwester war quasi eine Elfe. Ich hingegen hatte ein paar Kurven und war auch ein bisschen größer als sie.

Ich seufzte. Meine Klamotten von gestern Nacht waren ruiniert und völlig verdreckt. Als ich mich gestern Abend hatte hinlegen wollen, stand außer Frage, in dem Outfit zu schlafen. Also hatte ich den Assistenzarzt um etwas zum Wechseln gebeten, und er hatte mir mit hochrotem Kopf ein weites Shirt gebracht. Bei dem Gedanken daran zuckten meine Mundwinkel.

Mit einem weiteren Blick in die Tasche entdeckte ich noch ein paar Hygieneartikel. Was ein Glück. Ich musste mich dringend frisch machen.

Zehn Minuten später kam ich in Sadies Klamotten und frisch geputzten Zähnen aus dem Badezimmer, das zur Krankenstation gehörte. Mein braunes Haar hatte ich zu einem hohen Zopf gebunden. Ich fühlte mich gleich viel besser.

Zugleich war es ein äußerst seltsames Gefühl, in Sadies Sachen herumzulaufen, während meine Mutter versuchte, mir den Platz meiner Schwester innerhalb der Liga schmackhaft zu machen. Dass Sadie sich verändert haben sollte, war gänzlich an mir vorbeigegangen. Immerhin redeten wir so gut wie nie miteinander, und wenn wir es taten, zickten wir uns an, oder Sadie rümpfte über mich die Nase, während ich ihr sarkastische Bemerkungen an den Kopf knallte. Meine Mutter mischte sich so gut wie nie ein, aber wenn sie es tat, war sie grundsätzlich auf Sadies Seite. Eine Familienidylle gab es in unserem Hause schon lange nicht mehr.

Meine Mutter wartete im Flur und betrachtete mich wohlwollend. »Ich würde sagen, wir beginnen mit einem kurzen Frühstück. Du wirst sicher hungrig sein.«

»Kaffee wäre auf jeden Fall gut.« Ich folgte ihr durch den schmalen Flur des Obergeschosses. Als Kind war ich ein paarmal mit meinem Vater hier gewesen. Er hatte immer geglaubt, ich würde einmal in seine Fußstapfen treten und Spezialistin werden. Er hätte nicht weiter danebenliegen können. Ich gehörte nicht hierher, nicht zur Liga und all diesen Leuten, die ihn damals im Stich gelassen hatten.

Mit einem Aufzug fuhren wir in den untersten Stock, in dem sich die Cafeteria befand. Es war ein großer, langgezogener Raum mit einer riesigen Fensterfront, die den Blick auf einen begrünten Innenhof freigab. Dunkle Möbel dominierten den mit schwarzen Fliesen ausgelegten Raum, an dessen weißen Decken Spots angebracht worden waren, die die runden Tische beleuchteten.

Direkt neben dem Eingang befand sich die Essensausgabe, die um diese Uhrzeit gerade mit frisch belegten Brötchen bestückt wurde. Der Geruch von Kaffee erfüllte die Luft.

Wir traten an die Theke, hinter der eine junge Frau arbeitete und uns anlächelte. Ihr rotes Haar hatte sie zu einem hohen Zopf zurückgebunden, und ihre schmalen Gesichtszüge wirkten trotz ihres Lächelns scharf. »Guten Morgen, Mrs Moore.« Neugier huschte über ihre Züge, als sie mich ansah. Vermutlich zählte sie gerade eins und eins zusammen. Wenn Sadie wirklich mit ihrem Tanzlehrer durchgebrannt war, wussten sicher inzwischen alle, dass eine neue Hüterin gesucht wurde. Dass ich die stärkste Nachfolgerin war, war noch nie ein Geheimnis gewesen, da die Frauen unserer Familie schon seit über einem Jahrhundert Hüterinnen des Portals gewesen waren.

»Guten Morgen, Leslie. Machst du uns bitte zwei Kaffee?«

Leslie lächelte knapp und drehte sich dann zu der Kaffeemaschine hinter ihr.

»Das Essen hier ist ausgezeichnet. Du wirst es zu schätzen wissen nach dem anstrengenden Training und dem Unterricht.«

»Du weißt schon, dass du mir das Ganze mit solchen Aussagen nicht unbedingt schmackhafter machst, oder? Außerhalb dieses Gebäudes kenne ich im Umkreis von fünfzig Metern so einige gute Restaurants.«

Ich hörte aus Leslies Richtung ein Geräusch, das sich verdächtig nach einem Schnauben anhörte, aber sie ließ sich nichts anmerken.

Meine Mutter hingegen sah mich mit missbilligend hochgezogenen Augenbrauen an. »Deine Schwester hat sich nie über den Unterricht oder das Training beschwert.«

»Willst du sie wirklich als gutes Beispiel nehmen?«

Ihre Antwort war ein missbilligendes Schnalzen mit der Zunge, während sie für uns ein schlichtes Frühstück bestellte und mir dann den ersten Kaffee in die Hand drückte. »Such schon mal einen Platz für uns aus.«

Ich nahm ihr nur zu gerne die Tasse ab und wählte einen Platz am Fenster. Neugierig betrachtete ich den bepflanzten Innenhof, in dem es einige nette Plätze zum Sitzen gab. Noch war er leer, und ich fragte mich, wie viele Menschen hier wohl normalerweise herumliefen. Wie groß die Liga wohl wirklich war? Ich hatte das Gefühl meine Schule war größer als das hier.

Meine Mutter folgte mir kurz darauf mit einem Tablett, auf dem belegte Brötchen lagen, sowie ein Donut mit meiner liebsten Glasur – Erdbeere. Ich wusste nicht, ob es ein Bestechungsversuch sein sollte, aber es fühlte sich schön an, dass sie dieses Detail über mich wusste. In den letzten Jahren, gerade nach Vaters Verschwinden, hatten wir uns immer weiter voneinander entfernt. Wir hatten immer auf unterschiedlichen Seiten gestanden und waren uns nie einig.

Jetzt biss ich in das süße Gebäck und genoss heimlich diesen kurzen Frieden zwischen uns – wenigstens so lange, bis ich ihr erneut sagen musste, dass ich Sadies Platz als Hüterin nicht übernehmen würde.

»Was möchtest du wissen?«, fragte sie nun, bevor sie einen Schluck Kaffee trank und für sie so typisch ihren kleinen Finger abspreizte.

»Was willst du mir denn erzählen?«

Kurz flackerte dieser genervte Blick über ihre Augen, den sie sich speziell für mich aufsparte. »Du hast die Chance, in die Fußstapfen deiner Vorfahrinnen zu treten. Die siebte Generation von Moore-Frauen würde damit den Platz als Hüterin der Liga einnehmen. Wer dein Anamaite wird, steht bereits fest. Willst du es wissen?«

Ich schüttelte langsam und demonstrativ desinteressiert den Kopf. »Was hat Vater als Spezialist in der Liga gemacht? Er durfte es mir nie verraten.« Meine einzige Information über die Spezialisten war, dass sie sich fast ausschließlich in der Liga aufhielten und Bürokram erledigten oder forschten. Vater könnte also so gut wie alles gemacht haben.

Sie blickte für einen kurzen Moment auf die Tischplatte,

und ihre Fassade bekam Risse. Offenbar hatte ich sie mit dieser Frage überrumpelt. Doch sie fing sich schnell wieder und setzte ein gezwungenes Lächeln auf. »Er hat die Sluagh und ihre Lebensweise erforscht. Die Wesen, die vor Jahrtausenden durch das Portal gekommen sind. Das Portal, das du und dein Anamaite beschützen würdet, damit das nie wieder passiert.«

»Wie funktioniert das mit der anderen Ebene?« Dass es überhaupt eine weitere Ebene gab, hatte ich nur mal beim heimlichen Lauschen aufgeschnappt. Ich konnte mir nicht einmal ansatzweise vorstellen, was damit gemeint war.

»Das wird dir dein Mentor erklären. Er ist besser darin als ich.« Sie biss in ihr Brötchen und kaute gründlich, bevor sie weitersprach.

»Und was genau sind die Sluagh?«

»Seelenfresser«, antwortete sie knapp, als würde es das erklären. Das Wort war mir natürlich bekannt, doch es sagte mir rein gar nichts. Als ich nur verständnislos mit den Schultern zuckte und ebenfalls in mein Brötchen biss, wurde sie konkreter. »Du kannst sie dir so wie Schatten vorstellen. Sie existieren auf der Ebene, auf der sich auch unsere Seelen befinden. Sie nähren sich an uns, solange, bis nur noch unsere leeren Körper übrig sind.«

Bei ihren Worten warf ich mein Brötchen auf den Teller. »Okay, das war sehr anschaulich.«

Sie kaute ungerührt weiter, und in ihren Augen blitzte Belustigung auf. Als sie fertig war, erhob sie sich und brachte das Tablett zurück, bevor sie mich wieder abholte. »Möchtest du einen der Trainingsräume sehen?«

Nichts könnte mich weniger interessieren, dennoch nickte ich und folgte ihr zurück zu den Aufzügen.

»Hier im Erdgeschoss befinden sich der Empfang, die Kantine, die Krankenstation und ein paar Büros.«

Wir stiegen in den Aufzug, und sie drückte auf die Eins. »Im ersten Stock befinden sich ausschließlich Trainingsräume der Jäger, Protektoren und Hüter. Darüber sind die Büros der Spezialisten, und der dritte Stock ist Konferenzräumen und dem Kuratorium vorbehalten. Also der Leitung der Liga, aber das weißt du ja schon.«

Mir kam ein Gedanke, der mich die Stirn runzeln ließ. »Sag mal, wenn Sadie weg ist, gibt es aktuell kein Hüterpaar, oder? Wer macht dann den Job?«

»Die stärksten Protektoren. Sie alle können den Schutz des Portals unterstützen, doch es ist für sie sehr viel anstrengender, als es für Hüter ist.«

Ich nickte verstehend.

Als der Aufzug anhielt, folgte ich ihr in einen Flur, dessen dunkle Fliesen und weißen Wände modern und dennoch kalt wirkten. Spots beleuchteten den fensterlosen Gang.

Meine Mutter hielt vor einer Tür, hinter der ich merkwürdige Geräusche hörte, und öffnete sie. Dann trat sie ein.

Als mir im nächsten Moment ein nur allzu bekanntes Gesicht entgegenblickte, das knapp zwei Meter vor mir auf Matten kämpfte, erstarrte ich.

»Ruby?« Fassungslosigkeit hatte sich in meine Stimme geschlichen.

Die Augen meiner besten Freundin weiteten sich, während sie sich ihr gelocktes schwarzes Haar aus dem Gesicht schob. Sie sah aus, als wäre sie eben erst auf die Matte geworfen worden. Ihr Kampfpartner hielt ihr seine Hand hin, doch sie bemerkte diese nicht einmal.

»Scheiße«, stieß sie leise aus. »Was machst *du* denn hier?«

Ihr Blick zuckte an mir vorbei, zu meiner Mutter. Verstehen flammte in ihren Augen auf.

Ich folgte ihrem Blick und starrte meine Mutter an. »Du *wusstest*, dass Ruby der Liga angehört?«

»Natürlich«, erwiderte diese mit hochgezogenen Augenbrauen. »Kein Grund, deshalb beleidigt zu sein, Eliza. Ich möchte dich daran erinnern, dass du der Liga damals abgeschworen hast und somit auch dem Recht zu wissen, wer Teil von ihr ist.«

Damals, vor sechs Jahren, nach dem Verschwinden meines Vaters, als die Liga die Suche nach ihm einstellte und ihn als Verräter abstempelte, hatte ich ihnen allen den Rücken gekehrt. Meine Mutter hatte meiner Schwester und mir irgendwelche Ausreden zugeworfen, wie angenagte Knochen einem Hund. Sadie hatte es einfach so hingenommen, und für mich fühlte es sich zu der Zeit an, als hätte auch sie ihn aufgegeben. Seit dem Tag war die Liga für mich gestorben. Ich ignorierte jegliche Versuche meiner Mutter, mich wieder in das Ausbildungsprogramm zu bringen, und tat so, als würde ich sie nicht hören, wenn sie die Organisation überhaupt erwähnte. Irgendwann hörte sie auf, mich zu bedrängen, und berief sich eingeschnappt darauf, dass ich als Außenstehende sowieso nichts wissen durfte.

Ich schluckte alle aufflammenden Erinnerungen an diese Zeit herunter und betrachtete meine beste Freundin, die noch immer auf der Matte lag.

Meine Fassungslosigkeit blieb, doch das aufkommende Gefühl von Verrat legte sich langsam. Selbst wenn Ruby gewollt hätte, es war ihr untersagt, über die Liga zu sprechen. Sie hätte einen Eid gebrochen, und ich wusste, dass dieser den Mitgliedern der Liga heilig war.

Dennoch ...

Ist sie überhaupt jemals meine Freundin gewesen? Oder war es gar kein Zufall, dass sie ausgerechnet in meine Klasse kam und sich dann auch noch neben mich gesetzt hat?

Allein die Vorstellung reichte, um mich nach Luft ringen zu lassen.

Ruby war alles, was ein normales Leben für mich symbolisierte. Dass sie jetzt ein Teil dieser Leute sein sollte, ließ etwas tief in mir wanken.

»Nun, das könnt ihr ja später klären.« Die Worte meiner Mutter holten mich aus meiner Starre, und ich wandte den Blick von Ruby ab, die aussah, als würde sie noch etwas sagen wollen. »Wie du siehst, ist das hier also einer der Trainingsräume.«

Mein Blick schweifte über den mit dicken Matten ausgelegten Raum, der ohne Fenster und Deckenspots viel moderner aussah als der Rest des Hauses. Überall im Raum trainierten Menschen, doch außer Ruby und ihrem Trainingspartner ignorierten uns die anderen.

»Die Mentoren werden dir schon noch früh genug alles genauer erklären.« Meine Mutter winkte mich hinaus, und ausnahmsweise war ich ihr dankbar, dass sie mich herumscheuchte. Ruby hier zu sehen hatte mich mehr aus der Bahn geworfen, als ich mir anmerken ließ.

Meine Mutter schien dies jedoch nicht einmal zu bemerken. Nicht, dass ich mich darüber gewundert hätte.

Wir fuhren mit dem Aufzug in den zweiten Stock. Dort führte sie mich zu ihrem Arbeitsplatz, einem Zweierbüro, das gerade leer war. Ich wusste, dass auch sie eine Spezialistin war, wie mein Vater früher.

Von den anderen Trainingsräumen oder anderweitig interessanten Dingen zeigte sie mir nichts, und in mir stieg das Gefühl hoch, sie habe mir absichtlich gezeigt, dass Ruby ebenfalls Teil der Liga war.

Ich sprach den Vorwurf laut aus, als wir gerade von ihrem Bürofenster aus hinaus auf den Fluss Liffey schauten, an der entlang sich zu beiden Seiten Straßen schmiegten, auf denen der morgendliche Verkehr dahin rollte.

»Möglicherweise ist mir die Idee gekommen, du könntest dich einfacher mit dem Gedanken an die Liga anfreunden, wenn du wüsstest, dass deine Freundin hier eine Jägerin ist.« Sie lächelte mich an. »Wie geht es dir mit dieser Enthüllung?«

Ich wusste nicht, ob sie sich wirklich dafür interessierte oder nur wissen wollte, wie groß die Chancen waren, dass ihr Plan aufgegangen war.

»Keine Ahnung«, sagte ich ehrlich und betrachtete eine Fahrradfahrerin, die gerade die Brücke überquerte. *Ihr Morgen war sicher weniger schräg als meiner.* »Aber ich finde es wirklich nicht nett, dass du versuchst, mich zu manipulieren, Mutter.« Ich drehte mich zu ihr um und wandte der normalen Welt den Rücken zu.

»Manipulieren klingt so hart.« Sie winkte ab. »Deine Meinung über die Liga ist festgefahren, und ich will dir einfach beweisen, dass wir nicht die Bösen sind. Ruby ist doch deine Freundin, oder?«

Ich nickte ohne zu zögern. Währenddessen schaute ich mich in dem großen Büro um, in dem sich zwei Schreibtische gegenüberstanden. In der Mitte befand sich ein Besprechungstisch.

»Dann sprich mit ihr über die Liga. Du bist hier zur Probe, also ist es ihr von nun an erlaubt, mit dir über das meiste zu sprechen. Bilde dir eine eigene Meinung und hör auf, an der

Vergangenheit festzuhalten.« *Hinter diesen Worten steckte so viel mehr.*

Doch bevor wir das Thema vertiefen konnten, klopfte jemand an die Tür.

Meine Mutter lächelte knapp, wie immer, wenn sie auf jemanden traf, auf den sie so gar keine Lust hatte. Ein großgewachsener Mann mit ergrautem Bartschatten und kurz geschnittenen Haaren trat ein. Er musste in etwa so alt sein wie meine Mutter, vielleicht ein wenig älter. Er trug dunkle Jeans und einen weinroten Pullover. Seine Klamotten schrien nach Lehrer, doch in seinen Augen lag eine Härte, die unverkennbar für die eines Jägers stand. Jäger waren das Fundament der Liga. Jeder hier wurde zunächst zum Jäger ausgebildet und arbeitete sich dann hoch zu den anderen Abteilungen.

Ich erkannte den Mann vor uns sofort als denjenigen, der mich gemeinsam mit meiner Mutter nach dem Angriff in die Liga gebracht hatte. »Passt es euch?«

»Natürlich.« Meine Mutter nickte knapp und deutete auf den Mann. »Eliza, das ist Davin Graham. Er ist ein Mentor und würde auch dich unterrichten, wenn du dich entscheidest, dich uns anzuschließen.«

Er streckte mir seine Hand entgegen und lächelte mich offen an – soweit es denn ging mit seinem harten Gesicht, das den Eindruck machte, als sollte man sich besser nicht mit ihm anlegen. »Hallo, Eliza, ich habe schon viel von dir gehört.«

»Hallo, ich leider von Ihnen noch nichts.«

Er lächelte schief und zog seine Hand nach einem festen Händeschütteln zurück. »Das wird sich hoffentlich bald ändern. Deine Mutter war der Meinung, dass es vielleicht nicht schlecht wäre, wenn ich mich ein wenig mit dir unterhalte.«

Ich hob meine Augenbrauen, erwiderte aber nichts.

Meine Mutter nickte und ging in Richtung Tür. »Wir sehen uns gleich.«

Damit ließ sie mich mit Mr Graham alleine. Er deutete in Richtung des Besprechungstisches. »Sollen wir uns setzen?«

»Sicher.« Ich nahm ihm gegenüber Platz und sah ihn fragend an. »Wieso denkt meine Mutter, dass Sie mich überzeugen könnten, meine Seele zu opfern?«

»Zunächst einmal, du würdest deine Seele nicht opfern, wenn du dich entschließen solltest, Hüterin zu werden.«

»Mir wurde einmal erklärt, dass Hüter einen Teil ihrer Seele in das Portal stecken, um zu verhindern, dass Seelenfresser in unsere Welt kommen.«

Ich erinnerte mich noch genau daran, wie ich ein Telefonat meines Vaters mit seiner Schwester belauscht hatte, die die letzte Hüterin gewesen war. Das war das erste Mal gewesen, dass ich vom Portal gehört hatte. Die Vorstellung, dass irgendwelche Wesen es schaffen könnten, in unsere Welt zu gelangen, und uns allen die Seele aussaugen würden, hatte mich damals panisch aufschreien lassen. Mein Vater war sofort zu mir geeilt. Noch heute spürte ich seine tröstende Umarmung und seine leise Erklärung, dass die Hüter dafür da waren, das Portal zu stärken, damit es nie wieder geöffnet werden konnte.

»Richtig, es könnte tödlich enden, würde ein Hüter die Aufgabe alleine bewältigen. Aber dafür hat ein Hüter seinen Anamaite, den Menschen, dessen Essenz sich am meisten seiner eigenen ähnelt. Sie regenerieren sich gegenseitig«, erklärte mir Mr Graham.

»Also reagieren die Essenzen aufeinander? Oder miteinander?« Jetzt wurde ich doch neugierig. »Wie funktioniert das?«

»Unsere Essenzen, also unsere Seelen, agieren auf einer bestimmten Frequenz. Stell dir vor, alle Menschen sind auf verschiedenen Frequenzen und sondern Schwingungen aus. Und dann gibt es Menschen, deren Essenzen so nah an deiner eigenen Frequenz sind, dass ihr wie im Gleichklang seid.«

Ich blinzelte ihn an. »Das ergibt keinen Sinn.«

»Das ist symbolisch gemeint«, stellte er klar und verzog seinen Mund zu so etwas wie einem Schmunzeln.

»Also haben mein Anamaite und ich quasi dieselbe Wellenlänge?«

»So könnte man es ausdrücken. Wenn ihr euch begegnet, würdet ihr euch unweigerlich zueinander hingezogen fühlen. Eure Essenzen reagieren aufeinander. Vermischt ihr sie und arbeitet zusammen, könnt ihr große Energiewellen erzeugen, die das Energienetz um das Portal herum stärken.«

Ich verzog angewidert meinen Mund, was Mr Graham zum Lachen brachte. »Das ist nichts Körperliches, sondern geht viel tiefer. Du wirst es spüren, wenn du ihn siehst.«

»Wie gefährlich ist es genau, wenn ich mit ihm gemeinsam das Portal stärke?« Ich hatte keine Ahnung, wie ich mir das vorstellen sollte.

Er lachte leise. »Du bist deinem Vater so ähnlich. Er wollte auch immer alles ganz genau wissen.«

Ich erstarrte, und zugleich wurde mir eiskalt. Mr Graham war noch immer ein Teil der Liga und hatte meinen Vater genauso aufgegeben wie alle anderen. Er hatte kein Recht, über ihn zu sprechen und dabei zu lachen.

Natürlich bemerkte er meinen Stimmungswechsel sofort. »Dein Vater war ein guter Freund von mir.«

Ich atmete noch ein wenig schneller und ballte unter dem Tisch meine Hände zu Fäusten. Wut loderte in meiner Brust, und zugleich erschütterte es mich, dass er dies so offen vor mir zugab. »Ist Freundschaft in der Liga überhaupt irgendetwas wert?« Der Vorwurf war schneller raus, als ich wollte, und nun reckte ich trotzig mein Kinn, während ich auf seine Antwort wartete.

»Weißt du, ich wollte die Anschuldigungen gegen deinen Vater lange Zeit nicht glauben. Aber ich habe die Beweise gesehen und …« Er seufzte und strich sich über seinen Bartschatten. »Selbst ich konnte es danach kaum noch leugnen. Und glaub mir, ich habe lange dagegen gekämpft, und ich würde jetzt immer noch nicht freiwillig behaupten, er wäre ein Verräter.«

»Die Beweise?« Meine Stimme war tonlos.

»Tritt der Liga bei, werde unsere Hüterin, und du bekommst die ganze Akte.«

Die Akte im Gegenzug für meine Seele. Das Angebot war lächerlich und … reizvoll. Ich ließ mir nicht anmerken, welchen Kampf seine Worte in mir auslösten. »Warum brauchen Sie mich? Es gibt andere Kandidaten, die sicher auch für den Job geeignet sind. Ich weiß, dass es viele starke Blutlinien gibt, nicht nur unsere.«

Er nickte langsam. »So ist es. Normalerweise wären wir auch auf die nächste Blutlinie ausgewichen. Doch es hat sich herausgestellt, dass wir auf die stärkste Verbindung angewiesen sind. Du und Conor seid nach Sadie und Greg die Einzigen, die in der Lage wären zu verhindern, dass das Portal noch mehr Schaden nimmt.«

»Was meinen Sie damit?«

»Wir wissen nicht, wie es dazu kommen konnte, aber das Portal hat in den letzten Wochen erheblichen Schaden genommen. Es muss repariert werden, und das können nur Hüter mit möglichst ähnlicher Essenz. Mit starker Essenz.« Mr Graham wirkte, als könnte ihn so gut wie nichts beeindrucken, und

53

doch sah ich für einen winzigen Moment Furcht in seinen Augen aufflackern.

Ich wusste aus den Erzählungen meines Vaters, wie wichtig es war, dass das Portal gestärkt wurde. Dass es nun drohte kaputtzugehen, war vermutlich richtig übel.

Doch ich konnte nur an eine Sache denken. »Wenn ich die Verbindung mit meinem Anamaite eingehe, dann bekomme ich die Akte?«

Mr Graham nickte.

»Ich weiß, dass es ein Probejahr gibt. Wenn ich nach diesem Jahr aussteigen will, würde mich dann jemand aufhalten?«

Ein Schmunzeln trat auf seine Lippen, doch er verbarg es schnell. »Dein Vater hat dir viel beigebracht, oder?«

»Er dachte, es wäre wichtig, das zu wissen, falls ich mal Sadies Platz einnehmen sollte.«

»Du hast recht, es gibt dieses Probejahr.«

Ich merkte, dass ich mich vorgebeugt hatte und lehnte mich wieder in meinem Stuhl zurück. Mein Vater war kein Verräter. Dessen war ich mir sicher. Und diese Akte war mehr Anreiz für ein Ja, als ich zugeben wollte.

»Wie wäre es, wenn du deinen Anamaite erst mal kennenlernst? Conor ist seit einem halben Jahr in England, wurde aber benachrichtigt und ist bereits auf dem Weg nach Dublin.«

Conor. Das klang so unsympathisch. »In Ordnung, warum nicht?«

Mr Graham nickte mit einem Lächeln, was ihm jedoch so gar nichts von seiner Strenge nahm. Vielmehr wirkte er dadurch ein wenig bedrohlich, als wäre sein Gesicht einfach nicht dafür gemacht worden, freundlich zu wirken. Und trotzdem mochte ich den Kerl irgendwie.

KAPITEL 4

Mit einem Ächzen ließ ich mich zu Hause auf mein Bett fallen. Meine Mutter hatte mich noch eine Runde durch das Hauptquartier der Liga führen wollen, doch davor hatte ich mich erfolgreich drücken können.
　Stattdessen waren wir shoppen gegangen. Nun stapelten sich Tüten vor meinem Bett, während ich nichts lieber tun würde, als einfach zu schlafen.
　Glücklicherweise hatte meine Mutter heute Abend schon was vor, weshalb ich gleich endlich allein war.
　Ich schnappte mir mein Handy aus meiner Handtasche, auf dem mir ein paar unbeantwortete Anrufe von Ruby entgegen blinkten. Ich hatte sie bisher ignoriert, weil ich sicher nicht vor meiner Mutter dieses Gespräch mit ihr führen wollte.
　Aber zunächst schrieb ich Sadie.

> Du bist durchgebrannt? Jetzt hat Mutter mich in die Liga geschleppt, damit ich deinen Job übernehme.

Ich wartete darauf, dass sie online kam, aber nichts passierte. Also öffnete ich als Nächstes meinen Chat mit Ruby.

Ich habe gleich sturmfrei. Bring Pizza mit.

Sie antwortete sofort mit einem riesigen Herz-Emoji.

Auch wenn ich mich am liebsten auf dem Bett eingerollt hätte, zwang ich mich schließlich hoch. Dann zog ich mir eine gemütliche Jogginghose und einen Pullover über, bevor ich mein Zimmer verließ.

Meine Mutter verabschiedete sich mit einem Wangenkuss von mir und rauschte dann aus dem Haus, während ich total verdattert auf die geschlossene Haustür starrte. Ein Wangenkuss! Das hatte meine Mutter schon ewig nicht mehr gemacht. War ich jetzt etwa auf den Platz der Lieblingstochter aufgestiegen? Nicht, dass ich das wollte, aber ich konnte auch nicht verleugnen, dass sich in meinem Bauch Wärme ausbreitete.

Als es schließlich klingelte und ich Ruby die Tür öffnete, stand sie mit einer Familienpizza in der Hand vor mir und sah mich abwartend an, als wäre sie unsicher, ob ich sie anschreien oder heulen würde.

Ich verdrehte die Augen. »Komm rein. Ich habe Hunger. Meine Mutter hat mich heute Mittag gezwungen, in einem viel zu teuren Restaurant Salat zu essen, und ich bin kurz vorm Verhungern.«

»Du bist nicht wütend?«

»Ich bin vielleicht ein bisschen überrumpelt, aber ich weiß aus eigener Erfahrung, wie kleinlich die Liga mit ihrer Geheimhaltung ist.«

Rubys Augenbrauen zogen sich zusammen. Offenbar

mochte sie es nicht, dass ich so abschätzig über die Liga sprach. Doch sie sagte nichts und trat stattdessen ein.

Wir gingen ins Wohnzimmer, wo sie die Pizza auf den kleinen Glastisch vor der Sitzgruppe abstellte und sich setzte.

Ich warf ihr die Fernbedienung zu. »Du bist dran.«

Dann ging ich in die Küche und holte uns zwei Dosen Cola aus dem Kühlschrank sowie Teller und Servietten.

Als ich zurückkam, hatte Ruby das heutige TV-Programm ausgewählt. Eine Naturdokumentation. So was wählten wir nur aus, wenn wir uns wirklich aufs Quatschen konzentrieren wollten. Irgendwie war das unser Ding, seitdem wir uns vor drei Jahren an ihrem ersten Tag auf unserer Schule kennengelernt hatten.

»Du bist also eine Jägerin?«

Sie nahm mir eine Dose ab und öffnete sie mit einem Zischen. »Meine ganze Familie gehört zur Liga. Wir sind aus Amerika hergezogen, weil mein Vater hier eine Stelle als Spezialist im Bereich des Archivs bekommen hat.«

Dort hatte auch mein Vater gearbeitet. »Und dass wir Freundinnen geworden sind, war Zufall?«

Sie riss ihre Augen auf, als wäre sie nie im Leben darauf gekommen, dass ich diese Frage stellen könnte. »Natürlich! Ich habe dich kennengelernt, noch bevor ich das erste Mal im Hauptquartier war. Erst dann habe ich erfahren, dass deine Familie mit der Liga verbunden ist. Aber das war kein Grund für mich, unsere Freundschaft irgendwie anders zu bewerten oder Abstand von dir zu nehmen oder so. Du warst immerhin die coolste Person in meiner Klasse, und ich gehöre eindeutig zu den coolen Leuten.«

»Du weißt also auch über meinen Vater Bescheid?«

Ruby zog ihre Nase kraus und nickte, während sie die einen

Schluck aus ihrer Coladose nahm und mich weitersprechen ließ.

»Mr Graham hat mir seine Akte angeboten, im Gegenzug dafür, dass ich der Liga beitrete und dieses Hüterding durchziehe.« *Zumindest für ein Jahr*, aber das sprach ich nicht laut aus.

Ruby wirkte überrascht. »Das hätte ich nicht erwartet.« Als sie meinen fragenden Blick sah, erklärte sie: »Soweit ich weiß, ist die Akte deines Vaters aufgrund seines damaligen Ranges nur dem Kuratorium vorbehalten.«

»Interessant.« Ich öffnete den Pizzakarton und fischte mir ein dampfendes Stück heraus, das ich mir auf den Teller schob. »Und als Hüterin wäre ich nicht so wichtig?«

»Wichtig ja, aber das Sagen hat am Ende das Kuratorium. Wie du vielleicht weißt, leiten sie die Jäger auf der ganzen Welt. Das Portal ist zwar unser größtes Problem, aber die Sluagh sind die meiste Zeit die größere Bedrohung.«

Ich biss in die Pizza und kaute nachdenklich darauf herum. Natürlich wusste ich einiges von meinem Vater, denn bevor er starb, hatte alles in mir dafür gebrannt, ebenfalls Teil der Liga zu werden. Ich hatte ihn ständig mit Fragen gelöchert und ein paar Details aus ihm herausbekommen. Aber nicht genug, um wirklich zu begreifen, worum es in der Liga ging. »Okay, du wurdest sicher darauf vorbereitet, mir die Liga zu verkaufen.«

Ruby verdrehte ihre Augen und schnappte sich ebenfalls ein Stück Pizza. »Mann, hat deine Mutter mich genervt! Als ob ich das machen würde. Du bist meine Freundin. Ich erzähle dir, was du hören willst, aber ich werde dich ganz bestimmt zu nichts überreden.«

Mir wurde ganz warm im Bauch. »Also, es gibt das Portal und diese Sluagh und diese andere Ebene, auf die Jäger verschwinden?« Das fasste so ziemlich zusammen, was ich über die eigentliche Aufgabe der Jäger wusste.

Ihre Augen leuchteten auf, während sie sich ein wenig mehr aufrichtete. »Genau. Vor Tausenden Jahren gab es unzählige Portale in andere Welten, die aber nach und nach geschlossen wurden, weil die Sluagh diese Welten überrannt haben – so die Legenden. Damals schafften es Sluagh in unsere Welt, und unsere Natur erschuf Menschen, die diese Sluagh bekämpfen konnten. Daraus bildete sich die Liga. Sluagh sind Wesen, die in die Körper von Menschen eindringen und sich von der Essenz eines Menschen nähren. Sie existieren eigentlich nur in der Rúnda, der Dimension der Seelen. Aber hier würden sie ohne einen Wirt einfach zerfallen, also brauchen sie menschliche Körper.«

Ich machte ein angewidertes Geräusch. »Also könnte sich so ein Sluagh nicht einfach in dieser anderen Ebene an meine Seele ranschleichen und ein bisschen was von mir abzapfen?«

Ruby nickte bedeutungsvoll. »Da müsste dir irgendjemand verdammt nahekommen, und dann würdest du das schon merken. Aber es gibt zusätzlich die Shag.« Sie biss in ihre Pizza und schluckte schnell, bevor sie weitersprach: »Sie entstehen, wenn ein Sluagh sich von einer Essenz nährt. Du kannst sie dir vorstellen wie kleine schwarze Schattenbälle, die in der anderen Ebene herumschwirren und Wirte suchen. Dann heften sie sich an eine Essenz und bleiben dort. Die Shag können wir auf der Erde nicht wahrnehmen, es sei denn, man ist besonders mächtig.«

»Und das Portal in die Welt der Sluagh befindet sich wo?« Mir schwirrte der Kopf. Ich hatte keine Ahnung, wie ich mir das vorstellen sollte.

»Das Portal ist in unserer Ebene ein großer Stein und sieht

echt unspektakulär aus. Aber in der Rúnda ist es ein Tor zu einer anderen Welt. Ein bisschen so, als hätte der Stein selbst eine Seele. So wie es dich hier gibt und deine Seele in der Rúnda. Verstehst du?«

Ich nickte, auch wenn mir das Bild eines Steins mit Seele nicht mehr aus dem Kopf gehen wollte. »Und wo genau ist dieser Stein?«

»Er befindet sich in der Liga.«

»In dem Gebäude?«, hakte ich überrascht nach und hob meine Augenbrauen. Man müsste doch meinen, so etwas Wichtiges wäre sehr viel besser versteckt.

»Richtig. Aber die Sluagh wissen nicht genau, wo. Für sie ist das Hauptquartier der Liga quasi ein blinder Fleck. Mit einem besonderen Schutz – das kann dir echt nur ein Spezialist erklären – wird die Liga unsichtbar und damit auch das Portal.«

»Beeindruckend«, gab ich zu. »Und können die Sluagh uns nicht theoretisch verfolgen und die Liga finden? Es wäre doch eigentlich offensichtlich, dort zuerst nach dem Portal zu suchen, oder?«

»Wir sind wie normale Menschen für sie. Solange wir sie nicht angreifen, nehmen sie uns nicht als etwas Besonderes wahr. Und wenn wir einem Sluagh begegnen, dann vernichten wir ihn sofort.«

Ich nickte verstehend, und zugleich erfüllte mich Grauen. Diese Welt war voller Monster. Wir konnten sie nicht mit den Augen sehen, nur mit unseren Seelen.

»Gemeinsam mit deinem Anamaite«, Rubys Augen strahlten bei diesem Wort, »wirst du das Portal stärken und somit die Welt davor bewahren, von Sluagh überrannt und vernichtet zu werden.«

»Du stehst wohl echt auf dieses Anamaite-Ding, was?«, fragte ich und nahm einen weiteren Bissen.

»Natürlich! Es gab bisher niemanden, der sich nicht unsterblich in seinen Anamaite verliebt hat.« Ihre Augenbrauen wackelten vielsagend. »Er ist dein Seelenverwandter, und ich schwöre dir, du wirst sofort hin und weg sein.«

»Kennst du diesen Conor?«

»Kurz nachdem ich hergezogen bin, wurde er versetzt. Aber ich habe ihn als eine tolle Person in Erinnerung. Und er war damals schon heiß.« Sie grinste verschlagen. »Ich wette, ihr werdet noch in der ersten Woche übereinander herfallen.«

»Da wette ich aber dagegen.«

Rubys Grinsen wurde breiter, und sie zog einen Zettel aus ihrer Hosentasche. »Seine Nummer.«

»Was soll ich damit?«, fragte ich und nahm den Zettel irritiert entgegen.

»Willst du ihn etwa unter Aufsicht in der Liga kennenlernen?«

Am besten noch mit meiner Mutter im Nacken. Oh, bitte nicht!

»Wusste ich's doch.« Ruby lachte, während ich mein Handy vom Tisch nahm, seine Nummer eintippte und dann die erste Nachricht schickte.

Hi, hier ist Eliza.

Es dauerte einen Moment, da erschienen drei Punkte. ich runzelte meine Stirn und hielt von plötzlicher Nervosität übermannt den Atem an.

Hi, Eliza. Ich bin Conor. Ich bin in ein paar Tagen wieder in Dublin. Sollen wir uns dann treffen?

Ruby merkte, dass er mir geantwortet hatte, und beugte sich neugierig zu mir herüber, um auf mein Display zu linsen. »Sag Ja!«

Klar.

»Wow, willst du dich unnahbar geben?«
Ich antwortete ihr nicht, denn im selben Moment kam schon Conors Antwort.

Dann sehen wir uns auf der Halloweenparty im *Twenty-five* um zehn Uhr drinnen. Du wählst das Kostüm.

Eine Figur aus Herkules.

Er antwortete mit einem Zwinkersmiley, und auch wenn ich ein wenig aufgeregt war, hatte er mir bisher nicht imponiert.
»Uhh, du könntest als die heiße Meg gehen.«
Ich grinste Ruby an. »Ich gehe als heiße Herrin der Unterwelt.«
»Oh ja!« Sie hielt mir ihre Cola entgegen, und ich stieß mit ihr an.
Was auch immer sich nächste Woche ergab, es würde sicher interessant werden.

KAPITEL 5

Gegenwart

»Ist das dein Ernst?« In den Augen meiner Mutter schimmerten Tränen, und ich war mir sicher, dass ich sie noch nie so stolz gesehen hatte.

Ich nickte, obwohl mich gleichzeitig wieder Zweifel überkamen und ich die Worte wiederholte, nur um uns beiden zu beweisen, dass ich es tatsächlich ernst meinte. »Ich trete der Liga bei.«

Aus ihren geöffneten Lippen entkam ein Laut der Überraschung, und sie trat auf mich zu, um mich fest an sich zu ziehen. Ihr blumig-schweres Parfüm hüllte mich ein, und ich sog den Duft auf, der mich an so vieles erinnerte, aber niemals an Zuneigung meiner Mutter. »Du tust das Richtige.«

Ich nickte stumm, denn das würde sie sicher nicht sagen, wenn sie wüsste, dass ich diese Verbindung nur für ein Jahr einging und auch nur, um an die Akte meines Vaters ranzukommen. Wir waren gerade erst von der Halloweenparty zurückgekommen, und noch immer spürte ich Conors Beinahe-Kuss, während ich nicht leugnen konnte, dass da eindeutig etwas zwischen uns gewesen war. Auch wenn ich noch immer nicht glauben wollte, dass so etwas wie Seelenverwandtschaft überhaupt existierte. Aber Mr Grahams Erklärung darüber, dass wir auf derselben Wellenlänge waren, ergab nun ein wenig mehr Sinn. Ich hatte *gespürt*, dass da etwas zwischen uns war. Das war beängstigend und faszinierend zugleich.

»Kommt, ihr seid sicher hungrig, nachdem ihr heute Nacht so lange gefeiert habt.« Es war, als wären für sie plötzlich all die Jahre unseres seltsam angespannten Verhältnisses wie weggewischt. Vielleicht war es ja tatsächlich so leicht für sie.

Ich hingegen stand einen Moment lang stumm da. Ständig hatten wir gegeneinander angekämpft, und nun, da ich tat, was sie von mir wollte, war ich auf einmal die gute Tochter? Für mich war sie noch immer dieselbe Mom. Ich fragte mich, ob das nächste Jahr etwas von der Enttäuschung in meinem Bauch mildern würde.

Ruby hatte die ganze Zeit stumm zugesehen und trat jetzt zu uns. Ihre Wangen waren noch immer gerötet vom Alkohol, und ihre Augen glänzten. In ihrem Zerbrochene-Puppe-Kostüm passte sie überhaupt nicht in das schicke Ambiente unseres Eingangsbereichs, aber ich mit meiner blauen Haut wohl noch weniger. »Das wäre großartig, Mrs Moore.«

Meine Mutter strahlte sie an, tätschelte noch einmal meine Wange und eilte dann in die Küche.

»Wow, das war seltsam«, sagte ich leise.

»Sie freut sich eben.« Ruby kicherte und wankte auf die Sitzbank, um sich ihre Pumps auszuziehen. Ihr silbern glitzerndes Kleid schimmerte im Licht der Deckenlampe. »Also, du und Conor seid euch ja sehr nahegekommen.« Sie schnaufte. »Von wegen du wettest dagegen.«

Meine Wangen glühten, und meine Lippen prickelten, als würde ich einen Kuss spüren, den es ja noch nicht einmal gegeben hatte! »Er ist echt ... wow. Ich meine, so ein Kerl wie er ist mir noch nie begegnet.«

»Da fehlen ein paar Adjektive. Ist er *scheiße wow* oder eher *sexy wow?*«

»Beides.« Ich begann zu kichern und spürte die Cocktails, zu denen Ruby mich am Ende noch überredet hatte.

Sie brach in schallendes Gelächter aus und erhob sich, wobei sie sich an dem Türrahmen zum Bad festhalten musste. »Ich gehe auf die Toilette. Kannst du mir ein Wasser organisieren?«

»Wasser steht für euch beide bereit«, flötete meine Mutter aus dem Nebenraum vergnügt. Hitze breitete sich auf meinen Wangen aus. Hatte sie das jetzt etwa alles gehört?

Ich ging zu ihr in die Küche und sah zu, wie sie Sandwiches belegte. Ein feines Lächeln umspielte ihre Lippen. »Also lief das Treffen gut?«

»Mutter«, jammerte ich. »Das ist echt nichts, was ich mit dir besprechen möchte.«

Sie grinste noch ein bisschen breiter, doch es schien ihre Augen nicht ganz zu erreichen. »Als deine Tante Fiona und dein Onkel Charles damals einander vorgestellt wurden ...« Sie machte eine Pause und schniefte leise. »Es war wie ein Feuerwerk. Die beiden verliebten sich auf der Stelle, und niemand zweifelte nur eine Sekunde daran, dass sie füreinander bestimmt waren.«

»Aber für Sadie und ihren Anamaite Greg hat diese Verbindung nicht gereicht.« Ich ging zum Tisch und füllte zwei Gläser mit der danebenstehenden Wasserflasche auf. Kurz erfüllte nur Schwere und Stille die Küche.

»Ich weiß auch nicht, wie das passieren konnte«, flüsterte sie dann leise.

Ich hörte die Spülung aus dem Badezimmer und entschied, meine Mutter nicht noch weiter mit diesem Gespräch zu belasten. Es musste sicher schwer sein, wenn sich die eigene ach so perfekte Tochter dem widersetzte, woran sie selbst all die Jahre geglaubt hatte. »Vielleicht reicht es nicht, einfach davon auszugehen, dass Anamaite sich automatisch zueinander hingezogen fühlen.«

Sie drehte sich zu mir um. »Denkst du denn, dass es so ist?«

Ich erinnerte mich an die Hitze, an das Sehnen und das plötzliche Prickeln, das sich zwischen Conor und mir gebildet hatte. »Bisher zumindest nicht, nein.«

Ihr Mundwinkel zuckte, und sie nickte einfach, bevor mir dämmerte, was ich da gerade gesagt hatte. Meine Worte erfüllten den Raum wie ein herausgebrülltes Geständnis.

Ich schüttelte den Kopf und nahm einen großen Schluck Wasser, der mich vielleicht etwas klarer werden ließ, damit ich nicht einfach jeglichen Gedanken ungefiltert herausposaunte. Dann drehte ich mich zu Ruby, die gerade mit etwas wacherem Blick hereinkam, und reichte ihr das andere Glas.

Sie trank gierig und seufzte dann wohlig, bevor sie mit einem strahlenden Lächeln ein Sandwich von meiner Mutter entgegennahm. »Sie sind die Beste, Mrs Moore!«

»Ich lass euch jetzt mal alleine. Es ist schon spät, und ich muss morgen noch zur Liga und die bevorstehende Verbindung besprechen.«

»So schnell? Findet das nicht eh erst in ein paar Wochen statt? Sadie und Greg hatten eine ewig lange Vorlaufzeit.«

Sie nickte knapp. »Leider gibt es Gründe, die dafürsprechen, dass die Verbindung so schnell wie möglich vollzogen werden muss.«

Das beschädigte Portal. Ich war mir sicher, dass dies der Hauptgrund war. Aber sicher spielte Sadies Verschwinden auch keine unerhebliche Rolle. »Wann?«

»Am Sonntag.«

Selbst Ruby stieß einen überraschten Laut aus.

Widerwillen kam in mir hoch, doch ich schluckte ihn herunter. *Ein Jahr, und dafür bekam ich Vaters Akte. Ein Jahr. Danach wäre ich frei und könnte der Liga für immer den Rücken kehren.*

»Okay.«

Meine Mutter strich mir sanft über den Oberarm, nickte Ruby zu und ließ uns schließlich allein.

Mein Handy, das ich vorhin aus meiner kleinen Handtasche gezogen hatte, vibrierte auf dem Küchentisch. Als ich darauf sah, entdeckte ich eine Nachricht von Sadie.

Tut mir leid, dass ich dich da mit reingeritten habe. Ich musste gehen. Hab dich lieb!

Ich dich auch, du Draufgängerin ;-)

Sadie antwortete mit einem Lachsmiley.

Ruby ächzte und ließ sich auf einen der eleganten schwarzen Lederstühle sinken, die um den kleinen, runden Frühstückstisch aufgestellt waren. In unserer Küche dominierten Schwarz und Weiß. Das war nicht immer so gewesen. Früher war sie für mich ein Ort voll Wärme, doch letztes Jahr hatte meine Mutter beschlossen, alles zu ändern, was sie an meinen

Vater erinnerte – einschließlich der Küche. Meine Mutter hatte mit ihm abgeschlossen. Sie hatte nach fünf Jahren seinen Fall schließen und ihn einfach für tot erklären lassen. Ich hatte getobt und gewütet, sie verflucht und geweint. Aber meine Mutter hatte sich nicht beirren lassen. Während in meinem Herzen noch Hoffnung gewesen war, hatte sie ihn komplett aus ihrem gestrichen. Zu behaupten, unser Verhältnis hätte sich danach drastisch verschlechtert, war sogar noch untertrieben. Es war ein Wunder, wenn wir uns ohne Vorwürfe im selben Raum aufhalten konnten.

Dass meine Mutter nun all ihre Aufmerksamkeit auf mich statt auf Sadie verwendete, kam unerwartet, und ich wusste noch nicht, was ich davon halten sollte. Einerseits war es schön. Wer wollte schon nicht von seiner Mutter gesehen werden? Anderseits würde es in einem Jahr sowieso wieder so werden wie früher. Vielleicht sogar noch schlimmer. Ich war ihre letzte Hoffnung darauf, dass unser Name weiterhin in den Rängen der Liga zu den ganz Großen gehörte. Es war nichts, worauf ich mir etwas einbildete.

Ich sollte mich nicht zu sehr an Mutters Wohlwollen gewöhnen. Sonst würde es nur umso mehr wehtun, wenn sie es mir wieder entzog.

Meine Gedanken gingen zurück zu Sadie. Ihr ging es scheinbar wirklich gut. Schnell schickte ich ihr noch eine Nachricht hinterher und fragte, wohin sie abgehauen war. Ich ging zwar nicht unbedingt davon aus, dass sie es mir verriet, aber so langsam wurde ich neugierig auf diese verborgene Seite meiner Schwester.

»Krasser Scheiß«, brach Ruby schließlich die Stille. »Sonntag? Das ist so schnell!«

»Ich schätze, sie wollen verhindern, dass ich auch abhaue.«

Ruby schüttelte weiter fassungslos den Kopf, bevor sie ihre vollen Lippen verzog. »Das wird episch. Eine Woche. Mehr gebe ich dir nicht. Dann werdet ihr die Finger nicht mehr voneinander lassen können. Wetten?«

Ich lachte und bewarf sie mit einem Geschirrtuch. »Allein um diese blöde Wette zu gewinnen, werde ich mir Zeit lassen.«

»Aber du wirst es tun!« Sie wich dem Handtuch aus und lachte noch lauter. »Ein Essen im Restaurant meiner Wahl, wenn ich gewinne.«

»Deal.« Ich schlug grinsend ein und verdrückte den Rest meines Sandwiches, während ich noch mal über das Treffen mit Conor nachdachte. Er war eine harte Nuss, und ich war mir noch nicht sicher, ob ich ihn überhaupt mochte. Aber da war was zwischen uns. Das konnte ich nicht leugnen. Und mit ihm fühlte sich die ganze Hütersache irgendwie weniger schlimm an.

✳✳✳

Meine Mutter hatte sich selbst übertroffen. Am folgenden Sonntag stand ich in einem weißen Kleid, in goldenen Pumps und total aufgestylt im Empfangsbereich der Liga und könnte mich nicht unwohler fühlen. Schon am frühen Morgen hatte meine Mutter eine Stylistin zu uns geholt, die mich auftakelte, als wäre ich auf dem Weg zu meiner Hochzeit. Meine braunen Haare trug ich nun halb hochgesteckt, und ein heller Lippenstift betonte meine dunkelgrünen Rehaugen, wie sie mein Vater früher genannt hatte.

»Bist du sicher, dass ich nicht total overdressed bin?«, fragte ich meine Mutter zum tausendsten Mal, während sie uns am Empfang anmeldete.

Ich strich über meinen Arm, wo vor wenigen Tagen noch rote Striemen von dem Angriff zu sehen gewesen waren. Nun erinnerte nur noch ein daumennagelgroßer blauer Fleck daran, den ich mit etwas Make-up hatte verdecken können.

Kurz darauf erhielt ich ein Besucherkärtchen, bei dem meine Mutter darauf bestand, dass ich es nur festhielt und nicht an mein Kleid steckte.

Der Empfangsbereich erinnerte mich an ein kleines, aber modernes Hotel. Von hier aus konnte man nicht einmal ahnen, wie groß die Liga wirklich war, die sich hinter einer Häuserreihe im Herzen Dublins versteckte. Unwissende glaubten, sie würden an verschiedenen Privat- und Firmengebäuden vorbeilaufen, obwohl die aneinandergereihten Gebäude am Ende der Usher's Quay allesamt miteinander verbunden waren. Der unscheinbare Haupteingang schmiegte sich an eine Bar, die sich im Untergeschoss befand und von der ich wusste, dass sich dort hauptsächlich die Mitglieder der Liga aufhielten.

»Du bist perfekt gekleidet.« Meine Mutter führte mich zu einem der Fahrstühle. Kurz nachdem sie auf die Drei gedrückt hatte, fuhren wir auch schon hinauf. »Im dritten Stock befinden sich die Konferenzräume sowie die Büros des Kuratoriums«, erklärte mir meine Mutter erneut. »Die Verbindung wird mit einem Zeichen auf eurer Haut besiegelt, und danach wird es eine kleine Feierlichkeit zu euren Ehren geben.« Sie konnte das leichte Beben in ihrer Stimme kaum unterdrücken.

Ich konnte nicht fassen, dass ich wirklich kurz davor war, eine Verbindung mit einem Typen einzugehen, den ich erst einmal gesehen hatte. »Muss ich irgendwas sagen?«

»Du musst nur deinen Namen bestätigen und der Verbindung zustimmen. Es geht ganz schnell.« Die Stimme meiner Mutter nahm einen beruhigenden Ton an.

»Was wird das für ein Zeichen sein? Hast du auch so eins? Wird es wehtun?«

»Es ist unangenehm, aber auszuhalten«, antwortete sie ausweichend auf meine letzte Frage. »Das Zeichen symbolisiert die Liga. Es ist eine Spirale, die in der Mitte ihren Ursprung hat und von dem zwei Linien in verschiedene Richtungen führen. Als Zeichen, dass Körper und Geist vereint sind.«

Ein Schauer zog sich über meine Wirbelsäule bis hinunter zu meinen Zehen. Ich wurde langsam nervös.

Ich sagte mir immer wieder, dass ich diese Verbindung nur für ein Jahr eingehen musste. Danach könnte ich der Liga wieder den Rücken kehren und mein eigenes Ding durchziehen. Auch wenn meine Mutter mir momentan wohlgesonnen war, würde ich mich nicht darauf verlassen, dass sie mir in einem Jahr auch wirklich noch mein Studiengeld geben würde. Aber das war ein Problem für Zukunfts-Eliza.

Als der Aufzug hielt, atmete ich einmal tief durch, während die Türen aufglitten.

Stimmengewirr begrüßte uns, als wir in einen breiten Flur traten. Links befand sich ein weiterer kleiner Empfangstresen, und dahinter sah ich mehrere Türen, die vermutlich zu den Büros des Kuratoriums führten.

Auf der rechten Seite gingen vom Flur mehrere Konferenzräume ab, und es klang, als würden sich irgendwo dort hinten unzählige Menschen befinden.

»Eine *kleine* Feierlichkeit?«, fragte ich leise, während ich neben meiner Mutter den Gang entlanglief.

»Du musst keine Angst haben. Du bist immerhin der Star des Tages. Nun, Conor natürlich ebenfalls, aber Bräuten schenkt man ja auch immer die größere Aufmerksamkeit.«

»Nur mit dem Unterschied, dass ich keine Braut bin.«

Sie winkte ab, als wäre der Unterschied minimal. »Genieß einfach die nächsten Stunden, und sag im richtigen Moment Ja.«

Ich schluckte jede Erwiderung herunter, denn in diesem Moment kamen wir bei dem Konferenzraum an, aus dem eindeutig das Stimmengewirr kam. Staunend betrachtete ich den großen Raum. In dem hellen Marmorboden spiegelte sich das wenige einfallende Sonnenlicht, das durch die breite Fensterfront hereinschien. Die Strahlen bahnten sich ihren Weg durch die tiefhängenden dunklen Wolken und den dichten Regen, der an den Scheiben hinunterlief. Moderne silberne Kronleuchter glitzerten über den Anwesenden und verströmten warmes Licht. Runde Tische standen im Raum verteilt, an denen mit schwarzen Hussen überzogene Stühle standen. Grün-weiße Blumengestecke zierten die Tischmitten und passten sich perfekt dem festlichen Ambiente an.

Alle Augen waren inzwischen auf uns gerichtet. Ein Flüstern ging durch die Menge und schwoll zu einer Welle, wogte über die vielen schick gekleideten Menschen hinweg, die mich unverhohlen anstarrten.

Ich reckte mein Kinn ein wenig, während ich einen halben Schritt hinter meiner Mutter herging. Ich hatte keine Ahnung, was als Nächstes kommen sollte.

Meine Mutter hielt zielstrebig auf eine Gruppe Frauen zu, die alle in ihrem Alter waren, und ich musste an mich halten, um nicht mein Gesicht zu verziehen, weil ich ahnte, was sie vorhatte. Immerhin war ich oft genug Zeugin davon geworden, wie meine Mutter Sadie vorgeführt und mit ihr angegeben hatte.

Doch im nächsten Moment trat ein groß gewachsener Mann an uns heran und ersparte mir jegliches Vorführen. *Mr*

Graham. Er sah in seinem feinen Anzug noch strenger aus als in den legeren Klamotten, die er bei unserem Kennenlernen vor knapp einer Woche getragen hatte.

»Eliza, wie erfreulich, dich wiederzusehen.«

Ich lächelte ihn an, während ich ein unterdrücktes Schnauben meiner Mutter wahrnahm. *Interessant.* Konnte sie ihn etwa nicht leiden? »Freut mich ebenfalls.«

Er nickte wohlwollend und schaute zu meiner Mutter. »Wir sollten beginnen. Die Begrüßungen werden wir auf den Empfang schieben müssen.«

»Natürlich«, säuselte meine Mutter und klang zugleich, als würde sie mit ihrer Stimme ein Messer schärfen wollen. Sie rümpfte unauffällig ihre Nase und ging voraus, während ich versuchte, mein Grinsen zu verbergen. Immerhin spürte ich noch immer Dutzende Blicke auf mir ruhen.

Meine Pumps klackerten auf dem Marmor, und ich konzentrierte mich auf die Regenwand, zu der die Fensterscheiben geworden waren. Es war, als würde der Himmel unsere Vereinigung betrauern, und ich konnte es ihm kaum verdenken. Ich hielt das alles immer noch für einen riesigen Quatsch. Dennoch trat ich gerade auf ein längliches Podest zu, das vor mir auftauchte.

Mein Blick flog über die Menschenmenge hinweg, und ich suchte nach Conor. Natürlich würde er ohne Halloween-Schminke anders aussehen, aber ich war mir sicher, ihn erkennen zu können. Wärme breitete sich in meinem Bauch aus, und ich schluckte die aufkommende Beklemmung herunter. Das alles war Rubys Schuld. Sie hatte mir Gefühle eingeredet, die gar nicht vorhanden waren. Ruby und dieser verdammte Beinahe-Kuss, mit dem Conor mich geködert und voll eingefangen hatte.

Das Podest war so groß, dass ein langer Tisch darauf Platz fand. Ein älterer Herr und eine Frau mittleren Alters standen dort neben einem weiteren jungen Mann und schauten uns lächelnd entgegen.

Ich betrachtete den blonden jungen Mann, der vermutlich Conor sein sollte. Er war von großer Statur, aber irgendwie kleiner und schmaler, als ich ihn in Erinnerung hatte. Ein seltsames Gefühl überkam mich.

»Eliza Moore«, begrüßte mich der ältere Herr mit grauem Haar, dunkelgrauem Tweed-Anzug, gelber Krawatte und gelben Lackschuhen. Er nahm meine Hand und lächelte mich warm an. »Ich bin Liam O'Brien, Leiter des Kuratoriums.«

Danach stellte sich die etwas jüngere Mrs Kelly vor, die ebenfalls Teil des Kuratoriums war und zusätzlich Mentorin bei den Spezialisten.

Als Letzter stellte sich Mr Graham offiziell als Mentor der Jäger und auch Teil des Kuratoriums vor. Etwas, das mich ehrlich überraschte, weil er bisher nicht wirkte, als wäre er ein hohes Tier in der Liga. Zudem überraschte es mich, dass mich der Mentor der Jäger trainieren würde. Doch als ich eine Sekunde länger darüber nachdachte, ergab es Sinn, dass es keinen Mentor der Hüter gab. Immerhin hatten die zu der Zeit aktuellen Hüter Wichtigeres zu tun, als die nächste Generation auszubilden.

Mr Graham deutete dann auf den jungen Mann. »Conor McMahon hast du ja bereits kennengelernt, und ich freue mich sehr, dass du der Verbindung zugestimmt hast.«

Mein Blick flog zu Mr Graham, der mich ernst ansah. Scheinbar hatte er niemandem von meinem Plan, nach einem Jahr zu verschwinden, erzählt – oder die anderen ließen sich einfach nichts davon anmerken.

Da ich nicht wusste, was ich darauf erwidern sollte, lächelte ich einfach und betrachtete Conor, der mein Lächeln erwiderte. Doch da waren keine Grübchen, die selbst durch die Schminke so prägnant gewesen waren. Sofort wurde mir klar, was sich gerade so komisch angefühlt hatte. Dieser Kerl war nicht der Conor, den ich auf der Party kennengelernt hatte. Der Typ, der hier vor mir stand, um mit mir eine Verbindung einzugehen, war definitiv jemand anderes! *Was ging hier vor sich?*

Mein Atem beschleunigte sich, und ich fragte mich, was ich jetzt tun sollte.

Conor – oder wer auch immer hier vor mir stand – bemerkte mein Stirnrunzeln, und seine Gesichtszüge wurden angespannt. Er wusste, dass ich es wusste!

Weil so viele Augenpaare auf uns gerichtet waren, zögerte ich, ihm einen bedeutungsvollen Blick zuzuwerfen. Was sollte dieser Unsinn? Oder hatte mich jemand anderes reingelegt? War Conor vielleicht gar nicht involviert gewesen?

Ich kniff skeptisch meine Augen zusammen und bemerkte sofort, wie Conor schwer schluckte. Er musste wissen, dass ich mich mit jemand anderem als ihm in dem Club getroffen hatte.

Mir blieben nur zwei Optionen. Entweder ich ließ ihn auffliegen und verlangte eine Erklärung dafür, was hier gespielt wurde – und riskierte damit, dass diese Verbindung und auch die Chance auf die Akte meines Vaters flöten gingen –, oder ich zog die Verbindung durch und fand erst dann heraus, was hier gespielt wurde.

Es wäre nur für ein Jahr. Bis dahin hätte ich genug Zeit, ihn dafür büßen zu lassen, dass er glaubte, mich verarschen zu können. Und auch genug Zeit, um herauszufinden, wen ich da beinahe auf der Party geküsst hätte, und ihm für dieses dreiste Schauspiel kräftig in die Eier zu treten.

»Seid ihr bereit?« Mr Graham betrachtete Conor und mich abwartend.

Conor wurde ein wenig blass, während sein Blick zu mir herüber zuckte. Er räusperte sich und seine Stimme klang, als würde er versuchen, dunkler zu sprechen. »Bereit.«

Ein wissendes Lächeln umspielte meine Lippen. Conor durfte ruhig sehen, dass ich seine Lüge enttarnt hatte. »Natürlich.«

»Wundervoll.« Der Leiter des Kuratoriums deutete auf die beiden freien Stühle, bei denen wir die Menge im Rücken haben würde. Als hätte er dem gesamten Saal damit ein Zeichen gegeben, wurden Stühle gerückt, und als ich mich setzte, schienen auch alle Anwesenden bereits Platz genommen zu haben.

Die drei Mitglieder des Kuratoriums setzten sich uns gegenüber. Hinter ihnen ergoss sich an den Fenstern noch immer sintflutartig der Regen.

Mr O'Brien ergriff das Wort, und seine Stimme zog sich durch den gesamten Raum. Obwohl er wie ein netter, älterer Herr wirkte, war die ehrfurchterbetene Stille hinter mir ein deutliches Zeichen dafür, wie hoch angesehen er war. »Verehrte Mitglieder der Liga. Es ist mir eine Freude, dass wir uns nach den turbulenten letzten Tagen nun doch zu einer Vereinigung zusammengefunden haben.«

Leises Gelächter erklang, und auch Mr O'Brien schmunzelte. »Es ist mir eine Freude, dass wir heute Zeuge der Vereinigung zwischen Eliza Moore und Conor McMahon werden.«

Er schaute nun zu Conor. »Conor McMahon, bist du bereit, dich zum Wohle der Menschheit deiner Rolle als Hüter zu verpflichten und der Liga zu dienen?«

»Ja«, sagte er mit kräftiger Stimme und ohne zu zögern, während er seinen Arm auf den Tisch legte und dabei die Handfläche nach oben drehte. Er wirkte entschlossen, und das irritierte mich nur noch mehr. Warum war er es dann nicht gewesen, den ich im Club kennengelernt hatte? War er davon ausgegangen, er könnte mich nicht rumkriegen, so wie dieser Fremde, der sich für ihn ausgegeben hatte?

»Eliza Moore. Bist du bereit, dich zum Wohle der Menschheit deiner Rolle als Hüterin zu verpflichten und der Liga zu dienen?«

Ich zögerte einen Moment und sah Conor an. Er erwiderte meinen Blick ohne Scheu, und auch eine Spur Herausforderung lag darin. Also legte ich meinen Arm auf den Tisch, drehte die Handfläche hoch und sagte: »Ja.«

»Diese Zeichen werden euren Körper und euren Geist verbinden und stärken, damit ihr die Rúnda betreten und die Welt beschützen könnt.«

Die Frau zu seiner Linken, Mrs Kelly, schob ihm einen Stempel und ein Stempelkissen zu, und voller Irritation ließ ich mich von ihm *abstempeln*. Eine Spirale, aus der zwei Spitzen herausführten. »Wir danken euch für euren Dienst.«

Applaus folgte, und mir wurde klar, dass die Zeremonie beendet war. Das ging tatsächlich schneller als erwartet.

Conor erhob sich neben mir, und ich tat es ihm nach. Dann drehten wir uns gemeinsam um und lächelten in die Menge. Ein Meer aus fremden Gesichtern, die klatschten, nachdem man mir einen Stempel auf die Haut gedrückt hatte. Ich fühlte mich kein bisschen mit irgendwem verbunden.

»Wir müssen das Ritual beenden.« Conor trat näher an mich heran, sodass ich ihn in dem Lärm verstehen konnte.

Doch auch mit all dem Applaus hörte ich, dass seine Stimme ganz anders als die des Fremden war.

»Na dann los«, erwiderte ich mit einem Lächeln, das für alle anderen hoffentlich echt aussah.

KAPITEL 6

Conor führte mich in einen Nebenraum, der sogar noch steriler aussah als das Wohnzimmer meiner Mutter. In dessen Mitte standen zwei Liegen, und an den Wänden hingen niedrige Regale.

Ich stockte und deutete auf die Stühle. »Sind das Möbel aus einem Tattoo Studio?«

Conor zog seine Nase kraus. »Deine Mutter hat es dir nicht gesagt?«

»Nein …«, antwortete ich lang gezogen und betrachtete die beiden Kerle, die gerade tatsächlich Schränke öffneten und Tattoo-Utensilien rausholten. »Werden wir jetzt etwa markiert?«

Conor lachte leise. »Wir sind doch keine Tiere.«

»Da wäre ich mir nicht so sicher«, erwiderte ich und spürte heftigen Widerwillen in mir aufkommen. »Wozu wird mir was auf die Haut tätowiert?«

Mr Graham, der ebenfalls in den Raum gekommen war,

ging zu den beiden Tätowierern herüber und hob eine kleine Phiole hoch. In ihr waberte schwarzer Rauch, der irgendwie lebendig wirkte. »Das hier ist ein Teil der Essenz eines Sluaghs. Sobald wir diese auf deiner Haut verewigen, wird es dir möglich sein, die Rúnda zu betreten. Das ist die Ebene unserer Essenzen. Zudem ist feiner Staub des Portals enthalten, damit du auch mit ihm eine Verbindung eingehst.«

»Wir können auf die Ebene unserer Seelen gehen?« Ich hatte keine Ahnung, wie ich mir das vorstellen sollte. Und dann sollte ich auch noch eine Verbindung mit einem Portal eingehen? Mit einem Stein?

»Richtig. Rein durch Meditation ist es uns auch so möglich, doch mit dieser kleinen Beigabe können wir nicht nur geistig, sondern auch körperlich dorthin übertreten und die Sluagh in ihrer ursprünglichen Gestalt bekämpfen.«

Das klang einfach nur grotesk. »Okay …«, meinte ich langsam und deutete auf Conor. »Aber er müsste so ein Tattoo ja schon haben, oder?«

»Richtig, aber es gibt noch ein weiteres Zeichen für eure Verbindung, das direkt darin eingearbeitet wird.«

»Wozu?«

Conor hob seine Hand und deutete auf den Stempel, den uns der Leiter des Kuratoriums aufgedrückt hatte. »Durch unser gegenseitiges Blut wird das Zeichen noch mal verstärkt. Du wirst unsere Verbindung spüren, sobald du die Rúnda betreten hast. Das Blut des anderen macht sie kräftiger und stabilisiert sie.«

»Oh krass«, entfuhr es mir. »Also wird mir dein Blut in die Haut tätowiert? Das ist so krank.« Ich riss meine Augen auf. »Deshalb hat meine Mutter darauf bestanden, dass ich einen HIV-Test mache?«

»Das muss jeder angehende Hüter vorher machen – zur Sicherheit.« Conor schien mich beschwichtigen zu wollen, aber das funktionierte kein bisschen. Es machte mich eher noch wütender.

»Ich glaube, ich hätte erst noch ein paar Fragen«, erwiderte ich und funkelte Conor an.

Er presste seine Lippen zusammen und sah Mr Graham und die anderen Männer an. »Würdet ihr uns einen Moment alleine lassen?«

Sie nickten uns zu, und kurz darauf waren wir alleine – in diesem kalten Raum mit den zwei Liegen, auf denen sie uns gleich Blut in unsere Haut tätowieren würden. *So. Krank.*

»Es tut mir leid, dass ich dir gegenüber nicht ganz ehrlich war«, begann Conor, als die Tür sich hinter den anderen geschlossen hatte.

»*Nicht ganz ehrlich?* Du hast mich verarscht, noch bevor wir uns kennengelernt haben. Du hast einen anderen Typen vorgeschickt, damit er mich um den Finger wickelt und wolltest so erreichen, dass ich bei dieser Nummer mitmache.« Ich verschränkte die Arme vor der Brust und hob abwartend meine Augenbrauen.

Er strich sich mit einem Seufzen durch sein blondes Haar und schaute aus dem Fenster. Er war unbestreitbar attraktiv, aber ich hasste nichts mehr als Lügner. »Ich hatte meine Gründe. Wirklich. Es ging nie darum, dich zu hintergehen.« Seine grünen Augen trafen meine, und ich spürte, wie etwas in mir weich wurde. Wie diese vermeintliche Ehrlichkeit in seinem Blick mich einen Schritt auf ihn zugehen ließ. Er war wie ein unsichtbarer Magnet, dem ich mich nicht entziehen konnte.

Ruckartig stoppte ich und trat demonstrativ wieder zurück. Ich schüttelte entschieden den Kopf. »Worum ging es dann?«

»Das kann ich dir nicht sagen. Aber ich schwöre dir, bei unserer Verbindung und allem, wofür ich lebe, dass es nichts mit dir persönlich zu tun hatte.« Er kniff seine Augenbrauen zusammen. »Außerdem sollte er sich nicht an dich ranmachen.«

»Sondern?« Ich wusste nicht mal, wer *er* war. Aber irgendwie war ich mir sicher, das würde ich auch noch herausfinden.

Conor seufzte und strich sich wieder durch sein Haar. »Nur nett sein und dir zeigen, dass wir nicht alle Freaks sind.«

Wieder kniff ich meine Augen zusammen.

Sofort knickte er ein. »Deine Schwester hat mal angedeutet, wie sehr du dich gegen die Liga sträubst.«

Ich fragte nicht, ob er den Grund dafür kannte, sondern schüttelte verwirrt meinen Kopf. »Alles, was du sagst, klingt gelogen, und dennoch glaube ich dir jedes Wort. Wieso?«

Er trat langsam einen Schritt auf mich zu und nahm vorsichtig meine Hand. Dann strich er über den Stempelaufdruck. »Wir haben der Verbindung zugestimmt. Aber das ist nur ein Teil dessen. Es liegt daran, dass unsere Essenzen sich zueinander hingezogen fühlen.«

Gänsehaut kitzelte mein Rückgrat, und ich trat von ihm weg. Es war, als wäre das hier ein Tanz, dessen Schritte ein Teil von mir kannte, während sich der Rest von mir noch dagegen wehrte. »Ich werde nichts mit dir anfangen, klar?«

Er lachte. »Klar.«

»Und du wirst es nicht leicht haben. Ich bin keine Teamplayerin«, gab ich offen zu.

»Wir bekommen das hin. Ich weiß übrigens davon, dass du nach dem Probejahr die Verbindung wieder lösen willst. Mr Graham hat mir davon erzählt.« Seine Stimme wurde leiser. »Ich bin dabei. Wir werden das Portal stärken und herausfinden, warum es momentan so schwach ist. Danach lösen wir die

Verbindung wieder. Und zwar gemeinsam, dann geht auch keiner als der Böse aus dieser Sache raus.« Conor sah aus, als würde es ihm schwerfallen, diese Worte laut auszusprechen. Vielleicht war es das, was mich ihm glauben ließ. Ich hatte keine Ahnung, was seine Gründe waren, aber ich würde sie herausfinden. Wichtig war für mich nur, dass wir auf derselben Seite standen.

Ich streckte ihm meine Hand entgegen, auch wenn sich alles in mir dagegen sträubte, ihn zu berühren. »Deal.«

Conors Lächeln erhellte sein Gesicht, und auch ohne Grübchen war es verdammt schön. »Deal.« Seine Hand berührte meine, und ein Kribbeln schien unter meiner Haut entlangzuschießen.

Ich zog meine Hand zurück und atmete hörbar aus. »Dann bringen wir diesen …«, ich stockte, weil mir einfach nichts einfallen wollte, was diese Situation irgendwie positiv beschreiben könnte, « … Teil der Verbindung mal hinter uns.«

Sein Lächeln wurde schief, als wüsste er genau, was für Worte mir auf der Zunge gelegen hatten, bevor er sich umdrehte, um Mr Graham und die anderen Herren wieder hereinzuholen.

Das Zeichen, das mir auf die Hand gestempelt wurde, trug Conor bereits als Tattoo in seinem Nacken. Es war daumengroß und wurde gerade von einem Tätowierer gereinigt, bevor er mein Blut einstechen würde.

Nachdem man mir eine kleine Menge entnommen hatte, sah ich zu, wie er die Nadel der Spritze in das Glas mit der Essenz des Sluaghs schob und mein Blut hineingab. Ein schwarz-roter Wirbel entstand, als würden die beiden Substanzen miteinander kämpfen.

Während Conors Blut in ein anderes Gläschen kam, wurden wir aufgefordert, uns zu setzen. Ich zog ein Haargummi aus meiner Tasche und fixierte mein offenes Haar in einem Dutt. Dann schaute ich aus dem Fenster und beobachtete den noch immer starken Regen, während der Tätowierer meinen Nacken desinfizierte.

Ich zuckte nicht zusammen, als ich das leise Surren der Tätowiernadel hörte. Meine Mutter würde mich umbringen, wenn sie wüsste, wie vertraut mir dieses Geräusch war und dass ich mit meinem gefälschten Ausweis bereits eins hatte machen lassen. Fein gezeichnete Blumen zierten meine Rippen, direkt unter meiner Brust. Sie waren ein Geschenk an mich selbst gewesen, nachdem meine Mutter meinen letzten Geburtstag auf einer Veranstaltung der Liga verbracht hatte.

Aber das erschien mir mittlerweile halb so schlimm, denn als Teil der Liga musste sie ebenfalls ein Tattoo haben. Das erklärte auch, warum sie selbst im Hochsommer diese feinen Seidentücher um den Hals trug.

Während ich spürte, wie die Nadel sich in meine Haut bohrte, konzentrierte ich mich auf das Prasseln des Regens und das stetige leise Rauschen der Feierlichkeiten nebenan.

Der Schmerz nahm mit jeder Minute zu, und als es beinahe nicht mehr auszuhalten war, wollte ich am liebsten aufstehen und gehen.

»Es ist fast vorbei«, presste Conor neben mir heraus, als würde er mich beruhigen wollen.

Ich sah zu ihm herüber und stellte fest, dass er sein Gesicht vor Schmerz verzerrt hatte und nicht einmal versuchte, dies zu überspielen. »Hoffentlich.«

»Du bist so ein Weichei!« Sein Tätowierer lachte.

»Kian! Mach einfach schneller«, knurrte Conor und versuchte mich anzugrinsen, was ihn total bescheuert aussehen ließ.

Ein überraschtes Lachen entfuhr mir, bevor ich im nächsten Moment auch mein Gesicht verzerrte und vermutlich genauso idiotisch aussah wie er.

Conor fiel in mein Lachen mit ein, und als wir uns für einen Moment in die Augen sahen, spürte ich da dieses Band zwischen uns. Es war, als könnte ich es förmlich greifen, und kurz wunderte ich mich, dass ich es zuvor nicht wahrgenommen hatte. Schnell wandte ich meinen Blick ab, doch das Gefühl blieb.

Rubys Worte kamen mir in den Sinn.

Seelenverwandte.

Dein Anamaite.

Ein Schnauben entfuhr mir, denn dasselbe hatte sie von dem Typen im Club auch gesagt. Für einen kurzen Moment hatte selbst ich ihr geglaubt.

»Fertig«, sagte der Tätowierer hinter mir schließlich.

Zugleich surrte noch immer die andere Tätowiernadel, worauf Conor ein fragendes Geräusch machte. »Warum bist du noch nicht fertig?«

»Weil ich mir für dich extra Zeit lassen wollte.« Der bullige Typ kicherte und lehnte sich dann zurück. »Dafür ist das Motiv aber einfach zu klein. Also wenn du ein größeres Tattoo haben willst, du hast ja meine Nummer.«

»Damit du mich über Tage hinweg foltern kannst? Sicher nicht!«

Gegen meinen Willen lachte ich erneut laut auf. Ich konnte einfach nicht anders.

Während Conor und Kian sich gegenseitig aufzogen, wurden unsere fertigen Tattoos noch einmal desinfiziert. Danach wurden sie mit Folie abgeklebt, und uns wurde erklärt, dass wir diese nach drei Tagen abnehmen und dann regelmäßig eincremen sollten. Das kannte ich schon von meinem anderen Tattoo.

Als wir fertig waren, erhob ich mich von der Liege und löste mein Haargummi aus meinen Haaren, sodass sie wieder in Wellen über meine Schultern fielen.

Die Leute von der Liga mussten den Verband nicht sehen, um zu wissen, dass ich jetzt ein Teil von ihnen war. Das Prozedere war schließlich kein Geheimnis für die Mitglieder.

Conor trat neben mich, als ich widerwillig in Richtung Tür ging. »Ich habe auch keine Lust auf den Empfang.«

»Dann lass uns abhauen«, bot ich provokant an und schaute zu ihm herüber. Erst jetzt fiel mir auf, dass er einen halben Kopf größer als ich war und viel zu gut roch. Würzig und nach einem Hauch Vanille.

Er seufzte schwer. »Ich wäre gerne cool genug, um dich zu entführen und dich vor diesem Empfang zu retten. Aber leider müssen wir ein paar Erwartungen erfüllen.« Er trat zur Tür und legte seine Hand an die Klinke. »Sobald wir hier wohnen, werden wir genug Zeit haben, um uns kennenzulernen.«

»Was meinst du damit, dass wir hier wohnen werden?«, fragte ich im selben Moment, als er die Tür öffnete und Applaus auf uns niederregnete.

Conor machte eine entschuldigende Geste, dann schob er mich neben sich her und strahlte, als hätte er nicht die letzten Minuten wegen des Tattoos gejammert.

Ich ließ zu, dass er mich diversen Leuten vorstellte, deren Namen ich sofort wieder vergaß, und fragte mich, was meine Mutter mir sonst noch alles verheimlicht hatte.

Sadies Leben war mir immer so normal vorgekommen, deshalb war ich davon ausgegangen, dass ich nur ab und zu hier reinschauen musste und ansonsten einfach weitermachen konnte wie zuvor. Doch während ich mir ein gequältes Lächeln abrang, wurde mir klar, dass in den nächsten Monaten wohl rein gar nichts einfach werden würde.

***

Der Empfang verging wie im Flug, und obwohl es Häppchen und Getränke gab, nagte irgendwann der Hunger an mir.

Nachdem wir uns von allen verabschiedet und den Hauptsitz der Liga verlassen hatten, bat ich meine Mutter, mit mir zum nächsten Burgerladen zu fahren. Obwohl sie ihre Nase rümpfte, standen wir schon kurz darauf in einem Drive-In, wo ich mir mein Mittagessen bestellte.

»Du hättest mir ruhig sagen können, dass ich mit Conor zusammenziehen muss«, sagte ich anklagend, sobald wir weiterfuhren und ich mir einen Burger aus der Tüte nahm.

Meine Mutter hasste es, wenn man im Auto aß, aber heute hatte ich wohl ein paar mehr Freiheiten, denn sie rümpfte nur abwertend die Nase. »Ihr werdet nicht wirklich zusammenziehen. Es ist eher …« Sie zögerte und zog ihre Augenbrauen zusammen. Ohne das Botox würden sich jetzt sicher Falten auf ihrer Stirn bilden. »Wie eine Wohngemeinschaft«, knüpfte sie an und nickte ausladend, konzentrierte sich aber weiter auf den Verkehr. »Eure Wohnung liegt in einem Gebäudekomplex, der der Liga gehört. Deine Ausbildung und dein Job werden dir leichter fallen, wenn du nicht so weite Wege hast.«

Ich kaute bedächtig auf meinem Burger. »Und was ist mit der Schule? Der Weg dahin ist jetzt viel weiter.«

»Sei nicht albern. Du wirst die Schule natürlich nicht fort-
führen können.«

Fast hätte ich meinen nächsten Bissen ausgespuckt. »Das
kann nicht dein Ernst sein!«

»Wie hast du dir das denn vorgestellt?«

»Du bist meine Mutter! Natürlich hättest du mir so etwas
Wichtiges nicht vorenthalten!«

»Nicht in diesem Ton, junge Dame!« Sie bremste an der roten Ampel ein wenig zu heftig.

»Du kannst mich nicht zwingen, die Schule abzubrechen!
In einem halben Jahr sind meine Abschlussprüfungen!« Und
ich brauchte einen Abschluss, wenn ich nach dem kommenden
Jahr noch studieren gehen wollte. Das musste ein dummer
Scherz sein! »Ich werde meinen Abschluss machen, ob du
willst oder nicht.«

»Darüber reden wir später«, entschied sie und versuchte, einen beruhigenden Tonfall anzuschlagen, doch ich hörte, wie
angespannt sie wirklich war.

Schweigend fuhren wir nach Hause, und ich hatte aufgeges-
sen, noch bevor wir in unserer Einfahrt parkten.

»Und wann soll dieser Umzug stattfinden?«, fragte ich,
während ich aus dem Auto stieg.

»Ich wollte es dir eigentlich heute beim Abendessen sagen.
Ich habe Conor und seine Familie eingeladen. Der Umzug ist
für nächste Woche geplant.«

»Wann nächste Woche? Am Wochenende?«

»Montag.«

Mir fielen fast die Augen aus dem Kopf, und ich schlug die
Beifahrertür mit etwas zu viel Kraft zu. »Du meinst *morgen?*«

Sie nickte nur knapp und ging in Richtung Haus.

»Mutter, was wird das hier?« Ich stöhnte und fühlte mich,

als wäre ich in einem völlig falschen Film. »Wieso muss ich dir eigentlich alles aus der Nase ziehen? Kannst du nicht mal Klartext reden?«

Sie warf mir über die Schulter einen warnenden Blick zu, als sie an der Haustür stehen blieb, um aufzuschließen. »Hör auf, so eine Szene zu machen. Wir reden drinnen weiter!«

Ich stieß einen frustrierten Laut aus und folgte ihr ins Haus und in die Küche, wo meine Mutter sofort die Kaffeemaschine anmachte. Sie drehte mir den Rücken zu, und ich sah ihr deutlich an, dass sie keine Lust auf ein weiteres Streitgespräch mit ihrer Tochter hatte.

»Weißt du, was? Ich werde jetzt gleich ausziehen«, stieß ich aus und wollte plötzlich nichts anderes mehr. »Verschieb das Essen. Der Tag war anstrengend genug, und vielleicht macht es mehr Sinn, dass ich Conors Eltern gegenübertrete, wenn ich die Liga gerade nicht total verabscheue. Aktuell finde ich es nämlich richtig beschissen, dass ich von vorne bis hinten belogen werde und man mich ständig ins kalte Wasser wirft!«

Meine Mutter drehte sich um und funkelte mich an. »Es ist nur ein Essen, kein Staatsbankett!«

»Verschieb das Abendessen, oder ich demonstriere dir, wie sehr du dich für deine Tochter schämen kannst.« Meine Stimme war so eisig, dass ich mich nicht über kleine Wölkchen in meinem Atem gewundert hätte.

Ihre Nasenflügel blähten sich auf, und sie presste ihre Lippen zusammen. Ich sah, wie es in ihr arbeitete und nahm ihr Zögern als Zeichen, um weiterzureden. »Sag ihnen, dass ich mich von der Aufregung erholen muss. Es muss ja keiner wissen, dass ich heute schon umgezogen bin. Ich will ein Mal in dieser vertrackten Situation das Gefühl haben, ich hätte einen

Vorteil. Und sei es nur, dass ich schon einen Tag früher als Conor einziehen kann.«

»Du wirst morgen nicht zur Schule gehen können. Es muss mindestens ein Protektor bei dir sein.«

Das war kein Nein. »Wieso?«

»Du wurdest als Hüterin gezeichnet. Sluagh können das jetzt wahrnehmen, weil du einen Teil des Portals zu ihrer Welt in dir trägst.«

Der Staub, der mir ebenfalls eintätowiert wurde. »Das heißt, ich bin jetzt eine wandelnde Reklametafel für Sluagh? Wie muss ich mir das vorstellen? Könnten die mich einfach so angreifen? Mitten auf der Straße?« Meine Stimme überschlug sich beinahe. »Noch etwas, das du mir gerne vorher hättest sagen können!«

»Sie können dich wahrnehmen, aber nicht so, dass sie plötzlich in Scharen angerannt kommen. Eher dann, wenn du in der Nähe bist. Deshalb wäre es auch besser, wenn du nicht zur Schule gehen würdest.«

»Du meinst, ich würde andere Schüler mit meiner Anwesenheit in Gefahr bringen?« Nun flüsterte ich, und Fassungslosigkeit ließ meine Schultern nach unten sinken. Ich war vielleicht keine Musterschülerin gewesen, aber meinen Abschluss zu machen und für ein Studium weit wegzuziehen hatte immer ganz oben auf meinem Lebensplan gestanden.

»Weißt du was?« Sie trat auf mich zu und legte mir sanft eine Hand auf die Schulter. »Du kannst heute dort einziehen. Ich habe bereits den Schlüssel hier, und sobald du gepackt hast, können wir los.«

Ich nickte langsam und drehte mich wie ferngesteuert um. Meine Pumps stellte ich vor dem Schuhregal neben der Treppe ab und ging nach oben in mein Zimmer. Ich schrieb Ruby eine

kurze Nachricht und zerrte dann einen Koffer unter meinem
Bett hervor.

Eine halbe Stunde später stand Ruby mit Umzugskartons
unterm Arm in meinem Zimmer. Ich hatte das weiße Kleid
gegen meine Jogginghose und einen Pullover getauscht. Nun
lag es wie eine unheilvolle Erinnerung an die letzten Stunden
über meinem Bürostuhl. Ich war nun wirklich Teil des Ganzen. Ich war nun Teil der Liga.

Ruby warf die Umzugskartons auf den Boden und kam
dann mit ausgebreiteten Armen auf mich zu. »Willkommen in
der Liga!«

Ich ließ mich von ihr umarmen und erzählte ihr von meinem Tag. Während wir also packten, regte sie sich mit mir gemeinsam über meine Mutter auf und versprach mir, dass sie
mich in alles einweihen würde, was ich wissen wollte.

Doch alles, was ich für heute noch wollte, war meine Ruhe.

Meine Mutter nannte uns die Adresse und gab mir den
Schlüssel, als wir am Nachmittag so weit waren, die erste La-
dung Kisten rüberzubringen. Ich hatte keine Ahnung, ob es in
der neuen Wohnung Möbel gab, aber zur Not würden wir
wohl mein Bett auseinanderschrauben müssen.

KAPITEL 7

Ich lag wach in meinem neuen Bett, das in der bereits voll möblierten Wohnung gestanden hatte, und starrte an die Decke, während auf meinem Handy leise Musik lief. Ruby und ich hatten das wichtigste Zeug aus meinem Zimmer in die Wohnung gebracht, die sich in der Straße Arran Quay befand und somit nur eine Minute Fußweg über eine Brücke zur Liga bedeutete. Ich konnte nicht einmal das Haus verlassen, ohne dass sie es von gegenüber sehen würden.

Ich drehte mich auf die Seite und schaute aus dem Fenster, hinter dem ich das obere Ende einer Straßenlaterne erkennen konnte, die schwach in mein Zimmer leuchtete. Der dunkle Holzboden hätte eine Runde Staubsaugen zwar dringend nötig gehabt, aber ansonsten war das hellgrün gestrichene Zimmer mit den dunklen Holzmöbeln das schönere der beiden Schlafzimmer unserer Wohnung gewesen. Das andere hatte zwar dieselbe Aussicht wie meines, war aber deutlich kleiner. Zusätzlich gab es einen Wohnbereich, der an die beiden Schlafzimmer grenzte und zu dem auch eine Kochnische gehörte. Ihr gegenüber befand sich ein großer Esstisch. Das fensterlose und langgezogene Badezimmer mit seinen rosafarbenen Fliesen war grauenvoll und süß zugleich, und auch der Hausflur außerhalb der Wohnung hatte einen recht guten Eindruck auf mich gemacht.

Ruby hatte mir erklärt, dass dieses und noch andere Gebäude in der Straße der Liga gehörten, wobei die unteren Geschäfte als Tarnung dienten. In einem davon befand sich ein kleiner Club, in dem regelmäßig Livemusik gespielt wurde, was ganz cool war.

Ich wusste nicht genau, wie viele Leute von der Liga in diesem Komplex wohnten, doch so lang wie der Hausflur gewirkt hatte, mussten es einige sein.

Ich seufzte schwer. Wieso hatte meine Mutter mich derart ins kalte Wasser werfen müssen? Hatte sie etwa wirklich Angst, ich würde auch kurzfristig abhauen?

Na ja, besonders glücklich war ich momentan tatsächlich nicht.

Mein Blick flog zu meinem Handy, von dem aus ich Sadie gerade eine Nachricht geschickt hatte. Auf meine Frage, wo sie denn nun war, hatte sie mir vor ein paar Stunden ein Foto von sich am Strand geschickt. Sie hatte in die Kamera gegrinst und einen leuchtend gelben Cocktail hochgehalten. Wäre ich an ihrer Stelle auf einer Paradies-Insel, hätte ich auch so gegrinst. Ich vermutete, dass sie auf den Malediven oder in der Karibik war, aber ich kannte mich zu wenig mit schönen Stränden aus, um den Unterschied zu erkennen. Ich betrachtete das Bild erneut. Sadie sah so *glücklich* aus, und das freute mich für sie. Seit dem Verschwinden unseres Vaters war unser Verhältnis nicht das beste gewesen, aber wenn ich jetzt so darüber nachdachte, hatte sie sich in der letzten Zeit irgendwie verändert. Sadie war weniger hochnäsig und ab und zu sogar nett zu mir gewesen. Vielleicht hatte sie mich ja einweihen und vorwarnen wollen?

Ein Seufzen entfuhr mir, und ich rollte mich rastlos auf dem Bett herum. Ich spürte den Verband in meinem Nacken kleben und schloss meine Augen. Während ich mir Ideen ausmalte, wie ich dieses Tattoo mit einem Cover-Up verschönern konnte, schlief ich endlich ein.

***

Ich hörte, wie die Wohnungstür aufgeschlossen wurde, als ich gerade aus der Dusche trat. Glücklicherweise hatte ich immer diesen paranoiden Gedanken, jemand könnte einbrechen, dass ich grundsätzlich immer die Badezimmertür abschloss.

Ächzen und Lachen ertönte. Irgendwas Schweres wurde im kleinen Eingangsbereich direkt vor dem Badezimmer abgeladen. Schritte entfernten sich, aber ich hörte nicht, dass die Wohnungstür wieder geschlossen wurde. Offenbar zog Conor jetzt ein.

Ein Blick auf mein Handy zeigte mir, dass es kurz nach acht Uhr war. Super, so früh Besuch – und das ohne Kaffee. Großartig. Wirklich großartig.

Ich trocknete mich ab und seufzte leise, als mir auffiel, dass ich natürlich meine frische Unterwäsche in meinem Zimmer gelassen hatte. Dumm. Gerade im Hinblick darauf, dass ich an der Wohnungstür vorbei und durch das Wohnzimmer laufen musste, wenn ich zu meinem Zimmer wollte.

Ich schlang mir das Handtuch um den Körper und begann, meine nassen Haare zu bürsten, bis sie mir in langen dunklen Wellen auf die Schultern fielen.

Wieder ertönten Schritte und Lachen. Ich schnappte mir meine Schlafklamotten und horchte in die darauffolgende Stille.

Dann drehte ich den Schlüssel um und zog die Tür auf. Natürlich trat gerade in diesem Moment ein großer Kerl mit einem Umzugskarton durch die offen stehende Wohnungstür, stieß bei meinem Anblick ein Grunzen aus und blieb wie angewurzelt nur wenige Meter von mir entfernt stehen. Es war Conors Tätowierer, Kian.

Mein Herz polterte mir fast aus der Brust, doch ich schüttelte den Schreck schnell ab und setzte ein halbes Lächeln auf. »Wenn du mich noch länger anstarrst, sollte ich wohl Geld verlangen.«

Seine Augen weiteten sich, und er machte einen Schritt zurück. Sein massiger Körper schien den gesamten Eingangsbereich auszufüllen. »Verdammt! Sorry!«

Ich deutete in die Richtung, in die er gegangen war. »Kann ich mal durch?«

»Klar«, stammelte er und trat betreten zur Seite.

Mit einem gequälten Lächeln ging ich an ihm vorbei in den Wohnbereich und fand mich vier weiteren Kerlen gegenüber, die gerade Kisten zwischen den vorhandenen Möbeln abstellten. Und alle gafften mich an.

Einer von ihnen kam mir vage bekannt vor, doch ich lief mit einem knappen »Hallo« an allen vorbei und verschwand eilig in meinem Zimmer.

Das lief ja mal super. Schnell zog ich mir frische Wäsche an und öffnete meinen bereits vollgestopften Einbauschrank, um mir ein Outfit rauszusuchen.

Ein Klopfen ertönte. »Eliza?«

Ich erkannte Conors Stimme sofort und zog mir rasch meinen Bademantel über. »Es ist offen.«

Er zögerte einen Moment, bevor er die Tür öffnete und mich mit einem Lächeln begrüßte. »Ich wusste nicht, dass du schon hier bist. Sonst hätte ich Bescheid gesagt.«

Ich versuchte das warme Gefühl zu ignorieren, das sein Lächeln in mir auslöste. »Schon okay. Ich wollte mich allein an das alles hier gewöhnen.«

Er nickte langsam und schaute sich in meinem Zimmer um. »Mein Dad hat mir seine Kreditkarte gegeben. Wir können uns ein paar neue Möbel kaufen, wenn du willst.«

Mein Blick fiel auf die geöffnete Tür, hinter der ich ins Wohnzimmer schauen konnte. Schritte und Stimmen waren zu hören, während seine Freunde hin und her liefen. »Für ein Jahr?«

Er grinste schief. »Soll doch ein nettes Jahr werden. Ein großer Fernseher wird morgen geliefert.«

Ich erwiderte sein Grinsen. »Deko wäre nett.«

»Sag mal, Conor, wo soll deine Playstation hin?« Eine Stimme, die ich bisher nur unter lautem Bass gehört hatte und die sich dennoch in mein Gedächtnis gebrannt hatte, ertönte, noch bevor ich deren Besitzer sehen konnte. Ein breitschultriger Kerl erschien in der Tür. Sein kurzes dunkles Haar war zurückgestrichen, und ein leichter Bartschatten umrahmte seinen kantigen Kiefer. Ein merkwürdiges Gefühl machte sich in mir breit. Mein Herz polterte einmal heftig gegen meine Rippen, und ich konnte nicht sagen, ob es vor Entsetzen oder vor Ärger war. Das war der Kerl von der Halloweenparty, der sich für Conor ausgegeben hatte!

»Du!«, stieß ich aus und stampfte auf den Typen zu.

Noch bevor er verstand, was passierte, verpasste ich ihm ei-

96

nen Stoß, und er taumelte zurück ins Wohnzimmer. »Hey! Was soll das?«

Ich sah ihn mit so viel Hochmut an, dass ich meiner Mutter Konkurrenz hätte machen können. »Das ist für dieses bescheuerte Spiel an Halloween.«

Seine Mundwinkel hoben sich, und als sich seine zwei beschissenen Grübchen zeigten, zuckte es mir bis in die Magengegend. Es war wie ein Adrenalinschub, kurz bevor man geküsst – oder von einer Klippe gestoßen wurde. Sein Lächeln ließ etwas in mir klingeln, und obwohl ich wütend war, spürte ich unverkennbare Anziehung. »Das habe ich wohl verdient.«

»Eliza, das ist Logan«, sagte Conor und klang peinlich berührt.

Ich erwiderte nichts und starrte Logan finster an.

Seine Grübchen tanzten.

Conor bedeutete Logan, Richtung Flur zu verschwinden, bevor er sich mir zuwandte. »Zieh dich vielleicht erst mal an. Hast du Lust auf Frühstück? Ich wollte eh noch beim Bäcker Kaffee besorgen. Die Kaffeemaschine kommt auch erst morgen.« Er klang entschuldigend.

»Schwarzer Kaffee mit einem Stück Zucker, bitte.«

Er nickte und lächelte mich noch einmal kurz an, bevor er hinter sich die Tür schloss.

Ich starrte noch einen Moment gedankenverloren in das Wohnzimmer, bevor ich wieder zu meinem Schrank ging. Das war irgendwie schräg und beunruhigend. Logan war also ein Freund von Conor. Hoffentlich würde ich ihn nicht allzu oft hier sehen. Es reichte schon, dass die zwei mich belogen hatten. Irgendwie hatte ich gehofft, dass die Anziehung zu Logan einfach verpufft wäre, nun, da ich von ihrem dummen Spiel wusste. Doch ein Blick auf seine Grübchen reichte, und schon war da wieder dieses Flattern in meinem Bauch.

Als ich eine Viertelstunde später geschminkt, in eine Jogginghose und einen Pullover gekleidet aus meinem Zimmer trat, war die Wohnung noch immer leer.

Conors Tür stand weit offen, und ich konnte direkt auf den Kistenberg in dem gelb gestrichenen Zimmer schauen. Er hatte den gleichen dunklen Boden und die gleichen Holzmöbel, die auch in meinem Zimmer standen.

Im Wohnzimmer stapelten sich ebenfalls Kisten, die den Wohnbereich von der offenen Küche trennten. Mein Blick wanderte über die kahlen Wände und die spärliche Dekoration. Diese Wohnung konnte definitiv ein bisschen Gemütlichkeit vertragen.

Ich setzte mich auf das Sofa und schrieb Ruby, was an diesem Morgen in meiner Wohnung bereits alles vorgefallen war und dass mich jetzt ein Haufen Typen im Handtuch bekleidet gesehen hatte.

Ruby antwortete mit lachenden Smileys und einem Wort.

:D :D Neid!!

Ich schmunzelte über ihre Antwort und fragte sie, was sie machte.

Gleich ist die Präsentation für Politik, und ich habe gar keine Chance ohne dich!

Ich wäre lieber bei dir als hier.

Quatsch, Conor ist cool! Ihr werdet Spaß haben. Lernt euch kennen.

Mir wurde klar, dass ich Ruby von all dem Chaos mit Conor bisher nichts erzählt hatte. Ich biss mir auf meine Unterlippe, weil ich es hasste, vor ihr Geheimnisse zu haben. Vorhin hatte ich einfach nicht darüber reden können, weil es im Grunde dumm war, eine Verbindung mit jemandem einzugehen, der mich offensichtlich schamlos belogen hatte. Wer ließ sich schon so vorführen und ging dann diesen Deal ein? *Ich, weil ich mehr über meinen Vater wissen wollte und ehrlich gesagt auch verdammt neugierig auf die Erklärung für Conors Verhalten war.*
Meine Nasenflügel blähten sich, während ich tief durchatmete. Ruby würde es früher oder später sowieso erfahren, und vermutlich war es besser, die Bombe jetzt schon platzen zu lassen.

Conor hat mich belogen, noch bevor wir uns richtig kannten.

WAS?!

Ein Schlüssel wurde in die Wohnungstür gesteckt, und ich ließ das Handy sinken. Kurz darauf hörte ich, wie jemand in den kleinen, quadratischen Flur trat, und dann erschien Conor im Wohnbereich.
Er lächelte und hielt mehrere Kaffeebecher in die Höhe. Dann waren wir wohl nicht alleine.
Ich wusste nicht, ob ich enttäuscht sein sollte oder nicht.
Hinter ihm betrat Logan den Raum und hielt eine Schachtel in seinen Händen.

»Wo ist denn der Rest der Bande?«

»Die mussten zum Training.« Conor reichte mir einen Pappbecher.

»Danke.« Ich lächelte ihm zu und fühlte mich plötzlich seltsam verlegen. Natürlich glaubte ich noch immer nicht an diesen Quatsch mit der Seelenverwandtschaft, vor allem nicht nach seiner Lüge. Aber ich konnte nicht bestreiten, dass da etwas zwischen uns war. Als könnte ich diese Verbindung wirklich spüren, die uns gestern in die Haut gestochen worden war. *Mit unserem Blut.*

Logan öffnete derweil die Schachtel und offenbarte einige belegte Brötchen, und Conor holte Geschirr aus dem Schrank, um den Tisch zu decken.

Während beide in der Küche herumwuselten, nahm ich am Tisch Platz und betrachtete die beiden näher. Conor und Logan könnten unterschiedlicher nicht sein. Nicht nur ihre Haarfarbe und Statur waren völlig anders, selbst ihr Kleidungsstil konnte gegensätzlicher nicht sein. Conors schwarze Chinos und sein hellblaues Shirt hätten Logan niemals gestanden. Dieser trug eine dunkle Jeans und einen schwarzen Pullover.

Kurz darauf setzten sich auch die beiden, und während wir uns an den belegten Brötchen bedienten, entstand eine unangenehme Stille. Für *mich* unangenehm.

Conor schien total entspannt zu sein, und Logans immer wieder aufblitzendes Grübchen ließ die Frage in mir aufkommen, ob er sich die ganze Zeit über mich amüsierte.

Ich biss in mein Käsebrötchen und kaute genüsslich, bevor ich schließlich doch jegliche Zurückhaltung fallen ließ. »Da wir alle schon so nett zusammensitzen, wollt ihr mir sicher erklären, was das für ein Schauspiel an Halloween war.«

Logans Blick fand meinen, und in seinen Augen funkelte es

vergnügt. »Ich habe keine Ahnung, wovon du sprichst. Wir haben uns nur unterhalten.«

Bullshit. Wir hatten uns fast geküsst, und er hatte meinen Körper dazu gebracht, beinahe in Flammen aufzugehen. Nichts davon sprach ich laut aus. Immerhin war ich bis dahin davon ausgegangen, er wäre der, dessen Essenz so perfekt zu meiner passen würde. Es war wohl aber nie mehr als Einbildung gewesen, nachdem Ruby mir diese Seelenverwandtschaft so perfekt eingeredet hatte.

Für einen Augenblick senkten sich seine Lider zu meinen Lippen, und ich spürte fast körperlich, dass er sich an die Nacht genauso gut erinnerte wie ich. *Von wegen, wir haben uns nur unterhalten.*

»Warum hast du so getan, als wärst du Conor?« Mein Blick fiel auf meinen neuen Mitbewohner. »Und wieso hast *du* das zugelassen?«

Conor atmete erschöpft durch und ließ sein Brötchen sinken. »Wie schon gesagt, wollte ich dich nie damit verletzen. Aber ich musste es tun.«

»Was kann so wichtig sein, dass du deine *Anamaite* derart hinters Licht führst?« Ich betonte das Wort und hob meine Augenbrauen. »Was wäre gewesen, wenn ich gemerkt hätte, dass da nichts ist, und genau deshalb Nein gesagt hätte?«

»Wir haben uns doch nett unterhalten, oder?« Logan imitierte meinen herausfordernden Gesichtsausdruck und beugte sich leicht vor. Die Luft vibrierte, und auch wenn er so tun wollte, als wäre da nichts gewesen, spürte ich die Lüge hinter seinen Worten.

»Das ist keine Antwort auf meine Frage«, erwiderte ich äußerlich gelassen und nippte an meinem Kaffee, während in mir Frust aufwallte. Er sollte verdammt noch mal die Wahrheit sagen! Mein Blick fiel auf den blassrosa Lippenstiftabdruck auf meiner Kaffeetasse, und ich machte mir gedanklich eine Notiz, dass die neue Marke nichts taugte.

Conors Hand legte sich auf meine, und ich spürte einen Funken, der meine Haut kribbeln ließ. Eine Spannung schien aus meiner Körpermitte direkt aus meiner Brust durch meine Finger und in seine Hand zu fahren. Als hätte jemand das Band zwischen uns plötzlich strammgezogen. Gleichzeitig rissen wir unsere Hände zurück.

Er runzelte seine Stirn und sah kurz weg. »Du musst mir einfach glauben, dass es nichts mit dir zu tun hatte.«

Dieselben Worte wie gestern. Ich wusste, ich würde keine bessere Antwort erhalten. Noch nicht. Deshalb schaute ich zu Logan, weil es mir einfacher erschien meine Frustration an ihm auszulassen. »Und du bist sein Handlanger? Der Typ, der gegen die Bösen kämpft, während Conor die Welt beschützt?«

Wieder diese Grübchen. Logan gab sich gelassen, fast unnahbar. »Willst du deine schlechte Laune jetzt an mir auslassen?«

Ich nahm einen weiteren Schluck Kaffee und konnte das Lächeln um meine Mundwinkel nicht verhindern. Das hier war nichts als ein Spiel, und ich war sicher nicht diejenige, die am Ende verlieren würde. »Bin nur neugierig.«

»Ich ebenfalls.« Er beugte sich vor und fixierte mich. »Wie trainiert bist du?«

»Was ist der Maßstab?« Dass ich dreimal die Woche ins Fitnessstudio ging, verschwieg ich. Mein Vater hatte mir beigebracht, meinen Körper wie ein Werkzeug zu sehen, das nur dann funktionierte, wenn man gut darauf achtgab. Bei dem Gedanken an meinen Vater brach ich das kurze Blickduell zwischen Logan und mir ab. Ich hatte keine Ahnung, was mein

Vater von meiner plötzlichen Mitgliedschaft bei der Liga halten würde. Und ehrlich gesagt war das nichts, worüber ich mir jetzt Gedanken machen wollte, also versuchte ich, sie so gut es geht an die Seite zu schieben.

Logan runzelte kurz seine Stirn, hakte aber nicht nach. »Daran gemessen, ob du die Welt beschützen könntest.«

Ich musste lächeln, weil der Konter so gut war. Anerkennend prostete ich ihm mit meinem Kaffee zu und trank einen weiteren Schluck, bevor ich mich Conor zuwandte, auf Logans Aussage jedoch nicht weiter einging. »Wann können wir heute zur Liga? Ich muss noch klären, wie ich das jetzt mit der Schule unter einen Hut bringen kann.«

»Die Schule?«

»Ich werde meinen Abschluss in einem halben Jahr machen. Egal wie«, sagte ich mit Nachdruck, worauf Conor nur langsam nickte.

»Ich merke, das wird jetzt schon interessant.« Logan beobachtete uns neugierig.

Da ich die Abneigung meiner Mutter gegen meinen Schulbesuch kannte, musste ich mir irgendwie neue Argumente zulegen. »Hat kein Hüter vor mir die Schule besucht oder studiert?«

Conor schüttelte seinen Kopf.

Großartig. Das würde also bestimmt ein Zuckerschlecken. Nicht.

***

Gemeinsam mit meinem neuen Mitbewohner und seinem besten Freund überquerte ich wenig später die Brücke und steuerte das unauffällige Gebäude der Liga an.

Dunkle Wolken hingen über Dublin, und man spürte deutlich, dass der Herbst Einzug gehalten hatte.

Als wir die Liga betraten, entdeckte ich als Erstes meine Tante Glenna beim Empfang.

Als sie mich erblickte, stieß sie ein leises Quieken aus und kam mit ausgebreiteten Armen auf mich zu. »Eliza!« Sie drückte mich fest an sich und flüsterte dann leise: »Du musst mir später irgendwann unbedingt erzählen, wie deine Mutter es geschafft hat, dich hierher zu locken.« Dann löste sie sich von mir und betrachtete mich von oben bis unten, als hätte sie mich nicht erst vor zwei Wochen bei unserem monatlichen Familienessen gesehen. Aber seitdem hatte sich wohl echt viel verändert. »Du siehst großartig aus.«

Ich grinste meine Lieblingstante, die Schwester meines Vaters, an und betrachtete ihr schwarz gefärbtes Haar und ihr faltenfreies Gesicht. Wie meine Mutter hatte sie einen Hang zu Schönheitskorrekturen. Aber sie war tausendmal cooler. »Danke, du aber auch. Was für ein *Zufall*, dass du an meinem ersten Tag hier unten bist.«

»Zufall.« Sie schnaubte und wedelte mit ihrer Hand in Richtung Conor. »Ich war zu Besuch bei Mara in Amerika und bin erst heute Nacht zurückgekommen. Natürlich musste ich mir erst mal anschauen, wer dir zur Seite gestellt wurde.« Sie betrachtete Conor schamlos.

»Es freut mich, Sie kennenzulernen.« Er reichte ihr seine Hand und lächelte so süß, dass selbst in meinem Magen ein leichtes Flattern einsetzte. Ich verschränkte meine Arme vor dem Bauch und kniff mich selbst. Dabei bemerkte ich Logans zusammengekniffene Augenbrauen, der meine überspannte Reaktion bemerkt hatte, und schaute weg. Ich musste ihm nichts beweisen, das war mir klar, aber nach unserem Flirt an Halloween fühlte es sich irgendwie so an.

Wieso war das alles nur so verwirrend? Sadie hatte nie durchscheinen lassen, wie seltsam diese ganze Anamaite-Geschichte war. Aber sie hatte sich in einen anderen Mann verliebt, was bedeutete, dass es vielleicht alles tatsächlich nur eine chemische Reaktion meines Körpers war und rein gar nichts mit meinem Herzen zu tun hatte.

Allein dieser Gedanke reichte, um meine Laune deutlich zu verbessern.

»Glenna, ich danke dir für deine Begrüßung«, fiel ich ihr ins Wort, als ich bemerkte, dass sie zu einem Verhör von Conor ansetzen wollte. »Wir sehen uns sicher bald. Jetzt, da ich hier … arbeite.« *Oder wie auch immer man meinen neuen Job nennen konnte.*

Sie nickte und tätschelte erst Conors und dann meine Schulter. »Sicher. Habt einen schönen Tag, Kinder.«

Ich erwiderte ihr Lächeln und trat dann näher zum Empfangstresen. Dort wurde mir eine Schlüsselkarte ausgestellt. »Niemals verlieren! Darauf sind all Ihre Berechtigungen gespeichert«, erklärte mir die Empfangsdame nachdrücklich.

Ich versicherte ihr, dass ich auf die Karte achtgeben würde, und verstaute diese dann in meinem Portemonnaie.

Während ich den Reißverschluss meiner Umhängetasche wieder zuzog, führten mich Conor und Logan tiefer in das Erdgeschoss hinein, an der Kantine vorbei in einen langen Gang. Logan bog an einem der Büros mit einer knappen Verabschiedung ab, während Conor und ich weitergingen. Über eine Treppe gelangten wir in das nächste Stockwerk, wo sich einige Trainingsräume befanden, und hielten schließlich vor einer Bürotür. Als ich den Namen auf dem Kärtchen an der

Wand entdeckte, klopfte mein Herz plötzlich unendlich schnell.

Mr Graham.

Dads Akte.

Heute war es also so weit. Jetzt würde ich endlich erfahren, warum mein Vater für tot erklärt wurde, ohne dass sie jemals seine Leiche gefunden hatten.

KAPITEL 8

Conor klopfte, und kurz darauf ertönte ein ernstes »Herein!«.
Das Büro war mit dem dunklen Holzboden und den passenden Bücherregalen eher düster, obwohl durch die breite Fensterfront viel Licht hereinkam. Hinter einem großen Schreibtisch saß Mr Graham und schloss gerade eine Akte, bevor er sich vorbeugte und seine Ellenbogen auf dem Tisch ablegte. »Guten Morgen, pünktlich auf die Minute.«
Ich erwiderte nur ein gemurmeltes »Morgen«. Natürlich hatte ich wieder mal nichts von diesem Termin gewusst. Da es nur eine weitere Sitzgelegenheit in seinem Büro gab, blieben Conor und ich stehen.
Mr Graham erhob sich und sah mich an. »Was hältst du davon, wenn ich dir noch ein wenig mehr von der Liga zeige, Eliza?«
Enttäuschung machte sich in mir breit, weil ich irgendwie davon ausgegangen war, dass ich sofort alle Unterlagen bekommen würde, aber ich ließ es mir nicht anmerken. Auch wenn

Conor mein Anamaite war und wir eine höchst verwirrende Partnerschaft auf Probe führten, waren wir noch lange keine Freunde. Er musste vorerst nichts von der Akte wissen. »Das wäre toll, danke.«

Mr Graham schaute zu Conor herüber. »Willst du dich uns anschließen oder am Training beteiligen?«

Conors Blick richtete sich fragend auf mich, und mir dämmerte, dass er nur hier war, um mich zu unterstützen.

»Ich komme klar.« Zur Bestätigung schenkte ich ihm ein ehrliches Lächeln. Es rührte mich ein wenig, dass er an meiner Seite geblieben wäre. Auch wenn dies vermutlich nur seinem Pflichtbewusstsein geschuldet war.

Conor erwiderte das Lächeln. »Dann werde ich ein wenig trainieren. Bis später.« Er verließ den Raum.

Sobald die Tür ins Schloss fiel, drehte ich mich zu Mr Graham um. »Die Akte. Bitte«, fügte ich hinzu, als ich meine Ungeduld heraushörte.

Er lächelte nachsichtig, was sein strenges Gesicht ein wenig weicher werden ließ. Dann ging er zu seinem Schreibtisch und zog einen Umschlag unter einem Stapel Akten hervor. Er musste nicht einmal danach suchen. »Ich habe sie vorhin schon für dich aus dem Archiv geholt.«

Plötzlich zitterten meine Finger, und doch nahm ich den Umschlag sofort entgegen. Er war mit einer roten Folie zugeklebt worden. Wenn ich sie durchschnitt, würde man es sehen.

»Ich habe die Akte nach Absprache mit dem Kuratorium aus dem Archiv genommen. Dein Name steht auf der Ausleihliste.«

Ich atmete laut ein und aus, bevor ich nickte. »Danke.« Obwohl der Umschlag zerknittert war und aussah, als hätten ihn schon mindestens hundert Leute angefasst, schob ich ihn mit

108

äußerster Vorsicht in meine Umhängetasche. Alles in mir schrie danach, ihn direkt zu öffnen und endlich alles zu erfahren. Doch das würde ich später tun. Alleine in meinem neuen Zimmer.

»Nun, da das Geschäftliche endlich erledigt ist«, begann er mit einem leisen Schmunzeln in seiner Stimme, »können wir sicher mit dem Spaß beginnen. Dir wird deine Ausbildung gefallen.«

»Wieso sind Sie sich da so sicher?«, fragte ich und lenkte all meine Konzentration wieder auf ihn.

»Weil es dir im Blut liegt. Du bist die siebte Moore, die das Portal beschützt. Seit 1887.«

Ich dachte an den großen Stammbaum, der in unserem Wohnzimmer an der Wand hing, und nickte. »Duana Moore hätte sicher nie gedacht, dass nach ihr noch so viele Frauen unserer Familie Hüterinnen werden würden.« Meine Stimmung sank. »Tante Fiona wurde nur 52 Jahre alt.« Wir hatten sie letztes Jahr beerdigt, als sie plötzlich gestorben war. Ihren Mann, Onkel Charles, hatte es damals am schlimmsten getroffen. Er war seitdem nicht mehr derselbe und hatte sich regelrecht von der Welt distanziert. »Niemand wollte mir die Wahrheit sagen. Aber es war kein Herzinfarkt, oder?«

Mr Graham seufzte, als wäre dies ein Thema, über das er nur ungern sprach. »Sie wurde von einem Sluagh getötet.«

Eine Schwere legte sich auf meine Brust, und ich nickte langsam. Ich hatte schon immer das Gefühl gehabt, dass Fionas Tod etwas mit der Welt der Liga zu tun gehabt hatte. Da drängte sich mir eine andere Frage auf. »Wie töten sie? Greifen diese Sluagh Menschen in körperlicher Form an oder in dieser anderen Ebene?«

»Sluagh können den Körper eines Menschen einnehmen

109

und einen Menschen körperlich verletzen. Sie *töten* aber in der Rúnda und saugen ihren Opfern die Seele aus dem Leib. Anders als ihre Parasiten, also die Shag, können sie eine ganze Seele in einem Zug vereinnahmen. Der Mensch stirbt sofort.«

Ich erschauderte. »Vielleicht sollten wir mit der Tour beginnen?«

Mr Graham nickte und schritt zur Tür. »Gerne.«

In der nächsten Stunde führte er mich durch die gesamte Liga. Die Büros, die Kantine und die Krankenstation im Erdgeschoss kannte ich bereits. In der nächsten Etage befanden sich ausschließlich Trainingsräume der Jäger. Darüber befanden sich die Büros der Spezialisten, und die oberste Etage hatte ich ja bereits am Sonntag besucht. Auf meine Frage, warum er als Teil des Kuratoriums sein Büro nicht ebenfalls im obersten Stock hatte, erklärte er mir, dass er lieber nahe bei den Trainingsräumen war, da er dort sowieso die meiste Zeit verbrachte.

Während wir durch die Gänge spazierten, stellte ich ihm weitere Fragen. »Ich weiß, dass alle hier zu Jägern ausgebildet wurden. Aber was genau bedeutet das?«, fragte ich und betrachtete den dunkelblauen Teppichboden, der schon ein wenig abgetreten aussah.

»Das bedeutet, jeder hier kann die Rúnda betreten, sich gegen Parasiten wehren und gegen Slúagh kämpfen.«

Rubys Erklärung von den herumschwirrenden Schattenbällen kam mir in den Sinn. »Die Parasiten sind also die Shag?«, fragte ich sicherheitshalber, um mir die Begriffe besser merken zu können.

»Genau. Sie werden abgesondert, wenn ein Sluagh sich von einem Menschen ernährt. Sie sind lästig, aber nicht tödlich.«

Ich schüttelte mich bei seinen Worten und konzentrierte

mich auf die Details. »Und über den Jägern stehen alle anderen?«

»Sozusagen. Man kann sich quasi weiterbilden. Da gibt es die Spezialisten, das sind unsere Büroleute. Dann gibt es die Protektoren, die die Hüter beschützen und auf der Krankenstation arbeiten – und schlussendlich gibt es natürlich die Hüter. Für alle Fortbildungen muss man selbstverständlich gewisse Voraussetzungen mitbringen.« Er blieb vor einem der Büros stehen. »Über allen Bereichen stehen noch mal Mentoren, wie ich einer bin, und an der Spitze der Liga ist das Kuratorium.«

Bevor ich etwas dazu sagen konnte, ertönten eilige Schritte hinter der Bürotür. Sie schwang auf, und ich entdeckte meine Mutter, die strahlend auf mich zugelaufen kam. »Wundervoll! Passend für eine kurze Kaffeepause.« Sie lächelte Mr Graham knapp an, wieder so, als würde ihr seine Anwesenheit Zahnschmerzen bereiten. »Danke, ich bringe Eliza dann in einer halben Stunde zu den Trainingsräumen.«

Meine Augen mussten einen panischen Hilferuf aussenden, denn Mr Graham sah plötzlich aus, als müsste er sich ein Lachen verkneifen, auch wenn er so ernst aussah wie eh und je. »Bis später dann.«

Als er in den Gang verschwand, hakte meine Mutter sich bei mir unter und führte mich in die entgegengesetzte Richtung. »Wie ist es bisher?«

»Bis auf eine Führung durch die gesamte Liga ist noch nichts passiert.«

»Genieße diese Pause. Sie werden dir weniger Freizeit geben können als den Hüterinnen vor dir. Vor allem im Hinblick darauf, dass du noch nicht einmal eine Ausbildung zur Jägerin genossen hast.«

»Was aber allen bewusst sein sollte und mir nicht zum Vorwurf gemacht werden kann.« Ich machte mich von ihr los und ging mit etwas Abstand neben ihr her. »Warum genau haben wir jetzt eine Verabredung?«

»Weil ich mir dachte, du könntest das nett finden«, erwiderte sie pikiert.

»Tue ich«, log ich. »Aber es wäre dennoch nett, wenn ich vorher gefragt werden würde.« Ich hatte es langsam wirklich satt, wie man mich hin und her schubste, und ich hätte Mr Graham gerne noch mehr Dinge gefragt, solange wir noch unter uns waren.

»Ich finde es schön, dass du deine Aufgabe so wichtig nimmst.« Sie seufzte entzückt und führte mich in eine kleine Teeküche am Ende des Ganges, wo sie die Kaffeemaschine anschaltete. »Das ist mehr, als ich zu hoffen gewagt habe.«

»Meinst du, weil du mir verschwiegen hast, dass ich tätowiert werden und mit meinem Anamaite zusammenziehen muss?«

Meine Mutter machte eine wegwerfende Handbewegung. »Wie sich gezeigt hat, war es am besten, dich einfach ins kalte Wasser zu werfen.«

Ich wollte ihr am liebsten den Hals umdrehen, aber stattdessen ließ ich mir von ihr einen Kaffee geben und mich in die Welt des Tratsches innerhalb der Liga einführen.

Dreißig Minuten reinster Folter.

***

Als meine Mutter mich schließlich zu den Trainingsräumen brachte, schwirrte mir vor lauter Namen der Kopf und doch … ich war mir sicher, dass meine Mutter schon seit einer Ewigkeit nicht mehr so viel in meiner Anwesenheit gelacht hatte.

Mr Graham erwartete uns bereits in der Trainingshalle. Es war die größte der Liga – hier hingen Seile von der Decke, eine Wand bestand aus einer Kletterstation, und eine Laufstrecke führte um die gesamte Halle herum.

»Viel Spaß«, flötete meine Mutter und schob mich tiefer in den Raum hinein, weil ich in der Tür stehen geblieben war.

Conor hatte mich heute Morgen noch über ein mögliches Training informiert, und so hatte ich mich nach unserer Kaffeepause in die Sportklamotten geschmissen, die ich in meine Umhängetasche gestopft hatte.

Mr Graham notierte gerade etwas auf einem Klemmbrett und schaute nicht einmal auf, als ich zu ihm trat. »Ich hoffe, du hast nicht zu viel Kaffee getrunken.«

Hatte er etwa Angst, ich würde mich beim Training übergeben müssen? »Natürlich nicht«, erwiderte ich und verkniff mir ein Lachen. »Conor meinte, zuerst würde meine Fitness getestet werden?«

»Richtig.« Einer seiner Mundwinkel hob sich, obwohl seine Augen ernst waren. Er deutete auf die Laufbahn, auf der gerade ein halbes Dutzend junger Leute um ihr Leben rannten. »Du machst die nächste Runde.«

Ich nickte und legte meine Tasche an die Wand, wo ich sie von überall aus gut sehen konnte. Natürlich ging ich nicht grundsätzlich davon aus, dass mich irgendwer beklauen würde. Aber die darin liegende Akte zu verlieren war so ziemlich das Letzte, was ich gebrauchen konnte.

Dann dehnte ich meine Muskeln und lockerte sie, versuchte sie in dieser kurzen Zeit darauf vorzubereiten, gleich ordentlich Gas geben zu müssen.

Ich sah zu, wie sich die Läufer wieder am Anfangspunkt einfanden und keuchend auf den Boden setzten, um zu verschnaufen. Dann positionierte ich mich an der Startlinie und stemmte meine Füße in den Boden, während ich mich nach vorne lehnte. Dabei spürte ich die neugierigen Blicke der anderen, von denen mir niemand bekannt vorkam. Doch ihr leises Getuschel störte mich nicht, es spornte mich eher an.

Dann gab Mr Graham das Startsignal.

Ich sprintete los und beschleunigte so schnell ich konnte. Nach einigen Metern wurden meine Schritte immer größer, und ich bewegte meine Arme mit, während ich versuchte, noch schneller zu werden. Die Halle schien an mir vorbeizufliegen. Meine Schritte knallten auf dem Hallenboden. Schweiß bildete sich auf meiner Stirn.

Ich hatte keine Ahnung, wie schnell ich war, aber als ich das Ziel erreichte und danach langsamer auslief, hörte ich ein zufriedenes Brummen aus Mr Grahams Richtung.

»Deine Anamaite hat ja ordentlich Feuer unter ihren Sohlen.«

Mein Kopf fuhr zum Eingang, wo ich Conor, Logan und Kian sah, die mich anscheinend beobachtet hatten.

Ich grinste, drehte mich wieder zu Mr Graham und wischte mir mit dem Handrücken den Schweiß von der Stirn. »Was kommt jetzt?«

Als Nächstes sollte ich die Seile hochklettern. Ich verabscheute diese Übung, und doch schlug ich mich besser, als ich gedacht hätte.

Im Weitsprung und Hochsprung war ich okay, doch beim Werfen des Medizinballs hatte ich so meine Probleme. Etwas, das mich total nervte, weil Conor und seine beiden Freunde natürlich die ganze Zeit zuschauen mussten. Doch ich würde unter gar keinen Umständen zugeben, wie sehr sie mich ablenkten.

114

»Gut. Ich würde sagen, dass das vorerst reicht.« Mr Graham trat zu mir, als ich gerade einen Schluck aus meiner Wasserflasche nahm, die ich mir vorhin aus der Teeküche mitgenommen hatte. »Deinen Trainingsplan werde ich dir zumailen. Deine Kondition ist wirklich gut, aber Krafttraining kann nicht schaden. Doch so wie es aussieht, können wir glücklicherweise bald mit deiner Ausbildung zur Jägerin beginnen, und je nachdem wie es läuft, auch mit den ersten Schritten für deine Ausbildung zur Hüterin.« Als er meinen fragenden Ausdruck sah, winkte er ab. »Die Details klären wir später.« Er warf einen Blick auf seine teuer aussehende Armbanduhr. »Du kannst dich jetzt umziehen. Gleich beginnt die Mittagspause.«

Ich schaute mich um und stellte überrascht fest, dass kaum noch andere Trainierende da waren. »Danke, dann bis später? Haben Sie meine Mailadresse?«

Er nickte, und ich schnappte mir meine Tasche, bevor ich mit einer knappen Verabschiedung in Richtung des Ausgangs lief. Die Waschräume befanden sich in der Mitte der Etage, und ich war dankbar, dass ich nicht die Einzige mit einem verschwitzten hochroten Kopf war, die durch die Flure lief. In den Duschräumen waren noch ein paar andere Mädchen und Frauen, die mir neugierige Blicke zuwarfen, als ich an ihnen vorbeiging. Im Vorraum war es warm. An den Wänden rechts und links standen Spinde, und in der Mitte befanden sich Bänke. An einer der Wände standen Tische mit Föhnen und Spiegeln, an denen sich einige Mädchen schminkten oder sich die Haare trockneten.

Ich verstaute meine Klamotten in einem Spind und ging mit einem Handtuch umwickelt zu den Duschkabinen, die sich einen Raum weiter befanden.

Als ich wenig später erfrischt zurück in die Umkleide trat, waren nur noch drei andere Mädchen dort.

Während ich zu meinem Spind ging, spürte ich ihre Blicke auf mir und drehte meinen Kopf, um sie zu erwidern.

Eine hübsche Rothaarige betrachtete mich prüfend.

Ich hob eine Augenbraue. Sie war das Mädchen gewesen, das meiner Mutter und mir an meinem ersten Tag in der Kantine den Kaffee verkauft hatte. L-irgendwas. Ich kam nicht auf den Namen. »Alles klar?«

Sie legte ihren Kopf schief. »Nö, war nur neugierig auf die neue Hüterin.«

»Und?« Ich schloss meinen Spind auf und zog meine Sachen raus. »Bist du beeindruckt oder eher enttäuscht?«

»Weder noch.« Sie betrachtete mich noch einmal von oben bis unten, warf ihren Freundinnen einen Blick zu und verließ dann den Raum.

Okay. Super seltsam.

Ich schüttelte meinen Kopf und zog mich um, bevor ich mich an einen der Tische setzte, meine Haare föhnte und zuletzt einen dunkelroten Lippenstift sowie ein wenig Wimperntusche auftrug.

Als ich wenige Minuten später in den Flur trat, war dieser leer.

Ein seltsam verlassenes Gefühl breitete sich in mir aus. Irgendwie hatte ein winzig kleiner Teil von mir gehofft, Conor würde auf mich warten und mit mir zusammen zur Kantine gehen.

Ich straffte meine Schultern und drängte die aufkeimende Enttäuschung beiseite.

Als ich gerade in Richtung der Treppen ging, hörte ich hinter mir Schritte. »Du bist schneller fertig, als ich dachte.«

116

Irritiert drehte ich mich zu Logan um, der mich einholte und neben mir herlief. »Hast du etwa auf mich gewartet?«

»Klar.«

Ich hasste es, was diese Antwort mit meinem Bauch anstellte und wie sehr es mich insgeheim erleichterte, ihn zu sehen. »Hättest du nicht machen müssen.«

»Sicher. Conor musste weg und hat mich gebeten, dir Gesellschaft zu leisten. Außerdem könnte ich auch was zu essen vertragen.«

Ich nahm das Treppenhaus nach unten. »Ist es dein Job, alles zu tun, was er von dir möchte?«

Ihm entfuhr ein missbilligendes Schnauben. »Unter Freunden tut man sich gerne einen Gefallen.«

Meine Ohren wurden heiß. »So, wie du ihm an Halloween einen Gefallen getan hast?«

Er blieb eine Stufe unter mir auf der Treppe stehen. Wir waren ganz alleine.

Ich stoppte ebenfalls und schaute ihn an.

»Wieso nimmst du mir das so übel?«, fragte er und betrachtete mich eingehend, als wäre diese Frage völlig abwegig und zugleich entscheidend.

»Weil das nicht okay war, so mit mir zu spielen. Ich werde in diese Situation reingeworfen und habe keine Ahnung, was mich erwartet. Belogen zu werden ist nicht das, was ich verdiene.«

Logan beugte sich vor, sodass sich unsere Nasenspitzen fast berührten, und raunte fast schon flirtend: »Du bist nur sauer, weil du dich zu mir hingezogen gefühlt hast.«

Ich erwiderte seinen provozierenden Blick, und mir wurde in seiner Nähe ganz warm. Doch das würde ich ihm gegenüber nicht zugeben. »Das im Club war nie mehr als ein Placeboeffekt.«

Er kniff seine Augen zusammen.

»Es wäre nie passiert, wenn ich nicht geglaubt hätte, du wärst mein Anamaite.« Während ich die Worte aussprach, wusste ich, dass sie wahr waren. Hätte Ruby mir nicht eingeredet, ich würde gleich meinen Seelenverwandten und die Liebe meines Lebens treffen, wäre ich vielleicht nicht so empfänglich für seine Grübchen gewesen.

Logans Blick verdunkelte sich, und ich konnte an seinem Ausdruck sehen, dass er dichtmachte. »Da hast du wohl recht. Aber es ist ja nicht so, als wäre was passiert.«

»Stimmt«, erwiderte ich und setzte mich wieder in Bewegung, dankbar für den Abstand zwischen uns, der mich ein bisschen freier atmen ließ. »Ich hoffe, euch ist klar, dass ich mich nicht mit eurer fadenscheinigen Erklärung abfinden werde.«

»Davon bin ich ausgegangen.«

Wir schwiegen, während wir in Richtung der Kantine gingen, die zum Bersten gefüllt war.

Als wir uns an der langen Schlange zur Essensausgabe anstellten, bemerkte ich erstaunt, dass es sogar eine kleine Station mit Eis gab. Ich bestellte eine Kugel Haselnuss, und meine Laune hob sich noch ein wenig mehr. Ein Eis würde die Abweisung meines Anamaite nicht ungeschehen machen, aber ein bisschen mein Ego streicheln.

»Haselnuss?«, fragte Logan mit gerunzelter Stirn, als wir mit gefüllten Tabletts nach freien Plätzen an den langen Tischen suchten. »Wer mag denn Nusseis?«

Ich zuckte mit meinen Schultern, während ich selig lächelte

118

und ihm keinen weiteren Blick schenkte. »Ist eben mein Lieblingseis. Da vorne sind freie Plätze.«

Er brummte etwas und ging voraus.

»Danke«, sagte ich schließlich leise, nachdem wir uns gesetzt hatten. Es war voll und laut, und ich kannte quasi niemanden hier.

Logan schob sich gerade eine Portion Reis in den Mund und hob nur fragend die Augenbrauen.

»Dafür, dass ich an meinem ersten Tag nicht alleine hier sitzen muss.«

Er lächelte leicht und nickte mir zu.

KAPITEL 9

Nach dem Essen wollte ich mich von Logan verabschieden und zu meinem nächsten Termin gehen, doch er winkte überrascht ab. »Mr O'Brien hat mich heute Vormittag kurzfristig zu eurem Treffen eingeladen.«

Mir entfuhr ein missmutiges Geräusch, während wir gemeinsam die Treppen hoch bis in das oberste Stockwerk gingen. Ich hatte keine Ahnung, warum der Leiter des Kuratoriums Logan dabeihaben wollte.

Die Dame am Empfangstresen des Kuratoriums lächelte, als sie uns entdeckte. »Mr O'Brien erwartet Sie bereits.«

Ich versuchte das plötzliche Herzklopfen zu ignorieren, das meine Finger zittern ließ, während wir ihr in das Büro am Ende des Ganges folgten.

Es war groß und hatte eine tolle Aussicht über Dublin. Von hier aus konnte ich direkt auf das Gebäude schauen, in dem meine neue Wohnung lag – und unten an der Eingangstür befand sich gerade niemand anderes als Conor. Doch er war nicht allein. Leider konnte ich von hier aus nicht erkennen, wer ihn begleitete, denn die Person hatte die Kapuze ihrer Jacke übergezogen. Hatte Logan nicht gesagt, Conor hätte einen Termin?

Schnell wandte ich den Blick ab und linste fragend zu Logan, doch er war bereits voll auf den Leiter der Liga konzentriert.

»Miss Moore«, ertönte in diesem Moment die Stimme von Mr O'Brien, und ich wandte mich ihm zu. Er stand an einem Wandregal und drehte sich zu uns um, während er ein Buch herauszog. »Ihre Mutter hat mir von Ihrem Anliegen erzählt, und ich finde es sehr löblich, dass Sie Ihre schulische Ausbildung so ernst nehmen.«

Ich nickte bekräftigend. »Es wäre mir wirklich wichtig, auch wenn ich bereits mitbekommen habe, dass dies eher unüblich ist.«

»Richtig.« Er schob seine Brille hoch und lächelte mich an, wobei sich sein Schnäuzer hob. »Dennoch möchte ich Ihnen diesen Wunsch nicht verwehren, nachdem Sie sich so spontan dazu bereit erklärt haben, sich der Liga anzuschließen. Wir wissen Ihren Dienst sehr zu schätzen.« Er deutete auf Logan. »Deshalb erlaube ich Ihnen hiermit offiziell, Ihre Ausbildung an Ihrer alten Schule zu beenden. Allerdings unter der Bedingung, dass Sie stetig einen Protektor bei sich haben und sich nach Schulschluss sofort wieder hier einfinden.«

Mein Herz explodierte fast. »Danke, das ist wirklich zu freundlich von Ihnen.«

»Logan, Sie und Miss Gallagher werden sich diese Aufgabe teilen. Die Protektoren der höheren Ränge sind derzeit alle für das Portal eingeteilt und dort unentbehrlich. Zumindest so lange, bis die nächsten Hüter ihre Aufgabe aufnehmen können.«

»Natürlich, Sir«, stimmte Logan zu. Sein Gesichtsausdruck verriet nicht, was er wirklich dachte.

»Gut, dann danke ich Ihnen beiden, dass Sie so spontan Zeit hatten.« Er lächelte mit geschlossenen Lippen und warf einen kurzen Blick zur Uhr.

»Natürlich, vielen Dank für Ihre Zeit!« Meine Stimme überschlug sich fast, und ich musste an mich halten, um nicht aus dem Büro zu hüpfen.

Zurück auf dem Gang zog Logan die Bürotür hinter sich zu und sah mich genervt an. »Ernsthaft?«

»Das ist mein voller Ernst. Was ein Glück, dass es mir außerdem völlig egal ist, was du von mir denkst.« Ich zwinkerte ihm zu, drehte mich auf dem Absatz um und ging beschwingt in Richtung der Aufzüge.

Ich summte den gesamten Weg nach unten, während Logan mich stirnrunzelnd beobachtete. Aber er hatte ja keine Ahnung, wie wichtig mir mein Abschluss war.

»Leslie wird das gar nicht gefallen«, murmelte er leise, kurz bevor der Aufzug das Erdgeschoss erreichte.

»Ist das diese Miss Gallagher?«, fragte ich und unterbrach dafür sogar mein freudiges Summen.

Der Aufzug stoppte, und die Türen öffneten sich, gerade als Logan zustimmend brummte.

Ich nickte verständnisvoll. »Kann ich verstehen. Ihr müsst mich quasi babysitten und so.« Denn ihre Aufgabe war im Grunde nichts anderes. Protektoren passten auf die Hüter auf und beschützten sie.

Bevor Logan irgendwas erwidern konnte, ertönten eilige Schritte aus Richtung des Eingangs, und als ich mich umdrehte, entdeckte ich Ruby. Ihre dunklen Locken hatte sie zu einem unordentlichen Dutt zusammengebunden, und sie trug noch immer die Schuluniform der Beven Hall. Der dunkelblaue Rock umspielte ihre Knie, und der rote Pullover schmiegte sich eng um ihre schmale Taille. Sie deutete mit ihrem Zeigefinger auf mich. »Du und ich müssen reden! Sofort!«

Ich prustete los und erinnerte mich an die letzte Nachricht, die ich ihr geschickt hatte, in der ich angedeutet hatte, dass Conor mich belogen hatte. »Sorry, der Tag war so vollgestopft, dass ich vergessen habe zu antworten.«

Sie blieb direkt vor uns stehen und kniff ihre Augen zusammen. »Ich wäre fast durchgedreht! Zum Glück sind die letzten Stunden ausgefallen, sonst hätte ich sicher noch jemanden gebissen!«

Logan schnaubte belustigt und erntete dafür sofort einen warnenden Laserstrahl-Blick. »Ihr kommt ja offensichtlich klar.« Er wandte sich mir zu. »Viel Glück. Hoffentlich beißt sie dich nicht.«

Ich funkelte ihn an, weil er mich mit meiner wahnsinnigen besten Freundin zurückließ, doch er ignorierte dies und schlenderte einfach davon. Langsam drehte ich mich zurück zu Ruby, die ihre Hände mittlerweile in die Hüften gestemmt hatte. Ich seufzte. »Die lange oder die kurze Version?«

»Jedes schmutzige Detail«, betonte sie langsam.

Ich dachte an die Akte in meiner Tasche und nickte langsam, wobei ich mich in dem schmalen Flur umsah. Es war früher Nachmittag, und die meisten Leute saßen in ihren Büros oder trainierten. Hier im Flur war nicht viel los, und dennoch hatte ich das Gefühl, dass es hier mehr Ohren gab, als mir lieb war. »Sollen wir in die Wohnung?«

»Ich brauche einen Kaffee. Starbucks?« Sie hielt ihren Autoschlüssel hoch.

»Unbedingt!« Ich folgte ihr durch eine unscheinbare Tür, die zur Tiefgarage der Liga führte.

Rubys alter grauer Nissan Micra stand schief in einer Parklücke und war ihr ganzer Stolz. Sie hatte ihn von ihrem Opa geschenkt bekommen, der hobbymäßig an alten Autos herumschraubte.

Wir fuhren zum Starbucks am Bishop's Square, wo Ruby einfach verbotenerweise in einer gegenüberliegenden Seitenstraße parkte. Während Ruby sich ihren heiß geliebten Caramel Macchiato bestellte, blieb ich bei einem großen schwarzen Kaffee mit Zucker. Dazu gab es für jede von uns einen Blaubeer-Muffin.

Wir setzten uns in eine ruhige Ecke auf gemütliche dunkelgrüne Sessel und lehnten uns zurück. Der Laden war so gut wie leer, und bis auf eine Gruppe älterer Damen in einer anderen Ecke des Cafés und die Angestellten waren wir alleine.

Ich erzählte Ruby alles. Angefangen mit der Zeremonie und Conors Lüge, bis hin zu dem Umschlag, den ich aus meiner Umhängetasche rausschauen ließ, um ihn ihr zu zeigen, aber dann wieder zurückschob.

Am Ende hatten wir beide unsere Getränke geleert, und von unseren Muffins waren nur noch Krümel übrig.

Ruby starrte noch immer entsetzt auf meine Tasche. »Wow.«

Ich hatte sie noch nie sprachlos erlebt.

»Warum hast du mir das nicht schon gestern erzählt?«, fragte sie so unbewegt, dass es klang wie die Ruhe vor einem alles verzehrenden Sturm.

»Weil ich mir dumm vorkam.« Ich zuckte mit den Schul-

124

tern. »Diese ganze Geschichte ist wie eine Herausforderung, die mich zusätzlich gereizt hat. Sie haben mit mir gespielt, und ich will herausfinden, weshalb. Aber im Grunde ist die Akte natürlich der wahre Grund, warum ich jetzt Hüterin bin.«

Sie schürzte ihre Lippen. »Du bist nicht dumm. Ein bisschen leicht zu provozieren, aber nicht dumm.«

Ich lachte, während sie ihr Gesicht verzog, als hätte sie in etwas Saures gebissen. »Wenn ich gewusst hätte, dass Conor so ein Lügner ist, hätte ich dich niemals dazu überredet, dich mit ihm zu treffen!« Sie sprang so plötzlich auf, dass ich erschrocken blinzelte. »Ich brauche mehr Schokolade!« Dann stürmte sie in Richtung Tresen davon.

Ich verkniff mir ein Lachen, indem ich mir auf die Unterlippe biss. Genau für diese Reaktion liebte ich Ruby. Sie versuchte nicht, irgendwen in Schutz zu nehmen oder irgendwas schönzureden. Nein, sie war ohne Wenn und Aber auf meiner Seite, und das war genau das, was ich jetzt brauchte.

Wenige Minuten später kam sie mit zwei Stücken Schokotorte und zwei kleinen Wasserflaschen zurück. »Das haben wir jetzt nötig.«

»Danke.«

Genüsslich schob sie sich einen Bissen der Torte in den Mund. »Ich wüsste zu gern, warum die beiden diesen Quatsch abgezogen haben.«

Ich nickte zustimmend, während ich ebenfalls in den Schokoladentraum biss.

»Wir müssen es irgendwie schaffen, dass sie uns Rede und Antwort stehen.« Sie kniff nachdenklich ihre Augenbrauen zusammen, und ich sah ihr an, dass in ihrem Kopf die übelsten Foltermethoden Gestalt annahmen.

»Ich bin auch richtig sauer deswegen.«

»Aber?« Sie horchte sofort auf.

Ein Seufzen entfuhr mir, lang gezogen und gequält. »Vielleicht hattest du recht. Ich kann die Verbindung spüren. Es ist seltsam, aber ich fühle mich Conor wirklich verbunden. Nicht körperlich wie bei …« Ich schob mir schnell ein weiteres Stück Torte in den Mund und machte ein nachdenkliches Geräusch, um zu übertönen, was ich gerade beinahe gestanden hätte.

»Ach du Scheiße!«, stieß Ruby aus. »Dich hat's total erwischt! Du stehst auf Logan?«

Ich schüttelte heftig den Kopf, doch mein Mund war zu voll, um zu antworten, was Ruby sofort ausnutzte, um weiterzusprechen.

»Du *stehst* auf ihn!« Sie lachte und klatschte in ihre Hände, wobei Tortenkrümel von ihrer Gabel herunterrieselten. »Das ist so göttlich! Wird das jetzt so eine Dreiecksgeschichte? Mit dem einen willst du schlafen, und den anderen liebst du?«

»Ruby! Halt den Mund!« Ich beugte mich über den kleinen Tisch und gab ihr einen festen Klaps auf den Arm.

»Au! Au! Au!« Sie schrie so laut, dass alle sich zu uns umdrehten, und kicherte einfach weiter.

Ich wurde knallrot. »Du bist echt unmöglich.«

»Ach, komm schon! Lass mich dich damit aufziehen. Das ist besser als jede Telenovela, und du weißt, wie sehr ich die liebe!«

Augenrollend nahm ich einen Schluck Wasser, konnte mir ein Lächeln aber nicht verkneifen. »Mach mein Leben bitte nicht zu einer kitschigen Fernsehserie.«

»Sorry.« Ruby atmete ein paar Mal tief durch, bis sie sich beruhigt hatte. Dann brachten wir unsere Teller zurück und machten uns auf den Weg zum Auto. Aus dem Augenwinkel bemerkte ich in der Spiegelung eines Fensters eine Bewegung – die eines Schattens. Doch als ich hinsah, war er verschwunden. Ich erinnerte mich daran, dass Ruby gesagt hatte, man könnte die Shag sehen, wenn man stark genug war. Logan hatte dasselbe bei unserer ersten Begegnung ebenfalls erwähnt.

Aber dieser Schatten war nicht wie der im Club. Er hatte sich angefühlt wie ein vorbeiziehender Windhauch.

Dieser hier war anders, intensiver – und unterlegt mit einer Aura, die ich in den letzten Wochen immer häufiger wahrgenommen hatte. Dunkel und angehaucht mit etwas, das mir eine Gänsehaut verursachte. Doch ich konnte es nicht ganz benennen. Als wäre eine Person ganz in meiner Nähe, doch würde sich gerade so weit hinter mir befinden, dass ich sie nicht sehen konnte.

Aber was hatte all das zu bedeuten? Ein Parasit, wie Mr Graham ihn genannt hatte. Möglicherweise hatte es sich im Club anders angefühlt, weil meine Sinne da auf etwas anderes konzentriert gewesen waren. Ein Sluagh konnte es nicht sein, denn Ruby hatte mir versichert, dieser würde sich mir nur als Mensch nähern können.

Plötzlich verschwand das Gefühl einer fremden Energie in der Nähe. Irritiert runzelte ich meine Stirn. Ruby schien von alldem überhaupt nichts mitbekommen zu haben.

»Und jetzt zeigst du mir, wie euer kleines Liebesnest inzwischen aussieht, jetzt wo Conor auch dort wohnt.«

Ich funkelte Ruby an, während ich mich anschnallte, erwiderte aber nichts. Es war schon seltsam, dass sie Conor und mich in eine Wohnung gesteckt hatten. Dass ich in der Nähe der Liga sein sollte, verstand ich, aber musste ich dafür zwingend mit ihm zusammenleben?

Oder hatten sie wirklich vor, uns so zu verkuppeln? Bei dem Gedanken wurde mir ganz anders.

Ruby flippte aus vor Lachen, als ich ihr von dieser Vermutung erzählte. »Mein Gott, nein! Sie wollen, dass ihr euch kennenlernt, und nicht, dass ihr es den ganzen Tag treibt!«

Ich war noch knallrot, als wir schon auf der Straße zu meiner neuen Wohnung waren, und Ruby hatte sich noch immer nicht eingekriegt. »Hör endlich auf zu lachen!«

»Ich weiß nicht, wie!« Ruby wischte sich immer wieder Tränen aus den Augen, und alle paar Sekunden schüttelte sie eine neue Welle.

Erst als wir den Souvenirshop gegenüber der Liga betragen, beruhigte sie sich langsam. Das Geschäft war vollgestopft mit allerlei kitschigem Kram, der schon Staub angesetzt hatte. Überall waren kleine Feen zu sehen, die auf der irischen Flagge tanzten. Es war grotesk und zugleich genial. Jeder Tourist würde nach einem kurzen Blick in das Innere des Ladens das Weite suchen.

Wir traten in den hinteren Teil des Shops, wo wir uns vor einem älteren Herren auswiesen, der aussah, als müsste er längst in Rente sein. Dennoch betrachtete er unsere Ausweise ganz genau, bevor er uns zunickte. Mit einem »Danke« umrundeten wir die Theke und traten durch die vermeintliche Mitarbeitertür, die direkt hinter ihm lag. Dahinter befand sich ein Flur, von dem aus eine Treppe nach oben zu den Wohnungen führte, die die Liga für ihre Mitglieder bereitstellte.

»Wer wohnt hier eigentlich sonst noch alles?«, fragte ich Ruby, während wir nebeneinander die Treppe hochstiegen.

»Meistens sind es jüngere Jäger, die sich gerade als Protektoren und Spezialisten weiterbilden oder nebenbei studieren.

Diejenigen, die eine Familie haben, ziehen in die Vororte. Und hier leben die meisten Vollzeitjäger.«

»Was kann ich mir darunter vorstellen? Sind die den ganzen Tag unterwegs und jagen diese Sluagh?«

»Ja, aber das sind die wenigsten. Das könnte die Liga sich gar nicht leisten.«

Als wir oben ankamen und ich sah, dass unsere Wohnungstür nur angelehnt war, erstarb die nächste Frage, die ich auf der Zunge gehabt hatte.

»Conor?«, rief ich und trat vorsichtig näher.

»Könnte er hier sein?«

Mir fiel wieder ein, dass ich ihn heute Mittag mit einer anderen Person durch die Tür hatte gehen sehen. »Möglich. Aber wäre es nicht seltsam, die Tür offen zu lassen?«

Ruby zog ein Messer aus ihren kniehohen Kunstlederstiefeln und ließ es aufklappen. »Finden wir es heraus.«

Entsetzt starrte ich meine beste Freundin an. »Hast du das Messer etwa mit in der Schule gehabt?«

Sie grinste nur kurz und stieß die Tür auf. Dahinter sahen wir den kleinen Flur, der genauso aussah, wie ich ihn heute Morgen verlassen hatte.

Leisen traten wir ein, und ich linste durch die offen stehende Badezimmertür. Nichts.

Ruby nickte mir zu, und wir gingen in Richtung des Wohnbereichs, der ebenso unauffällig aussah. Conors Tür stand weit offen, und ich konnte sehen, dass Klamotten auf seinem Bett lagen.

Meine eigene Tür war nur angelehnt.

»Hast du deine Tür heute Morgen offen gelassen?«, fragte Ruby und folgte meinem Blick.

Ich schüttelte meinen Kopf.

»Shit.«

Darauf konnte ich nur nicken. Lautlos ging ich in die Küche und holte eine Pfanne aus einem Schrank, nur um bewaffnet zu sein. Gleichzeitig horchte ich angestrengt, doch die Wohnung schien leer zu sein.

Wir gingen zu meinem Zimmer, tauschten noch einen kurzen Blick aus und stießen dann die Tür auf, unsere Waffen erhoben.

Doch das Zimmer war leer. Dafür lagen all meine Klamotten auf dem Boden verstreut herum. Die Schranktüren und Schubladen standen offen, und selbst meine Bettwäsche und meine Matratze hatte jemand auseinandergenommen.

Automatisch presste ich meine Tasche, in der sich die Akte meines Vaters befand, fester an meine Brust. »Ach du Scheiße.«

»Was ist hier los?«

Erschrocken fuhren Ruby und herum, die Waffen noch immer erhoben.

Conor stolperte zurück und hob seine Hände. »Wow! Ganz ruhig!« Dann schaute er sich meine Waffe genauer an, und sein Mundwinkel zuckte. »Eine Bratpfanne?«

Wortlos trat ich zur Seite, damit er in mein Zimmer schauen konnte, und seine Augen weiteten sich schockiert. »Wann ist das passiert?«

»Offenbar als ich nicht da war.« Mein eiskalter Blick war auf meinen Anamaite gerichtet. »Du warst doch vorhin hier. Sah es da auch schon so aus?«

Conors Blick verschloss sich, und er schüttelte seinen Kopf. »Ich musste was holen. Aber da war deine Zimmertür geschlossen. Wie immer.« Er schüttelte noch mal seinen Kopf und zog sein Handy heraus. »Wir müssen das Kuratorium informieren.«

»Wieso?«

Da Conor sich schon wegdrehte, um zu telefonieren, antwortete mir Ruby. »Weil du unsere neue Hüterin bist, und dass jemand hier einbrechen konnte und gezielt deine Sachen durchsucht hat, ist kein gutes Zeichen.« Sie seufzte. »Komm, wir schauen nach, ob irgendwas Wichtiges fehlt. Aber versuch, nichts anzufassen. Keine Ahnung, ob sie Tatortfotos machen wollen.« Sie zog die Nase kraus, als hätte sie einen Witz gemacht.

Doch meine gute Laune war längst verflogen. In meiner Brust wurde es eng, und ich nickte langsam, bevor ich vorsichtig durch das Chaos ging und mir alles genau anschaute.

Wenige Minuten später wimmelte es in unserer Wohnung von Jägern und Protektoren. Darunter war auch Mr Graham, der sich unsere wenigen Informationen genau anhörte. »Und es fehlt nichts?«

»Nichts, was mir jetzt gerade wichtig erscheint.« Ich schüttelte meinen Kopf und unterdrückte den Drang, mir die Arme um den Körper zu legen. Die Tasche mit der Akte hatte ich auch noch nicht abstellen können, aus Angst, jemand könnte sie mir wegnehmen.

Als mein Handy klingelte, lächelte ich ihn entschuldigend an und wollte den Anrufer erst wegdrücken, doch als ich den Namen meiner Mutter sah, ging ich doch dran. Nicht, dass sie von dem Einbruch erfahren hatte und sich Sorgen machte. »Hey Mom.«

»Es wurde eingebrochen!«

»Ich … was?« Mir kam es so vor, als redete sie nicht über meine Wohnung.

»Jemand ist hier eingebrochen und hat alles durchwühlt!«
Ihre Stimme zitterte vor unterdrücktem Schluchzen.

»Hier auch!«

Mr Graham sah mich irritiert an, und ich erzählte ihm knapp, was ich soeben erfahren hatte.

»Wir schicken Protektoren«, informierte er mich, und ich gab dies an meine Mutter weiter. Es ging also nicht um mich. Wer auch immer hier gewesen war, suchte etwas, das mit unserer Familie zu tun hatte.

»Aber was könnten sie von uns wollen?« Ihre Stimme bebte, auch wenn sie es zu unterdrücken versuchte. Mein Hals schnürte sich unweigerlich zu. Sie war ganz allein in dem großen Haus. Was, wenn die Einbrecher sich noch dort aufhielten?

»Wo bist du gerade?«, fragte ich, nur um uns beide abzulenken.

»Küche«, antwortete sie knapp. Kurz darauf hörte ich, wie sie die Kaffeemaschine anmachte. »Dabei dachte ich, es wird ein ganz entspannter Feierabend. Glenna wollte gleich vorbeikommen. Wusstest du, dass sie aus Amerika zurück ist?«

Wenn Plaudern ihr half, mit der Situation umzugehen, würde ich ihr das sicher nicht verwehren. Ich trat ans Fenster, von wo aus ich auf die Liffey und die dahinterliegende Liga blicken konnte. »Ja, ich bin ihr heute Morgen begegnet.«

»Nun kann ich es dir ja sagen. Deine Cousine Mara ist für die Liga in Amerika. Es ist wie ein Austauschprogramm. Du hättest das auch machen können – also vorher. Jetzt solltest du lieber beim Portal bleiben.«

Ich rollte mit den Augen, als sie wieder mit diesen Seitenhieben anfing, ging aber nicht darauf ein. »Mara ist auch Teil der Liga?« Das hatte ich nicht gewusst. Ich war davon ausgegangen, sie sei nach ihrem Abschluss nach Amerika gegangen war, um ihrem leiblichen Vater näher zu sein. Vermutlich gehörte er also auch zur Liga.

»Sie ist eine der besten Jägerinnen und macht in Amerika ihre Fortbildung zur Protektorin.«

»Schön«, antwortete ich nur und hatte das Gefühl, sie wollte mir das unter die Nase reiben. Mara und ich hatten uns nie sonderlich gut verstanden, auch wenn uns nur ein Jahr trennte. Ich wusste nicht einmal, woran es lag, aber auch wenn wir als Kinder natürlich zusammen gespielt hatten, war unsere Beziehung seit unseren Teenagerjahren eher als frostig zu bezeichnen. Dafür hatten sie und Sadie sich immer blendend verstanden.

»Glenna war ein wenig enttäuscht, dass sie nicht mitbekommen konnte, wie du und Connor euch verbunden habt. Aber sie hat natürlich die Dringlichkeit dieser Angelegenheit verstanden.«

»Was ein Glück«, erwiderte ich abgelenkt, als ich sah, wie mehrere schwarze SUVs aus der Seitenstraße kamen, in der sich der Eingang zur Tiefgarage der Liga befand. Sicher waren sie auf dem Weg zu meiner Mutter, die noch immer ganz allein in diesem großen Haus war, das eigentlich eine Alarmanlage besaß und in das normalerweise niemand so einfach hätte einbrechen können.

»Spar dir deinen Sarkasmus«, erwiderte meine Mutter, aber deutlich weniger streng als sonst. Entweder das lag an meiner neuen Position oder daran, dass sie sich ebenfalls sorgte. Allein die Vorstellung, dass meine sonst so starke Mutter Angst haben könnte, machte mich wahnsinnig.

Ich umfasste mein Handy fester. »Entschuldige. Ich kann

einfach nicht aus meiner Haut. Aber du hast doch sicher heimlich Fotos gemacht.«

»Natürlich«, erwiderte sie pikiert. »Meine Freundinnen ebenfalls. Wir haben ein paar hübsche Bilder für unsere Familienwand.«

Ich lachte leise und biss mir auf die Unterlippe. »Die musst du mir bei Gelegenheit mal zeigen.«

Im Hintergrund hörte ich es an der Tür klingeln. Mein Herz klopfte schneller.

»Das wird die Liga sein.« Meine Mutter klang, als würde sie auflegen wollen.

»Ich bleibe dran, bis sie drin sind.«

»Okay.« Ihre Stimme wurde vor Rührung ganz weich.

Ich hörte, wie sie die Haustür öffnete und jemanden begrüßte. Es klang tatsächlich, als wäre die Liga eingetroffen.

»Pass auf dich auf«, sagte meine Mutter, und wir verabschiedeten uns.

Nachdem ich aufgelegt hatte, fühlte ich mich erleichtert, leer und dennoch weiter besorgt. Dass jemand bei meiner Mutter eingebrochen war, bedeutete, dass auch sie in Gefahr war. Ich wohnte immerhin mit Conor zusammen, in einem Haus voller Leute aus der Liga.

Meine Mutter war jetzt alleine, und irgendwer hatte es geschafft, eine superteure Alarmanlage auszuschalten. Allein bei dem Gedanken daran verknotete sich mein Magen.

Zugleich hatte es jemand hier in diese Wohnung geschafft. Mir wurde eiskalt, als mir schlagartig klar wurde, was das bedeutete. *Der Einbrecher musste der Liga angehören.*

»Keine Angst«, sagte Mr Graham, der mein blasses Gesicht falsch interpretierte. »Wir werden Jäger vor dem Haus deiner

Mutter positionieren, bis wir herausgefunden haben, wer das war.«

Ich nickte knapp, weil ich noch zu verdauen versuchte, was mir gerade bewusst geworden war. Wenn jemand von der Liga etwas mit dem Einbruch zu tun hatte, würden auch die Wachen vor dem Haus nichts nützen. »Danke«, sagte ich leise.

Mr Graham ging zurück zu den Jägern und besprach sich, als Conor zur mir trat und mir seine Hand auf die Schulter legte. »Alles klar?«

Seine Berührung war warm und beruhigend. Ich merkte nicht einmal, wie ich seine Hand anstarrte, bis er sie zurückzog, als hätte er sich verbrannt. Enttäuschung wallte in mir auf, obwohl das völlig irrational war. Ich kannte Conor nicht einmal richtig, und wir beide wollten diese Verbindung in einem Jahr lösen.

Ich blinzelte das seltsame Gefühl fort. »Wieso sollte jemand von der Liga hier und bei meiner Mutter einbrechen?«

»Wie kommst du darauf, dass es jemand von der Liga war?«

Meine Augenbrauen zogen sich zusammen, weil er diesen Gedanken offenbar für so abwegig hielt. »Weil doch niemand hier rein kann, ohne sich auszuweisen, und der Laden ist nicht so groß, dass der Pförtner sich nicht jedes Gesicht merken könnte.« *Wobei er natürlich so alt war, dass dies vielleicht doch nicht ganz abwegig war.*

Conors Kiefer verspannte sich, als er die Zähne aufeinanderbiss. »Das wird sicher untersucht. Aber die Liga einfach zu verdächtigen ist nicht der richtige Weg. Zumal du Mr Hogan nicht derart unterschätzen solltest.«

Verständnislos starrte ich ihn an. Einerseits, weil ich keine Ahnung hatte, was er damit meinte und andererseits, weil er es offenbar für unmöglich hielt, dass jemand aus der Liga in den

Einbruch involviert sein könnte. »Sich für diese Möglichkeit zu verschließen aber auch nicht.«

Obwohl ich stetig diese Verbindung zu ihm spüren konnte – besonders jetzt wo er mir so nah war –, gab es auch eine tiefe Distanz zwischen uns. Wir kannten uns nicht. Auch wenn er mein Anamaite war, so war er zugleich auch ein Fremder für mich.

Kurz blitzte in mir die Befürchtung auf, er und seine Begleitung wären für dieses Chaos zuständig. Doch das ergab keinen Sinn, weil er dann auch bei meiner Mutter hätte einbrechen müssen.

Aber wer war es dann gewesen? War es Zufall, dass es jetzt passiert war, nachdem ich ausgezogen war? Es hätte sicher mehr Sinn ergeben, meine Sachen zu durchwühlen, als ich noch zu Hause gelebt hatte. Was war jetzt anders?

»Ihr werdet ebenfalls zusätzlichen Schutz bekommen«, teilte Mr Graham uns nun mit. »Und ich habe gerade mit Mr O'Brien telefoniert, und es tut mir leid, dies sagen zu müssen, aber es wäre sicherer, wenn du in den nächsten Tagen nicht zur Schule gehst.«

Ich nickte, denn das hatte ich bereits befürchtet.

»Du kannst meine Abschriften haben«, sagte Ruby, die sich die meiste Zeit im Hintergrund gehalten hatte. »Soll ich dir beim Aufräumen helfen?«

»Danke, das wäre nett.« Wir verabschiedeten uns schließlich von den Jägern und machten uns dann an die Arbeit.

Conor hatte ich nicht um Hilfe gebeten, aber er schob wie selbstverständlich meine Matratze zurück auf das Bett und stellte ein paar meiner Bücher wieder auf den Schreibtisch.

Als wir fertig waren, klingelte es an der Tür, und Ruby

schob mich sofort hinter sich. Eine nutzlose Geste, die mich tief berührte.

Es war jedoch nur Logan, der eintrat und einige Tüten hochhielt. »Hat hier jemand Chinesisch bestellt?« Seine Lippen lächelten, doch sein besorgter Blick glitt an Ruby vorbei, und als sich unsere Augen miteinander verschränkten, schien es mir, als würde er erleichtert aufatmen.

KAPITEL 10

»Bist du sicher, dass ich nicht auch bleiben soll?« Ruby hatte sich zu einer richtigen Glucke entwickelt, auch wenn sie den gesamten Abend so getan hatte, als hätte sie die beste Laune überhaupt. Wir verpackten gerade die Reste des Essens in Tupperdosen. Logan hatte bei seiner Essensbestellung eindeutig übertrieben.

»Es sind zwei Jäger im Flur, und Logan übernachtet sogar hier. Ich glaube, du musst dir keine Sorgen um mich machen.«

Sie zog ihre Nase kraus. »Mache ich trotzdem. Ruf mich sofort an, wenn was sein sollte. Morgen früh komme ich-«

»Such jetzt keinen Vorwand, um zu schwänzen.«

Ertappt streckte sie mir die Zunge entgegen. »Ich kann nicht fassen, dass du dir das freiwillig antun willst, wenn deine Zukunft in der Liga ist.«

»Es ist nur für ein Jahr«, erinnerte ich sie.

Mitleid huschte über ihre Züge, und sie tätschelte meine

Wange. »Rede dir das ruhig ein, aber irgendwann wird die Anziehung deines Anamaite zu stark, und du wirst ihr erliegen.«

Ein Geräusch ertönte hinter mir, und Logan trat aus meinem Zimmer. Seine Miene war unlesbar. »Die Fenster sind sicher.«

Conors Zimmertür öffnete sich, und ich sah, wie er gerade noch sein Handy zurück in seine Hosentasche schob. Von seinem leisen Telefonat hatte ich kein Wort verstanden. Nicht, dass ich gelauscht hätte, aber Ruby hatte es getan. Ich hatte sie in einer ruhigen Minute in meine Beobachtung eingeweiht, und nachdem Conor mir bereits einmal was vorgemacht hatte, war sie sicher, dass er etwas vor mir verbarg.

Wir wechselten einen kurzen bedeutungsvollen Blick, und sie nickte schließlich ergeben. »Gut, aber wenn was ist-«

Ich lachte und unterbrach sie prompt. »Du hast doch selbst gesagt, dass es nicht um mich persönlich ging, wenn auch mein Elternhaus durchsucht wurde. Der Täter wird etwas gesucht haben, und wäre er auf mich aus gewesen, hätte er sich doch nicht mit diesem Einbruch aufgehalten. Und jetzt sind doch erst recht alle aufmerksam.«

Ihr entfuhr ein langgezogenes Seufzen. »Das macht mich einfach alles irre.«

»Fahr nach Hause und schreib mir bitte, wenn du angekommen bist.«

Ruby nickte und verabschiedete sich, bevor sie mich mit den beiden Jungs zurückließ, die uns die ganze Zeit schweigend zugehört hatten.

»Ich schaue mir jetzt einen Film an«, verkündete ich, als das Schweigen anhielt, und machte es mir auf dem Sofa bequem, während ich mir die Fernbedienung schnappte.

139

»Ich leiste dir gleich Gesellschaft«, räusperte sich Conor, bevor er im Bad verschwand.

Logan setzte sich ganz selbstverständlich in den Sessel und schaute auf den Fernseher. »Du hast es Ruby also erzählt?«

»Wie kommst du darauf?«, fragte ich desinteressiert.

»Sie sah aus, als würde sie mir echt wehtun wollen.«

»Könnte stimmen. Ich würde mich vor ihr in Acht nehmen.« Ich hielt inne, als auf dem Fernseher eine alte Sitcom lief, die ich als Kind gerne gesehen hatte. Einen Moment überlegte ich, dann legte ich die Fernbedienung wieder auf den kleinen Couchtisch und beobachtete das bunte Treiben der Fernsehfamilie. »Was auch immer ihr versucht mir einzureden, ich erfahre schon noch irgendwann, warum ihr diesen Quatsch abgezogen habt.«

»Vielleicht.« Er klang nun, als könnte ihm nichts egaler sein.

Ich drehte meinen Kopf zu ihm. Logan hatte sich entspannt zurückgelehnt und verfolgte die Sitcom. Er trug eine Jogginghose und einen Kapuzenpullover und schien sich generell sehr komfortabel zu fühlen. »Wohnst du eigentlich auch hier im Haus?«

»Ja.«

»Bist du schon lange bei der Liga?«

»Ja.«

»Erzähl mir bloß nicht gleich deine ganze Lebensgeschichte«, erwiderte ich sarkastisch.

Logan schaute zu mir herüber, und obwohl er lächelte, erreichte dies seine Augen nicht. »Wir müssen keine Freunde sein.«

»Wieso verhältst du dich so komisch?« Wenn ich ehrlich zu mir selbst war, enttäuschte sein Verhalten mich.

140

»Ich möchte nicht, dass du dir etwas vormachst. Diese Party, Halloween, das war ein Flirt und harmlos.« Er schaute wieder zum Fernseher. »Du solltest nicht verkomplizieren, was Conor und du sowieso nicht aufhalten könnt.«

In mir verkrampfte sich alles, und ich richtete mich ein wenig auf. »Genau solche Aussagen sind der Grund, warum ich dachte, dass ich dich anziehend finde – als ich glaubte, du wärst Conor. Alle meinten, ich würde mich sofort in meinen Anamaite verlieben. Doch das ist alles Kopfsache. Conor und ich haben vielleicht diese merkwürdige Verbindung, das heißt aber nicht, dass wir einander lieben müssen.«

Logan sah mich nicht einmal mehr an. »Warte einfach ab.«

Ich presste meine Lippen zusammen und wandte mich wieder der Serie zu, denn in diesem Moment trat Conor aus dem Badezimmer.

Als er die Sendung sah, lachte er. »Das habe ich schon ewig nicht mehr gesehen.« Er bemerkte nicht einmal die Spannung im Raum, als er sich neben mich auf das Sofa setzte.

✳✳✳

Am nächsten Morgen stand ich mit Conor und Mr Graham in einem der Trainingsräume. Als unser Mentor würde er mir beibringen, wie ich in die Rúnda gelangte.

»… und Conors Nähe wird dir am Anfang dabei helfen, deine Gestalt in diese andere Ebene zu bringen«, beendete Mr Graham seine Ausführungen, die überhaupt keinen Sinn für mich ergaben.

Dennoch nickte ich. »Bin bereit.«

»Sehr gut. Du musst wissen, dass das Zeichen in deinem Nacken dir den Übergang sowieso ermöglichen wird. Dein Geist«, sagte er und tippte sich dabei an den Kopf, »muss nur gewillt sein, diesen Schritt zu gehen. Du musst es wollen und daran glauben. Dann ist es ganz leicht.«

»Also könnte jeder Mensch mit diesem Tattoo und den speziellen Zutaten darin die Rúnda betreten?«, fragte ich neugierig.

»Nicht jeder. Man braucht gewisse genetische Voraussetzungen, die Essenz muss stark genug sein, um einen Körper mitzunehmen, und auch der Geist sollte kräftig sein. Man könnte tausend Menschen tätowieren, und davon hätten möglicherweise zwei die Voraussetzungen dafür.«

»Also sind die meisten Menschen aus der Liga hier reingeboren?«

»Alle«, antwortete mir Mr Graham. »So wie du.«

Die Akte meines Vaters kam mir in den Sinn, und ich zwang mich, nicht zu meiner Tasche hinüber zu schielen, in der sie noch immer verstaut war.

Obwohl ich mir nichts sehnlicher wünschte, als endlich die Wahrheit zu erfahren, war ich mir auf einmal nicht mehr sicher, ob ich stark genug für sie war. Deshalb hatte ich gestern Nacht gezögert, mir die Akte anzusehen. Der Einbruch hatte mich mehr aufgewühlt, als ich mir eingestehen wollte.

»Gut. Am einfachsten wäre es dann wohl, wenn wir uns setzen.« Mr Graham deutete auf die Sportmatten, die entlang der Wand ausgelegt waren.

Wir folgten ihm und setzten uns hin.

Conor schenkte mir ein aufmunterndes Lächeln, als sein Blick meinen traf, und ich erwiderte es. Erneut hüpfte etwas in meinem Magen, und schnell sah ich weg. Ebenso wie er. *Als hätte er es auch gespürt.*

»Eliza, ich werde ganz bewusst *dich* ansprechen, damit dir der Übergang leichter fällt, in Ordnung?«

Das alles kam mir mit einem Mal total absurd vor. Eine andere Ebene – wie seltsam war das denn bitte? Ich dachte an den Angriff und wie ich daraufhin in der Liga gelandet war. Irgendetwas hatte mich verletzt und vergiftet. Etwas, das nicht aus unserer Welt kam. Und ich schien dieser fremden Welt ebenso anzugehören. Ich war wie sie. Wie Conor, Ruby und Logan.

Und zugleich war ich auch nicht wie sie, denn wie sollte ich jemals vergessen, dass die Liga meinen Vater einfach im Stich gelassen hatte?

Dennoch nickte ich langsam. »Dann legen wir mal los.«

»Wir gehen gemeinsam rüber«, sagte Conor leise.

Gänsehaut jagte über meinen gesamten Körper, als seine Hand sich auf meine legte, und ich musste all meine Willenskraft sammeln, um sie ihm nicht zu entreißen. Warm und rau berührte er mich, und obwohl er sich nicht regte, fühlte ich, wie er erzitterte.

»Spüre nun in dein Zeichen hinein. Spüre tief in dein Innerstes. Lass dir Zeit. Du wirst wissen, wann du die Verbindung zur Rúnda gefunden hast.«

Ich musste nicht suchen. Denn in dem Moment, als Conor mich berührte und ich mich auf mein Tattoo konzentrierte, war da dieser schimmernde Strom. Wie ein Faden zog er sich quer durch meinen Körper und pulsierte im Takt meines Herzschlages. »Ich hab's.«

Mr Graham nickte langsam. »Sehr gut. Dann halte dich nun an dem Strom fest und zugleich an Conor. Er wird dich leiten.«

Automatisch drehte ich meine Hand und hielt mich an Conor fest, während ich mir vorstellte, wie ich mich an den glitzernden Strom in meinem Innersten klammerte.

Dann passierte … nichts. Absolut gar nichts.

Wir übten und übten, aber außer dass ich diesen seltsamen Strom in meiner Brust fühlen konnte, war da nichts.

»Irgendwas blockiert dich«, stellte Mr Graham nach über einer Stunde fest und blickte dann zu Conor. »Ich würde gern mit Eliza unter vier Augen sprechen.«

Conor nickte und verließ den Raum, ohne weitere Fragen zu stellen.

Ich hingegen versteifte mich, weil ich eine Standpauke erwartete. Stattdessen sagte Mr Graham: »Du hast dir die Akte deines Vaters noch nicht angesehen, oder?«

»Nein.« Meine Antwort klang entschuldigend, obwohl ich dazu keinen Grund hatte.

»Tu es. Ich glaube, danach wirst du deinen Groll gegenüber der Liga beilegen können und deinen Geist für die Rúnda öffnen.«

»Wieso sind Sie sich da so sicher?« Ich erhob mich, als er es tat.

»Weil dein Vater mein bester Freund war.« Er starrte an die Wand, und kurz zuckte Trauer über seine Züge, bevor er die Stirn runzelte. »Schau dir die Unterlagen an, und wenn du Fragen hast, kannst du jederzeit zu mir kommen. Die Wahrheit wird dich befreien.«

»Was ist, wenn sie das Gegenteil mit mir macht?«, fragte ich leise und konnte mir nicht vorstellen, dass irgendwas mich davon abbringen könnte, meinen Vater zu vermissen.

»Das wird sie nicht«, versprach er leise und deutete zur Tür. »Unser Unterricht ist für heute beendet. Du hast noch Training im Fitnessraum, und danach möchte ich, dass du dir die Akte ansiehst.«

»Ist das eine Hausaufgabe?«

Sein Mundwinkel hob sich minimal. »Ein Befehl, falls es dir dann leichter fällt.«

Schmunzelnd verabschiedete ich mich von ihm und traf Conor im Flur wieder. Er sah mich überrascht an. »Sind wir schon fertig?«

»Ich war wohl zu schlecht. Mr Graham sagte, ich müsste jetzt zum Fitnessraum. Kommst du mit?«

Er schüttelte seinen Kopf. »Ich muss noch was erledigen.«

Provokant hob ich eine Augenbraue, während ich spürte, wie sich Enttäuschung in mir ausbreitete. »Ein Termin?«

Conor nickte langsam, sah mich dabei aber nicht an. »Aber ich zeig dir, wo du hinmusst, okay?«

»Klar, danke.« Was sollte ich denn auch sonst sagen? Mein angeblicher Seelenverwandter verhielt sich wie ein Vollidiot. Was für ein Glück, dass ich nie an diesen Mist geglaubt hatte, sonst hätte sein Verhalten mir vielleicht sogar das Herz brechen können. Das bedeutete aber nicht, dass es völlig an mir vorbeiging.

Der Fitnessraum befand sich am Ende des Ganges, und Conor verschwand, noch bevor ich wirklich eingetreten war.

Ich schaute mich nach einem Trainer um und grummelte leise, als ich stattdessen Logan entdeckte, der mir mit grimmigem Blick entgegensah. Super, er hatte wohl schon auf mich gewartet.

»Bist du heute mein Trainer? Machen das nicht normalerweise Mentoren?«

»Richtig.« Er bedeutete mir, mein Zeug abzulegen und auf eines der unzähligen Laufbänder zu steigen, die sich an der langen Fensterfront aneinanderreihten. Dahinter befanden sich mit etwas Abstand die ganzen Trainingsgeräte, und alle freien Wände waren mit Spiegeln verkleidet worden. Außer uns trai-

145

nierten gerade noch zehn andere Personen, und so groß wie dieser Fitnessraum war, passten hier sicher locker fünfzig Trainierende rein, ohne sich im Weg zu stehen.

»Eine ausführlichere Antwort bekomme ich wohl nicht darauf?«, fragte ich und tat zugleich, was er von mir verlangte. Ich stellte das Laufband zunächst auf die niedrigste Stufe, um mich ein wenig aufzuwärmen.

»Ich bin ein voll ausgebildeter Protektor und mache gerade meine Weiterbildung zum Mentor. Du bist quasi mein Schützling, und Mr Graham schaut mir auf die Finger«, erwiderte Logan betont desinteressiert.

Ich fragte mich, woher diese Mauer kam, die er plötzlich zwischen uns hochgezogen hatte, und ob es etwas mit seiner gestrigen Ansage zu tun hatte. Er hatte mir deutlich zu verstehen gegeben, dass ich im Club nicht mehr für ihn gewesen war als ein Flirt. Mein Herz war nicht gebrochen, aber ich konnte nicht leugnen, dass seine Worte ein bisschen an meinem Ego gekratzt hatten.

»Wie alt bist du? Zwanzig? Bist du nicht ein bisschen jung für einen Mentor?«

»Nicht, wenn ich die Prüfung nicht vergeige.« Er konzentrierte sich aufs Laufband und hatte mich noch immer nicht angesehen. Als wäre die Stelle, wo sich normalerweise mein Gesicht befand, nicht existent. Vielleicht wollte er mich auch einfach nicht ansehen.

»Und weil ein Lehrer seinen Schützling nicht attraktiv finden darf, schaust du mir nicht einmal mehr ins Gesicht?«, fragte ich, ohne groß darüber nachzudenken. *Ups.*

Logans Blick schoss hoch, und er funkelte mich an. »Wer behauptet, ich würde dich attraktiv finden?«

Mein Mund verzog sich wissend, und ich brauchte keine weiteren Antworten mehr. »Das kann ich dir ansehen.«

Er schüttelte seinen Kopf und stellte das Laufband schneller, sodass ich joggen musste. »Ich will Mentor werden.«

»Mach doch«, erwiderte ich und konzentrierte mich aufs Laufen. »Ist ja nicht so, als wäre was zwischen uns gelaufen.«

»Richtig«, brummte er und verschränkte seine Arme vor der Brust. »Fünf Minuten joggen und dann fünf Minuten rudern. Das reicht zum Aufwärmen.«

»Klar, Chef!«, rief ich und schaute joggend aus dem Fenster. Von hier aus konnte ich auf eine trostlose Wiese voller Müll sehen, hinter der sich ein mit Graffiti verschandeltes Gebäude befand. Tolle Aussicht.

Auch wenn Logan meine Direktheit mit einem knallharten Training bestrafen wollte, war ich doch dankbar für diese Ablenkung. Ich dachte nicht länger darüber nach, was Conor mir verschwieg und wer diese Person war, die er in unsere gemeinsame Wohnung gebracht hatte.

Wir waren vielleicht kein Paar, aber uns verband etwas, und es pisste mich wirklich an, dass er mich behandelte, als hätte ich nichts in seinem Leben zu suchen.

»Konzentration!«, bellte Logan neben mir, als ich auf dem Laufband beinahe über meine Gedanken stolperte, in die ich nun doch versunken gewesen war.

Ich grinste ihn schief von der Seite an und schob Conor aus meinem Kopf. Zumindest für die nächsten paar Stunden.

KAPITEL 11

Als ich am Nachmittag in unsere Wohnung kam, war ich total platt. Logan hatte mich stundenlang mit Krafttraining und seiner neuerdings wortkargen Art gequält.

Normalerweise ging ich gerne ins Fitnessstudio, aber da konnte ich ungehindert meine Musik hören und wurde nicht ständig angepampt, wenn ich eine Übung falsch ausführte. Meine Güte, was dachte der Typ denn, wer er war? Ein Ausbilder bei der Army?

Conor hatte sich den Rest des Tages nicht mehr blicken lassen, und ich hatte meine Mittagspause am Ende allein verbracht, weil auch Logan nirgends zu sehen war. Vermutlich hatte er außerhalb gegessen – oder einfach keine Lust auf mich gehabt.

Auch okay. Ich brauchte keinen von den beiden!

Ich begrüßte die beiden Jäger in unserem Flur, die zu unserem Schutz dort abgestellt waren, und als ich in die Wohnung trat, stieß ich vor Erleichterung ein Seufzen aus. Alles, was ich wollte, war meine Ruhe!

Ruby hatte mich den Vormittag über mit Nachrichten bombardiert, weil sie offenbar Angst hatte, irgendwas zu verpassen, solange sie in der Schule war. Irgendwann hatte ich es aufgegeben, ihr zu antworten, weil mich jede weitere Nachricht nur noch wahnsinniger gemacht hatte.

Ich ging in mein Zimmer und wechselte in eine Leggings und ein bequemes Shirt, bevor ich mich aufs Bett legte und die Augen schloss. Doch natürlich wollte mein Gehirn nicht so richtig abschalten. Ich konnte nur an eins denken: *Rúnda*.

Mr Graham hatte keine Ahnung, wie schwer es mir fiel, an die Liga zu denken und sie nicht zu hassen. Aber vielleicht hatte er recht. Vielleicht hinderten mein Hass und meine Angst mich daran, mehr zu lernen, als mir möglich wäre.

Mir entfuhr ein Stöhnen. Mein Vater hatte viel Zeit in der Liga verbracht und noch mehr damit, den Feind zu erforschen. So hatte er es immer formuliert. Nun wurde mir klar, dass er damit die Sluagh gemeint haben musste.

Als ich jünger gewesen war, hatte er täglich mit mir vor der Schule trainiert. Bis zu dem Zeitpunkt, als er einfach verschwand. Danach war ich selbst für mein Training verantwortlich gewesen.

Jeden Tag hatte ich gehofft, dass mein Vater zurückkehren würde. Meine Mutter behauptete, er wäre ein Verräter gewesen, und weigerte sich, mir mehr zu erzählen. Genauso wie Sadie.

Ein Teil von mir hoffte noch immer, dass er wieder zu mir zurückkam.

Ich presste meine Lippen zusammen. Ich konnte es nicht länger aufschieben. Genervt und zugleich besorgt setzte ich mich auf und holte meine Tasche, auch wenn sich alles in mir dagegen sträubte. Die Sportklamotten warf ich auf den Boden, damit ich sie gleich in die Waschmaschine schmeißen konnte.

Dann fiel mein Blick auf den Umschlag.

Ich riss die Klebefolie ab und zog die Unterlagen heraus. Da war zuerst eine Mappe mit Fotos und Berichten. Aber darunter war auch ein USB-Stick.

Mit zitternden Händen öffnete ich die Mappe und widmete mich den Dokumenten.

Angeblich hatte mein Vater ein Artefakt gestohlen und hatte sich den Sluagh angeschlossen.

Ich runzelte meine Stirn und überflog die Details. Ein Dolch, mit dem man das Portal hätte zerstören können. Aber wieso sollte mein Vater diesen Dolch stehlen? Und wieso hatte die Liga diese Waffe nicht einfach vorher benutzt, bevor jemand sie überhaupt stehlen konnte? Ich las weiter und kaute auf meiner Unterlippe herum. Angeblich hatte er herausgefunden, wie man dieses Artefakt einsetzen konnte. Etwas, das die Liga und er selbst jahrelang erforscht hatten. Kurz darauf waren er und der Dolch spurlos verschwunden.

»Das beweist gar nichts«, flüsterte ich und konnte mir diese Lügen nicht weiter durchlesen. Frustriert klappte ich die Mappe zu und holte meinen Laptop heraus. Vielleicht bot der USB-Stick weitere Infos.

In dem einzigen Ordner befanden sich mehrere Videos.

Ich klickte das erste Video an.

Man sah eine Lagerhalle mit Holzkisten, die in Metallregalen standen.

Dann tauchte mein Vater auf. Er schaute sich um und schien sich zu vergewissern, dass niemand in der Nähe war. Mein Hals schnürte sich zu. Seine große Gestalt strotzte auf dem Bild genauso vor Selbstbewusstsein, wie ich ihn in Erinnerung hatte. Seine Haut war sonnengebräunt, weil er es geliebt hatte, im Garten zu arbeiten. Nur sein graues Haar, das sonst immer perfekt saß, stand ihm wirr vom Kopf ab. Er ging zielstrebig zu einer der Kisten und öffnete sie. Ich konnte genau sehen, wie er einen Dolch herauszog, sich erneut umsah und dann aus dem Bild verschwand.

Das Video endete, und ich schaute mir das nächste an. Ein Verkehrsüberwachungsvideo. Man sah meinen Vater wegfahren.

Das darauffolgende Video zeigte, wie er mit dem Auto bei einem Parkhaus ankam. Laut Zeitstempel war dies nur zehn Minuten später.

Dann tauchte ein weiterer Mann im Video auf. Er war jünger als mein Vater und begrüßte ihn mit einer herzlichen Umarmung, die mein Vater hastig erwiderte. Auf einmal wirkte die ganze Situation deutlich gehetzter.

Ich hielt den Atem an, als ich eines der Fotos aus der Akte herausholte und mit dem Mann verglich. Es war eindeutig derselbe. Und auf der Rückseite des Fotos war das Wort »Sluagh« notiert worden.

Warum hatte mein Vater Kontakt mit einem Sluagh gehabt?

Ich konnte nicht fassen, als ich sah, wie er in dem Video auf seine Tasche deutete und darauf klopfte, als würde er zeigen wollen, dass sich darin etwas verbarg. Kurz darauf stieg mein Vater in den Wagen des Sluagh. Das Video endete mit einem Bild des nun leeren Parkhauses.

Ich war zutiefst schockiert und wusste nicht, was ich denken sollte. Wieder und wieder ging ich die Fotos und Berichte durch, versuchte, irgendetwas zu finden. Eine Erklärung. Eine Lösung.

Doch alles deutete darauf hin, dass mein Vater tatsächlich dieses Artefakt gestohlen und es dem Feind überlassen hatte. *Alles.*

Keine Fremdeinwirkung. Keine Jagd. Mein Vater war gegangen. Er war nicht entführt worden. Er war nicht vertrieben worden. Er war gegangen.

Freiwillig.

Ich starrte vor mich hin, wie lange, wusste ich nicht und regte mich erst wieder, als schließlich eine vertraute Gestalt in mein Zimmer trat. Mittlerweile war es dunkel geworden. Der Abend war hereingebrochen, und ich hatte nichts davon gemerkt. Mit meinen Fingern nestelte ich beinahe unbewusst an dem kleinen Anhänger, den mein Vater mir geschenkt hatte. Es war sein letztes Geschenk gewesen. Wie auch Sadie, hatte er mir ein Armband gegeben. Als hätte er sich so von uns verabschieden wollen und hätte längst gewusst, dass er nie wiederkommen würde.

Ruby kam zögernd auf mich zu und betrachtete die ausgebreiteten Unterlagen auf meinem Bett. »Alles klar?«

»Nein«, flüsterte ich und spürte, wie sich die erste Träne löste.

Ruby schloss die Tür, bevor sie zu mir kam und mich fest umarmte. Sie hielt mich, bis die Tränen versiegten, und half mir dann, die Unterlagen wieder in der Akte zu verstauen.

Ich musste nichts sagen. Meine beste Freundin wusste auch so, was ich herausgefunden hatte – mein Vater war ein Verräter.

Es hatte für die Liga keinen Grund gegeben, ihn noch länger zu suchen oder sich Sorgen zu machen. Nicht bei diesen Beweisen.

Mein Vater war gegangen.

***

Am nächsten Morgen sah Mr Graham mich fragend an, und ich nickte knapp. Ich hatte meine Hausaufgaben erledigt.

»Wir wiederholen die gestrige Übung. Eliza, versuche in dich hineinzufühlen.«

Ich nickte und sah Conor nicht an, während ich seine Hand nahm. Wieder waren wir drei allein in einem Trainingsraum und saßen auf Matten.

Ich schloss meine Augen und spürte den Strom in meinem Körper, die Fäden, die sich durch jede meiner Gliedmaßen zogen. Wärme breitete sich in meinem Nacken aus, ausgehend von meinem Tattoo.

Ein Teil von mir wollte sich dagegen wehren, doch ich ließ es zu, weil ich wusste, dass jetzt nichts mehr zwischen der Liga und mir stand. Es gab keine Geheimnisse mehr.

Mein Vater war gegangen. Sie hatten ihn gesucht, aber nicht gefunden. Mehr konnte ich nicht erwarten.

Plötzlich ging ein Ruck durch meinen Körper, ich wurde fortgerissen, und im nächsten Moment landete ich hart auf dem Rücken.

Keuchend riss ich die Augen auf und starrte nach oben, meine Hand noch immer fest mit Conors verschlungen. »Was war das?«

Conor lachte und erhob sich neben mir, wobei er mich hochzog. »Dein erster Übergang.«

Ich wankte und ließ mir aufhelfen. Dabei blinzelte ich heftig. Die Umgebung schien aus Dunkelheit und Farbe zu bestehen. Die Umrisse des Raumes waren dieselben, doch überall waren Ströme aus Farben, flackernd und pochend, wie lebende Wesen – und doch gesichtslos. Zudem war es hier viel düsterer als in unserer Ebene.

Conor trat vor mich, und mir entfuhr ein erstaunter Ausruf. Auf den ersten Blick sah er so aus wie immer, doch ihn umgab jetzt eine Aura aus Farben, wallend und um Aufmerksamkeit kämpfend, als wären sie sich nicht einig, wer gewinnen sollte.

Mr Graham hingegen sah aus wie zuvor, auch wenn ihn ein blasses Leuchten umgab.

»Warum sehe ich bei Conor Farben?« Ich blickte an mir herunter und konnte ebenfalls Farben sehen. Ein grelles Orange hatte gerade die Oberhand.

»Du siehst meine Aura und deine ebenfalls. Wir sind verbunden, deshalb nehmen wir voneinander mehr wahr als von anderen«, erklärte mir Conor und schluckte. Er schien nervös zu sein. Das musste das Farbspiel erklären. Dann atmete er tief durch, und das Flackern wich einem leisen Flimmern. »Irgendwann kannst du es kontrollieren.«

»Verrückt«, murmelte ich und sah mich in dem Raum um. »Also das ist die Rúnda? Sie sieht genauso aus wie unsere Welt.«

»Richtig.« Mr Graham ging zu den Fenstern und deutete hinaus. »Nur dass diese hier viel verletzlicher ist.«

Ich trat zu ihm und schaute hinaus. Draußen liefen schimmernde, konturlose Menschen die Straßen entlang, doch ich konnte auch in den Autos und gegenüberliegenden Häusern Farben erkennen. Ich sah sie alle, denn ihr Leuchten schien selbst die dicksten Wände zu durchdringen.

»Sie sehen anders aus als wir.«

154

»Das liegt daran, dass wir unsere Körper mitgenommen haben, weil wir nur so auf dieser Ebene kämpfen können. Nun schau genauer hin.«

Ich tat, was Mr Graham verlangte, und fokussierte mich auf die Fußgänger unten auf der Straße. Sie eilten vorbei und strömten Licht aus, doch ein paar von ihnen hatten graue Schlieren anheften. »Was sind das für Flecken?«

»Shag. Die Parasiten«, sagte mein Lehrer. »Sie sind die Produkte der Sluagh, ohne eigene Essenz oder Überlebenskraft. Sie entstehen, wenn ein Sluagh sich an einer Seele vergreift, und schwirren umher, bis sie einen Wirt finden und sich an ihn heften. Es sind dunkle Wesen, die den Geist vergiften, aber solange sie klein bleiben, sind sie nicht tödlich.«

»Jäger können sie von den Seelen entfernen«, erklärte mir nun Conor. »Sie schaffen dies, ohne der Seele Schaden zuzufügen. Aber das bedarf viel Übung.«

»Und werden diese Leute jetzt gesucht und dann … gereinigt?«

»Nein.« Mr Graham seufzte. »Es gibt unzählige Parasiten. Die Menschen von ihnen zu befreien lohnt sich erst, wenn es besonders viele sind. Es klingt hart, aber wir kommen kaum gegen diese Biester an. Solange es Sluagh gibt, wird es tausendmal mehr Shag geben.«

»Wie Ratten«, stieß ich aus. »Merkt man, wenn sich ein Parasit angeheftet hat?«

»Nein. Zuerst nicht. Wenn es mehr werden, ergreift dich Melancholie, dann Depression, dann wird es langsam schlimmer, aber nie so sehr, dass der Parasit fürchten müsste, seinen Wirt zu verlieren.« Mr Graham betrachtete mich. »Deine Seele ist frei, falls du dir Sorgen machst.«

Ich atmete auf. »*Danke*, es erleichtert mich wirklich, dass ich keine Ratte auf meiner Seele sitzen habe.«

Conor lachte leise neben mir.

Auch Mr Graham schmunzelte fast. »Der Übergang hat sehr gut funktioniert. Du wirst dies mit ein wenig Übung sicher bald allein hinbekommen, und in wenigen Tagen können wir dann auch den Raum verlassen.«

»Wieso können wir das jetzt noch nicht?«

»Du könntest einer anderen Seele versehentlich schaden. Das möchten wir vermeiden. Sie sind sehr empfindlich auf dieser Ebene, und du brauchst hier noch ein wenig Übung. Aber nur in der Rúnda können wir das Portal beschützen«, erklärte mir mein Mentor. »Wir sollten jetzt zurückkehren. Halte dich wieder an Conor fest und konzentriere dich auf den Strom in deinem Inneren.«

Ich tat, was er sagte, und doch fiel es mir ein wenig schwerer, und meine Landung war deutlich härter. Ich ließ Conors Hand los und ließ mich auf die Matten sinken. Mein Körper fühlte sich an, als wäre ich gerade drei Stunden lang gejoggt. »Warum bin ich so müde?«

»Die geistige Erschöpfung wirkt sich bei den ersten Übergängen auf deinen Körper aus. Es wird leichter, wenn du ein wenig Übung hast.« Mr Graham ging in Richtung Tür. »Ihr habt nun eine Stunde Ruhezeit, bevor das körperliche Training losgeht.« Damit verließ er den Raum.

Conor erhob sich nun ebenfalls.

»Wo willst du hin? Willst du dich nicht auch ausruhen?«

Er presste seine Lippen zu einem falschen Lächeln zusammen, bei dem ich sah, dass es ihm schwerfiel. »Ich muss zu einem Termin. Tut mir leid.«

Conor versetzte mich. Mein angeblicher Seelengefährte ließ

mich schon wieder alleine. Das waren ja rosige Aussichten für eine gute Zusammenarbeit. »Wie du willst.« Ich ließ die Enttäuschung nicht zu, die sich in mir ausbreiten wollte, und schloss meine Augen. Müdigkeit umspülte mich, und ich merkte, dass ich jeden Moment einschlafen würde. »Bis später.«

Ich spürte Conors Blick und sein Zögern, dann seufzte er leise und ging. Ich hatte keine Ahnung, was ich über sein seltsames Verhalten denken sollte.

Irgendwie schaffte ich es noch, nach meiner Tasche zu greifen und sie zu mir herüberzuziehen. Dann stellte ich mir einen Wecker und legte meinen Kopf auf die Tasche, um halbwegs gemütlich zu liegen.

Schlussendlich ließ ich die Müdigkeit gewähren. Mein Körper nahm sich, was er brauchte.

Conors Geheimnis würde ich lüften. Später, wenn meine Muskeln sich nicht mehr wie Wackelpudding anfühlten.

KAPITEL 12

Mehr als eine Woche verging, bis ich nach den Vorkommnissen in unserer Wohnung wieder zur Schule gehen durfte. Eine Woche, in der sich Conor seltsam verhielt und Logan weiter auf Abstand ging. Dafür lief das Training immer besser, und ich konnte mittlerweile die Rúnda betreten, ohne mich an Conor festzuhalten oder umzukippen. Es war manchmal so leicht, dass ich mich fragte, wie ich diese Ebene zuvor nie hatte spüren können. Die Müdigkeit nach den Übergängen wurde weniger, auch wenn bei meiner Rückkehr noch immer all meine Muskeln zitterten.

Als ich am Montagmorgen aus dem Haus trat, wartete bereits ein Auto auf mich. Logan hatte mich vorgewarnt, dass er und eine andere Protektorin mich fahren würden. Ruby hatte angeboten, dies zu übernehmen, aber er war hart geblieben.

Ich würde mich auf keinen Fall beschweren.

Gut gelaunt stieg ich hinten in den schwarzen Honda und schnallte mich an. »Guten Morgen.«

»Morgen«, kam es unisono von vorne.

Am Steuer saß ein rothaariges Mädchen, die mich durch den Rückspiegel beäugte, bevor sie losfuhr. Es war dieselbe Rothaarige aus der Kantine und dem Umkleideraum. L-irgendwas. *Lisa? Nein. Leslie!* Mir fiel wieder ein, dass Logan vermutet hatte, dass ihr diese Situation gar nicht gefallen würde.

Doch das war nicht mein Problem.

Logan saß auf dem Beifahrersitz. Keiner bemühte sich um eine Konversation, weshalb ich mich zurücklehnte und an meinem Kaffee nippte, den ich mir heute Morgen in meinen To-go-Becher umgefüllt hatte.

Conor ließ sich zwar kaum blicken, aber die angeschaffte Kaffeemaschine und die neue Deko, die ich online mit der Kreditkarte seines Vaters gekauft hatte, machte die ganze Situation zumindest ein wenig erträglicher.

Wir erreichten meine Schule, die Beven Hall, erst nach knapp dreißig Minuten, weil der Verkehr zu dieser Zeit ziemlich stark war. Das schicke Gebäude, das nur aus Glas, Beton und Stahl zu bestehen schien, lag direkt an der Bucht von Dublin.

Ich stieg in dem Moment aus, als die Schulglocke läutete, und setzte zu einem Sprint an. »Bis später!«

Was auch immer sie hätten sagen wollen, ging im Lärm der Schüler unter, die sich mit mir in ihren dunkelblau-roten Uniformen durch die gläsernen Eingangstüren der Schule drängten.

Das Gebäude war modern und mit zweitausend Schülern ziemlich groß. Ruby passte mich ab und umarmte mich, bevor ich unseren Klassenraum erreichte. »Ich wollte echt nicht glauben, dass sie dich tatsächlich aus dem Käfig rauslassen.«

Ich lachte, während ich mich von ihr löste und mich auf meinen Platz in der dritten Reihe setzte. »Bin ich etwa ein wildes Tier?«

»Oh ja«, ertönte es hinter mir. »Eins von der ganz gefährlichen Sorte.«

Ich verdrehte meine Augen und drehte mich zu meinem Mitschüler Shawn herum. Er hatte dunkelblondes Haar mit hellen Spitzen, die ihm in seine sturmgrauen Augen fielen. Er war erst seit ein paar Wochen in unserer Klasse. Doch schon genauso lange versuchte er, mich zu einem Date zu überreden. »Hab dich gar nicht vermisst, Shawn.«

Seine Lippen verzogen sich zu einem süßen Schmollmund, und ich hörte von weiter rechts irgendwo ein entzücktes Seufzen. »Wirklich nicht? Ich dachte, du würdest während deiner Krankschreibung pausenlos an mich denken. Ich jedenfalls habe nur an dich gedacht. Wie wäre es, wenn wir unser Wiedersehen mit einem netten Kaffee feiern?«

Ich lächelte gequält. Er war ein absoluter Aufreißer, der mit jedem Mädchen flirtete, das ihm unter die Nase kam. »Sorry, aber du findest sicher eine andere, die sich liebend gerne von dir ausführen lassen würde.«

Sein typisch schiefes Lächeln verlieh seinem durchaus attraktiven Gesicht etwas Gefährliches. Wieder hörte ich von irgendwo ein Seufzen. »Wenn du willst, kann es auch ein Cocktail sein.«

Ich lachte und konzentrierte mich auf unsere Mathelehrerin, die gerade den Klassenraum betrat. Zwar hasste ich Mathe, aber selbst das konnte mir die Laune nicht verderben. Ich war nach einer Woche endlich wieder frei.

Auch wenn ich mich der Liga gegenüber geöffnet hatte, bedeutete das noch lange nicht, dass ich meine Zukunft für sie über den Haufen werfen würde. Ich würde meinen Abschluss machen, und nach einem Jahr wäre alles vorbei. Selbst wenn ich bei der Liga bleiben wollen würde, wäre es nicht mehr als Hüterin. Conor hatte mir bereits gesagt, dass er nach dem Probejahr seine Aufgabe als Hüter niederlegen wollte. Den Grund kannte ich nicht, aber ich war mir ziemlich sicher, dass es damit zusammenhing, warum er ständig abhaute.

Ruby war während des gesamten Tages noch aufgedrehter als sonst, weil ich endlich wieder an ihrer Seite war. Doch so richtig entspannen konnte ich nicht, weil ich mich dauerhaft fühlte, als würde mich jemand beobachten. Etwas, das mich nicht weiter wundern sollte, schließlich waren Logan und Leslie irgendwo da draußen und bewachten mich.

***

Am Freitagnachmittag stand ich barfuß mit Conor in einem Trainingsraum, der mit einem weichen grünen Teppichboden ausgelegt war. Die cremefarbenen Wände strahlten eine Ruhe aus, die mir beinahe ein wenig unheimlich war, und dass es keine Fenster gab, machte alles irgendwie noch seltsamer.

Doch was mich am meisten überraschte, war, dass mir plötzlich mein Onkel Charles gegenüberstand. Er war der Mann meiner Tante Fiona, die letztes Jahr gestorben war, und der letzte Hüter des Portals.

Ich hatte ihn seit ihrer Beerdigung nicht mehr gesehen, weil er sich aufs Land zurückgezogen hatte. Meine Mutter hatte einmal angedeutet, dass ihm die verlorene Anamaite-Verbindung sehr zusetzte, weshalb er nur selten nach Dublin kam. Ich bemerkte sofort das fehlende Funkeln in seinen Augen und seine eingefallene Haltung. Einst war er wie ein unerschütterlicher Fels gewesen, und ihn nun so zu sehen, erinnerte mich daran, wen wir verloren hatten.

»Herzlichen Glückwunsch.« Onkel Charles schlang seine Arme um mich, und ich erwiderte seine Umarmung. Einen langen Moment lang standen wir nur da, gaben uns Halt und dachten vermutlich beide an meine Tante. Fiona und ich hatten uns sehr nahegestanden, denn sie hatte nie akzeptieren wollen, dass mein Vater die Liga verraten hatte. Natürlich hatte sie mir niemals Einzelheiten berichtet, aber sobald irgendwer es wagte, auch nur negative Andeutungen über ihren Bruder zu machen, hatte sie ihn zum Schweigen gebracht.

»Danke.« Ich lächelte ihn an, wollte so viel mehr sagen und ließ es doch sein.

Mr Graham, der Charles hergebracht hatte, nickte uns zu. »Charles wird euch beibringen, wie ihr eure Kräfte bündeln könnt.«

Ein Kribbeln breitete sich in mir aus. Die Rúnda zu betreten schaffte ich mittlerweile alleine und hatte es sogar schon einmal in meinem Schlafzimmer ausprobiert. Es war ganz einfach gewesen, und ich hatte am Fenster gestanden und unzählige schimmernde Essenzen beobachtet. Es war wunderschön und zugleich beängstigend gewesen. Die Rúnda war wie eine eigene Welt voller zerbrechlicher Seelen, die nicht einmal ahnten, dass dunkle Schatten ihnen folgten. Immer wieder hatte ich Shag gesehen und zugleich gewusst, dass sich irgendwo in der Nähe und kurz vorher ein Sluagh von einem Menschen genährt haben musste. Allein der Gedanke daran hatte mir Übelkeit bereitet.

Nun traten wir vier gemeinsam in die Rúnda über, und schon einen Moment später umgab uns die fast schon vertraute Dunkelheit dieser Ebene.

Charles jedoch schien keinen Blick mehr für ihre Schönheit zu haben, sondern sah mich auffordernd an. »Weißt du bereits, wie du deine Kräfte abrufen kannst?«

»Wir sind noch nicht so weit gekommen«, erklärte Mr Graham nüchtern.

Charles nickte verstehend und zog entschuldigend seine Nase kraus. »Es tut mir leid, dass du nicht mehr Zeit zur Verfügung hast. Das ist normalerweise anders.« Er presste seine Lippen kurz verdrossen zusammen. »Aber besondere Umstände bedürfen wohl besonderer Maßnahmen.« Damit spielte er wohl auf das beschädigte Portal an.

»Ich werde bald zu meinem Bruder nach Amerika ziehen«, erklärte Onkel Charles dann. »Deshalb habe ich dieses Treffen vorgezogen. Ich hoffe, das ist in Ordnung. Ich wollte nicht gehen, ohne meiner Nichte wenigstens ein wenig beizustehen.«

»Ich danke dir.« Dass er überlegte wegzuziehen, hatte meine Mutter ebenfalls schon angedeutet.

Er lächelte und räusperte sich dann. »Lasst uns beginnen.«

Conor und ich stellten uns ihm gegenüber auf, während Mr Graham sich im Hintergrund hielt.

»Zuerst müsst ihr eure Kräfte spüren und hervorholen«, sagte Charles und hielt seine Handflächen voreinander. »Fühlt in euch hinein, fühlt eure Essenz, und wenn ihr sie gefunden habt, lasst einen Teil von ihr hinaus. Aber nur ein bisschen, gerade so viel, dass es in euren Fingerspitzen kribbelt, als würden sie taub werden. Vergesst nicht, es ist eure Essenz und ihr könnt es euch nicht leisten, zu viel davon zu verlieren.« Zwischen seinen Handflächen bildeten sich knisternde Rauchschwaden, die bläulich schimmerten.

Ich hatte keine Ahnung, was genau ich tun sollte, deshalb sah ich zu Conor. Charles' Worte beunruhigten mich ein wenig. Was meinte er damit, dass wir einen Teil unserer Essenz hinauslassen sollten?

Conor imitierte Charles Handbewegungen, während er seine Augen geschlossen hielt. Plötzlich knisterte es zwischen seinen Händen, und als er mich im nächsten Moment ansah, lächelte er. »Es tut nicht weh.«

Als hätte er Gedanken gelesen.

Langsam schloss auch ich meine Augen und positionierte meine Handflächen voreinander, auf Höhe meines Bauchnabels. Ich spürte meine Essenz sofort. Sie nahm alles in mir ein und durchfloss mich wie ein wilder Strom. Langsam lenkte ich ihn in Richtung meiner Handflächen, bis ich das Prickeln spürte.

Als ich blinzelte, war da meine Essenz. Weißer Rauch, der zwischen meinen Händen hin und her wirbelte. Mein Blick wanderte zu Conor, und ich sah in seinen leuchtenden Augen, dass ihn dasselbe Hochgefühl durchströmte wie mich.

Charles legte die Hände ineinander, und der Rauch verschwand. »Das sollte für heute reichen. Ihr könnt nun eure Essenz abrufen, und sie somit hervorholen, sobald sie am Portal nötig wird.« Er deutete zwischen uns hin und her. »Das, was ihr seit eurer Verbindung körperlich spürt, ist auf Ebene der Essenz um ein Vielfaches stärker. Wenn ihr euch also berührt, während ihr vor dem Portal steht, und einen Teil eurer Essenzen zum Schutz des Portals spendet, ist es, als würdet ihr pure Energie abgeben.«

»Wie ein Stromkabel?«, fragte ich irritiert und fasziniert zugleich.

»Richtig. Schon einzeln wäre es euch möglich, den Schutz zu stärken. Doch gemeinsam seid ihr um ein Hundertfaches effektiver.«

Ich nickte langsam.

»Morgen, bevor ich abreise, werden wir das Portal besuchen. Dann werdet ihr wissen, was ich meine. Bis dahin solltet ihr euch ausruhen.«

Ich legte ebenfalls meine Hände ineinander und sperrte so die Essenz wieder ein.

Als wir zurück in unsere Ebene kehrten, verabschiedete sich Charles mit den Worten, dass er noch etwas zu besprechen hätte, und ließ uns in dem Trainingsraum zurück.

Ich schnappte mir gerade meine Tasche, als Conor kurz davor war, ohne ein weiteres Wort aus dem Raum zu verschwinden. »Und? Haust du mal wieder ab?«

Conor zuckte leicht zusammen und drehte sich dann mit einem entschuldigenden Lächeln zu mir um. »Es ist echt viel los momentan.«

Ich ging auf ihn zu. »Spar dir deine Ausreden. Wir werden noch eine ganze Weile aneinandergekettet sein, und da wäre es nett, wenn wir wenigstens Freunde werden könnten. Aktuell bist du für mich kaum mehr als ein komischer Fremder.«

Er zog seine Nase kraus und strich sich durch die Haare. »Freunde klingt echt gut.«

Da dämmerte es mir langsam, und ich stieß ein Lachen aus. *Er dachte doch wohl nicht ...* »Dir macht dieses Ding zwischen uns Angst, oder?«

»Ich weiß nicht, was du meinst.«

Ich trat noch einen Schritt näher, bis wir uns fast berührten. Seine Nähe löste ein Hüpfen in meiner Magengegend aus, und etwas in mir sehnte sich danach, ihn zu berühren. Ich würde mich niemals daran gewöhnen und wollte es auch nicht. »Mir persönlich macht es eine Scheißangst, wie etwas in mir sich zu dir hingezogen fühlt.«

Er schluckte sichtlich bei diesem Geständnis, aber schwieg.

»Aber ich will nichts von dir. Ich hätte nur gern einen Freund, mit dem ich das nächste Jahr überstehen kann.«

Ihm entfuhr ein tiefes Seufzen. »Ich hätte nicht gedacht, dass das so schwierig werden würde.«

»Was genau ist schwierig?«

Conor schüttelte den Kopf und lächelte mich schief an.

Ein wohliger Schauer streichelte über meinen Rücken, und ich trat einen Schritt zurück. »Lenk mich nicht ab.«

Seine Lippen wurden zu einer harten Linie, als er selbst zu merken schien, dass er meine Gefühle manipulieren konnte, wenn er es wollte. »Tut mir leid. Okay, lass uns Freunde sein.«

»Erst wenn du mir verrätst, warum Logan deinen Platz im Club eingenommen hat.«

Ein langes Zögern folgte. So lange, dass ich ein genervtes Brummen ausstieß und an ihm vorbeiging, um den Raum zu verlassen. »Vergiss es.«

In dem Moment, als sich meine Finger um die Türklinke legten, umfasste er mein Handgelenk und zog mich zurück. »Warte.«

Mit hochgezogenen Augenbrauen drehte ich mich zu ihm um und entzog ihm meine Hand, die unter seiner Berührung kribbelte. »Leg los.«

»Es ist so, dass mir von allen Seiten gesagt wurde, dass wir uns sofort ineinander verlieben würden. Wir sind Anamaite. Der Gedanke, dass ich meine Gefühle nicht selbst steuern könnte, hat mich wütend gemacht, und deshalb habe ich Logan gebeten, das erste Treffen für mich zu übernehmen. Ich wollte diese Verpflichtung eingehen, ohne dass mir irgendeine seltsame Schwingung zwischen uns das alles einredet.«

»Verstehe ich«, antwortete ich langsam und merkte, wie meine Wut auf ihn langsam verrauchte. »So ging es mir auch.«

Erleichterung ließ sein Lächeln leuchten. »Gut. Also, Freunde?« Er streckte mir seine Faust entgegen, als würde er verhindern wollen, dass wir uns allzu lange berühren mussten.

Das war mir nur recht, weshalb ich meine Faust gegen seine schlug. »Freunde.«

Als Conor die Tür aufzog, standen dahinter Leslie und Logan.

Irritiert von ihren undeutbaren Gesichtern runzelte ich die Stirn. »Alles klar bei euch?«

»Klar«, erwiderte Leslie in einem üblich säuerlichen Tonfall, der mich zusätzlich verwirrte.

Logan sah zu Conor. »Wir wollten dich zum Abendessen abholen.«

Conors Blick glitt zu mir, und sein Zögern machte mehr als deutlich, dass er mich nicht dabeihaben wollte.

»Bis später.« Ich drückte mich an ihnen vorbei und schaute nicht zurück, damit niemand die Enttäuschung auf meinem Gesicht bemerkte.

Freunde. Aber sicher.

Glücklicherweise war ich sowieso mit Ruby verabredet, die bereits im Eingangsbereich auf mich wartete. »Da hat aber jemand so richtig gute Laune«, begrüßte sie mich, als ich nur ein dünnes »Hi« für sie übrighatte.

»Ich erzähle es dir auf dem Weg.«

»Solche Penner«, stieß Ruby aus, als wir zehn Minuten später in meiner Wohnung ankamen. »Natürlich hättest du ihnen eh absagen müssen, weil du das beste Date bereits mit mir abgemacht hast, aber das tut nichts zur Sache!«

»Sehe ich auch so. Die sind alle so komisch.« Ich warf mei-

167

ne Tasche in mein Zimmer, wobei ein Teil der Akte meines Vaters herauslugte. Ich hatte unzählige Fragen, doch war noch nicht sicher, ob ich auch die Antworten darauf hören wollte, deshalb hatte ich sie Mr Graham noch nicht zurückgegeben. »Komm, wir machen unsere Hausaufgaben.«

»Ernsthaft?«, stieß Ruby aus und stemmte ihre Hände in die Hüfte. »Ich wollte nicht mit dir Hausaufgaben machen. Ich wollte mit dir ein bisschen feiern gehen.«

»Und Hausaufgaben ist der Code dafür?«

»Mein Gott, kennst du mich überhaupt? Wollte ich mich etwa jemals zum Hausaufgabenmachen mit dir treffen?«

Ich lachte, angesichts ihres geradezu entsetzen Tonfalls. »Dürfen wir denn feiern gehen?«

»Erst mal haben wir heute Freitag. Der perfekte Tag zum Ausgehen, und Mr Graham meinte vorhin, als ich ihn gefragt habe, solange wir nüchtern bleiben und noch zwei weitere Jäger dabeihaben, geht das schon klar«, sagte Ruby und ließ die Hüfte kreisen, als könnte sie die Musik bereits hören.

»Haben wir denn zwei Jäger, mit denen wir losziehen können? Also außer Conor und Logan, aber die muss ich echt nicht dabeihaben.«

»Sicher.« Ihre Lippen verzogen sich zu einem verschlagenen Grinsen. »Unsere Dates holen uns in einer Stunde ab.«

Ich biss mir auf die Unterlippe. Allein der Gedanke daran, einfach mal hier rauszukommen und die Welt für ein paar Stunden auszublenden, war verlockend. Zudem war seit dem Einbruch nichts mehr passiert, und ich war auch nicht noch mal angegriffen worden. Außerdem war ich mit drei Jägern unterwegs. Sicherer ging es ja wohl kaum. »Dann lass uns ein bisschen feiern gehen.«

KAPITEL 13

Glücklicherweise hatten unsere Begleiter kein Problem mit unseren gefälschten Ausweisen, sodass wir wenige Stunden später ungestört in einem Club in der Nähe des Trinity Colleges standen. Es war noch relativ leer, weil es noch vor Mitternacht war. Aber das machte uns nichts aus. Wir wippten zur House-Musik und ließen uns Cocktails ausgeben.

Die beiden Jäger interessierten mich nicht, und das schienen sie auch zu spüren, denn sie beschränkten ihre Flirts auf Ruby, die ihre Aufmerksamkeit quasi inhalierte.

Ich hingegen tanzte, bis mein Kleid an meinem Körper klebte und meine Füße mich kaum noch tragen wollten. Den ganzen Abend über versuchte ich, nicht an die Liga und an die Leute dort zu denken.

Irgendwann gab ich Ruby ein Zeichen, dass ich etwas zu trinken brauchte. Sie nickte und hakte sich bei mir unter, wobei sie den Jägern mitteilte, dass wir gleich zurück sein würden.

An der Bar schnappten wir uns gut gelaunt die beiden letzten Hocker, bestellten uns zwei weitere Cocktails, und ich zog mein Handy heraus. Doch die Nachricht, die mir auf dem Display angezeigt wurde, ließ meine Stimmung in den Keller sinken.

»Was ist los?«, fragte Ruby und linste auf mein Handy. »Hat Conor sich gemeldet?«

»Er ist heute Nacht wohl wieder unterwegs. Offenbar soll ich mir keine Sorgen machen, wenn er erst spät zurückkommt.« Ich steckte mein Handy weg und schnaubte genervt. »Ich wüsste zu gerne, was er vor mir verheimlicht.«

»Dann lass es uns herausfinden. Jetzt.«

Irritiert sah ich Ruby an, die gerade unsere Getränke entgegennahm. »Wie?«

»Wir folgen Conor.« Sie grinste und reichte mir meinen Cocktail, bevor sie unsere Gläser aneinanderstieß. »Unsere Begleiter langweilen mich sowieso.«

»Und wie willst du das anstellen, wenn du nicht weißt, wo er ist? Er ist sicher schon längst unterwegs.«

Einer ihrer Mundwinkel hob sich. »Lass mich das mal machen.« Sie zog ihr Handy heraus und tippte darauf herum. »Ich habe da so einen Kumpel, der mir noch einen Gefallen schuldet, weil ich wegen ihm bei einer Jagd fast draufgegangen wäre.«

Zwei Mädchen, die sich neben uns an die Bar gequetscht hatten, starrten sie bei diesen Worten entsetzt an und unterbrachen ihr Gespräch.

Ich hob provozierend meine Augenbrauen. »Wollt ihr wissen, *was* sie jagt?«

Die Rechte zuckte zusammen, und die andere warf mir einen entschuldigenden Blick zu, packte die Hand ihrer Freundin und zog sie schnell von uns weg.

Ruby kicherte, während sie sich weiter auf ihre Nachricht konzentrierte.

»Was ist das für ein Kumpel?«

»Kian.«

»Ist das nicht der Kerl, der Conors Tattoo gemacht hat?«

»Genau. Der, der dich bei Conors Einzug fast nackt gesehen hat. Er ist Spezialist und ein lausiger Jäger.«

»Wenn er Conors Freund ist, wieso sollte er dir helfen?«

Sie machte einen Schmollmund, den ich ihr keine Sekunde lang abkaufte. »Weil er muss.« Ihr Blick flog zu ihrem Handy, und sie grinste zufrieden. »Alles klar, er hilft uns.«

»Und jetzt?«

»Jetzt fahren wir zu dir.« Sie nippte an ihrem Cocktail, bevor sie das halbvolle Glas auf dem Tresen stehen ließ, vom Barhocker rutschte und unsere Begleiter einsammelte.

Kurz darauf saßen wir schon wieder im Auto.

Auf dem Rückweg überkam mich die Müdigkeit. Der letzte Drink bescherte mir ein warmes Gefühl, doch zugleich war mir auch flau im Magen.

Einerseits wusste ich, dass es absolut nicht okay war, Conor hinterherzuspionieren. Doch andererseits hatte ich das Gefühl, dass es mein Anrecht war zu wissen, was er so dringend vor mir verheimlichen wollte.

Er hatte gesagt, wir wären Freunde – aber sowohl er als auch ich verhielten uns gerade nicht unbedingt so. Er wollte außerhalb unserer Wohnung ja nicht einmal mit mir gemeinsam essen.

Und er würde mir erst recht niemals die Wahrheit sagen.

Also musste ich sie mir eben auf eine andere Art beschaffen.

Als die beiden Jäger uns zu meiner Wohnung brachten, wartete Kian bereits an der Tür auf uns. Er sah nicht begeistert aus. Dennoch wandte er sich sofort an unsere Begleiter. »Eure Schicht ist zu Ende. Wir übernehmen ab jetzt.«

»Wir?«, fragte ich, und im selben Moment kam jemand den Flur entlanggelaufen. Logan. *Verdammter Mist!*

Die Jäger verabschiedeten sich mit einem Nicken, und kurz darauf waren wir allein.

Logan hatte seine Arme vor der Brust verschränkt, und sein Blick gab mal wieder nichts preis. Wir hatten zwar in den letzten Tagen täglich miteinander trainiert, und hin und wieder tauchte er auch in der Wohnung auf, wenn Conor denn mal da war, aber mir schien, als würde er mir sonst lieber aus dem Weg gehen.

»Und was jetzt?«, fragte ich Ruby und hatte keine Ahnung, was sie plante. Immerhin war Logan Conors bester Freund, und der würde ihm doch sicher jeden Moment verraten, dass wir ihm hinterherspionieren wollten.

Sie musterte Logan mit zusammengekniffenen Augen und zuckte dann mit den Schultern. »Der Plan steht. Wir folgen Conor und schauen nach, was er so Geheimnisvolles tut. Was anderes haben wir nicht.«

»Ich finde das übrigens unmöglich«, stellte Kian klar und schüttelte seinen Kopf, bevor er in Richtung Treppenhaus ging. »Los, lasst es uns hinter uns bringen.«

Erneut warf ich einen Blick zu Logan, der noch immer kein Wort gesagt hatte. Großartig.

Draußen hatte sich die Luft in den wenigen Minuten merklich abgekühlt. Ich schlang meine Arme um mich und folgte Kian und den anderen zu einem schwarzen Kleinwagen, der am Rande der Seitenstraße geparkt war.

»Er ist im Seaside.« Kian seufzte und entriegelte das Auto.

»Diesem schicken neuen Fischrestaurant?«, fragte Ruby

überrascht, bevor ihr der Mund aufklappte und sie mich anstarrte. »Er hat ein Date.«

Verschiedene Gefühle durchströmten mich, und ich wusste nicht, ob ich schockiert oder erleichtert sein sollte. Enttäuschung zupfte an mir, und ich stieg seufzend ins Auto. »Lasst uns einfach nachsehen.«

Die Fahrt verlief schweigend, und als wir das schicke Restaurant in der Nähe des Hafens erreichten, hatte ich es zumindest geschafft, nicht völlig den Kopf zu verlieren. Ich verstand mich ja selbst nicht. Wir wollten uns nicht ineinander verlieben und wehrten uns mit Händen und Füßen gegen diese Anziehung zwischen uns. Aber verdammt, wieso fühlte ich mich dann so von ihm betrogen?

Logan und Kian blieben am Auto, während Ruby und ich näher auf das Restaurant zugingen. Von draußen hatte wir eine gute Sicht auf das hell erleuchtete Innere, doch das war kaum nötig. Ich erstarrte in meiner Bewegung.

Conor saß direkt am Fenster – und zwar mit Leslie. Er hatte seine Hand auf ihre gelegt, und seine Augen leuchteten, während er ihr etwas erzählte, das sie zum Lachen brachte.

Es war das erste Mal, dass ich Leslie lachen sah. Jetzt verstand ich auch, weshalb sie mir gegenüber so reserviert gewesen war.

»So ein Penner«, stieß Ruby neben mir aus und schien drauf und dran, ins Restaurant zu stürmen.

Doch ich hielt sie auf und legte beruhigend eine Hand auf ihre Schulter. »Lass uns fahren. Ich habe genug gesehen.«

Sie wirkte, als würde sie noch was sagen wollen, doch nickte schließlich. »Du hast recht. So eine Scheiße musst du dir nicht bieten lassen.«

Logan durchbohrte mich mit seinem Blick, als wir zurückkehrten. Natürlich hatte er von alldem gewusst.

Natürlich. Jetzt ergab einfach alles einen Sinn, sogar seine Scharade bei unserem Kennenlernen. Wie konnte ich nur so blind gewesen sein?

Mein Seelenverwandter hatte eine Freundin.

»Eliza!« Conors Stimme erfüllte den gesamten Parkplatz.

Ich drehte mich um und sah ihn im Eingang stehen. Leslie saß noch an ihrem Platz. *Leslie.* Sie starrte mich an, als wäre ich ein Geist. In ihrem Gesicht flackerten Entsetzen, Wut und Enttäuschung auf.

Verdammt, wahrscheinlich sah ich genauso aus wie sie.

»Geh wieder rein!«, rief ich Conor zu und drehte mich zurück zum Auto. Dabei betete ich, dass er auf mich hörte, denn gerade konnte ich echt keine Entschuldigung gebrauchen.

»Warte! Lass es mich erklären.« Seine Schritte hallten auf dem gepflasterten Parkplatz und kamen näher.

Na toll.

»Ich gehe dann mal zu den anderen«, flötete Ruby neben mir leise und tänzelte davon.

Ich sah Conor nicht an, als er mich erreicht hatte, sondern richtete meine Augen auf Leslie, die sich noch immer nicht gerührt hatte. »Sorry, dass ich euer Date versaut habe.«

Conor setzte zum Reden an, doch mit erhobener Hand bedeutete ich ihm zu schweigen und sah zu den anderen herüber. »Holt sie da raus. Ich will nicht wissen, wie sie sich gerade fühlt.«

Conor entfuhr ein gequälter Laut, während Ruby, Logan und Kian an uns vorbei ins Restaurant gingen, um Leslie zu holen.

Ich sah mich um. Kein Wunder, dass Conor mich entdeckt

hatte. Wir standen direkt im Licht einer Laterne. Mein Blick fiel auf die Liffey, an die der Parkplatz grenzte, und ich setzte mich gedankenverloren in Bewegung, um zum Wasser zu gehen.

Mein Anamaite folgte mir. »Es tut mir leid. Du solltest es nicht so erfahren.«

»Sollte ich es überhaupt erfahren?« Bitterkeit erfüllte meine Stimme, und auch wenn ich nicht in Conor verliebt war, fühlte ich dennoch eine tiefe Enttäuschung. Als hätte er mich verraten. Ich trat an das Geländer, das uns vom Wasser trennte, und schaute hinaus auf das sanfte Wogen der Wellen.

»Natürlich.« Er trat neben mich und hielt doch so viel Abstand, dass die Verbindung zwischen uns nicht prickelte. »Ich will mich nicht wie ein Arschloch anhören.«

»Sei einfach ehrlich«, bat ich und sah ihm schließlich doch ins Gesicht. Sein helles Haar wirkte im Mondlicht silbrig und sein Gesicht blasser als sonst. Dennoch war er unbestreitbar attraktiv. Zwischen uns surrte es, und es war, als wäre da ein Band, das sich spannte, während sich unsere Augen trafen.

Conor schluckte hörbar und trat einen Schritt zurück, bevor er sich dem Wasser zuwandte. »Leslie und ich sind seit fünf Jahren zusammen. Wir haben es nicht an die große Glocke gehängt, weil wir mit der Situation professionell umgehen wollten.«

»Oh«, entfuhr es mir, und plötzlich konnte ich ihr Verhalten mir gegenüber so viel besser verstehen.

»Sie hat darauf bestanden, dass ich die Rolle des Hüters annehme, als ich darüber benachrichtigt wurde. Es ist eine große Ehre, weißt du? Aber ich will sie nicht aufgeben.«

»Deswegen diese Show mit Logan an Halloween und die ständigen Zurückweisungen.«

»Siehst du, ich kann es nicht erklären, ohne wie ein Arsch zu klingen.« Er seufzte. »Ich war nicht fair zu dir, das weiß ich. Aber ich hatte Angst, dass wenn du es erfährst, du ...« Er verstummte.

»Was? Der Deal, das Ganze nach einem Jahr zu beenden, gilt von meiner Seite aus noch. Ich will diesen Job machen, mit meiner Essenz das Portal ... stärken.« Ich konnte nicht verhindern, etwas angewidert zu klingen. »Danach sind wir frei. Leslie und du könnt dann machen, was ihr wollt.«

»Sicher?«

»Womit?«

»Mit dem Jahr ... ich ... ich spüre diese Verbindung zwischen uns, Eliza, und ...« Conor atmete laut durch und sagte dann etwas leiser: »Es ist nicht leicht dagegen anzukämpfen, gegen diese Anziehung, und ich glaube, wenn ich nicht wüsste, dass ich Leslie liebe, würde es mir schwerer fallen.«

Mir entfuhr ein Lachen, das über den gesamten Parkplatz hallte. »Okay. Du denkst also, weil ich Single bin, würde ich jeden Moment über dich herfallen?« Mein Lachen wurde noch lauter, und ich presste mir die Hände gegen den Bauch, während ich nach Luft schnappte und versuchte, mich zu beruhigen.

Conor sah mich zweifelnd an, doch sein Mundwinkel zuckte. »Ich sag doch, Arschloch.«

Fahrig wischte ich mir unter den Augen her und kicherte. »Du bist ein Idiot. Ich spüre diese Verbindung auch. Sie ist stark. Aber ...«, betonte ich und wurde langsam wieder ernst, »... diese Verbindung zieht vielleicht unsere Seelen zueinander und irgendwie auch unsere Körper ...«, gab ich leise zu und musste wieder lächeln, »... doch nicht unsere Herzen. Ich bin nicht verliebt in dich. Und keine Sorge – ich werde nicht über

176

dich herfallen. Du bist alles, was die Liga repräsentiert, und ich möchte sobald wie möglich ganz weit weg sein von alldem.« Ich schlug ihm spielerisch gegen den Oberarm.

In dem Moment, als wir uns berührten, wurde die Verbindung wieder so stark, dass ich für einen kurzen Moment das Gefühl hatte, wir würden unsere Ebene verlassen und Funken würden sprühen.

Wir traten hastig auseinander, und die Welt wurde wieder normal. »Waren wir gerade in der Rúnda?« Meine Stimme zitterte leicht.

»Hat sich so angefühlt«, antwortete Conor, hörbar irritiert und strich sich durch sein Haar. »Anscheinend stärkt es unsere Verbindung, wenn wir uns mögen.«

»Dann reicht es ja, wenn wir Freunde bleiben«, sagte ich schmunzelnd. Und ich meinte es ernst.

Conor nickte fahrig und wechselte dann glücklicherweise das Thema. »Nach diesem Jahr. Was möchtest du dann machen?«

»Studieren. Dann …« Ich erstarrte und drehte langsam meinen Kopf zur Seite, als ich etwas spürte. Etwas Dunkles, das ganz nah war. Gänsehaut überzog meinen Körper, und ich spannte mich automatisch an, auch wenn ich keine Ahnung hatte, wie ich mich verteidigen sollte.

Einen Moment lang sah Conor mich irritiert an, bevor er in dieselbe Richtung blickte und die Augen zusammenkniff.

Plötzlich fegte ein schwarzer Schatten auf uns zu.

Ich stieß ein erschrockenes Keuchen aus und stolperte gegen das Geländer.

»Bleib hinter mir!«, befahl Conor und sprang nach vorne, zog in einer fließenden Bewegung ein Messer aus seiner Jacke und ließ es in Richtung des Schattens sausen.

»Ist das ein Sluagh?«, rief ich, und die Vorstellung, dass dieses Ding so ein Seelenfresser sein könnte, ließ Panik in mir hochkommen.

»Nein. Das ist ein Scath«, knurrte Conor. »Ein Abkömmling eines Sluagh und eines Menschen. Sie können sich auch in unserer Ebene in ihre Form wandeln, sind aber eben auch zum Teil Mensch.«

Galle stieg in mir hoch. »*Was?*« Wie viele dieser Wesen gab es denn noch? »Und jetzt?«

»Logan!« Conor brüllte so laut, dass ich zusammenzuckte.

Der Scath, der aussah wie eine dunkle Wolke, wich zurück und verschwand im selben Moment. Doch ich hörte ein Zischen, davongetragen vom Wind. »*Weaschwendai!*« *Verschwindet!*

»O mein Gott! Wo ist er hin?« Ich erstarrte, als mir klar wurde, dass ich diese Laute schon einmal irgendwo gehört hatte. Und aus irgendeinem Grund wusste ich, dass die Gefahr noch nicht vorüber war. Es war, als würde ein Teil tief in mir diesen ursprünglichen Laut des Scath verstehen. Wie ein Fremdwort, das man verstand, aber nicht konkret übersetzen konnte.

»Keine Ahnung, aber wir hauen jetzt besser ab«, zischte Conor, dessen Augen sich weiteten. »Verdammt! Sluagh! Der Scath war nur die Vorhut.«

Ich folgte seinem Blick und entdeckte mehrere dunkle Gestalten, die sich einige Hundert Meter weit entfernt in unsere Richtung bewegten.

Conor packte meine Hand und zerrte mich ohne ein weiteres Wort zurück zum Parkplatz, und jetzt kamen uns auch die anderen entgegengerannt.

Sie alle hatten schimmernde Messer in den Händen.

»Ruby, bring Eliza in Sicherheit! Sie ist nicht zum Kämpfen ausgebildet!«, bellte Conor und schubste mich quasi in ihre Richtung.

Ruby nickte knapp, umfasste mein Handgelenk und wollte mich hinter sich herziehen. »Zeit zu verschwinden. Komm, wir stehen nur im Weg herum!«

Das ließ ich mir nicht zweimal sagen, und gemeinsam rannten wir auf Kians Auto zu. Keine Ahnung, wann er Ruby die Schlüssel gegeben hatte.

Während ich noch dabei war, mich anzuschnallen, drückte Ruby bereits aufs Gaspedal, und das Adrenalin schoss in meinen Adern so hoch, dass ich nach Luft schnappte. »Wo kamen die denn jetzt her?«

Ruby schnaubte. »Selbst wir haben das Leuchtfeuer gesehen, das ihr in der Rúnda veranstaltet habt!«

»Was?!«

»Was hat ihr da gemacht? Hattet ihr etwa Sex?«

»Nein! Natürlich nicht!« Ich keuchte, als Ruby wie eine Irre auf die nächste Hauptstraße bretterte. »Keine Ahnung, was das war. Wir haben uns berührt!«

»Wow! Ich habe davon gehört, aber eigentlich passiert den meisten Hütern das nur, wenn sie eine besonders intensive Bindung eingehen oder intim miteinander sind. Dann kannst du dich ja auf ein richtiges Spektakel vorbereiten, wenn ihr das erste Mal …«

»Nicht hilfreich!«, zischte ich und klammerte mich an meinen Sitz. »Wo fahren wir hin?«

»Einfach weg. Aber nicht nach Hause, falls sie uns verfolgen. Ruf Mr Graham an. Sag ihm Bescheid.«

Kurz darauf hatte ich ihm alles berichtet und legte seufzend auf. »Sie schicken den anderen Unterstützung. Außerdem orten sie dein Handy, damit auch wir Hilfe bekommen.«

»Wir müssen aus Dublin raus. Da können sie uns nicht so schnell gegen eine Hauswand oder unschuldige Menschen drängen.«

»Könnte das denn passieren?« Ich unterdrückte einen Schrei, als Ruby über eine Brücke in Richtung Norden bretterte und kurz darauf bei Dunkelgelb eine Ampel passierte. Nun befanden wir uns in einer Parallelstraße zur Liffey.

»Wäre nicht das erste Mal.«

»Aber warum sollten sie uns töten? Was bringt ihnen das?«

Ruby beschleunigte erneut, überholte, fuhr hin und her und ließ ein Hupkonzert hinter uns. »Weil sie das Portal spüren können. Der König der Sluagh …«

»Sie haben einen König?«

»Wir nennen ihn so. Er ist ihr alleiniger Herrscher und lebt schon ewig. Auf jeden Fall ist er an das Portal gebunden. Deshalb können sie es spüren. Und wir vermuten, dass sie auch spüren, dass der Schutz immer schwächer wird. Wenn sie den genauen Standort erfahren, könnten sie es öffnen.«

»Oh nein«, flüsterte ich. »Und sie gehen sicher davon aus, dass Conor und ich wissen, wo das Portal ist.«

»Jap.« Inzwischen hatten wir die M50 erreicht, und kurz darauf fuhren wir in den hell erleuchteten Dublin Port-Tunnel.

Ich stieß erleichtert die Luft aus und nahm erst jetzt die leise Musik aus dem Radio wahr.

Ruby kicherte, aber ihre übliche Fröhlichkeit war nicht darin zu hören. Sie klang nervös.

»Diese Kreaturen haben uns gesehen. Was, wenn sie uns doch verfolgt haben? Müssen wir jetzt untertauchen?«

»Nein. Die Natur hat uns mit einem Schutz beschenkt. Solange wir die Sluagh nicht wieder auf uns aufmerksam machen, können sie uns auch nicht als Feinde wahrnehmen. Für sie sind alle Menschen gleich. Außer in der Rúnda natürlich.«

»Aber da war ein Scath. Kurz bevor wir die Sluagh gesehen haben. Er hat uns angegriffen.« *Und uns gewarnt?* Aber diese Vermutung sprach ich nicht laut aus, denn dass ich ihn verstanden hatte, war etwas, das ich mir selbst noch erklären musste.

»Das ist wirklich seltsam. Wie seid ihr ihn losgeworden?«

»Er ist einfach verschwunden, und eine Sekunde später waren die Sluagh da.«

»Dann hat er euch sicher abgelenkt und Zeit geschunden, damit sie euch angreifen konnten.«

Ich nickte, denn das war die einzig logische Erklärung. »Meinst du, den anderen geht es gut?«

»Muss es. Wenn nicht, haue ich ihnen eine rein.« Sorge verwässerte ihre Drohung.

»Hilfe ist schon unterwegs, Ruby.«

Schweigen breitete sich zwischen uns aus, während wir durch den schier endlosen Tunnel im Norden von Dublin fuhren.

Langsam löste ich den Griff meiner Finger, die sich in den Sitz unter mir gekrallt hatten, und legte sie in meinen Schoß.

Was hatte der Scath zu uns gesagt? »*Weaschwendai!*« *Verschwindet!* Das Wort lag schwer und geflüstert auf meinen Lippen, während ich es wiederholte.

War es wirklich eine Ablenkung gewesen, damit wir die Sluagh nicht bemerkten, die kurz danach auftauchten?

Natürlich wäre es auch möglich, dass er uns hatte warnen wollen. Aber wieso hätte er das tun sollen?

Und waren sie jetzt wirklich hinter uns her, um an das Portal ranzukommen?

»Wir werden auf der M50 bleiben und Dublin umrunden. Wenn wir im Süden der Stadt angekommen sind, sollte hoffentlich Verstärkung eingetroffen sein. Bisher sieht es so aus, als wären wir nicht verfolgt worden.«

Ich nickte knapp und atmete auf, als wir aus dem Tunnel heraus ins Freie kamen.

Noch immer spielte leise Musik, und ich lehnte mich in meinem Sitz zurück. Die anderen würden sicher klarkommen, und der Hauptsitz der Liga lag vom Seaside aus nur die Liffey runter, etwa zwanzig Minuten entfernt. Sie würden es schaffen.

Weiter vor uns teilte sich die Straße. Rechts konnten wir die M50 weiterfahren, und die Abfahrt führte links in Richtung des Vorortes Santry.

Plötzlich erschienen zu beiden Seiten der Straße auf den schmalen Grünstreifen dunkle Gestalten. Männer in schwarzen Anzügen, deren Gesichter ich bei der Geschwindigkeit nicht richtig erkennen konnte. Es waren Dutzende. *Sluagh in menschlicher Gestalt.*

»Fuck!« Ruby drückte aufs Gas. »Wo kommen die denn her?«

Ich verzog meinen Mund, als plötzlich dunkle Rauchwolken die Straße blockierten. »Was tun die da?«

»Uns die Sicht nehmen! Aber ich kann hier nicht anhalten«, brüllte Ruby und raste mitten in die dunkle Wolke hinein.

Schwärze umgab uns, und für einen Moment hatte ich das Gefühl zu ersticken.

Dann bretterten wir aus der Wolke hinaus, die linken Reifen schon auf dem Randstreifen, der die beiden Spuren teilte.

Plötzlich tauchte direkt vor uns erneut eine Wolke auf, und obwohl ich schrie, hörte ich seinen Ruf. »*Eljenkahash!*« *Links!*

Ohne darüber nachzudenken, griff ich Ruby ins Lenkrad und riss es zur Seite. Wir polterten über den Randstein und schrammten an der Schutzplanke entlang. Ein metallisches Reißen untermalte unsere Schreie, als wir direkt auf die Steinmauer zurasten, die die linke Spur flankierte.

Ruby packte das Lenkrad und steuerte gegen. Der Wagen schlitterte. Wir schrien noch lauter, und plötzlich hatte Ruby die Kontrolle über den Wagen zurück.

Ihre Augen waren vor Entsetzen aufgerissen.

Im nächsten Moment ertönte ein entsetzliches Krachen.

Ruby fuhr die Anhöhe hoch, und wir starrten nach rechts, wo die Brücke eingestürzt war, die direkt über die Autobahn hinwegführte. Über den Weg, den wir eigentlich hatten fahren wollen.

»Wir ... wir ...«

»Weiter«, knurrte Ruby, und zugleich zitterte ihre Stimme, während sie Gas gab und von den Trümmern wegfuhr. Um uns herum waren keine Autos gewesen. Niemand wurde verletzt – dieser Angriff hatte ganz allein uns gegolten.

Ich drückte mich fester in den Sitz und starrte hinaus auf die Bäume, die unseren Weg säumten.

Das Handy in meiner Hand vibrierte, und ich brauchte drei Anläufe, bis ich schließlich abnahm. »Geht es euch gut?« Mr Grahams Stimme knallte durch das Telefon.

»Ja«, stieß ich aus und atmete tief durch. »Ist ... wurde jemand verletzt?«

»Nein. Die Polizei ist verständigt. Die Straße wird gesperrt. Wir sind gleich da.« Er sprach langsam, als würde er mich beruhigen wollen.

»Die Sluagh?«

»Die erledigen wir.« Mit diesen Worten legte er auf.

Ich ließ meine Hand sinken.

»Was auch immer dich bewogen hat, uns beinahe umzubringen, hat uns gerettet.« Ruby atmete zittrig aus und fluchte, als sie bei Rot über eine Ampel fuhr.

»Da war ein Scath«, stieß ich aus. »Glaube ich.«

»Die Sluagh haben ihre Schatten gerufen, um uns in die falsche Richtung zu locken.«

»Ich weiß, aber direkt dahinter war etwas …« Ich seufzte und merkte, dass ich total wirres Zeug von mir gab. »Was ist, wenn sie uns wieder angreifen?«

»Werden sie nicht.«

»Was macht dich da so sicher?«

»Sie haben die Brücke zum Einsturz gebracht. Das muss sie viel Energie gekostet haben. Es waren ein halbes Dutzend, und sie sind zwar stark, aber nicht so stark. Deshalb werden sie die Essenz der Brücke angegriffen haben, um sie zu zerstören. Das sollte sie für ein paar Tage unschädlich machen. Außerdem sind ihre Schatten nicht mehr als ein billiger Partytrick, der einem nichts antun kann, aber dafür viel Wirbel macht.«

Ein Teil von mir verarbeitete noch, dass Brücken eine Essenz haben sollten. »Könnten sie uns heimlich folgen? In der Rúnda?« Ich dachte an die Essenzen, die ich gesehen und die mich nicht bemerkt hatten. Die Vorstellung, dass diese Wesen uns auf einer anderen Ebene verfolgen könnten, ließ mein Herz beben.

»Nein. Sie sind an ihre Körper gebunden und damit genauso schnell wie wir. Aber da sie so plötzlich aufgetaucht sind, müssen es mehrere Gruppen sein, die uns auf den Fersen sind.

Mr Graham und die anderen Protektoren werden dafür sorgen, dass sie uns aus den Augen verlieren.«

»Und was ist mit den Scath? Sie sind … sowohl von Menschen als auch Sluagh Abkömmlinge?«

»Ja, sie sind ihre Nachkommen. Die Scath können uns auch wahrnehmen, wenn sie ein wenig weiter weg sind. Das liegt sicher daran, dass sie unserer Ebene genauso verbunden sind, wie der Rúnda. Aber es gibt nicht viele von ihnen.«

»Die Nachkommen.« Allein die Vorstellung, dass Menschen mit Seelenfressern intim wurden, ließ Galle in mir aufsteigen.

»Richtig.« Ruby war noch immer angespannt, denn sie umklammerte das Lenkrad so fest, dass ihre Fingerknöchel hell hervorstachen. Dennoch schaffte sie es irgendwie, mir ein freches Lächeln zuzuwerfen. »Für einen ersten Angriff hast du dich gar nicht schlecht geschlagen. Wer hätte gedacht, dass der so spektakulär werden würde?«

»Das war nicht mein erster Angriff.« Ich runzelte meine Stirn und dachte an jene Nacht, kurz bevor ich Teil der Liga wurde. Etwas zupfte an meinen Gedanken, aber ich konnte es nicht greifen, und so ließ ich es ziehen. Ich wollte das alles nur noch hinter mir lassen.

»Stimmt.«

Wir verstummten, und während Ruby nach vorne schaute, blickte ich zur Seite in die Dunkelheit außerhalb der Straßenlaternen und fragte mich, was gerade passiert war.

Ich hatte diesen Scath verstanden. Erneut. Auf eine schräge, nicht zu erklärende Weise. Aber das war nicht das, was mich irritierte.

Es war diese Vermutung in meinem Hinterkopf, dass er uns tatsächlich durch seine Warnungen gerettet hatte. Warum hätte er das tun sollen, wenn er doch zu den Feinden der Liga gehörte?

KAPITEL 14

»Du auch schon wach?«

Ich drehte meinen Kopf in Conors Richtung, der gerade gähnend, in grauer Jogginghose und schwarzem Shirt, aus seinem Zimmer kam. Meine Finger umschlossen die Tasse mit dem bereits erkalteten Kaffee ein wenig fester. »Konnte nicht schlafen.«

Er nickte verstehend und trat zur Kaffeemaschine. »Noch einen?«

Ich nickte und reichte ihm meine Tasse. Ich saß mit angezogenen Beinen auf meinem Stuhl und zupfte gedankenverloren an einem losen Faden, der aus meinen weinroten Leggings schaute. Wir waren erst vor wenigen Stunden zurück in die Liga gekehrt. Erst, nachdem Mr Graham und ein ganzes Team aus Protektoren und Jägern grünes Licht gegeben hatten. Aber so wirklich sicher fühlte ich mich nicht. In meinem Kopf tobten unendlich viele Fragen. »Können Sluagh unsere Essenzen wirklich nicht in der Rúnda wahrnehmen?«

Das laute Mahlen der Kaffeemaschine erfüllte den Raum, bevor es von warmem Duft nach frisch gebrühtem Kaffee verdrängt wurde. Conor lehnte sich gegen die Arbeitsplatte und verschränkte seine Arme vor der Brust. »Sie nehmen unsere Essenzen schon wahr. Aber nicht als die von Hütern, Jägern oder Protektoren. Etwas in unserer DNA macht uns für sie uninteressant. Sie greifen uns nur an, wenn wir uns als Teil der Liga zu erkennen geben.«

Das zu hören erleichterte mich zutiefst. »Okay, dann werde ich dich ab jetzt nicht mehr anfassen. Das war mir gestern echt eine Nummer zu gruselig.«

»Dabei wirkst du immer so tough. Als könnte dir nichts und niemand etwas anhaben.« Er schmunzelte und ließ einen Zuckerwürfel in meine Tasse fallen, bevor er sie vor mir auf dem Tisch abstellte. Der heiße Kaffeedampf wärmte mich ein wenig.

»Wehe, du verrätst irgendwem, dass ich vielleicht doch nicht so hart bin.« Ich lächelte ihn an und sah zu, wie er sich ebenfalls einen Kaffee machte. »Was passiert heute? Was hat dieser Angriff für Konsequenzen?«

»Unmengen an Papierkram. Aber zuerst müssen wir noch mit deinem Onkel trainieren.«

Den hatte ich ganz vergessen. Es schien mir, als wäre seit unserem letzten Training mindestens eine Woche vergangen und nicht erst ein Tag. »Sind wir außer Gefahr?«

Conor nahm seinen Kaffee und setzte sich zu mir an den Tisch. »Wir sind sicher.«

»Gut.« Ich nahm einen Schluck und hätte beinahe wieder alles ausgespuckt, als ich plötzlich die Wohnungstür hörte. »Wer ist das?«

»Logan hat einen Ersatzschlüssel. Ich habe ihm geschrieben, dass ich wach bin und er Frühstück besorgen soll.«

»Wie ein Lakai«, hörte ich Logans Stimme von der Tür, und er klang weder belustigt noch wütend. Als er in den Wohnbereich trat, trafen sich unsere Blicke, und für einen kurzen Moment starrten wir uns nur an. Seine Augen flogen über mein Gesicht, und es war, als würde er sichergehen wollen, dass es mir gut ging. Was unsinnig war, da er mich gestern Nacht noch gesehen hatte.

Als er schließlich den Blick abwandte und die Brötchen auf dem Tisch ablegte, nahm ich eine weitere Bewegung im Flur wahr. Und ich war mehr als überrascht, als ich Leslie dort stehen sah.

Sie mied meinen Blick, während sie ihre Augen auf Conor gerichtet hielt. »Wir müssen reden.«

»Nein«, hörte ich mich im nächsten Moment einwerfen und erregte so sämtliche Aufmerksamkeit. »*Wir* beide müssen reden.« Dabei zeigte ich zwischen ihr und mir hin und her.

Stille.

Ich drehte meinen Kopf zu Conor und Logan, die mich ansahen, als wäre ich völlig verrückt. »Nach gestern Nacht hätte ich gerne ein paar Donuts. Bis ihr zurück seid, sollte alles geklärt sein.«

»Okay«, entschied Leslie nun, und offenbar war das Grund genug für die Jungs zu verschwinden.

»Kaffee?« Ich deutete auf die Kaffeemaschine.

»Besser wär's«, brummte sie und bediente sich selbst. Leslie musste nicht nach den Tassen suchen. Also war sie schon einmal hier gewesen. Das versetzte mir einen Stich, auch wenn es mich nicht wunderte.

Ich betrachtete Leslie genauer. Sie war von schlanker Statur,

189

und unter ihrer schwarzen Kleidung ließ sich eindeutig erkennen, wie trainiert sie war. Ihr rotes Haar lag glatt auf ihren Schultern, und dunkler Kajal umrahmte ihre Augen, die bisher immer distanziert gewirkt hatten. Jetzt verstand ich auch, warum.

Sie zögerte nur kurz, bevor sie sich mit ihrer Tasse mir gegenüber hinsetzte. Dann folgte ein langes Schweigen. Sie starrte mich undurchdringlich an.

Ich lehnte mich auf meinem Platz zurück und erwiderte ihren Blick über den Rand meines Bechers hinweg. »Ich will nichts von Conor, falls du das befürchtest.«

Ihre Augen verengten sich. »Ist das so?«

»Ich würde lügen, wenn ich behaupten würde, dass ich die Verbindung zu ihm nicht spüre. Aber ich empfinde nichts für ihn, und glaub mir, ich bin nicht so dumm, etwas mit ihm anzufangen und damit zu riskieren, mich irgendwie an diese Liga zu binden. Zumindest nicht länger als nötig.«

Ihre Lippen waren zu einer harten Linie verschmolzen. Eifersucht glomm in ihren grünen Augen, auch wenn sie sie zu unterdrücken versuchte.

»Ist eine scheiß Situation«, sagte ich leise und nippte an meinem Kaffee. »Aber auch wenn ich es nicht schön finde belogen zu werden, ist es schon süß, wie Conor sich um dich bemüht. Er muss dich wirklich lieben.«

Sie nickte langsam und schien nicht zu wissen, was sie antworten sollte.

»Das kommende Jahr wird nicht leicht für uns alle. Aber ich denke, dass es leichter wäre, wenn wir Freundinnen sein könnten. Ich würde auch gerne mit Conor befreundet sein. Und mit den anderen. Das geht nur leider nicht, wenn ich ständig als Außenseiterin behandelt werde.«

190

»Freundinnen?« Skeptisch zogen sich ihre Augenbrauen zusammen. »Weißt du eigentlich, wie beschissen es ist, dass mein Freund plötzlich eine Seelenverwandte hat, mit der er auch noch zusammenwohnt? Weißt du eigentlich, wie ich Nacht für Nacht einschlafe? Mit verdammten Bildern in meinem Kopf, wie ihr eurer Verbindung nicht länger widerstehen könnt. Das ist es nämlich, was alle sagen. Früher oder später werdet ihr sowieso zusammen sein wollen.« Rote Flecken bildeten sich an ihrem Hals, und sie umklammerte ihre Tasse so fest, dass es knirschte.

Ich nickte langsam und ließ mir nicht anmerken, wie sehr mich ihr Gefühlsausbruch überraschte. »Gut. Dann musst du eben auch hier einziehen. In Conors Bett ist sicher noch ein Platz für dich frei.«

»Was?«

Ich wedelte in Richtung von Conors Zimmer. »Das meine ich ernst. Du kannst hier übernachten. Jede Nacht im gesamten nächsten Jahr.« Meine Nase zog sich kraus. »Aber bitte versucht, leise zu sein, wenn ihr … na ja, du weißt schon.«

»Das ist vollkommen verrückt«, sagte sie, und doch lag eine Frage in ihren Worten.

»Es ist mein Ernst, Leslie. Ich will nicht, dass jemand unglücklich ist, nur weil wir diese kurzweilige Verbindung eingegangen sind.« Dass sie von der Begrenzung wusste, davon ging ich einfach mal aus. »Ihr seid schon so lange ein Paar, dass Conor es eigentlich nicht nötig haben müsste, dich von seiner Liebe zu überzeugen. Aber ich kann dich auch irgendwie verstehen. Also lösen wir das Ganze einfach recht unkonventionell. Übernachte hier. Oder übernimm den Nachtdienst als Aufpasserin.«

Sie biss sich auf die Unterlippe. »Und das würde dir überhaupt nichts ausmachen?«

Ich lehnte mich wieder vor, die Ellenbogen auf dem Tisch und die Tasse unter meinem Kinn. »Ich bin nicht hier, um mich zu verlieben und ein glückliches Leben mit meinem Anamaite zu führen.«

»Warum bist du dann hier, wenn du es so offensichtlich nicht willst?«

Ich lehnte mich zurück und grinste sie an. »Um die Welt zu retten, natürlich.«

»Natürlich«, imitierte sie meinen spöttischen Tonfall.

Ich schlug die Augen nieder. »Ich wollte Antworten und habe sie bekommen. Das nächste Jahr ist der Preis für diese Antworten.«

Sie hakte nicht weiter nach. »Das ist echt ein seltsames Gespräch.« Ihr Tonfall war weicher als zuvor, und ich meinte, eine gewisse Erleichterung darin zu hören.

Ich lächelte stumm in meine Tasse hinein.

In diesem Moment öffnete sich die Haustür erneut.

Als Logan und Conor eintraten und sich in der Wohnung umsahen, als würden sie Schutt und Asche erwarten, entfuhr mir ein Lachen. »Das hat echt ewig gedauert.«

Conors zögerlicher Blick glitt zwischen Leslie und mir hin und her. Gleichzeitig hob er eine Schachtel mit Donuts hoch. »Ja? Dabei sind wir quasi gerannt.«

»Ohne Witz«, stieß Logan aus und kniff seine Augen zusammen, während er mich ansah, als würde er einen Hinterhalt vermuten. »Also, könnt ihr euch jetzt leiden, oder müssen wir uns auf Stress gefasst machen?«

»Vermutlich beides«, sagten wir gleichzeitig, schauten einander an und lächelten.

Mir fiel ein riesiger Stein vom Herzen, während Conor und Logan sich merklich entspannten und wir gemeinsam frühstückten. Alles fühlte sich so *normal* an. Und hier und jetzt kam schleichend das Gefühl in mir hoch, endlich dazuzugehören. Und es fühlte sich gut an. Besonders.

***

Nach meinem Gespräch mit Leslie schien es, als wäre ein Knoten geplatzt. Conor lief neben mir durch den Eingang der Liga und war mir so nah, dass sich unsere Arme zwischendurch streiften. Es war, als hätte ein Teil von ihm akzeptiert, was wir waren. Jetzt, nachdem er wusste, dass ich nicht über ihn herfallen würde.

Innerlich verdrehte ich bei dem Gedanken die Augen. »Weißt du, wo sich das Portal befindet?«

»Ich bin ein ausgebildeter Protektor.« Er sagte es, als wäre das schon Antwort genug.

In mir kribbelte es vor Aufregung, und ich senkte meine Stimme. »Meinst du, wir sind dieser Aufgabe gewachsen?«

Er schmunzelte und blieb vor den Aufzügen stehen. »Wir wurden dafür geboren.«

»Vögel werden dafür geboren zu fliegen und fallen dennoch aus ihren Nestern.«

Conors Lachen erfüllte den Flur, während vor uns die Türen aufglitten und wir eintraten. »Wir machen das zusammen, okay?«

»Wusstest du, dass alle Hüter nur so Mitte fünfzig werden? Ich habe das mal nachgeprüft. In meinem Elternhaus gibt es einen Stammbaum. Einer von den beiden stirbt immer ungefähr dann.«

»Nun ja, uns wurde doch erklärt, dass man mit der Zeit immer schwächer wird.«

Ich nickte langsam und sprach nicht aus, dass das echt nicht cool war.

»Guten Morgen.« Charles erwartete uns bereits, als wir im obersten Stockwerk aus dem Aufzug traten.

Wir erwiderten den Gruß, und ich schaute mich irritiert in der Etage um, in der sich das Kuratorium und die Besprechungsräume befanden.

»Also, befindet sich das Portal in der Nähe?«, fragte ich.

»Sogar ganz in der Nähe.« Charles lächelte in seiner mittlerweile typisch distanzierten Art und deutete den Flur hinunter in Richtung der Büros.

Wir stoppten zwischen zwei Bürotüren vor einem Gemälde, auf dem die Skyline Dublins zu sehen war. Sie war mit schwarzer Farbe auf eine gläserne Leinwand gemalt worden, und dazwischen funkelten blaue Schlieren.

Die Rúnda. Es war wunderschön. Unwissende hätten es für ein abstraktes Bild von Dublin gehalten, aber mittlerweile wusste ich es besser.

»Man kann nur rein, wenn man verifiziert wurde«, erklärte mir Charles und deutete auf das Bild. »Deine Fingerabdrücke müssten bereits gescannt worden sein.«

Zuerst blinzelte ich überrascht, dann fiel mir wieder ein, dass meine Mutter einen Abdruck meiner Finger gemacht hatte, nachdem wir unseren Kaffee getrunken hatten. »Dafür war das?«

»Und auch für unsere Datenbank.« Charles legte seine Hand auf die gläserne Fläche unter der Skyline. Beim näheren Hinsehen erkannte ich, dass exakt fünf der vielen Farbspritzer

194

genau für die Fingerspitzen der rechten Hand ausgelegt schienen.

In dem Moment, als er seine Finger darauf platzierte, ertönte ein Surren, und die Wand schwang auf. Ich hatte nicht einmal sehen können, dass seine Fingerabdrücke gescannt worden waren.

Mir entfuhr ein Keuchen. »Wow! Damit habe ich nicht gerechnet.«

Charles schmunzelte und ging voraus in einen schmalen Flur, der direkt auf eine Treppe zuführte. Wie überall in dem Stockwerk waren die Wände strahlend weiß, und unter unseren Füßen erstreckte sich weicher Teppichboden. Doch hier gab es kein Tageslicht, und nachdem die Wand hinter Conor wieder zugegangen war, erhellten nur noch Neonröhren den Flur.

Wir folgten der Treppe nach unten, so weit, dass ich mir am Ende sicher war, dass wir unter der Erde sein mussten.

Sie endete schließlich direkt vor einer Stahltür. Dieses Mal legte Charles seine Hand an einen Scanner an der Wand. Wieder ertönte ein Surren, und kurz darauf öffnete sich die Stahltür einen Spalt breit.

Als mein Onkel sie aufschob, empfing uns Dunkelheit.

Ich wollte automatisch zurücktreten, doch Conor legte eine Hand auf meinen Rücken und hielt mich fest. »Wir machen das zusammen.«

Dieses Portal ließ mich langsam echt nervös werden. Dennoch schenkte ich ihm ein kurzes dankbares Lächeln, bevor ich meinem Onkel in den riesigen Raum hinein folgte.

Ich erstarrte schon nach wenigen Schritten und schaute mich staunend um, als sich meine Augen an die Dunkelheit gewöhnt hatten. Wir befanden uns in einer sicher zehn Meter hohen Höhle, an deren Decke sich gläserne Flächen befanden, durch die schwaches Tageslicht drang. Die Wände und der Boden sahen aus, als hätte man sie von Hand rausgeschlagen, und bis auf den Stein in der Mitte war sie leer.

»Ist das ein Grabmal?« Ich starrte auf den etwa drei Meter großen rechteckigen Stein, der auf einer ebenso steinernen Platte stand und wie eine düstere Wand vor mir aufragte.

Ich trat näher an ihn heran und betrachtete die eingearbeiteten Muster. Den Rand bildete ein Rahmen aus Schnörkeln, Linien und Köpfen mit aufgerissenen Mäulern, deren Zähne herausblitzten.

In der Mitte des Portals kreuzten sich zwei Schwerter, die von keltischen Knoten umschlossen waren. Immer wieder war dort die Spirale zu sehen, das Zeichen der Liga. Am oberen und unteren Ende entdeckte ich eine Reihe von geschlechtslosen Menschen mit Dolchen in ihren Händen.

Meine Hand hob sich, und etwas in mir drängte danach, den grauen Stein zu berühren.

Doch ich zögerte, als ich die feinen Risse sah, die sich über die Schnitzereien zogen.

»Was ist das?« Meine Stimme war leise, als ich den Stein umrundete, und dennoch schienen meine Worte durch den hohen Raum zu hallen. Der Stein war so schmal, dass ich mich fragte, wieso er nicht einfach umfiel. Als ich die Rückseite betrachtete, verengte sich mein Hals. Auf dieser Seite waren die Muster ein einziges Furcht einflößendes Durcheinander aus Knoten, Linien und monströsen Fratzen. Ich runzelte meine Stirn, und plötzlich hatte ich das Gefühl, beobachtet zu werden. Als wären wir nicht allein.

»Das ist der Grund, weshalb wir euch so schnell wie möglich hier einsetzen müssen«, antwortete mir Charles und trat neben mich, wobei er meine Aufmerksamkeit wieder auf die Risse lenkte. »Wir wissen nicht, woher sie kommen. Sie waren plötzlich da, als würde ...« Er zögerte.

»Was?« Ich hauchte das Wort.

»Als würde etwas von innen dagegen drücken.«

Ich machte einen Schritt von dem Portal weg, sodass ich wieder neben Conor stand. Seine Nähe beruhigte meinen plötzlich unruhigen Puls. »Also könnte hier jeden Moment eine Horde von Seelenfressern durch diesen Stein kommen?«

»Nein. Aber damit das auch in Zukunft nicht passiert, sollten wir jetzt beginnen.« Charles machte eine auffordernde Geste. »Wechselt in die Rúnda.«

Ich schloss meine Augen und atmete tief durch. In mir wallte meine Essenz auf, und ich ließ los. Zugleich spürte ich den Sog, der mich auf die andere Ebene zerrte.

Im nächsten Moment waren wir von einem Dutzend Leuten umgeben. Erschrocken packte ich Conor am Arm und stieß ein Keuchen aus.

Er lachte und hielt mich fest. »Keine Angst, das sind nur Protektoren.«

»Hab mich nur erschrocken.« Ich ließ ihn los und blieb dennoch an seiner Seite, während ich mich umsah. Die Vorstellung, dass sie uns beobachtet hatten, während wir nicht einmal geahnt hatten, dass sie in unserer Nähe waren, ließ Gänsehaut über meine Arme wandern. Obwohl ich gespürt hatte, dass wir nicht alleine waren.

Weiter entfernt entdeckte ich auch Logan und Leslie unter den Protektoren, die sich in einem Kreis um den Stein aufgestellt hatten.

Das Portal selbst wurde von einem grauen Schleier umgeben, und ich spürte dahinter ein unheilvolles Pulsieren.

Obwohl er so starr auf seinem Platz stand, hatte ich doch das Gefühl, er wäre etwas Lebendiges.

Dieser Stein bewahrte uns davor, von Wesen aus einer anderen Welt zerfleischt zu werden. Unterbewusst straffte ich meine Schultern. Auch wenn ich nur ein Jahr bleiben würde, schwor ich mir, alles zu geben, damit dies auch so blieb.

KAPITEL 15

»Die Protektoren können das Portal stärken, jedoch nicht so sehr, wie es nötig wäre«, begann Charles und nickte Mr Graham zu, der sich ebenfalls unter den Protektoren befunden hatte und nun zu uns trat. »Ich würde sagen, ihr demonstriert Eliza erst einmal, was sie zu tun hat. Conor kennt das Spiel bereits.«

Mr Graham nickte und schien nicht pikiert zu sein, dass Charles die Führung übernahm. Aber ich kannte die Hierarchie nicht wirklich und war mir nicht sicher, ob Hüter und Mentoren nicht vielleicht sogar auf der gleichen Stufe standen. Immerhin hatten die Hüter keine unwichtige Rolle im System der Liga.

Die Protektoren traten auf Mr Grahams Zeichen hin näher an das Portal. Logan und Leslie befanden sich nun vor uns und hatten uns ihre Rücken zugedreht.

Dann legten sie jeweils eine Hand flach auf den Stein und schlossen ihre Augen.

Ich betrachtete die Protektoren währenddessen genauer. Sie alle trugen dunkelblaue Kampfmonturen, deren silberne Nähte bei jeder Bewegung schimmerten. Wie der Nachthimmel und seine funkelnden Sterne. Oder die Rúnda und die darin schimmernden Seelen.

Im nächsten Moment spürte ich ein Vibrieren um uns herum und hielt die Luft an, als plötzlich blaue Fäden über den Stein zuckten. Wie Blitze sprangen sie hin und her und knüpften sich zu einem Netz aus reiner Energie zusammen.

Dann pulsierte das Netz einmal kurz auf, bevor es in den Poren des Steines zu versinken schien.

In meinen Ohren dröhnte es, obwohl um uns herum Stille herrschte, und ich wusste instinktiv, dass mein Körper auf den Stein – auf das Portal – reagierte.

Die Protektoren traten zurück, und man sah ihnen deutlich die Anstrengung an. Selbst Logans Schultern waren merklich angespannt, seine Fäuste zitterten leicht, und er wischte sich einen Schweißtropfen von der Stirn. Leslie lehnte sich leicht gegen ihn und atmete hörbar aus.

»Okay, sie haben einen Teil ihrer Essenz an das Portal gegeben«, fasste ich zusammen, plötzlich total aufgeregt. »Und macht man das irgendwie bewusst, oder absorbiert das Portal die automatisch?«

Conor hob seine Augenbrauen.

»Was denn?« Ich deutete auf den riesigen Stein. »Es war ja wohl offensichtlich, dass ihre Essenz eingesogen wurde.«

Charles trat wieder neben das Portal, nun, da die Protektoren sich davon entfernten. »Zunächst geschieht das alles bewusst, da wir eine Art Netz um das Portal legen, damit es nicht geöffnet werden kann. Das Portal wehrt sich dagegen, weshalb

200

es auch mit großer Anstrengung verbunden ist. Aber schlussendlich akzeptiert es das Netz.«

»Hat das Portal einen eigenen Willen?«

»Nein.« Charles schmunzelte und betrachtete den rauen Stein, der mit seinen feinen Schnitzereien erhaben vor uns stand. »Auch wenn es sich zuweilen so angefühlt hat.« Sein Blick wurde für einen Moment glasig, als würde er mit seinen Gedanken abschweifen, doch dann blinzelte er, und der Moment schien vorbei. »Wenn ihr einmal verstanden habt, wie es funktioniert, ist es ganz leicht, auch wenn es euch auf allen Ebenen eures Seins anstrengen wird. Jetzt ist allerdings der perfekte Zeitpunkt, da der Schutz gerade erst erneuert wurde und ihr nur ein wenig eurer Essenz abgeben müsst.«

Er bedeutete uns, näher zu treten, und gemeinsam stellten wir uns vor das Portal. Von hier konnte ich deutlich die Energie spüren, die von ihm ausging. Ich konnte fühlen, dass hinter diesem wunderschönen Stein etwas Dunkles lauerte. In mir regte sich so plötzlich der Wille, diese Dunkelheit zu bekämpfen, dass ich meine Schultern straffte.

»Legt eure Hände auf den Stein. Spürt zunächst einmal das Portal. Sonst nichts. Fühlt es nur.«

Ich tat, wie mir geheißen, schloss meine Augen und konzentrierte mich auf meine Handfläche. Der Stein war kalt und rau. Doch zugleich war er nicht tot. Es war, als wäre etwas Lebendiges in ihm, etwas, das meine Fingerspitzen prickeln ließ.

»Nun greift nach eurer Essenz und führt sie in eure Hände, aber nur ein wenig. Gerade so viel, dass ihr wieder dieses Gefühl von einschlafenden Fingern bekommt.«

Die Essenz zu erspüren war auf dieser Ebene so leicht wie zu atmen. Ich leitete einen Teil davon bis in meine Fingerspit zen und spürte, wie sie aus mir herausfloss. Nur so wenig, dass es kribbelte.

Meine Augen öffneten sich, und direkt vor mir tanzte das blitzartige Netz über das Portal. Ich keuchte vor Überraschung und Faszination.

»Nun nehmt die Hand des anderen«, leitete Charles uns an. »Aber haltet an eurer Essenz fest, und gebt nicht zu viel.«

Ohne von dem Netz wegzusehen, griff ich nach Conors Hand. Mit einem Mal begann die Welt zu leuchten. Ich spürte seine Essenz, sein Innerstes und fühlte unsere Verbundenheit so stark, dass ich nicht wusste, wo ich anfing und wo er aufhörte.

Conor entfuhr ein Keuchen, und er umfasste meine Hand ein wenig fester.

Zugleich verstärkte sich der blaue Strom auf dem Portal und wurde so strahlend, dass ich blinzeln musste.

»Nicht zu viel.« Charles warnende Worte drangen durch das Rauschen in meinen Ohren.

Ich konzentrierte mich und spürte, dass ich aus Versehen mehr gegeben hatte als gewollt. Langsam zügelte ich die aus mir herausströmende Energie und brachte sie auf ein niedrigeres Level.

Zugleich erfüllte mich das Gefühl, endlich eins zu sein.
Mit Conor.

Ich drehte meinen Kopf und bemerkte, dass er mich längst ansah.

Instinktiv wusste ich, dass der Schutz des Portals für den Moment ausreichen würde, und zog meine Hand zurück. Nicht ein einziges Mal wandte ich den Blick von Conor ab.

Seine Mundwinkel zuckten, dann stieß er ein euphorisches

Lachen aus und zog mich fest in seine Arme. »Das war der Hammer!«

»Das war unglaublich.« Ich lachte und klammerte mich an ihm fest, während ich über seine Schulter hinweg meinen Onkel Charles anstrahlte. Seine Augen glänzten wieder, und zugleich lächelte er, als wüsste er genau, was wir gerade empfanden.

Als wir uns voneinander lösten, blickten wir uns einen Moment lang an, und ich sah in Conors Blick, dass er genau wie ich spürte, wie richtig unsere Verbindung war. *Mein Anamaite.*

Erst nach und nach kam ich ins Hier und Jetzt zurück – und wurde mir der umstehenden Leute bewusst.

Logans stechenden Blick spürte ich, noch bevor ich mich zu ihm umdrehte. Er stand neben Leslie, und obwohl sie sich nichts anmerken ließ, sah ich dennoch das Aufflackern von Schmerz in ihren Augen. Ich wusste, dass sie es gesehen hatten – unsere Verbindung –, das hatte jeder hier gesehen. Ich wusste, wie schwer es für sie sein musste, deshalb lächelte ich sie entschuldigend an, um sie aufzumuntern und sie daran zu erinnern, dass sie sich keine Sorgen machen musste.

Ihre Lippen pressten sich zu einem angedeuteten Lächeln. Sie hasste mich so was von.

Doch auch Logan schaute mich an, als würde er mir am liebsten den Hals umdrehen. Ich wusste nicht, was sein Problem war, und es konnte mir auch egal sein.

Mr Graham trat zu uns. Ausnahmsweise sah unser Mentor ziemlich zufrieden aus. »Großartig! Es erleichtert mich wirklich zu sehen, wie stark eure Verbindung ist.«

Charles, der sich die ganze Zeit auf das Portal konzentriert hatte, als würde er sich davon verabschieden wollen, drehte sich zu uns um. »Das ist sie wirklich.« Auch er lächelte nun. »Ihr werdet eure Aufgabe gut meistern, dessen bin ich mir sicher.«

Stolz erfüllte mich, und als Conor neben mich trat und sich unsere Hände streiften, hatte ich für einen kurzen Moment das Gefühl, genau das Richtige zu tun.

***

Gerne wäre ich noch ein wenig länger geblieben und hätte diese neue Erfahrung auf mich wirken lassen. Stattdessen saß ich nur eine halbe Stunde später mit meiner Mutter und Charles bei einem Brunch in demselben Restaurant, in dem ich erst gestern Nacht Conor und Leslie erwischt hatte. Es schien mir, als wäre seitdem eine Ewigkeit vergangen.

»Du kannst wirklich stolz auf sie sein«, sagte Charles gerade zu meiner Mutter und rührte in seinem Kaffee. »Eliza ist ein Naturtalent. Sie und Conor werden der Liga einen großen Dienst erweisen.«

Meine Mutter kicherte, als hätte er ihr persönlich ein Kompliment gemacht. »Du Schmeichler! Ich danke dir sehr, dass du sie angeleitet und deinen Umzug eigens dafür verschoben hast.«

Auf meinen fragenden Blick hin winkte Charles ab. »Ich habe auch Sadie und Greg trainiert.«

»Zum Glück braucht Eliza nicht so viel Übung. Nun, erzähl mir doch bitte etwas von deinem neuen Zuhause«, lenkte meine Mutter das Thema weg von meiner Schwester.

Charles war sichtlich erfreut über ihr Interesse und begann zu erzählen. Er wirkte entspannter, seine ganze Haltung war weniger steif als in den letzten Tagen, und er lächelte jetzt viel öfter.

Ich nickte an den passenden Stellen und trank einen Schluck Cappuccino, während mein Blick unweigerlich aus dem Fenster wanderte. Dorthin, wo wir erst vor wenigen Stunden angegriffen worden waren.

Sluagh. Ich presste meinen Kiefer zusammen. Sie hatten eine verdammte Brücke in Schutt und Asche gelegt, nur um uns zu schnappen. Nur um einen Weg zu finden, an das Portal zu gelangen.

Aber da war auch dieser Scath gewesen, der Nachfahre, und dieser Schatten, von dem ich sicher war, dass er mich gewarnt hatte. Aber wieso hätte er das tun sollen?

Mein Blick wanderte über das unruhige Wasser der Liffey, und ich fragte mich, ob sie mich erkennen würden, wenn sie jetzt zurückkehrten. Doch die Liga würde mich niemals frei herumlaufen lassen, wenn ich in Gefahr wäre.

Ich umklammerte meine Tasse fester und atmete tief durch, bevor ich mich wieder in das Gespräch einklinkte. Meine Aufmerksamkeit war das Mindeste, was ich Charles für seine Hilfe schenken konnte.

***

Meine Finger glitten über eine Kerbe in dem Echtholztisch in unserer Wohnung, als ich hörte, wie jemand einen Schlüssel ins Schloss steckte.

Conor war mit Leslie ausgegangen, und ich saß allein hier herum. Ruby hatte ein Date mit einem der Jäger, jedoch wusste ich nicht, mit wem.

Überrascht hob ich meinen Kopf und runzelte meine Stirn, als Logan eintrat. Heute trug er ein graues Shirt, das seinen trainierten Oberkörper betonte. Dazu trug er eine schwarze Jogginghose, und sein gewohnt finsterer Blick traf mich.

»Was ist dir denn über die Leber gelaufen?« Ich beugte mich wieder über den Tisch und tippte dabei mit meinem Kugelschreiber an meine Unterlippe.

»Was machst du da?«, fragte er, statt mir zu antworten, und trat näher. Ein Schnauben entfuhr ihm. »Du lernst?«

»Hausaufgaben. Ich muss ja irgendwie den Stoff der letzten Woche aufholen.« Zwar war mir klar geworden, dass etwas in mir dafür gemacht war, Hüterin zu werden, dennoch wollte ich meinen Schulabschluss nicht wegwerfen. Zudem hatte ich es Conor versprochen. Damit er nach unserem Probejahr ein normales Leben mit Leslie führen konnte. Der Gedanke ließ einen Funken Wehmut in mir hochkommen, doch ich drängte ihn schnell beiseite.

»Also, was willst du hier? Mr Graham meinte vorhin, dass wir nicht von einem weiteren Angriff ausgehen müssten, und die Überwachungskameras im Treppenhaus sollten vorerst jeden abschrecken.« Leider hatte man bisher nicht herausfinden können, warum hier und in meinem Elternhaus eingebrochen worden war.

Logan setzte sich mir gegenüber an den Esstisch und blätterte in meinem Mathebuch. Dabei entfuhr ihm ein abfälliges Schnauben. »Was willst du damit erreichen?«

Irritiert sah ich ihn an. »Womit erreichen? Muss ich alles wiederholen? Ich will nicht zu viel Stoff verpassen.«

»Du wirst das doch eh nicht durchziehen.«

Sein abfälliger Tonfall brachte mich dazu, meine Augen zu verdrehen. Ich ließ den Stift sinken und lehnte mich auf meinem Stuhl zurück, wobei ich ein Bein zu mir ranzog und meinen Ellenbogen darauf ablegte. Im Hintergrund lief leise das

206

Radio, weil ich so irgendwie am besten Hausaufgaben machen konnte. »Okay, klär mich auf, o weiser Logan.«

»Du glaubst, du würdest deinen Abschluss machen und nach einem Jahr ein normales Leben führen. Studieren oder was auch immer. Aber wir haben es gestern alle gesehen.«

»Was gesehen?« Ich schob meine Unterlippe vor und überlegte, was wohl in seinem hübschen Dickschädel vor sich ging. Meine Güte, selbst mit diesem abfälligen Gesichtsausdruck sah er noch süß aus. Sein dunkles Haar schimmerte, als hätte er gerade erst geduscht.

»Conor und dich. Eure Verbindung ist so stark wie schon lange keine mehr. Über kurz oder lang werdet ihr euch ineinander verlieben oder mindestens miteinander schlafen.«

»Mhm«, machte ich und zog mein Handy heraus, um Conor eine kurze Nachricht zu schicken, bevor ich es wieder weglegte. »Das macht ihr Sorgen, was?«

»Ja. Es wird Leslie das Herz brechen. Conor will es genauso wenig wahrhaben wie du. Aber ihr werdet nur verbrannte Erde hinterlassen, wenn ihr so weitermacht.«

Mir entfuhr ein interessiertes »Oho«, und ich stemmte mein Kinn in meine Faust. »Also denkst du, wir haben uns nicht im Griff?«

Ein bitterer Zug legte sich um meinen Mund, als er den Kopf schüttelte und seine Augen einen Moment lang in die Ferne drifteten. »Anamaite sind dafür geschaffen, einander zu lieben, und jeder, der dagegen ankämpft, wird über kurz oder lang verlieren. Jeder, der glaubt, er könnte außerhalb dieser Verbindung mit einem Hüter zusammen sein, wird verletzt.«

Seine Bitterkeit verschwand, und Härte umrahmte seine Augen, die mich nun eiskalt fixierten. »Immer.«

Die Art und die Kraft, die hinter seinen Worten lag, ließen

207

mich aufhorchen. Allein der Gedanke tat mir weh, aber ich musste es wissen. »Warst du etwa in Sadie verliebt? Hat sie dir das Herz gebrochen? Das muss echt hart für dich gewesen sein, als sie mit ihrem Tanzlehrer abgehauen ist.«

»Was? Nein!« Er stöhnte, als wäre ich schwer von Begriff. »Es geht hier nicht um mich. Es geht darum, dass Menschen verletzt werden und ihr beide aufhören solltet, dem jeweils anderen etwas vorzumachen.«

Ich nickte ausladend und wedelte mit meiner Hand, als würde ich gedanklich eins und eins zusammenzählen. »Das war sicher auch der Grund, weshalb du Conors Platz eingenommen hast. Wollte er mit dieser Aktion nicht Leslie beeindrucken? Wenn ihre Beziehung doch sowieso zum Scheitern verurteilt ist, wieso hast du ihr Leiden dann noch verstärkt?«

»Weil da noch niemand wusste, wie stark eure Verbindung ist.«

Mir entfuhr erneut ein »Mhm«, und das kleine Zucken um seine Augen zeigte mir, wie sehr ihn das nervte. Mein Handy vibrierte, als Conors Antwort eintraf. Ich lächelte, während ich sie las, und stand dann langsam auf. »Möchtest du was trinken?« Es wurde Zeit, Logan ein wenig aus der Reserve zu locken. Er glaubte, er würde meinen Weg voraussehen können. Doch da lag er falsch. Ich war Conors Anamaite, sicher, aber ich spürte deutlich eine Anziehung zu Logan, die nichts mit Essenzen oder sonst was zu tun hatte.

»Wirklich? Willst du so das Thema wechseln?«

Ich zuckte mit meinen Schultern und ging zum Kühlschrank, um ihm eine Cola herauszuholen. Als ich die Flasche fragend in die Höhe hielt, machte er ein ergebenes Geräusch. »Danke.«

Kurz darauf reichte ich ihm ein volles Glas, bevor ich mich dicht neben ihm gegen den Tisch lehnte.

Sein Blick blieb an meinem Bauch heften, wo ein schmaler Streifen Haut unter meinem kurzen Pullover rauslugte. Meine Leggings endete knapp unter meinem Bauchnabel und gab den Blick auf mein funkelndes Piercing frei. Ich verkniff mir ein Grinsen. *So war das also …*

Logan brauchte einen langen Moment, bevor er seine Augen von mir losriss. »Was soll das?«

»Ist dir das zu nahe?«, fragte ich leise und legte meinen Kopf schief.

Er knurrte. »Eliza.«

»Was denn?« Ich lächelte. »Das letzte Mal waren wir uns im Club so nahe. Als du mich küssen wolltest«, fügte ich hinzu, falls er es vergessen haben sollte. »Gehörte das eigentlich auch zu eurem Plan, oder hat dich der Moment übermannt?«

»Hör auf«, bat er mich leise, und in seiner Stimme lag nun definitiv Reue. Er schaute weg und stellte das Glas auf den Tisch. »Das hat sich alles verselbstständigt.« Dieses Geständnis kam ihm nur leise über die Lippen.

»Das dachte ich mir schon.« Ich schob mich noch etwas näher an ihn heran. Nun berührten sich unsere Beine. Noch immer saß er, während ich stand. »Ich habe mich seitdem schon öfter gefragt, wie es wohl gewesen wäre.«

»Warum tust du das?«

Verdammt, er klang so wütend, und wenn ich ehrlich war, löste das ein unkontrollierbares Kribbeln in mir aus. »Rache, schätze ich.« Ich schob mich auf den Tisch und schlug meine Beine übereinander. Seine Augen wanderten immer wieder zu meinem Bauchnabelpiercing. »Du hast mich ganz schön dumm aussehen lassen. Weißt du …«, sagte ich nun leiser und zog so seine Aufmerksamkeit wieder auf mein Gesicht, während ich ihm in die Augen sah. »Ich bin diese Verbindung eingegangen, weil ich meine Gründe hatte und auch, weil ich mir dachte, dass der Typ von der Party irgendwas an sich hatte.«

In Logans Augen blitzte es. »Hast du nicht selbst gesagt, dass unsere Anziehung nur ein Placeboeffekt war?«, fragte er mit rauer und dunkler Stimme.

Mir entfuhr ein leises Lachen. »Das auch. Weil ich glaubte, du wärst mein … Seelenverwandter.« Ich sagte es, als würde ich immer noch nicht daran glauben. »Aber auch, weil ich merke, dass da etwas zwischen uns ist.« Ich zuckte mit den Schultern, als würde dieses Geständnis nicht tausend Schmetterlinge in meinem Bauch freilassen.

»Wieso sagst du das?«

»Weil ich dir etwas beweisen möchte.« Ich beugte mich vor, sodass wir nur noch eine Handbreit voneinander entfernt waren. »Nur weil Conor mein Anamaite ist, bedeutet das nicht, dass ich nichts mehr für jemand anderen empfinden kann. Genauso wenig, wie er nichts mehr für Leslie empfinden kann.«

Logans Blick wanderte langsam zu meinen Lippen, und ich konnte förmlich spüren, wie sich die Luft zwischen uns auflud. »Das zwischen uns waren nur Alkohol und Hormone.«

»Möglich«, gab ich zu und fixierte nun ebenfalls seine Lippen. Es war so verdammt lange her, dass ich jemanden geküsst hatte, und genau hier und jetzt konnte ich mir nichts Besseres vorstellen.

Mein Mundwinkel zuckte bei der Vorstellung, wie er reagieren würde, wenn ich mich jetzt auf seinen Schoß schieben würde.

»Ich werde nichts mit dir anfangen«, stellte er plötzlich klar und wich dennoch nicht zurück. »Ich werde meinem besten Freund nicht zusätzlich das Herz brechen.«

»Wie rücksichtsvoll von dir.« Ich lächelte und legte vorsichtig meine Hand in seinen Nacken. Noch immer wich er nicht zurück. »Dabei wissen wir doch beide, dass es so gut zwischen uns werden könnte.« Langsam ließ ich meine Hand durch sein dichtes dunkles Haar fahren. Sanft strich ich mit meinen Fingernägeln über seine Kopfhaut, so sanft, dass ihm ein leises Keuchen entfuhr.

Als ich bemerkte, dass ich das Ganze selbst ein bisschen zu sehr genoss, riss ich mich abrupt von ihm los und glitt vom Tisch. »Du willst mir einreden, dass ich mich zwangsläufig in Conor verlieben muss.« Ich räusperte mich und lachte leise. »Dabei macht es mir viel mehr Spaß, dich auf die Palme zu bringen.«

Er sah mich an, als würde er mich am liebsten erwürgen wollen. Sollte er sich doch was vormachen. Ich sah ihm an, dass er das Knistern zwischen uns genauso spürte wie ich.

Eigentlich hatte ich mich nur ein wenig an ihm rächen wollen, weil er mich im Club so verarscht hatte. Doch dieses Vibrieren, dass zwischen uns in der Luft lag, konnte ich auch nicht leugnen. Die ganze Situation hatte sich irgendwie verselbstständigt. Ja, Conor und ich waren Anamaite, und wenn er in meiner Nähe war, spürte ich unsere Verbindung so deutlich wie einen dritten Arm. Dennoch war es ungemein befriedigend zu wissen, dass sie mich nicht völlig einnahm. Ich war mein eigener Mensch und konnte meine eigenen Entscheidungen treffen.

»Mach das nie wieder«, knurrte er nun und trank einen Schluck seiner Cola.

»Warum?«, fragte ich, als hätte ich keine Ahnung, wovon er

redete. Ich hörte leise Schritte aus dem Treppenhaus und lächelte. »Weil ich sonst Conor das Herz brechen könnte?«

Er schluckte hörbar und schüttelte schließlich entschieden den Kopf. »Weil ich nicht interessiert an dir bin.«

Diese Worte ließen mich innehalten, und ich starrte ihn einen Moment lang ungläubig an. Er. Nicht interessiert. *Ja sicher.* Ich konnte nur mit Mühe ein Lachen aufhalten. Er hatte gerade doch beinahe angefangen zu sabbern. »Oh«, machte ich dann gespielt überrascht. »Das ändert natürlich *alles.*«

Logans Augen verengten sich. Er traute mir kein bisschen. »Was meinst du damit?«

Ein Schlüssel wurde in die Wohnungstür gesteckt, und kurz darauf traten Conor und Leslie ein. Conor zog einen großen Rollkoffer hinter sich her.

Bevor ich sie begrüßte, drehte ich mich zu Logan. »Na ja, Leslie wird jetzt hier wohnen, und ich hatte gehofft, du könntest mich darüber hinwegtrösten, dass mein geliebter Seelenverwandter direkt nebenan Sex mit seiner Freundin hat.«

Leslie entfuhr hinter mir ein Geräusch, das irgendwie nach einem Lachen klang, und Conor blickte nur verwirrt zwischen uns hin und her.

Logan hingegen sah aus, als würde er gleich platzen. »Hör auf, mit mir zu spielen!« Er erhob sich und räumte wütend sein Glas in die Spülmaschine.

»Warum?«, fragte ich mit zuckersüßer Stimme. »Du bist doch eh nicht interessiert, also müssten diese ganzen Anspielungen doch einfach an dir abprallen.«

»O mein Gott – ich glaube, ich liebe sie«, stieß Leslie erstickt hinter mir aus.

Meine Mundwinkel zuckten, aber ich sah weiterhin Logan

an. »Das wollte ich dir nur zurückgeben. Für unser erstes *super nettes* Treffen.«

Ich drehte mich zu meiner neuen Mitbewohnerin um und breitete meine Arme aus. »Willkommen! Ich freue mich, dass du jetzt Teil dieses Irrenhauses bist und wir hoffentlich Freundinnen werden.«

Leslie lächelte mich an. »Danke.«

Ich winkte ab, bevor ich Conor etwas ernster ansah. »Es ist kein Problem, wenn ihr mal lauter sein solltet. Ich besitze großartige Kopfhörer.«

»Was stimmt eigentlich nicht mit dir?«, murmelte Logan hinter mir.

Ich zuckte daraufhin nur mit meinen Schultern und ging zurück zum Esstisch.

Diesmal ergriff Conor das Wort. »Hör auf, Mann. Sie hat dich nur ein bisschen aufgezogen, und du bist voll drauf angesprungen.«

»Richtig. Ich wäre an ihrer Stelle auch echt sauer wegen eurer Aktion«, mischte sich nun auch Leslie ein. Mir wurde ganz warm dabei, wie die beiden mir den Rücken stärkten.

Logan funkelte sie an. »Ach ja? Und welche Rache bekommt Conor?«

Ich grinste, während ich meinen Stift wieder aufnahm. »Er hat die Ehre, das ganze nächste Jahr über meine Nähe zu ertragen. Ist das nicht Strafe genug?«

Logan verdrehte seine Augen. »Irrenhaus passt wirklich.«

Mir entfuhr ein Lachen, bevor ich seufzend auf mein Mathebuch starrte. »Okay, ich muss diese Hausaufgaben jetzt wirklich erledigen, sonst werde ich mich niemals wieder dazu aufraffen.«

213

»Wir packen Leslies Sachen eben aus und könnten dann was zu essen besorgen«, bot Conor an.

»Da wäre super.« Ich bemerkte, wie mein Magen bei der Aussicht auf Essen anfing zu grummeln.

»Logan, du könntest Eliza ja helfen«, meinte nun Leslie. Auf meinen fragenden Blick hin verzogen sich ihre rot angemalten Lippen zu einem Grinsen. »Logan kennt sich mit Physik aus.« Sie deutete auf die Physikaufgaben, die ebenfalls noch auf mich warteten. »Er könnte dich unterstützen, schließlich hat er eine fertige Ausbildung hinter sich.«

»Du hast eine Ausbildung gemacht?« Ich schaute ihn ungläubig an. »Was für eine? Und wieso? Immerhin nutzt einem das ja *überhaupt* nichts.«

»Zum Elektroniker.« Er sah nicht aus, als würde er noch mehr preisgeben wollen. Neugierig betrachtete ich ihn, doch auch wenn in mir tausend Fragen aufkamen, stellte ich keine einzige. So genervt wie er reagiert hatte, würde er mir sowieso nichts mehr erzählen.

Schnell klappte ich meine Matheaufgaben zu und zog mein Physikbuch zu mir heran. »Was ein Glück für mich.« Ich schenkte ihm mein schönstes Lächeln. »Außer natürlich du hast etwas Besseres vor und bist nur kurz vorbeigekommen, um mich zu warnen.«

Sein Kiefer mahlte.

Leslie lachte und zog Conor in Richtung seines Zimmers. »Komm.«

»Sicher, dass wir sie alleine lassen können?«

»Definitiv«, antwortete Leslie langgezogen und kicherte, als sie meine wackelnden Augenbrauen sah.

»Du wirst es nur schlimmer machen, wenn du ihr eine

Freundschaft vorspielst«, warnte Logan mich, während er sich mein Aufgabenheft schnappte und reinschaute.

»Oh, Logan.« Ich seufzte so laut, dass er den Blick hob und mich ansah. »Ich spiele nichts vor. Natürlich will ich mit Leslie befreundet sein. Sonst wird das kommende Jahr nämlich richtig ungemütlich.« Ich zwinkerte ihm zu. »Wir könnten doch Viererdates haben.«

Er lachte mit einem leicht verzweifelten Unterton. »Du willst dir doch nur selbst was beweisen.«

»Vielleicht will ich auch *dir* was beweisen.« Mein Lächeln wankte kurz, weil es den Nagel auf den Kopf traf.

»Was sollte das sein?«

»Dass ich mehr bin als die Anamaite von Conor.« Ich grinste, denn irgendwie konnte ich bei seinem genervten Gesichtsausdruck einfach nicht ernst bleiben. »Und dass du nur so ausflippst, weil du voll auf mich stehst.«

Er verdrehte seine Augen und warf mir das Arbeitsheft rüber. »Los, lernen. Sonst bekommst du nichts zu essen.«

»Das hast du nicht zu entscheiden.« Ich plusterte meine Wangen in gespieltem Entsetzen auf.

Seine Augenbrauen hoben sich. »Ich könnte einrichten, dass dir zur Belohnung ein Eis mitgebracht wird. Mit Haselnüssen.«

Einen Moment lang erwiderte ich nichts, bevor ich mir auf die Unterlippe biss. »Okay, dann lernen wir jetzt.«

Logan sah aus, als hätte er gewonnen.

Doch tief in mir drin fühlte ich mich wie die Gewinnerin. Dass ich Haselnusseis am liebsten aß, hatte ich nur einmal am Rande erwähnt.

Und er hatte es sich gemerkt.

KAPITEL 16

Kurz darauf brachen Conor und Leslie auf, um für uns alle Essen zu holen, während Logan und ich weiterhin über meinen Aufgaben brüteten.

Ich musste die ganze Zeit über ein Grinsen unterdrücken, während er mich abfragte und mir beim Formulieren meiner Antworten half. Nicht, dass ich Hilfe brauchte. Mir war die Schule nie schwergefallen, und ich versuchte immer, ein wenig mehr als nötig zu lernen. Deshalb machte es mir jetzt auch nichts aus, ein oder zwei Wochen auszufallen. Allerdings standen in einem halben Jahr auch die Abschlussprüfungen an, und ich wollte nicht riskieren, irgendwas Wichtiges zu verpassen.

Als wir fertig wurden, waren Conor und Leslie noch nicht wieder zurück.

»Erzähl mal was über dich«, forderte ich Logan auf, während ich meine Sachen zusammenräumte.

»Was willst du wissen?« Widerwillig verzog er seinen Mund, während er sich in seinem Stuhl zurücklehnte.

Ich verdrehte die Augen und stapelte meine Bücher aufeinander. »Sind deine Eltern auch Teil der Liga?«

»Ja.«

»Wow, diese Antwort ist geradezu inspirierend.« Ich klatschte einen sarkastischen Applaus. »Okay, hast du Geschwister?«

»Nein.«

»Du willst es mir echt nicht leicht machen, oder?« Ich seufzte, als ich Anstalten machte, die Bücher in mein Zimmer zu bringen.

Doch gerade als ich mich umdrehte, hielt Logans Stimme mich auf. »Ich rede einfach nicht gerne über meine Familie.«

Ich musste mein Lächeln unterdrücken, als ich mich ihm wieder zuwandte. »Kenne ich. Familie ist manchmal echt nicht leicht.«

»Davon kannst du wohl ein Lied singen.« Inzwischen hatte er sich gegen die Arbeitsplatte gelehnt und musterte mich neugierig.

»Mein Stammbaum macht schon was her, wenn man es aus Sicht der Liga betrachtet.«

»Außer die Sache mit deinem Dad.«

Ich versteifte mich, und ein Teil von mir wollte ihn anfahren, weil er kein Recht hatte, so über meinen Vater zu sprechen. »Ist das so?«

»Sei froh, dass du nicht abbekommen hast, was Sadie durchmachen musste. Sie wurde fertiggemacht für das, was euer Vater getan hat. Doch sie hat sich durchgekämpft.« Er schüttelte seinen Kopf. »Am Ende hat sie allen bewiesen, dass sie nichts für seine Taten konnte, und ich denke, das macht es dir jetzt leichter.«

Dieses Wissen war neu für mich, und ich blinzelte einige

Augenblicke lang nur, um zu verdauen, was er mir gerade offenbart hatte. Sadie war fertiggemacht worden? War das der Grund, weshalb sie nie wieder über Dad hatte sprechen wollen?

»Sorry«, schob Logan nach. »Das ist ein scheiß Thema.«

All die Wut, die für einen Moment in mir aufgekommen war, versiegte langsam. Dennoch klopfte mein Herz viel zu schnell. »Ich habe nie geglaubt, dass er etwas Falsches getan haben soll.« Meine Stimme war leise und zitterte ein wenig. Ich räusperte mich. »Er war immer mein Held. Für mich war die Liga das pure Böse, das meinen Vater einfach im Stich gelassen hat.«

»Du weißt, was er getan hat?« Es lag kein Vorwurf in Logans Stimme, nur Neugier und Vorsicht, als würde er mich nicht vor den Kopf stoßen wollen.

»Seine Akte liegt noch in meinem Zimmer. Ich muss sie Mr Graham noch zurückgeben.«

»Du durftest dir seine Akte ansehen?«

»Das war meine Bedingung dafür, dass ich hier mitmache.«

»Das war es also, was dich dazu gebracht hat. Clever.«

Mein Mundwinkel zuckte. »Erwischt.«

»Und«, begann er langsam, »wie fühlst du dich jetzt, da du die Akte gelesen hast?«

Ich legte meinen Kopf schief und fragte mich, ob ihn das wirklich interessierte. Aber er wirkte nicht wie jemand, der solche Sachen aus reiner Höflichkeit fragen würde. »Es tut noch weh. Ich wünschte, er könnte mir all meine Fragen beantworten. Aber er ist nicht hier. Das macht es schwerer. Gleichzeitig hat es mich auch irgendwie von meiner Wut auf die Liga befreit.«

Logan nickte langsam, als würde er genau verstehen, was

ich meinte. Aber er stellte keine Fragen mehr, und mich hatte dieses Gespräch mehr Kraft gekostet, als ich gedacht hätte. Deshalb presste ich meine Lippen zu einem halben Lächeln zusammen und brachte schließlich meine Bücher weg.

Als ich sie auf meinem Schreibtisch ablegte, fiel mein Blick auf das Familienfoto, das ich dort bei meinem Einzug platziert hatte. Mom und Dad standen in der Mitte und strahlten in die Kamera. Sadie und ich waren rechts und links von ihnen und hatten über irgendwas gestritten. Wir sahen total bescheuert aus, und doch liebte ich dieses Foto, denn es war so *echt*.

»Meine Mom starb kurz nach meiner Geburt bei einem Unfall.« Logans Stimme tauchte so plötzlich hinter mir auf, dass ich erschrocken herumfuhr.

Er stand in meiner Tür und hatte die Arme verschränkt. »Und mein Vater ist Jäger. Er ist momentan in Frankreich und geht Hinweisen auf eine größere Gruppe von Sluagh nach.«

»Ist er öfter unterwegs?«

»Andauernd. Er ist das erste Mal weg, als ich vierzehn geworden bin und hat mich bei meiner Tante gelassen. Sie ist Spezialistin.« Er zuckte mit seinen Schultern, als wäre es nichts. »Seitdem kam er immer nur für kurze Besuche.«

»Das ist ja schrecklich«, stieß ich aus.

»War besser so. Mein Vater ist ... schwierig.« Er lachte, als hätte er einen Witz gemacht.

»Und deine Tante? Wie ist sie so?«

»Toll.« Es war, als würde sich bei dem Thema eine schwere Decke von Logans Schultern lösen. »Deine Mutter und sie führen eine kleine ... Feindschaft.«

Ich runzelte meine Stirn und überlegte, bevor mir ein erstaunter Ausruf entfuhr. »*Daisy Donovan?*«

Logan nickte und lächelte.

Ich lachte, bevor ich auf ihn deutete. »Sag mal, werden wir gerade etwa Freunde?«

Schlagartig verging ihm das Lächeln. »Du schaffst es echt immer, die Stimmung zu versauen.«

»Oh ja, wir werden gerade so was von Freunde.« Ich tänzelte auf ihn zu, und er wich zurück, um mich aus meinem Zimmer zu lassen. Als ich an ihm vorbeiging, zwinkerte ich ihm zu. »Ist doch nett.«

»Nett«, stieß er aus, als hätte ich ihm gerade eine Beleidigung an den Kopf geworfen.

Ich lachte und hüpfte zur Tür, als ich Schritte im Treppenhaus hörte. Ich steckte meinen Kopf aus der Tür und blickte Connor und Leslie entgegen. »Ihr kommt genau passend. Logan und ich sind jetzt Freunde.«

»Sind wir nicht!«, rief Logan aus der Küche.

Ich lachte und nahm dem verwirrt dreinschauenden Pärchen die Essenstüten ab, wobei ich ihnen halblaut zuraunte: »Sind wir wohl. Er wird das schon noch einsehen.«

***

Am nächsten Morgen schrieb ich Mr Graham eine kurze Mail, dass ich einen Termin bei ihm bräuchte, und seine Antwort, ich könne sofort vorbeikommen, kam innerhalb von Minuten.

Conor und Leslie schliefen noch, als ich die Wohnung verließ. Unten angekommen, bat mich der Pförtner kurz zu warten, und kurz darauf stand Logan mit müden Augen und sichtlich genervt vor mir. »Warum so früh am Morgen? Du weißt, dass du wegen des Angriffs heute noch nicht in die Schule darfst, oder?«

Ich lächelte ihn entschuldigend an, auch wenn es ja wohl

nicht wirklich meine Schuld war, dass der Pförtner ihn gerufen hatte. »Ich muss mit Mr Graham sprechen.«

Logan seufzte. »Alles klar. Ich bring dich zur Liga und hole dann Brötchen. Oder wie lange dauert dein Termin?«

»Keine Ahnung«, gab ich zu. »Ich möchte ihm die Akte zurückgeben.«

Sofort wirkte Logan ein bisschen weniger genervt.

Draußen war ein traumhaft schöner Tag. Die Sonne schien, und die Blätter an den Bäumen strahlten in leuchtendem Orange, auch wenn nicht mehr viele davon übrig waren. Kalter Wind strich mir durch meine Haare und erinnerte mich daran, dass das Jahr sich dem Ende neigte.

Beim Eingang der Liga musste ich meinen Ausweis durch einen Scanner ziehen, da am Wochenende der Empfang nicht besetzt und Dienstbeginn am Montag erst um acht Uhr war – wie Logan mir netterweise erklärte.

Drinnen empfing mich gespenstische Stille. Es schien so gut wie niemand hier zu sein, was mich an einem Montagmorgen um sieben Uhr in der Früh nicht wundern sollte.

Ich steuerte Mr Grahams Büro an, aus dem ich ein leises Tippen vernahm.

Ich klopfte und entdeckte ihn beim Eintreten hinter seinem dunklen Schreibtisch.

»Guten Morgen. Komm ruhig rein.« Er deutete auf die freien Plätze gegenüber seinem Tisch und konzentrierte sich dann wieder auf den PC. »Lass mich kurz diese Mail zu Ende schreiben.«

Ich setzte mich und zog die Akte aus meiner Tasche. Einen Moment lang war ich versucht, noch einmal reinzuschauen, aber das hatte ich bereits gestern Nacht noch erledigt. Nur um mich zu vergewissern, dass ich nichts übersehen hatte.

»Fertig«, sagte Mr Graham und lehnte sich auf seinem Platz zurück. Als er die Akte sah, die ich gerade auf seinen Tisch schob, nickte er verstehend. »Hast du Fragen?«

Die Beweise waren eindeutig. »Sie waren der beste Freund meines Vaters, oder?«

»Richtig.«

»Was glauben Sie, warum er den Dolch gestohlen hat?«

Dem Mentor entfuhr ein leises Seufzen, und sein Blick fiel auf die Akte. »Ich weiß es nicht. Ich habe jedes nur erdenkliche Szenario in den letzten Jahren gedanklich durchgespielt und finde einfach keine Antwort.«

Es erleichterte mich, das zu hören. »Sind Sie wütend auf ihn?«

»Ich vermisse ihn«, antwortete er mir ehrlich. »Aber auch wütend, weil er sich mir nicht anvertraut hat.«

Meine Stimme wurde ganz leise bei der nächsten Frage. »Glauben Sie, dass er noch lebt?«

»Ich weiß es nicht. Ich möchte dir keine Hoffnungen machen, weil ich genauso viele Fragen habe wie du. Aber ein Teil von mir hofft noch immer darauf, dass er mit einem dummen Spruch auf den Lippen jeden Moment durch diese Tür kommt.«

Wir schwiegen, und ich fühlte mich, als hätte man mir ein Gewicht von den Schultern genommen, das ich schon viel zu lange mit mir herumtrug. »Danke für Ihre Ehrlichkeit.«

»Danke, dass du der Liga eine Chance gibst.« Ein kurzes Lächeln flackerte auf seinem Gesicht auf. »Um ehrlich zu sein, war ich vorgestern ganz schön erstaunt. Conor und du seid stärker, als wir uns erhofft haben.«

Ich atmete tief durch. »Danke. Ich denke, das war's erst mal.«

»Gut. Mach heute einen ruhigen Tag. Morgen wirst du deinen ersten Shag jagen.«

Die Schatten, die sich unbemerkt an Seelen hefteten und von ihnen nährten. Ich erschauderte. »Okay.«

»Wir haben vieles übersprungen, weil die Zeit gedrängt hat. Aber es wird Zeit, dass du kämpfen lernst. Vor allem nach dem kürzlichen Angriff.«

»Das war beängstigend«, stieß ich aus und dachte an den Scath, von dem ich noch immer unsicher war, ob er uns gewarnt haben könnte. »Ich bin echt froh, dass wir sie abhängen konnten und Sie uns zu Hilfe gekommen sind.«

»Es ist auf jeden Fall eine Lektion gewesen, dass ihr eure Kräfte nicht außerhalb der Liga einsetzen solltet. Wie du weißt, ist die Liga, aber auch euer Zuhause, für diese Zwecke geschützt.«

»Apropos.« Ich setzte mich ein wenig auf. »Das ist ein blöder Zeitpunkt, gerade so kurz nach dem Angriff. Aber ich möchte immer noch weiterhin zur Schule gehen.«

»Das weiß ich. Und weil es uns wichtig ist, dass du nicht nach deinem Probejahr verschwindest, haben wir Vorbereitungen getroffen. Die Schule wurde heimlich mit einem Schutz versehen. Auf der Ebene der Rúnda ist sie nun quasi nicht existent.«

»Wow«, stieß ich aus. »Das geht? Das war sicher aufwendig.«

»Wir wissen, dass es sich lohnen wird.«

Dagegen hatte ich nichts einzuwenden. »Danke. Das bedeutet mir wirklich viel.«

»Und wir sind froh, dass wir so eine engagierte Hüterin an unserer Seite haben.« Er sagte es so trocken, dass ich lachen musste. Es klang, als hätte man ihn gebeten, diese Worte zu sagen.

Ich verkniff mir jedoch, ihn darauf anzusprechen. Dazu hatte ich zu viel Respekt vor ihm. »Also bedeutet das, dass ich morgen wieder zur Schule kann?«

»Richtig. Ruby ist immer an deine Seite, weshalb ein zusätzlicher Schutz entfällt. Direkt danach kommst du in die Liga und trainierst. Am Abend wirst du mit Conor den Schutz am Portal stärken.«

»Das muss jeden Abend gemacht werden?« Über die Regelmäßigkeit hatte ich mir nie Gedanken gemacht.

»Meist reicht es alle paar Tage. Aber du hast die Risse selbst gesehen. Das Portal muss gestärkt werden. Sonst …« Er seufzte und ließ den Rest ungesagt.

Gänsehaut überzog meinen gesamten Körper. »Ich verstehe.«

»Gut.«

Ich erhob mich und dankte ihm noch einmal für alles, bevor ich mich verabschiedete.

Als ich aus dem Haupteingang trat, war von Logan nichts zu sehen. Obwohl ich meine Wohnung von hier aus sehen konnte, blieb ich dicht am Eingang stehen und lehnte mich gegen die Wand. Er würde sicher ausflippen, wenn ich ohne ihn gehen würde.

Tatsächlich kam er keine zwei Minuten später mit einer Brötchentüte angejoggt. »So eine Scheiße«, fluchte er und blieb vor mir stehen. »Wer bezahlt denn noch mit kleinen Münzen?«

Ich lachte und stieß mich von der Wand ab. »Komm mit. Du siehst aus, als könntest du einen Kaffee gebrauchen.«

»Das ist ja wohl das Mindeste«, murmelte er hinter mir, als wir an der Ampel stehen blieben.

Ich drehte mich zu ihm und grinste schief. »Würde dir ein Kuss als Bezahlung reichen?«

»Wirklich? Willst du den Unsinn ernsthaft durchziehen?«

»Bis du eingesehen hast, dass ich keine willenlose Marionette bin, die sich ihre Partner nicht selbst aussuchen kann.«

Er seufzte schwer und deutete auf die Ampel, die gerade auf Grün umschwang. »Geh einfach.«

Ich lachte so laut, dass die Vögel im Baum über uns schnatternd davonflogen.

In diesem Moment vibrierte mein Handy in meiner Tasche, und ich zog es hervor. Als ich Rubys Bild sah, nahm ich sofort ab. »Bist du zu Hause aufgewacht oder woanders?«

»Witzigerweise sogar in deinem neuen Haus. Mach mal die Tür auf. Ich stehe in meinem Kleid von gestern Abend davor und habe ein bisschen Schiss, dass mein One-Night-Stand gleich aus seiner eigenen Wohnungstür kommt.«

Ich prustete los und packte Logans Arm, bevor ich die Brücke hinunterrannte. »Bin gleich da. Gib mir zwei Minuten.«

»Was ist denn los?«, rief Logan, hielt aber mühelos neben mir Schritt.

»Notfall«, stieß ich lachend aus und stopfte mein Handy wieder in meine Tasche.

Logan sah mich an, als würde er mir kein Wort glauben, dennoch rannte er mit mir bis zu meiner Tür.

Wo aber keine Ruby stand.

Ich runzelte dir Stirn.

»Wo ist denn jetzt der Notfall?«

Ich winkte ab und schloss die Wohnungstür auf. Leslies Lachen empfing uns.

Als wir in den Wohnbereich gingen, entdeckte ich sie und

Conor in Schlafklamotten, während Ruby sich an der Kaffeemaschine zu schaffen machte.

»Alles klar?«, fragte ich und zog mir meine Schuhe aus.

»Ich musste sturmklingeln«, flötete Ruby über das Mahlgeräusch der Kaffeemaschine hinweg. »Leslie hat mich gerettet. Ernsthaft. Es war so knapp.« Demonstrativ presste Ruby die Spitzen von Daumen und Zeigefinger zusammen. »Die Wohnungstüren haben sich quasi im selben Moment geöffnet.«

Leslie lachte noch immer und rieb sich die Stirn, auf der ein roter Fleck zu sehen war. »Sie hat mir die Wohnungstür voll vor den Kopf gehauen.«

»Tut mir echt leid«, sagte Ruby mit hörbar schlechtem Gewissen und verzog ihren Mund. »Dafür mache ich euch die besten Pfannkuchen, die ihr jemals gegessen habt.«

Ich lachte so sehr, dass mir Tränen in die Augen schossen. »Wenn du willst, kannst du vorher duschen und ein paar Klamotten von mir haben.«

»Wieso?« Sie deutete auf ihr leuchtend rotes Partykleid. »Irritiert euch dieser Anblick?«

»Nein.« Ich lachte noch mehr. »Du stinkst nach Pub.«

Sie zog ihre Nase kraus und schnupperte an ihren Armen. »Ui, dann müssen die Pfannkuchen eben warten.«

Ich lief an ihr vorbei in mein Zimmer und holte ihr ein paar meiner Klamotten.

Sie grinste mich an, als ich sie ihr überreichte. »Sogar mit Unterwäsche?«

»Aber nur die hässliche«, erwiderte ich mit hochgezogenen Augenbrauen und zuckendem Mundwinkel.

Sie warf mir einen Kussmund zu und stolzierte dann in Richtung Badezimmer.

In der Zwischenzeit waren Conor und Leslie wieder in ihrem Zimmer verschwunden, weshalb ich nun alleine mit Logan war.

»Und alles erledigt?«, fragte er mich nun und öffnete den Kühlschrank, der nach dem gestrigen Einkauf meiner Mitbewohner gut gefüllt war.

»Die Akte ist wieder in der Liga.« Ich seufzte und stand etwas verloren mitten im Wohnzimmer. »Fühlt sich seltsam an. Aber auch befreiend.«

»Weißt du, du kannst deinen Vater trotzdem lieben. Auch wenn er sich offenbar mit dem Bösen verbündet hat.«

»Willst du mich zum Weinen bringen?« Ich war ihm nicht einmal böse, auch wenn es wehtat, diese Wahrheit aus seinem Mund zu hören.

Seine Augenbrauen hoben sich skeptisch, und er holte Käse und Aufschnitt aus dem Kühlschrank. Offenbar fühlte er sich hier schon so wohl, dass er wie selbstverständlich begann, den Tisch zu decken. »Musst du denn jetzt weinen?«

»Wenn ja, würdest du mir deine Schulter zum Anlehnen geben?«

Er versuchte es, konnte aber das leichte Schmunzeln nicht unterdrücken. »Gibst du denn niemals auf?«

»Ich habe noch nicht einmal angefangen.«

Logan verdrehte die Augen und wandte sich wieder dem Kühlschrank zu.

Ich beobachtete ihn dabei und setzte mich schließlich auf einen Stuhl. »Du hast gesagt, du wohnst auch hier im Haus, oder? Alleine oder mit einem Mitbewohner?«

»Kian ist mein Mitbewohner.«

Ich nickte, weil ich mich natürlich an den Typen erinnerte, der Conor das Tattoo gestochen hatte.

»Wenn wir morgen mit deinem Jagdtraining loslegen, wird

227

er übrigens dabei sein. Quasi als Auffrischungstraining, weil er schon so lange nicht mehr im Einsatz war.«

»Ich habe so was in der Richtung bereits gehört«, sagte ich leise und erinnerte mich an Rubys Worte, dass sie fast wegen ihm bei einer Jagd draufgegangen wäre, weil er so ein lausiger Jäger war. Ich beobachtete, wie Logan sich an den Herd stellte und Öl in eine Pfanne goss. Kurz darauf erfüllte der Geruch von Speck den gesamten Wohnraum.

Auf einmal öffneten sich alle Türen. Ruby, die nun meine Schuluniform trug, weil sie trotz aller Widrigkeiten dennoch zur Schule gehen musste, steuerte sofort auf den kleinen Haufen Bacon zu und schob sich einen Streifen in den Mund. »Hmmm!«

Es wurde voll und wuselig in der Küche. Lachen erfüllte die Wohnung, und ich spürte, wie sich ein Gefühl von Frieden in meinem Bauch ausbreitete. Ich betrachtete Ruby, die Logan wegen irgendeinem dummen Spruch gegen den Arm haute, und dann Conor und Leslie, die sich anlächelten, als würden sie einen geheimen Witz teilen.

Es fühlte sich an, als wäre genau in diesem Moment einfach alles perfekt.

KAPITEL 17

»Ach du Scheiße«, stieß ich aus und starrte auf die Seele vor mir, an der ein Shag hing. Das Schimmern wurde durch einen gräulichen Schatten gedämpft, der sich an die Seite der Seele geheftet hatte. Er zog Schlieren hinter sich her, wie eine kleine Flamme, die hin und her flackerte. »Und das Ding saugt dieser Person jetzt die Seele aus?«

»Es ist eher wie ein Wurm, der in deinem Darm lebt«, erklärte mir Mr Graham, der neben mir herlief. »Er nimmt sich, was er braucht, und solange er noch klein ist, spürst du nichts davon.«

»Widerlich.«

»Du sagst es«, stimmte mir Kian zu. Er, Mr Graham und Logan begleiteten mich auf meiner ersten Jagd.

Heute hatte ich wieder zur Schule gehen dürfen, und meine gute Laune darüber hielt an, bis ich zum ersten Mal aus nächster Nähe einen Shag betrachten musste. Es war bereits später Nachmittag.

»Weißt du noch, woher die Shag kommen?«, fragte mich Mr Graham.

»Sie entstehen, wenn Sluagh sich von den Seelen nähren«, wiederholte ich aus meinem Gedächtnis und hatte keine Ahnung, wie ich mir das vorstellen sollte. »Und dann brauchen sie schnell einen Wirt, weil sie sonst innerhalb weniger Tage zerfallen.«

»Richtig. Es gibt überall auf der Welt Sluagh, aber hier in Dublin sind besonders viele, weil sie spüren können, dass das Portal in der Nähe ist.«

»Und sie haben das Portal bisher nicht gefunden?«, fragte ich, während wir weiterhin der Seele folgten.

»Doch. Das Portal befand sich ursprünglich im Wicklow-Mountains-Nationalpark. Es war dort natürlich perfekt getarnt, doch vor knapp hundert Jahren haben die Sluagh es irgendwie gefunden. Die Liga musste es umsetzen.«

»Ging das denn so einfach?« Ich wedelte mit meiner Hand. »Ich meine, wegen der Rúnda. Oder kann man den Stein einfach wegfahren, wie jeden anderen Gegenstand auf unserer Ebene?«

»Das war tatsächlich nicht so einfach. Es kostete viel Zeit und Kraft. Doch trotz aller Anstrengungen hat es leichten Schaden genommen. Es öffnete sich einen Spaltbreit – eine Katastrophe, wie du dir sicher vorstellen kannst. Unzählige Sluagh kamen binnen Sekunden in unsere Welt. Zudem wurde der natürliche Schutz des Portals, das ursprüngliche Schloss, leicht beschädigt. Das ist der Grund, weshalb ihr es fortwährend stärken müsst.« Mr Graham hob seine Hand und bedeutete mir, stehen zu bleiben, als die Seele ebenfalls langsamer wurde. Es sah aus, als würde sie in einer Tasche wühlen. So ganz konnte ich es nicht sagen, weil sie so verschwommen war und nicht so starke Konturen hatte wie Menschen außerhalb der Rúnda. Zudem waren hier überall schimmernde Ströme, die sich vermischten, teilten und wieder voneinander lösten. Wie Flüsse aus spinnfadendünnem Nebel. Es war wunderschön, verwirrend und aufregend zugleich.

Das Schimmern der Seele erzeugte ein Gefühl in mir, das ich kaum in Worte fassen konnte. Es war, als würde ein Teil von uns verbunden sein und als könnten wir verschmelzen, wenn ich ihr nur einen Schritt zu nahekam.

»Logan wird dir zeigen, wie es geht.« Mr Graham und machte ihm Platz.

Dann trat Logan nahe an die Seele heran und zog einen Dolch aus seinem Gürtel, der mir vorher nicht aufgefallen war. Die Klinge schimmerte wie Perlmutt, und sein Griff war schwarz wie Onyx.

»*Aiashtheai.*« Das geflüsterte Wort war so leise, dass ich es kaum hören konnte, doch ich kannte sofort seine Bedeutung. *Erstarre.*

Mein Herz hämmerte plötzlich gegen meine Brust, und ich spürte, wie ich vor Aufregung immer lauter atmete.

»Ganz ruhig.« Mr Graham betrachtete mich forschend. »Du darfst ihn nicht ablenken.«

Ich nickte langsam und riss mich zusammen, auch wenn ich keine Ahnung hatte, warum Logan dieselbe Sprache benutzte wie der Scath, der uns angegriffen hatte.

Die Seele schien tatsächlich zu erstarren, auch wenn ihre Konturen noch immer flackerten. Der Shag, der graue Schatten, der sich an ihre Seite geheftet hatte, bewegte sich jedoch weiter, wie eine zitternde Flamme, die kurz davor war, durch den Wind zu erlöschen.

Logan hob seinen Dolch und schob ihn dorthin, wo sich die

Seele und der Shag verbunden hatten. Dann ertönte ein Zischen, und der Schatten wallte auf, als würde er sich wehren wollen.

Doch Logan drückte den Dolch tiefer hinein, bis er zwischen dem Schimmern und dem Schatten nicht mehr zu sehen war.

Im nächsten Moment löste sich der Shag von der Seele, und das Zischen wurde lauter. Dunkel und grollend und so laut wie ein vorbeifahrender Zug. Die Seele bäumte sich auf und lief so plötzlich los, dass ich die Luft anhielt. Was auch immer sie in der Erstarrung gehalten hatte, musste aufgehört haben.

Logan hob nun erneut den Dolch und stach auf den wabernden Shag ein. Er schien vollständig aus Schatten und Rauch zu bestehen, doch als Logan den Dolch ein letztes Mal in ihn hineinjagte, verpuffte er zu einem schimmernden Ascheregen.

»Wow«, stieß ich leise aus und starrte Logan an, der sich wieder zu uns umdrehte. »Was hast du da vorhin für ein Wort gesagt?«

»Es ist die alte Sprache der Sluagh. Damit können sie Seelen betäuben, während sie sich von ihnen nähren. Der Mensch selbst verharrt dabei für wenige Sekunden in seiner Position und wundert sich danach höchstens.«

»Die Sprache der Sluagh?«

»Sie sprechen ihre eigene Sprache«, sagte nun Mr Graham, der sicher glaubte, ich wäre begriffsstutzig. »Dein Vater hat sie studiert. Er war fasziniert davon.«

Mein Vater …

Mein Mund öffnete sich in stummem Erstaunen, als mir klar wurde, *wieso* ich all diese Wörter instinktiv verstanden hatte. Mein Vater musste mir früher eine Geheimsprache beigebracht haben. Ich war nur viel zu jung gewesen, um zu verstehen, dass es kein Scherz gewesen war. Doch warum hatte er das getan?

»Alles klar?«, fragte nun Kian, der mich stirnrunzelnd ansah.

»Sicher«, murmelte ich und lächelte gezwungen. »Das war beeindruckend. Was war das für ein Dolch?« Ich wusste nicht, wieso ich ihnen nichts von meinem Dad erzählte, aber ich musste diese Erkenntnis erst einmal selbst sacken lassen. Außerdem war es doch sowieso schon schräg genug, dass mein Vater mit den Sluagh zusammengearbeitet haben sollte und seiner jüngsten Tochter dann auch noch deren Sprache beigebracht hatte.

»Du bekommst auch so einen Dolch. Einen Shag kann er jedoch erst auslöschen, wenn du einen Sluagh tötest.«

»Was?« Entsetzt starrte ich meinen Mentor an. »Ich weiß, dass Sluagh die Bösen sind, aber sie haben menschliche Hüllen, oder nicht?«

»Richtig. Aber genau darum geht es. Das sind nichts als Hüllen. Sie tauschen sie aus, sobald sie zu zerfallen beginnen«, erklärte er mir und ging weiter. »Du musst wissen, dass die Rúnda ihre natürliche Ebene ist. Sie vereinnahmen eine Seele vollständig und füllen den Körper aus, um in unserer Ebene leben zu können. Da aber unsere Körper irgendwann auf natürliche Weise ohne Essenz zerfallen, müssen sie ihre Hüllen immer wieder tauschen.«

»Oh verdammt, ich glaube, ich muss kotzen«, stieß ich aus. »Also lassen sie die ... Hülle dann einfach irgendwo liegen? Wie lange können sie einen Menschen denn *benutzen?*« Meine Oberlippe kräuselte sich vor Ekel.

»Wir vermuten, dass sie ihn mehrere Jahrzehnte erhalten

können. Bei manchen scheint der Körper früher zu verfallen. Wir wissen aber noch nicht, weshalb.« Mr Graham schaute mich besorgt an. »Das muss alles ein wenig viel für dich sein, das verstehe ich.«

»Ich komme schon klar.« Ich schluckte die Übelkeit herunter. »Und was passiert dann mit den Hüllen?« Menschliche Körper! Zum Teufel! Sie trugen uns wie verdammte Anzüge!

»Früher haben sie sich ihrer Hüllen wahllos entledigt, aber das machte es uns leichter, sie zu finden. Nun nutzen sie Friedhöfe oder Wälder und vergraben die Körper.«

»Alles klar«, stieß ich aus und ballte meine Hände zu Fäusten. »Dann möchte ich jetzt bitte so einen Dolch haben.«

Wir machten uns auf den Weg zur Liga und wechselten in einer Seitengasse zurück in die andere Ebene. Ich sog den Geruch nach Fett von einem nahen Imbiss ein, denn in der Rúnda gab es keine Gerüche. Dort war alles rein.

»Du solltest weitere Strecken nicht in der Rúnda hinter dich bringen«, erklärte mir Mr Graham, als wir auf die Hauptstraße bogen.

»Wegen den Sluagh?«

»Richtig. Und du solltest auch niemals über die Rúnda in die Liga eintreten. Es könnte sie zu uns lenken, auch wenn diverse Barrieren die Liga für die Sluagh unsichtbar machen.«

»Okay«, sagte ich nur und schaute kurz in den wolkenverhangenen Himmel. Immer wieder sah ich vor meinen Augen einen Körper, der einfach umfiel, während eine Wolke beißenden Rauches aus ihm heraustieg. Nichts hätte mich jemals auf das Gefühl blanken Entsetzens vorbereiten können, das sich wie Gift durch meinen Körper zog.

»Aber es ist so, dass die Sluagh einen Körper brauchen, um

überhaupt hier existieren zu können, oder?«, hakte ich sicherheitshalber noch mal nach.

»Richtig«, antwortete mir Mr Graham. »Sie sind nicht für unsere Welt gemacht, auch nicht für die Rúnda. Deshalb brauchen sie etwas, an dem sie sich festhalten können. Wären sie hüllenlos, würden sie innerhalb weniger Tage sterben.«

»Das heißt, sie leben hier einfach. Unter uns.« Ich schüttelte meinen Kopf, während das Entsetzen in mir immer größer wurde. »Woher weiß ich denn, dass zum Beispiel mein alter Klavierlehrer keiner von ihnen war?«

»Sie leben unter ihresgleichen und halten sich von normalen Menschen fern. Etwas an uns widert sie an«, erklärte mir Kian mit einem abfälligen Schnauben.

Mir entfuhr ein schrilles Lachen. »*Sie* sind von *uns* angewidert? Dann können sie gerne dahin zurück, wo sie hergekommen sind!«

»Tja, dafür müssten sie an das Portal herankommen«, erinnerte mich Logan.

Ich stimmte ihm mit einem Brummen zu. »Also müssen wir sie vernichten, während wir das Portal beschützen.«

Mr Graham hob seine Augenbrauen, als hätte er nur darauf gewartet, dass der Groschen bei mir fiel. »Genau dafür gibt es die Liga.«

Ich wusste nicht, was ich daraufhin sagen sollte. All die Jahre hatte ich geglaubt, die Liga würde aus hinterhältigen Mitläufern bestehen. Nun wurde mir immer mehr bewusst, wie falsch ich gelegen hatte und wie kompliziert die Sache war. Mein Vater war vermutlich ein Dieb, doch mich hatte man ohne Vorbehalte in ihren Reihen aufgenommen – weil Sadie offenbar gute Vorarbeit geleistet hatte. Sobald sie von ihrer Reise zurückkam, würde ich sie darüber ausquetschen. Und

wenn unser Gespräch nicht in einer völligen Katastrophe endete, würde ich mich vielleicht sogar bei ihr entschuldigen.

Offenbar war ihr Leben doch nicht ganz so leicht gewesen,
wie ich immer hatte glauben wollen.

Doch sie hatte sich alldem hier trotzdem gestellt und wäre
Hüterin geworden. Sie und Greg waren kurz davor gewesen,
dieselbe Verbindung einzugehen wie Conor und ich. Auch
wenn ich wusste, dass unsere Verbindung durch das Tattoo
noch ein wenig stärker war, fragte ich mich, wie stark ich sie
vorher hätte spüren können.

Sicher wäre sie nicht zu ignorieren gewesen.

Wie sehr musste Sadie sich wohl in ihren Tanzlehrer verliebt haben, um dieser Verbindung, ihrer Pflicht und ihrem
jahrelangen Ziel einfach den Rücken zu kehren?

Das konnte niemals leicht gewesen sein. Immerhin war sie
in den letzten Jahren immer die pflichtbewusste Hüteranwärte-
rin gewesen, die dafür brannte, die Welt zu retten.

Doch nun hatte ich ihren Job, und er war gar nicht so übel,
wie ich befürchtet hatte.

Ich riss mich von meinen Gedanken los, als vor uns die Liga
aufragte, und nachdem wir eingetreten und in den zweiten
Stock gefahren waren, trennten sich Logan und Kian von uns.

Ich folgte Mr Graham in die Waffenkammer, die sich in
demselben Stockwerk befand – und, anders als erwartet, nicht
mal bewacht war.

Mr Graham zog seine Karte durch einen Scanner neben der
Tür, die kurz darauf klickte und wenige Zentimeter auf-
schwang.

Dahinter befand sich ein Raum, dessen Wände mit dunk-
lem Holz vertäfelt waren. An ihnen hingen die Waffen geord-
net an Haken.

Schwerter und Dolche aller Art zierten die rechte Wand. Vor Kopf befanden sich Schusswaffen, und an der linken Wand hingen Schlagringe, ein Lasso und andere Dinge, die ich noch nie zuvor gesehen hatte.

In der Mitte des Raumes befand sich ein Glaskasten, in denen die Perlmuttdolche auf schwarzem Samt lagen.

Mr Graham legte seine Karte an einen Scanner unterhalb des Kastens, und ein Surren erfüllte die Stille. Dann konnte er die Schublade aufziehen, in der die Dolche lagen. Es waren sicher ein Dutzend. Er nahm einen von ihnen heraus und reichte ihn mir.

Der onyxfarbene Griff war überraschend weich, und erst von Nahem sah ich, wie scharf die Klinge eigentlich war.

»Ich weiß, ich muss die Klinge zwischen die Essenz des Menschen und den Shag schieben«, begann ich leise und betrachtete den schimmernden Dolch. »Aber wie mache ich das, ohne die Essenz zu verletzen?«

»Du musst vorsichtig sein und versuchen, genau die Mitte zu treffen, wo sich der Shag festgebissen hat. Aber selbst wenn du nicht genau die Mitte triffst, ist es nicht tragisch. Die Ränder regenerieren schnell, was auch der Grund ist, weshalb Shags sich dort anheften. Der Essenz selbst kannst du nur schaden, wenn du mitten in sie hineinstichst.«

Ich biss mir auf die Unterlippe. Wenn er das so sagte, klang es super einfach, aber wenn ich ehrlich war, wusste ich nicht, ob ich dazu überhaupt fähig war.

Meine Zweifel mussten mir ins Gesicht geschrieben sein. »Keine Sorge.« Mein Mentor schnaubte belustigt. »Bevor es so weit ist, musst du erst einen Sluagh töten, und das wird so schnell nicht passieren. Immerhin lassen wir unsere Hüterin nicht auf die Jagd gehen.«

Ich betrachtete den schimmernden Dolch. »Also ist das hier nur Deko?«

»Es ist wichtig, dass du ihn immer bei dir trägst. Er ist die einzige Waffe, die du mit in die Rúnda nehmen und auch wirklich benutzen kannst. Alles, was du sonst bei dir trägst, ist dort nutzlos. Und so gewöhnst du dich schon mal an die Waffe. Für den Fall, dass du sie doch irgendwann brauchst.«

»Das ergibt Sinn. Danke.«

Mr Graham nickte. »Gerne. Du kannst jetzt erst mal gehen. Bis morgen, Eliza.«

Ich verabschiedete mich und verstaute den Dolch in meiner Tasche, bevor ich zurück zu meiner Wohnung ging.

Dort entdeckte ich Leslie in der Küche, die sich gerade einen Tee machte. »Hi.« Sie lächelte mich an.

»Hi«, begrüßte ich sie und blieb mitten im Wohnraum stehen, während ich den Dolch herausholte. »Wo genau sollte ich das Ding am besten verstecken?«

Sie lachte einmal melodisch auf. »Ich habe ihn meistens in meinem Stiefel. Im Sommer an einem Gurt am Bein.«

Ich nickte langsam. »Das erklärt Rubys Faible für diese kniehohen Stiefel.«

Leslie lächelte zur Antwort und goss sich heißes Wasser in ihre Tasse.

Das Gespräch kam ins Stocken, und ich überspielte dies, indem ich mit den Schultern zuckte. »Ich bin dann mal in meinem Zimmer.«

»Tut mir leid«, stieß Leslie aus, als ich mich gerade umdrehte.

Ich runzelte meine Stirn. »Dir muss nichts leidtun.«

Sie stieß ein langes Seufzen aus. »Es ist echt nicht leicht,

238

euch so zusammen zu sehen. Aber ich danke dir, dass ich hier wohnen darf.«

»Natürlich, das ist doch selbstverständlich.«

Ihr Lächeln wurde schief. »Logan steht übrigens voll auf dich, das weißt du, oder?«

»Ist das so?« Ich stemmte meinen Ellenbogen auf die Stuhllehne vor mir. »Erzähl mir mehr.«

Leslie lachte laut auf, als ich aus meinem Interesse an Logan keinen Hehl machte. Sie wirkte auf einmal viel entspannter. »Er lässt sich normalerweise von niemandem aus der Ruhe bringen und flirtet schamlos. Aber bei dir – ich glaube, es irritiert ihn, dass du so selbstbewusst bist und den Spieß umdrehst.«

»Er ist so festgefahren in seinen Ansichten.« Ich zuckte mit den Schultern und richtete mich wieder auf. »Er und alle anderen wollen uns einreden, dass Conor und ich unweigerlich was miteinander anfangen werden.«

Bei meinen Worten verzog Leslie automatisch das Gesicht, auch wenn sie versuchte, es schnell zu überspielen.

»Aber das werden wir nicht«, sagte ich noch einmal nachdrücklich. »Conor liebt dich, und ich … das hier ist nicht das, was ich geplant hatte.«

»Pläne können sich ändern«, erwiderte sie leise und schaute in ihre dampfende Tasse. Ihre Zweifel hatten sich tief in ihr Herz gegraben, und ein Teil von mir wusste, dass sie mir niemals glauben würde.

»Stimmt. Meine Schwester ist mit ihrem Tanzlehrer durchgebrannt. So unumstößlich ist diese Verbindung wohl doch nicht.«

Leslie zog ihre Nase kraus. »Das kam wirklich überraschend. Ich war in den letzten Monaten zwar nicht hier, aber bevor Logan, Conor und ich verreist sind, schien sie sehr verliebt gewesen zu sein.«

»Siehst du. Sie war verliebt in ihren Anamaite, und trotzdem war sie so sicher, ein anderer Mann könnte sie glücklicher machen, dass sie die Liga hinter sich gelassen hat.« Als Leslie daraufhin nichts erwiderte, beendete ich das Thema mit einem Handwedeln. »Habt ihr heute was vor?«

»Eigentlich nicht. Wir wollten es ruhig angehen lassen. Ich muss morgen wieder arbeiten.«

»Arbeiten?«

Sie runzelte ihre Stirn. »Wir haben Jobs. Wusstest du das nicht?«

»Nein. Ich dachte, die Liga bezahlt euch. Meine Mutter arbeitet ja auch dort.« Auf einmal kam ich mir schrecklich unwissend vor. Ich hatte keine Ahnung von dem Leben der anderen und war bisher so sehr mit meinem eigenen Kram beschäftigt gewesen, dass mir dies nun peinlich war.

»Es gibt bestimmte Gehaltsstufen innerhalb der Liga. Sie wird finanziert durch Firmen aus aller Welt, deren Chefs irgendwie mit der Liga zu tun haben.«

»Wie Spenden?«

»Richtig. Dadurch kann die Liga es sich aber nicht leisten, alle Mitglieder voll zu bezahlen. Jeder bekommt einen Mindestlohn, der je nach Gehaltsstufe steigt. Ich bin zwar Protektorin, aber das Gehalt würde vorne und hinten nicht reichen. Deshalb jobbe ich in der Kantine, aber auch in einem Café in der Innenstadt. Conor und du werdet etwas besser bezahlt, aber ihr seid für die Liga auch wichtiger.«

Interessant. Ich sollte wohl mal meine Kontoauszüge im Auge behalten. »Hat Logan auch einen Job?«

»Klar. Seine Schicht müsste gleich anfangen.«

240

»Aber was war, als ihr mich das letzte Mal zur Schule begleitet habt?«

»Das war quasi dann eine Bonuszahlung für uns.«

Ich nickte verstehend.

»Hast du denn heute was vor?« Sie zog den Teebeutel aus ihrer Tasse und warf ihn in den Müll, bevor sie in das dampfende Gefäß hinein pustete.

»Nein.« Ruby hatte leider keine Zeit, weshalb ich geplant hatte, einen langweiligen Abend auf der Couch zu verbringen und mir eine neue Serie zu suchen, die ich gucken konnte. Da kam mir eine Idee. »Hey, wo genau arbeitet Logan denn?«

»Willst du ihn etwa besuchen?«

Ich richtete mich ein wenig mehr auf. »Warum nicht?«

Leslie lachte schallend. »Meinst du das ernst?«

»Klar, ich habe Langeweile.«

Ihr Lachen versiegte langsam, und sie sah mich nachdenklich an. »Du, was das mit Logan angeht. Was genau ist das für dich?«

»Das kann ich noch nicht so genau sagen«, gab ich zu und sah gedankenverloren durch den Raum. Schon bei meiner ersten Begegnung mit Logan hatte ich etwas zwischen uns gespürt. Eine Anziehung, die alles in mir zum Prickeln brachte. Dass es nichts mit dieser Anamaite-Sache zu tun hatte, machte ihn nur umso interessanter für mich. Ich mochte, wie ich mich in seiner Nähe fühlte. Lebendiger – und ein klein wenig mehr wie ich selbst. Es hatte sich gut angefühlt, mit ihm über meinen Vater zu sprechen. Und das war sonst nie der Fall. Ich wusste nicht, was ich mir davon versprach, so schamlos mit ihm zu flirten. *Doch.* Natürlich hoffte ich ein bisschen, dass er den Flirt irgendwann erwiderte. Außerdem machte es *wirklich* Spaß, ihn zu ärgern.

Ich schüttelte den Kopf, als mir klar wurde, dass Leslie noch eine Antwort von mir erwartete, und ich überspielte meine Pause mit einem Grinsen. »Aber es macht Spaß. Also, willst du mir verraten, wo er arbeitet?«

Sie warf mir einen verschwörerischen Blick zu.

Ich wusste nicht, ob ich die richtige Antwort gegeben hatte oder Leslie einfach nur froh war, dass ich Conor tatsächlich keinen zweiten Blick schenkte.

Aber ich verstand sie so gut. An ihrer Stelle zu sein würde mich wahnsinnig machen.

KAPITEL 18

Logan arbeitete für eine Pizzeria.

Natürlich konnte ich nicht anders und bestellte mir nach dieser Offenbarung dort prompt eine Pizza und bat darum, dass er mein Lieferant war. Der Mann am Telefon war hörbar irritiert von meinem Wunsch, versicherte mir aber, er würde sehen, was sich machen ließe.

Eine halbe Stunde später klingelte Logan an meiner Tür und hätte nicht angepisster aussehen können.

Ich stieß ein ersticktes Lachen aus, während ich mich an ihm vorbei in den Flur schob und ihm den Pizzakarton abnahm. Zugleich drückte ich ihm Geld in die Hand.

»Was soll das, Eliza?«

Als er meinen Namen so betonte, erschauderte ich leicht. Ich mochte es wirklich sehr, Zeit mit ihm zu verbringen. Keine Ahnung, wann das passiert war, aber es war plötzlich mein größtes Hobby, ihn aus der Reserve zu locken. Ich grinste ihn frech an. »Mir ist langweilig, und ich hatte gehofft, du hättest Platz für eine Beifahrerin.«

»Wie kommst du darauf, ich würde dich mitnehmen?«

»Weil du meine Anwesenheit schätzt?«

Er stöhnte und deutete auf die Wohnungstür. »Geh wieder rein.«

Ich schob meine Unterlippe vor. »Aber da drin sind Leslie und Conor und sind beschäftigt.« Ich stieß ein angewidertes Geräusch aus und überließ es seiner Fantasie, sich vorzustellen, was sie gerade taten. In Wahrheit saßen sie auf der Couch und schauten sich eine Komödie an. Bevor sie uns jedoch hörten und wieder einen Lachanfall bekamen, sollte ich Logan von der Tür wegschaffen. Er musste ja nicht wissen, dass ich ihn angeflunkert hatte.

Logan kniff seine Augen zusammen, bevor er ergeben seufzte. »Du musst aber die ganze Zeit im Auto sitzen bleiben.«

Ich stieß ein leises Jubeln aus, während ich ihm beschwingt nach unten folgte.

Wir stiegen in einen kleinen roten Wagen, auf dessen Türen das Logo einer Pizzeria geklebt worden war. Noch während Logan sich anschnallte, fischte ich mir ein vorgeschnittenes Stück Pizza aus meinem Karton heraus. Genüsslich biss ich hinein, und mir entfuhr ein wohliges Seufzen.

»Das ist eine dumme Idee«, hörte ich ihn grummeln, nachdem er mir einen weiteren finsteren Blick zugeworfen hatte und schließlich losfuhr.

Ich grinste, kaute und schaute dann selig nach draußen. Die Sonne war bereits untergegangen, und die Dunkelheit um uns herum machte diese ganze Fahrt irgendwie gemütlich. Leise Musik erklang aus dem Radio, und ich merkte, wie ich mich entspannt in den Sitz sinken ließ. »Ich wette mit dir, dass wir heute Nacht noch rumknutschen.«

Logan trat so fest auf die Bremse, dass ich mitsamt des Pizzakartons in den Gurt geschleudert wurde. Im letzten Moment konnte ich ihn davor bewahren, in den Fußraum zu schießen, während ich leise lachend die Luft ausstieß.

»Raus«, knurrte Logan und deutete auf die Tür.

Ich lachte schallend los und presste mir schnell die Hand auf den Mund, was aber überhaupt nichts nutzte. »Das war ein Scherz, Logan! Entspann dich.«

Er sah aus, als würde gleich Rauch aus seinen Ohren steigen. Dann knurrte er etwas Unverständliches vor sich hin und fuhr wieder los. Zum Glück war er noch nicht auf die Hauptstraße abgebogen.

»Du hättest dein Gesicht sehen sollen.«

»Eliza!«

Ein wohliger Schauer überlief mich, als er wieder meinen Namen sagte. Verdammt, ich stand da wirklich drauf.

»Sorry«, stieß ich aus und widmete mich wieder meiner Pizza. Wir fuhren einige Minuten, bis ich erneut versuchte, ihn zu einem Gespräch zu bewegen. »Wann genau gehst du eigentlich … jagen? Sagt man das so?«

»Wir nennen es so. Wir gehen so oft wie möglich los, zu allen Tageszeiten und dann schichtweise.«

»Leslie meinte, ihr habt alle noch normale Jobs. Du hast doch eine Ausbildung gemacht. Wieso machst du nichts in der Richtung?«

Erst schien es, als würde er mir nicht antworten wollen, doch dann seufzte er ergeben. »Ich repariere nebenbei für eine Firma technische Geräte.«

»Das ist echt beeindruckend.« Ich inhalierte jedes Detail,

245

das er von sich preisgab. Logan löste eine Neugierde in mir aus, die ich schon lange nicht mehr bei jemandem gefühlt hatte. Gedankenverloren beobachtete ich das Spiel seiner Oberarme, während er uns durch die Straßen von Dublin manövrierte. Er trug einen Kapuzenpulli, der so gemütlich aussah, dass ich mich am liebsten an seine Schulter lehnen wollte.

Logan musste mein Starren bemerkt haben, denn er sah genervt zu mir herüber.

»Das meine ich ernst!« Ich genoss diesen Quatsch zwischen uns viel zu sehr. »Du hast eine Ausbildung gemacht, obwohl du in der Liga aufgehst. Ich meine, du lässt dich aktuell zum Mentor ausbilden. Das ist schon krass.«

»Krass?«

»Natürlich! Mich schaut doch jeder schief an, nur weil ich meinen Schulabschluss haben möchte.«

»Das liegt daran, dass Hüter normalerweise voll in ihrer Rolle aufblühen und sich bisher kaum jemand dieser Position entzogen hat.«

»Das hat Sadie ja hervorragend bewiesen.« Ich beobachtete stirnrunzelnd, wie Logan konzentriert durch Dublins Straßen fuhr.

Natürlich spürte er meinen Blick. »Was ist?«

»Was ist deine Geschichte? Warum bist du so sehr davon überzeugt, dass Herzen gebrochen werden, wenn ich mir doch sicher bin, dass diese Anziehung zwischen Conor und mir absolut nichts mit echten Gefühlen zu tun hat?«

Doch Logan schwieg, und ich fragte nicht noch einmal nach. Es war Antwort genug. Da gab es einen Grund, weshalb er mir nicht traute, eine Geschichte, die er mir nicht erzählen wollte.

Der Abend zog vorüber. Während Logan weitere Bestellungen auslieferte, blieb ich die ganze Zeit im Auto und wurde sogar zwischendurch von ihm mit Eis aus der Pizzeria versorgt. Es war zwar kein Haselnusseis, aber Schokolade war auf jeden Fall mehr als okay.

Irgendwann unterhielten wir uns über Musik, über Filme und Serien – all diese ungefährlichen Themen.

Es war schön, so ungezwungen und entspannt mit ihm zu sprechen.

»Das ist die letzte Fahrt«, informierte er mich, als er kurz vor zehn Uhr wieder in den Wagen stieg. »Wir könnten danach noch ...«

»Gerne«, fiel ich ihm ein wenig zu schnell ins Wort und biss mir auf die Unterlippe, als er mich mit einer erhobenen Augenbraue ansah. Dabei tanzte sein Grübchen, und in meinem Bauch flatterte es unkontrolliert los. Das war doch nicht normal! Wieso hatte dieser Kerl so eine Wirkung auf mich?

»Wir könnten dann nach Hause fahren und nachsehen, ob es in eurer Wohnung wieder ruhig ist.«

Enttäuschung wallte in mir auf, und ich stieß ein lautes Seufzen aus. »Wieso machst du mir das alles so schwer?«

»Was genau mache ich dir denn schwer? Du willst doch nur was beweisen, und ich muss als dein Spielzeug herhalten.«

Seine Nasenflügel bebten, als er geräuschvoll einatmete. Doch seine Lippen, die zu einer harten Linie zusammengepresst waren, zeigten, dass er nicht nachgeben würde. Gut, vielleicht hatte ich es in den letzten Tagen ein klein wenig übertrieben, aber wer hatte schon damit gerechnet, dass es so intensiv zwischen uns sein würde. Ich presste meine Lippen zusammen. Nun ja, vielleicht hätte mir das nach unserer ersten Begegnung schon klar sein müssen.

»Okay«, sagte ich leise und lehnte mich auf meinem Platz

zurück. So langsam bekam ich ein schlechtes Gewissen. Mir dämmerte, dass ich Logan wirklich – was? Mögen wäre zu wenig. Verliebt sein wäre zu viel. Immerhin kannten wir uns erst seit knapp einem Monat, aber seitdem hatten wir von einem Beinahe-Kuss bis zu einer großen Lüge quasi alles dabei gehabt. Aber ich wusste, dass es sich gut anfühlte in seiner Nähe zu sein, und ich mochte es, mich mit ihm zu unterhalten.

Er jedoch sah aus, als wünschte er sich nichts sehnlicher, als mich loszuwerden.

Nachdem er die letzte Pizza ausgeliefert hatte – und die Kundin bei seinem Anblick beinahe zu sabbern begann, während sie ihm total auffällig ihre Handynummer zwischen die Geldscheine schob –, fuhren wir zurück zur Pizzeria.

Den Wagen stellte er auf deren Parkplatz ab. »Von hier aus müssen wir laufen. Ist das okay?«

Einen Moment lang starrte ich ihn an, bevor ich stumm nickte und mit ganz viel Willenskraft ein Grinsen unterdrückte. *Er hätte mich auch einfach zu Hause absetzen können. Aber er hat es nicht getan!*

Das hier war ganz sicher kein Date und erst recht kein wildes Rumgeknutsche, aber zumindest würden wir ein bisschen Zeit miteinander verbringen.

Wir hatten Ende November, und die Temperaturen fielen nachts längst in den einstelligen Bereich. Ich trug einen dicken Mantel und Stiefel, in denen mein neues Messer steckte. Eine Waffe mit mir herumzutragen war super seltsam.

Wir befanden uns in der Parkgate Street, und zu Fuß würden wir knapp eine Viertelstunde bis nach Hause brauchen.

Wir hätten auch mit einem Nachtbus fahren können, aber Logan schien diese Option nicht einmal in Erwägung zu ziehen.

Wir schwiegen, während wir die Straße entlanggingen und nach wenigen Minuten die Liffey erreichten. Das Wasser war ruhig und spiegelte die Lichter der Stadt. Autos fuhren an uns vorbei, und kalter Wind strich mir über meine Wangen. Links von uns tauchte irgendwann der Croppie Acre Memorial Park auf, gesäumt von einem eisengeschmiedeten Zaun, dessen obere Spitzen wie Pfeile gen Himmel zeigten. Der Gedenkpark lag friedlich dahinter, und ich konnte selbst im Dunkeln die Grabsteine darauf erkennen.

Doch das war nicht das Einzige, das mich beunruhigte. Es war dieses plötzliche Gefühl, beobachtet zu werden. Mein Atem wurde lauter, als ich im Augenwinkel einen Schatten sah. Ich schob mich ein Stückchen näher zu Logan, um Abstand zum Park zu gewinnen. »Sag mir bitte, dass du es auch spürst.« Meine Stimme klang entspannter, als mein Puls es war.

Logan spannte sich augenblicklich an und sah sich unauffällig um. »Da ist nichts.«

Ich wurde ein bisschen panisch und atmete schneller.

»Das bedeutet nicht, dass da nichts ist. Immerhin bist du stärker als ich.«

Mein Kopf drehte sich automatisch nach links zu dem Schatten, der augenblicklich mit der Nacht verschmolz. Aber ich spürte ihn dennoch. Es war dasselbe beunruhigende Gefühl wie all die Male zuvor. Ich fühlte einfach, dass da etwas war. Etwas Böses.

»*Deajenthe.*« Das Flüstern fuhr wie ein Windhauch über meinen Nacken hinweg, und ich zuckte so hart zusammen, dass ich gegen Logan stolperte. *Hinten? Dahinter?*

»Was ist los?« Er zog mich alarmiert hinter sich.

»Hinter dem Park«, stieß ich aus. »Irgendwas ist hinter dem Park.«

»Rúnda.« Logan sprach das Wort aus, und im selben Moment wechselte ich in die andere Ebene. Glücklicherweise war die Straße gerade leer, und niemandem würde das plötzliche Verschwinden unserer Körper auffallen.

Wie immer war die Rúnda dunkel und zugleich erfüllt von Licht. Ich brauchte einen Moment, um mich zu orientieren, bevor ich weiter die Straße entlanglief und mich umsah. Da war nichts. Aber wie konnte es sein, dass ich Stimmen hörte und zugleich niemanden sah?

Ohne groß darüber nachzudenken, zog ich meinen Dolch aus meinem Stiefel. Logan überholte mich, den Dolch bereits in der Hand, und wurde an der Ecke des Zauns langsamer, der uns noch immer vom Park trennte.

»Du solltest gehen«, flüsterte er und blieb stehen.

Ich schaute ebenfalls um die Ecke, und mir blieb fast das Herz stehen, als ich den Schatten sah, schimmernd wie ein Diamant und schwarz wie Onyx. Wie beißender Rauch eines unkontrollierten Feuers zuckten seine Umrisse und verdeckten damit beinahe eine schimmernde Essenz, die auf dem Boden hockte.

»Ein Sluagh«, stieß ich aus und wusste instinktiv, dass es eines von diesen Monstern sein musste.

»Ich kümmere mich um ihn.« Logans Worte waren leise und zugleich ein Befehl.

Natürlich war mir klar, dass er mich nur beschützen wollte, und dennoch wehrte sich ein Teil von mir dagegen, ihn alleine zu lassen. »Ich rufe Conor an.«

»Mach das. Aber warte hier!«

»Okay«, flüsterte ich und sah mit klopfendem Herzen zu, wie er langsam weiterging.

Im nächsten Moment wechselte ich aus der Rúnda in unsere Ebene. Ich konnte Logan nicht mehr sehen, dafür entdeckte ich aber eine menschliche Gestalt in der Mitte der Seitenstraße, die sich über jemand anderes beugte, der in einem Hauseingang saß. Der Sluagh.

Sofort zerrte ich mein Handy aus der Tasche und rief meinen Anamaite an. Als Conor ranging, ließ ich ihn kaum zu Wort kommen, sondern berichtete ihm kurz, wo wir waren und was los war. Dann legte ich auf.

Der Sluagh fuhr im selben Moment herum, und einen Augenblick lang setzte mein Herz vor Schreck aus. Doch er kam nicht auf mich zu.

Ich wechselte zurück in die Rúnda und sah, wie Logan auf den Sluagh zuging. Seine Schultern waren gestrafft, und er zeigte keine Anzeichen von Angst, auch wenn der Sluagh ihn bereits bemerkt hatte.

Mein Herz setzte aus, als der Sluagh losdonnerte. In der Rúnda hatte er die Form eines grollenden Infernos, bestehend aus Zerstörung und Rauch.

Logan holte aus und schien mit seinem Dolch zu zielen, auch wenn ich keine Ahnung hatte, was genau er treffen wollte. Vermutlich würde es irgendeinen Punkt geben, der den Sluagh verwundbar machte.

Ich hielt die Luft an und merkte, wie ich mich dem Kampf langsam näherte. Automatisch wechselte ich in die normale Ebene und drängte mich fest gegen die Mauer, die auf dieser Seite den Zugang zu der Gedenkstätte begrenzte.

Schritte knallten durch die Straße, und mein Kopf fuhr herum.

Drei Gestalten in schwarzen Mänteln kamen angerannt.

Ich verzog meinen Mund und stieß ein lautloses Wimmern aus. »Mist.«

Mein Blick zuckte umher, in der Hoffnung, dass Conor jeden Moment mit Verstärkung auftauchte. Aber es konnte kaum mehr als eine Minute seit meinem Anruf vergangen sein.

Ich fluchte erneut und kaute nervös auf meiner Unterlippe herum.

Gleichzeitig wechselte ich wieder in die Rúnda und blinzelte kurz, weil es hier inzwischen dunkler geworden war. Fast, als würden die Sluagh alles Licht aufsaugen.

Vier Sluagh umzingelten Logan. Er hatte keine Chance.

»Verdammt«, stieß ich aus und wiederholte das noch zweimal, bevor ich meinen Dolch fester packte und mich erneut umsah. Noch immer war niemand in Sicht.

Die Sluagh kreisten Logan ein. Obwohl es dunkel war, sah ich seinen entschlossenen Gesichtsausdruck.

Dann stürzte sich der erste Sluagh auf ihn. Doch Logan fuhr in einer gekonnten Bewegung herum und wich ihm aus. Dabei riss er seinen Arm hoch und versuchte den ersten Sluagh mit dem Dolch zu erwischen. Er traf ihn mit voller Wucht, und der Sluagh bäumte sich auf, bevor er nach hinten stürzte.

Gleichzeitig griffen die anderen drei an. Doch Logan hatte keine Chance, egal wie gut er kämpfte.

Ich wechselte in die normale Ebene, bevor ich einen lauten Kampfschrei ausstieß und ohne nachzudenken losrannte.

Hier sah ich nur die vier Männer, die gegen die Luft zu kämpfen schienen. Zwei von ihnen drehten sich gerade zu mir um, als ich mit einem wütenden Aufschrei direkt auf dem Rücken eines der Angreifer sprang. Ich wechselte im Sprung in die Rúnda, sah Logan am Boden liegen und rammte dem Sluagh mit einem Schrei meinen Dolch in die Seite.

Ich schien in Rauch zu schweben und spürte zugleich einen festen Körper inmitten dieses Sluagh. Er bäumte sich auf, als ich ihn traf, und im nächsten Moment knallte ich auf den Boden, während ein schimmernder Ascheregen wie ein Feuerwerk emporschoss.

Rufe ertönten vom Ende der Straße.

Stöhnend drehte ich mich auf den Rücken und stieß einen spitzen Schrei aus, als ich die Sluagh über mir sah. Sie hatten in der Rúnda keine Gesichter, doch ich spürte die Gefahr, die von ihnen ausging. Irgendwas zerrte an mir, und ich atmete schneller, während ich sah, wie sich weiße Schlieren von mir lösten, als würde ich mich in nach und nach auflösen.

Ich wechselte in die normale Ebene und spürte Todesangst in mir aufwallen. Mit einem Wutschrei riss ich den Dolch hoch und rammte ihn in den Leib des Mannes, der über meinem rechten Arm gebeugt war.

Seine Augen weiteten sich, Dunkelheit flimmerte über seine Iris, bevor er zusammenbrach. Ich rollte mich schwerfällig zur Seite. Gleichzeitig wurde der zweite Mann über mir zur Seite geworfen.

Ich wechselte in die Rúnda und entdeckte Conor, Leslie und Kian, die gegen die Sluagh kämpften. Als ich meinen Kopf reckte, sah ich wie weitere Mitglieder der Liga angerannt kamen.

Erleichterung durchflutete mich, und ich drehte meinen Kopf zu Logan, der sich gerade keuchend aufrichtete und mich anstarrte, als würde er mir am liebsten den Kopf abreißen wollen.

Ich hingegen stieß ein erleichtertes Geräusch aus und robbte zu ihm herüber, bevor ich ihm um den Hals fiel. »Geht es dir gut?«

Er stieß ein Brummen aus, schob mich von sich und erhob sich wankend, wobei er mich mit auf die Beine zog. »Später!« Mit erhobenem Dolch drehte er sich zu Conor und Leslie, die gerade weitere Sluagh zu Asche verwandelten.

Jäger traten zu uns, und Logan würdigte mich keines Blickes mehr.

Wut brodelte in mir. Er hätte mir zumindest danken können! Ich wechselte zurück in die andere Ebene. In diesem Moment klopfte mir Leslie auf die Schulter. Ihr Blick fiel auf meinen Dolch, der so hell schimmerte wie eine Essenz in der Rúnda. »Du hast einen Sluagh getötet?«

»Zwei.« Ich wollte grinsen, doch da fiel mein Blick auf die vier Leichen, die mitten auf der Straße lagen. Das waren einst Menschen gewesen, mit Familie und Freunden. Menschen, denen die Essenz ausgesaugt worden war, damit die Sluagh sich in ihnen einnisten konnten. Mein Mund verzog sich angewidert, und ich löste meinen Blick von ihrem Anblick. »Was passiert jetzt mit ihnen?«

Leslie deutete auf den Bulli, der gerade in die Straße einbog. »Darum kümmern sich die Spezialisten.«

»Wie wird dann ihr Tod erklärt?«

»Meistens können wir es als Unfälle tarnen. Die Angehörigen wissen zwar nicht, warum sie einfach aus ihrem Leben verschwunden sind, aber sie werden damit abschließen können.«

Ich dachte an meinen Vater und daran, dass er einfach verschwunden war. Vielleicht … vielleicht hatten sie ihn nicht finden können, weil es nichts mehr in ihm gab, was sich an uns erinnerte. Bei dem Gedanken daran, schossen mir so plötzlich Tränen in die Augen, dass ich blinzeln musste.

»Hey«, sagte Leslie besorgt. »Sie können uns nichts mehr tun.«

Überall um uns herum arbeiteten Jäger, und als ich Mr Graham entdeckte, ließ ich Leslie einfach stehen und lief zu ihm herüber. »Könnte mein Vater von einem Sluagh getötet worden sein? Vielleicht war er es gar nicht, der den Dolch gestohlen hat.«

Er schaute sich um und schob mich dann zur Seite, bis wir neben der Mauer zur Gedenkstätte standen. »Ein Sluagh hätte niemals den Schutz des Gebäudes umgehen können. Zudem war er kurz vorher mit mir in der Rúnda. Da war kein Sluagh.«

Enttäuschung überrollte mich, und ich rang kurz nach Luft.

»Es tut mir leid«, sagte Mr Graham leise und ehrlich.

»Sag mal, was ist los mit dir?«, rief Logan und kam auf uns zu gelaufen. Wut blitzte in seinen Augen, und seine Hände waren zu Fäusten geballt.

Ich starrte ihn ausdruckslos an und wusste, warum er wütend war, warum er glaubte, mich jetzt so anfahren zu müssen. Ich war in meiner Sorge um ihn unvorsichtig gewesen. Aber ich würde es wieder tun.

»Nicht jetzt«, bat ich ihn leise.

Logan öffnete seinen Mund, um etwas zu erwidern, doch da schob sich Mr Graham zwischen uns. »Du hast sie gehört. Beruhige dich erst einmal, und dann könnt ihr reden.«

Dankbar lächelte ich Mr Graham an, bevor ich mich zu Leslie und Conor gesellte. »Können wir nach Hause fahren?«

»Natürlich«, antwortete Conor und schien zu spüren, dass etwas los war, denn sein Blick wurde sorgenvoll. Er deutete auf eines der Autos am Ende der Straße. »Leslie, fährst du sie bitte? Ich kümmere mich um den Rest.«

Leslie brachte mich bis in die Wohnung, versicherte sich mehrfach, dass es mir gut ging, benachrichtigte Ruby und ließ mich erst dann alleine. Ich stellte mich unter die Dusche und schloss meine Augen, während ich den Kampf, das Adrenalin und die Hoffnung von meiner Haut wusch. Ein Teil von mir würde immer hoffen, dass mein Vater noch lebte. Ein Teil von mir würde niemals akzeptieren, dass man ihn für tot erklärt hatte. Egal was er getan haben sollte.

Ich shamponierte meine Haare ein, und das Bild der Sluagh tauchte vor meinen Augen auf. In unserer Ebene hatten sie wie normale Menschen gewirkt, doch in der Rúnda waren sie dunkle Schatten gewesen, die Essenzen verschlangen. Ich fragte mich, was mit der Person gewesen war, die dem ersten Sluagh zum Opfer gefallen war. Hoffentlich hatten wir ihn noch retten können.

Die Vorstellung, dass ein Sluagh einen Menschen aussaugte und dann in seinen Körper schlüpfte, ließ mich erschaudern. Doch zugleich erfüllte mich Stolz, weil ich zwei von ihnen vernichtet hatte.

Vernichtet. Nicht getötet. Sie waren zu Asche zerfallen. Die Seelen, denen ihre Körper einst gehört hatten, mussten schon tot gewesen sein, damit sie von einem Sluagh besetzt werden konnten.

Als ich aus der Dusche stieg, hatte ich mich wieder beruhigt. Das Chaos in meinem Kopf war Klarheit gewichen.

Ich hatte zwei Sluagh vernichtet und zwei Körper befreit. Zwei Familien würden dank mir endlich mit ihrem Verlust abschließen können.

Das fühlte sich gut an, auch wenn ich immer noch ihre Leichen auf dem Boden der dunklen Straße liegen sah.

Bald würde ich wieder zum Portal gehen und es stärken.

Ich war ein Teil der Liga, und ich spürte mit einem Mal, dass es richtig war, was ich tat. Richtig und wichtig.

KAPITEL 19

Ich saß mit einer dicken Decke eingewickelt auf dem Sofa, während Ruby neben mir durch die Programme zappte und nach einer geeigneten Kulisse für unsere Unterhaltung suchte. Vermutlich würde es eine Tierdokumentation werden, so viel hatte ich ihr zu berichten. Ich war noch tief in Gedanken versunken, als die Wohnungstür aufgeschlossen wurde und Conor mit Leslie und Logan im Schlepptau eintrat.

Ruby sagte etwas, doch mein Blick schoss sofort zu Logan. Dunkle Ringe lagen unter seinen Augen. Der Angriff des Sluagh musste ihm mehr zugesetzt haben, als er zeigen wollte. Ich erinnerte mich an die weißen Schlieren, die aus ihm heraus in den Sluagh gesogen worden waren. Dieselben, die auch ich gespürt hatte. Dieses Ding hatte einen Teil seiner Essenz verschlungen, bevor ich es töten konnte. Sie hatten auch mich angegriffen, aber komischerweise ging es mir deutlich besser als ihm. Vielleicht hatte es damit zu tun, dass ich stärker war als er. Weil ich eine Hüterin war.

Leslie bemerkte, wie wir einander anstarrten, und unterbrach Conor, als dieser gerade zum Reden ansetzte. Sie flüsterte ihm etwas zu und zog ihn dann in Richtung Küche.

»Das war dumm«, stieß Logan schließlich leise aus, aber längst nicht mehr so wütend wie vorhin.

»Zwischen Dummheit und Mut ist manchmal nur eine schmale Grenze«, erwiderte ich, schälte mich aus meiner Decke, erhob mich und ging auf ihn zu. Ich bemerkte, dass ich leicht zitterte. Stand ich noch unter Schock? Bilder des Kampfes schossen durch meinen Kopf, und immer wieder sah ich ihn vor mir, wie er am Boden lag. Er hätte verdammt noch mal tot sein können! »So wie jetzt.« Ich packte ihn am Kragen und zog ihn zu mir herunter, während ich auf Zehenspitzen ging und meine Lippen auf seine drückte. Meine Hände gruben sich in seinen Pullover, und ich hielt mich so sehr daran fest, dass der Stoff ächzte. Als würde ein Teil von mir befürchten, dass sich Logan jeden Moment in Luft auflöste.

Ihm entfuhr ein überraschtes Geräusch, doch er brauchte weniger als eine Sekunde, um den Schreck zu überwinden. Seine Arme umschlangen mich und zogen mich fest zu sich. Er erwiderte den Kuss hungrig und zugleich sanft.

In mir explodierte ein Feuerwerk, und ich stöhnte vor Sehnsucht an seinen Lippen. Mein Herz donnerte in meiner Brust, und in meinem Bauch tosten Schmetterlinge wie eine Sturmflut.

»Eliza!«, rief Ruby vom Sofa und machte Würgegeräusche. »Schalt mal einen Gang zurück!«

Ich kicherte an Logans Lippen, löste mich von ihm und legte meine Stirn an seine. »Ich bin noch nicht fertig mit dir.« Die Worte entfuhren mir ganz automatisch, so flapsig, als wäre das hier alles nicht mehr als ein Spiel.

Er atmete schwer, und ich sah das feine Lächeln um seinen Mund, das seine Grübchen hüpfen ließ. Verdammt, ich stand echt auf diesen Kerl. »Das hoffe ich doch.«

Ich biss mir auf die Unterlippe, weil es das erste Mal war, dass er mir entgegenkam, dass er andeutete, ich könnte mehr sein als nur Conors Anamaite.

Unsere Blicke verwoben sich miteinander, und während mein Körper sich schwer anfühlte, war mir doch, als könnte ich schweben.

Dann küsste ich ihn noch einmal flüchtig auf die Wange, bevor ich mich umdrehte und zurück zu Ruby ging, die mit einem bombastischen Grinsen auf dem Sofa lag und sich in meine Decke gekuschelt hatte.

Logan ging zu Leslie und Conor in die Küche, und obwohl wir uns nicht mehr berührten, spürte ich seine Lippen noch immer auf meinen.

»Da scheint wohl jemand keine Aufmunterung mehr zu benötigen.«

Ich streckte ihr die Zunge entgegen und spürte zugleich, wie meine Wangen warm wurden.

Ruby sprang vom Sofa. »Ich glaube, du musst mir dringend etwas in deinem Zimmer zeigen!« Damit griff sie nach meiner Hand und zog mich mit sich. Ich wandte meinen Kopf um und schielte zu Logan. Sein Blick haftete an mir, während ein feines Lächeln seinen Mund umspielte. Die Schmetterlinge in meinem Bauch jubelten, und meine Lippen kribbelten, als mir langsam bewusst wurde, dass ich ihn gerade einfach geküsst hatte. Kichernd schloss Ruby die Tür hinter uns. »Na endlich!«

»Du hast die Wette verloren.« Ich lächelte versonnen und lehnte mich gegen meinen Kleiderschrank. »Wir sind nicht innerhalb der ersten Woche übereinander hergefallen.«

260

»Ach, das galt nicht, weil er nicht dein Anamaite ist.«

»Conor und ich sind ebenfalls nicht übereinander hergefallen.«

»Stimmt«, musste sie eingestehen und setzte sich auf die Kante meines Bettes. »Aber wäre Logan dein Anamaite ...«

»Ist er aber nicht.« Ich verdrehte meine Augen und wollte diesen Gedanken gar nicht erst zulassen. Er würde mir nur Kopfschmerzen bereiten. Manchmal musste man Dinge im Leben einfach akzeptieren. Es war unsere Entscheidung, wie wir mit ihnen umgingen, und ich war niemand, der dem Unmöglichen hinterhertrauerte. »Bitte hör auf damit. Conor und ich haben vielleicht eine Verbindung, aber wir wollen nichts voneinander.«

»Ihr seid eben sehr willensstark.« Sie seufzte leise. »Ich wollte schon immer wissen, wie das ist, seinen Seelenverwandten gefunden zu haben.«

»Du bist aber auch hoffnungslos romantisch«, zog ich sie auf.

Ruby seufzte schwer und wedelte mit der Hand, als würde sie das Thema verscheuchen wollen. »Und jetzt verrat mir bitte, wie eine Anfängerin wie du zwei Sluagh ausschalten konnte.«

»Ich habe einfach drauflosgestochen.« Bei der Erinnerung daran zog ich meine Nase kraus. Wie von selbst öffnete ich meine Zimmertür und trat zurück ins Wohnzimmer, als würde mich ein unsichtbares Band zurück zu Logan ziehen. »Ohne Verstärkung wären wir voll aufgeschmissen gewesen.«

»Redet ihr über den Angriff?« Logan saß jetzt auf dem Sessel und drehte sich mit einem spöttischen Lächeln zu uns um. »Eliza hätte sicher noch mehr plattmachen können, wenn sie ihre Angriffe nicht mit so lauten Kampfschreien angekündigt hätte.«

»Hey!«, protestierte ich halbherzig und schmunzelte. »Das war mein erster Kampf.«

»Du warst großartig«, sagte er leise und lächelte mich an. In Logans Gesicht lag nichts als Ehrlichkeit, und sein Lächeln fuhr mir bis in die Brust.

Neben mir stieß Ruby ein »Awww« aus und versaute den Moment.

Ich stieß sie mit dem Ellenbogen an und sah zu Leslie und Conor, die es sich auf dem Sofa gemütlich gemacht hatten. »Danke, dass ihr so schnell da gewesen seid. Diese Angriffe sind echt gruselig.«

»Das ist schon der zweite«, sagte Leslie besorgt.

»Der dritte«, korrigierte ich sie und stieß ein nachdenkliches Geräusch aus.

»Stimmt«, meinte Ruby und setzte sich einfach auf den Boden, weil auf dem Sofa kein Platz mehr war. »Als wir von der Party nach Hause gegangen sind und deine Mutter dich zur Liga gebracht hat.«

Ich blieb stehen und spürte, wie mir langsam ganz kalt wurde. »Aber der erste Angriff war nicht der eines Sluagh.«

»Was genau ist damals passiert?«, fragte Logan und beugte sich vor, wobei er sich auf seine Knie stützte.

»Wir waren feiern, und ich bin einen kleinen Teil des Weges alleine nach Hause gelaufen. Es war nicht weit, und ich bin den Weg schon oft gegangen. Außerdem war Ruby am Telefon«, fügte ich hinzu, als Logan missbilligend mit der Zunge schnalzte.

Er bedeutete mir mit einem Nicken weiterzusprechen.

»Auf jeden Fall habe ich gemerkt, dass ich beobachtet wurde. Dann ist plötzlich jemand auf mich drauf gesprungen, hat mich umgeworfen und hat mir den Arm aufgekratzt. Aber als ich den Verband ein paar Tage später abgenommen habe, war da nur noch ein dicker runder blauer Fleck.« Ich strich mir über meinen Arm, an dem inzwischen nichts mehr zu sehen war. »Meine Mutter meinte, ich wäre vergiftet worden von einem Sluagh, und in der Liga wurde mir das Gegengift gespritzt.«

»Das kann kein Sluagh gewesen sein«, sagte nun Conor leise und mit Entsetzen erfüllter Stimme. »Natürlich ist es möglich, dass sie uns vergiften, wenn sie sich in uns verbeißen. Aber kratzen? Bist du dir sicher?«

»Sie können sich in uns verbeißen?« Ich stieß ein angewidertes Geräusch aus und lehnte mich gegen den Esstisch. »Okay, das ist ekelhaft. Aber der Angreifer hat sich weder in mir *verbissen* noch hat er mir Essenz ausgesaugt.« Mir entfuhr ein Wimmern. »Das ist so absurd. Aber kann mir einer von euch den Unterschied erklären?«

Leslie erbarmte sich. »Sie stärken sich an unserer Essenz, indem sie kleine Schlieren rausziehen. Wenn sie einen Menschen aussaugen wollen, verbeißen sie sich in ihm und können ihn in wenigen Zügen leeren.«

Ich machte ein Würggeräusch. »Das hat der Angreifer nicht gemacht. Ich meine, er hatte die Statur eines Mannes, hat mich einfach umgeworfen, und kurz darauf hat mein Arm wie Feuer gebrannt.«

»Was, wenn der Typ seine Hand vorher mit der Essenz eines Sluaghs präpariert hatte? Dann wurdest du damit willentlich vergiftet, auch durch das Kratzen, und dann hast du in der Liga das Gegengift bekommen«, schlussfolgerte Ruby. »Aber das wäre so krank!«

263

Leslie schüttelte ihren Kopf. »Wieso sollte das jemand tun?«

Conor presste seine Lippen zusammen. »Nur so konnte man sie in die Liga bringen – und sie schließlich auch überzeugen, Hüterin zu werden.«

Tränen brannten in meinen Augen, als mir klar wurde, was dies bedeutete. »Meine Mutter …«

»Das kannst du nicht wissen«, versuchte Logan mich zu beruhigen und schien unsicher, ob er aufstehen und zu mir kommen sollte.

»Da war dieser … Assistenzarzt, so habe ich ihn zumindest genannt, aber er muss ein junger Protektor gewesen sein, wenn er im Krankenflügel gearbeitet hat.«

»Wie sah er aus?« Ruby erhob sich vom Boden und ballte ihre Fäuste.

Ich runzelte meine Stirn und erinnerte mich vage an sein Gesicht. »Er war ungefähr so alt wie wir. Blond und recht schlank, dafür aber ziemlich stark. Ich kann mich an seine Augen erinnern, wie ein scheues Reh.«

»Simon«, zischten Leslie und Ruby gleichzeitig.

»Ihr kennt ihn?«

Logan erhob sich und zog sein Handy aus der Hosentasche. »Das klären wir auf der Stelle.«

Während er eine Nachricht tippte, rieb ich mir erschöpft die Augen. So langsam sickerte die Befürchtung in mein Herz, dass meine Mutter das alles initiiert haben könnte. Die Vorstellung tat unendlich weh. Doch ich kannte sie und wusste, sie würde alles tun, um ihren Willen zu bekommen.

»Er kommt auf ein Bier in meine Wohnung. In einer halben Stunde«, informierte uns Logan.

»Dann gehen wir jetzt besser rüber und überraschen ihn

dort.« Ruby rieb sich ihre Faust. Sie sah aus, als würde sie Simon direkt verprügeln wollen, sobald sie auf ihn traf.

Ich legte meine Hand auf ihren Arm. »Wir sollten uns seine Geschichte erst einmal anhören, bevor wir ihn fertigmachen.«

Sie hob ihre Augenbrauen, nickte dann aber leicht. »Ich boxe ihn bis zum Mond, wenn er meiner besten Freundin etwas angetan hat.«

Ich schlang einen Arm um sie und lehnte meinen Kopf gegen ihren. »Du bist zu lieb zu mir.«

Als wir einige Minuten später vor Logans Wohnungstür standen, stieß Ruby einen leisen Fluch aus. »Shit.«

»Was ist los?«

»Ich befürchte, ich muss dir was beichten. Du kennst ja Kian – na ja … er war mein letzter One-Night-Stand.« Sie wimmerte leise. »Dabei konnte ich ihm bisher so gut aus dem Weg gehen.«

»Warte! Wann?«, fragte ich lachend.

Ruby machte einen reumütigen Schmollmund und versuchte, nicht zu grinsen. »Nachdem ich meinen Gefallen bei ihm eingelöst hatte, sind wir ein paar Tage später was zusammen trinken gegangen. Eins führte zum anderen …« Sie zuckte mit den Schultern und musste den Rest nicht aussprechen.

»Wow«, stieß ich aus. Kian war Logans Mitbewohner, und er war äußerlich so gar nicht Rubys Typ. Sie stand normalerweise auf die typischen Sunnyboys mit blendendem Lächeln und sportlicher Figur. Kian hingegen schien eher ruhig und schüchtern zu sein, während sein bulliges Äußeres ihn auf den ersten Blick ein wenig Furcht einflößend wirken ließ. »Bereust du es etwa?«, hakte ich nach, um herauszufinden, warum sie plötzlich so nervös war. Ruby ging mit solchen Themen immer

265

sehr entspannt um und setzte stets klare Grenzen, damit es bloß nicht zu Missverständnissen kam.

Sie öffnete ihren Mund, schloss ihn dann wieder und runzelte die Stirn, als wüsste sie nicht, wie genau sie mir ihre momentane Gefühlslage erklären sollte.

»Du kannst auch nach Hause gehen«, bot ich ihr an, während die anderen bereits in die Wohnung gingen.

»Unsinn«, winkte sie ab und straffte ihre Schultern. »Wäre doch gelacht, wenn ein Mann mich davon abhalten würde, für meine beste Freundin Rache zu üben.«

»Wir wollen ihn befragen und nicht sofort bestrafen.« Ich hob vielsagend meine Augenbrauen.

»Es wird ja wohl noch erlaubt sein, ihm ein bisschen Angst einzujagen.« Mit diesen Worten zog sie mich mit sich in die Wohnung. Sie hatte den gleichen Schnitt wie unsere, aber die Einrichtung war schlichter. Dunkle Möbel, kahle Wände und die neueste elektronische Ausstattung dominierten hier, dennoch strahlte sie Gemütlichkeit aus. Vielleicht lag das aber auch an den Bewohnern.

Logan bemerkte meinen neugierigen Blick und zog fragend eine Augenbraue hoch. »Gefällt sie dir?«

Ich zwinkerte ihm mutig zu, weil ich einfach nicht anders konnte. »Ist okay. Mich würde dein Zimmer eigentlich mehr interessieren.«

»Du kannst es nicht lassen, oder?«, raunte er nun, und ich bildete mir ein, dass er ein wenig heiser klang.

Ich lächelte ihn an und merkte zugleich, dass es irgendwie gezwungen war. Allein die Vorstellung, dass meine Mutter mir all das angetan haben könnte, reichte aus, damit mir alles verging.

Logan schien meinen Stimmungswechsel sofort zu bemerken. »Wir finden heraus, was passiert ist, okay?«

Langsam nickte ich und setzte mich zu Ruby, die sich einen Platz am Esstisch gesucht hatte. Sie stieß ein leises Brummen aus. Wie immer, wenn ihr irgendwas total missfiel. Ich folgte ihrem Blick und entdeckte Kian, der gerade aus seinem Zimmer trat. Er lächelte sie an, als würde er sich ehrlich freuen, sie zu sehen.

Ruby hingegen drehte sich einfach weg.

Das würde spannend werden.

»Okay Freunde, bedient euch. Bier steht im Kühlschrank. Simon erwartet eine Party, und die können wir ihm ja geben.« Logan deutete auf die Küche und verwandelte sich wie auf Knopfdruck in einen charmanten Gastgeber. Dann brachte er Kian auf den neuesten Stand.

Wir bedienten uns, und ich schnappte mir eine Limo, weil ich lieber einen klaren Kopf behalten wollte. Immerhin stand momentan die Frage im Raum, ob ich von der Liga reingelegt worden war.

Simon klingelte genau eine halbe Stunde später an der Tür. Offenbar wohnte er nicht in diesem Gebäude, sondern bei seinen Eltern im Norden von Dublin, wie Leslie mir erzählt hatte.

Logan begrüßte ihn, und gemeinsam kamen sie zu uns in den Wohnbereich. Er grüßte freundlich in die Runde, und als er mich entdeckte, hatte ich das Gefühl, sein Lächeln wäre kurz ins Wanken geraten. Das war aber noch lange kein Beweis.

»Hi«, begrüßte ich ihn, als Logan ihm gerade ein Bier in die Hand drückte.

»Hi.« Simon lächelte knapp und tat so, als würde ihn das

Etikett der Flasche brennend interessieren. Schuldbewusstsein haftete an ihm wie klebriger Schleim.

»Also«, begann ich ohne heuchlerisches Vorspiel und stellte mich vor ihn. »Was genau ist an dem Abend passiert, als ich angeblich von einem Sluagh angegriffen wurde?«

Er wurde blass und presste seine Lippen zusammen. Sein Blick flog zu Logan, der herausfordernd die Augenbrauen hob und ihm damit zu verstehen gab, dass er aus seiner Richtung keine Hilfe erwarten konnte. »Leute, das könnte mich meine Position kosten.«

»Du bist tatsächlich sehr jung zum stellvertretenden Leiter der Krankenstation aufgestiegen«, sagte Logan leise und machte ein verstehendes Geräusch. »Kurz nachdem Eliza in der Liga aufgetaucht ist. Was ein Zufall, hm?«

»Ich habe es mir verdient«, erwiderte Simon und schob die Brille auf seiner Nase zurecht, bevor er seine Schultern straffte. »Ich kann nichts darüber sagen.«

»War der Angriff auf mich fingiert?«, fragte ich geradeheraus.

Zum ersten Mal seit seiner Ankunft sah er mir länger als zwei Sekunden in die Augen. »Ich bin nicht derjenige, dem du diese Frage stellen solltest.«

»Simon.« Logan knurrte den Namen, doch ich legte ihm beruhigend meine Hand auf die Schulter.

»Das reicht mir.« Ich atmete tief durch und lächelte Simon an. »Wenn mich jemand fragt, kenne ich dich nur von dieser harmlosen WG-Party.«

Er lächelte halb, wobei er seine Nase kräuselte. »Danke und … sorry.«

Ich stieß mit meiner Limonade gegen seine Bierflasche.

Ruby trat zu uns. Offenbar hatte sie es nicht länger ausgehalten. »Also, wen muss ich verprügeln?«

Simon machte einen Schritt zurück.

»Ich glaube, ich brauche einen Fahrer«, murmelte ich und gab Ruby zu verstehen, dass Simon nicht derjenige war, der mich reingelegt hatte. Er war nichts anderes als ein Handlanger gewesen.

Logan räusperte sich. »Ich fahre dich.«

Rubys fragender Blick traf mich. »Braucht ihr Unterstützung?«

»Ich denke, das wird gehen.«

Sie drückte meine Schulter und wandte sich dann mit erhobenem Zeigefinger Logan zu. »Du passt gefälligst auf sie auf, ist das klar?«

Logan versuchte ein Lachen zu unterdrücken, doch seine Grübchen verrieten ihn sofort. »Mache ich.«

Fünf Minuten später saßen wir in Kians Wagen und fuhren in Richtung meines Elternhauses.

»Traust du das deiner Mutter wirklich zu?«, fragte Logan, als er in unserer Einfahrt hielt und den Motor abstellte.

»Ja«, antwortete ich ohne zu zögern und atmete tief durch. »Wartest du im Wagen?«

Er nickte und lächelte mich aufmunternd und zugleich mitleidig an.

Ich stieg aus und klingelte. Es dauerte ein wenig, bis meine Mutter öffnete, und sofort drang Stimmengewirr und Musik hinaus in die Dunkelheit. Offenbar gab sie gerade wieder eine von ihren Partys.

Als sie mich entdeckte, umarmte sie mich fest. Offenbar hatte sie schon ein wenig getrunken, denn ihre Wangen waren leicht gerötet. »Eliza! Komm rein!«

Ich blieb auf den Eingangsstufen stehen. »War der Angriff auf mich fingiert?«

Sie blinzelte mich einen Moment lang an, bevor sie ein nervöses Lachen ausstieß. »Wie kommst du denn auf diesen Unsinn?«

Offenbar wusste meine Mutter sofort, wovon ich sprach. »Ich habe heute gegen zwei Sluagh gekämpft.«

Ihre Augen weiteten sich entsetzt.

»Eigentlich waren es mehrere. Zwei konnte ich töten«, sprach ich einfach weiter und spürte, wie mein Hals sich immer mehr verengte und ein leichtes Zittern von meiner Stimme Besitz ergriff. »Dabei ist mir aufgefallen, dass es kein Sluagh gewesen sein konnte, der mich angegriffen hat. Und auch kein Shag.«

»Ein Scath aber«, antwortete sie prompt.

»Es war auch ein ganz schöner Zufall, wie schnell ihr da sein konntet.« Sie und Mr Graham. Er musste von dem Angriff gewusst haben.

Sie presste trotzig ihre rot geschminkten Lippen aufeinander und hob ihr Kinn. »Ist das jetzt nicht egal? Du bist ein Teil der Liga und erfüllst eine der wichtigsten Aufgaben der Welt.«

»Es ist mir nicht egal, ob meine Mutter mich belügt und reinlegt.« Ich schüttelte meinen Kopf, und eine Enttäuschung, die so schmerzte wie an jenem Tag, als sie meinen Vater für Tod erklären ließ, legte sich über meine Glieder. »Du wirst mich nie wirklich lieben, egal was ich tue. Für dich bin ich immer nur eine Enttäuschung gewesen – bis zu dem Tag, an dem ich Sadies Platz eingenommen habe.«

»Das ist nicht wahr!«, brach es aus ihr heraus, und erneut presste sie ihre Lippen zusammen, bevor sie den Kopf schüttelte. »Das alles ist Vergangenheit. Wir sollten uns darauf konzentrieren, was vor uns liegt.«

Wie immer tat sie so, als würde es dieses Streitthema nicht geben. Etwas in mir resignierte. »Gute Nacht, Mutter.«

»Gute Nacht«, erwiderte sie, und ich spürte, dass sich diese neu gewonnene Verbundenheit zwischen uns langsam wieder auflöste. Sie war nichts als die Illusion eines Kindes gewesen, dass sich nach der Liebe der eigenen Mutter sehnte. Und sie hatte bekommen, was sie wollte. Ich war jetzt ein Teil der Liga.

Ich drehte mich um und ging zum Wagen. Logan startete ihn sofort, und noch während ich mich anschnallte, verließen wir das Grundstück. »Sie war es.« Meine Stimme klang tonlos.

»Scheiße«, stieß er leise aus. »Und jetzt?«

»Lass uns ans Meer fahren«, bat ich ihn leise, und Logan zögerte nicht, sondern lenkte den Wagen in Richtung Küste.

Zehn Minuten später vergrub ich meine nackten Zehen im eiskalten Sand und zog meinen Mantel fester um meine Schultern.

Logan schwieg mit mir, während er dicht neben mir saß und mich meinen Kopf an seine Schulter liegen ließ.

Ich weinte nicht, während ich die Wellen beobachtete und ihnen dabei zusah, wie sie sich vor und zurück wiegten. Der Wind war eiskalt, und hier am Wasser fühlte es sich an, als würde es jeden Moment schneien. Sicher war es an die null Grad. Meine Zehen kribbelten schon, und ich zog sie aus dem Sand.

Während ich die Körner von meinen Füßen strich, ließ ein Teil von mir los. Ich löste mich von den Erwartungen meiner Mutter, denen die junge Eliza in mir immer hatte gerecht werden wollen. Darunter gab es diese junge Frau, die frei war und leben wollte.

Mir wurde klar, dass ein Teil von mir die Liga ihretwillen gehasst hatte. Weil sie sie so verehrte und auf ein Podest gestellt hatte, das höher war als die Liebe zu meinem Vater.

Ich ließ all das los und atmete tief durch, während ich mir meine Socken anzog. »Lass uns zu den anderen fahren.«

»Okay.« Logan erhob sich und streckte mir seine Hand entgegen.

Sein aufmunterndes Lächeln reichte mir bis ins Herz, als ich sie ergriff und mich von ihm hochziehen ließ. Er war nicht mein Anamaite. Aber er war so viel mehr. »Danke, dass du mitgekommen bist.«

»Geh mit mir aus.« Er stieß den Satz aus und fasste sich an die Stirn, als könnte er nicht fassen, dass er ihn gesagt hatte. »Tut mir leid. Ich ...«

»Ja.«

Er blinzelte. »Was, ja?«

»Ja. Ich gehe mit dir aus.« Ich griff nach seiner Hand. »Aber nicht jetzt. Mir ist eiskalt.«

Er schnaubte lachend und zog mich fest an seine Seite, um mit mir gemeinsam zum Wagen zu gehen.

Meine Mutter mochte die Liga über mich stellen. Aber es gab Menschen, denen ich wirklich wichtig war. Und das war es, worauf ich mich von nun an konzentrieren würde.

KAPITEL 20

Als ich am nächsten Morgen aufwachte, blinkte mir eine Nachricht von Sadie entgegen. Ich hatte ihr gestern Nacht noch geschrieben und ihr von Mutters hinterhältiger Aktion berichtet.

> Das ist sogar nur ein Teil der Wahrheit. Ich muss dich sehen und dir alles persönlich erzählen. Komm in deiner ersten Pause zu den Schaukeln. Allein.

> Ok

Ich zögerte nicht eine Sekunde, als ich ihr diese Antwort schickte. Sadies Worte klangen ernst. Ich kannte meine Schwester gut genug, um zu wissen, dass sie niemals übertrieb und es wirklich wichtig sein musste.
    Einen Moment lang starrte ich auf mein Handy. Seit wann war sie überhaupt aus ihrem Urlaub zurück? Mein Nacken

kribbelte vor Neugier, und zugleich stieg ein seltsames Gefühl in mir auf.

Ich machte mich in Windeseile für die Schule fertig. Kurz darauf saß ich auch schon mit Ruby im Auto und war auf dem Weg. »Und du bist sicher, dass du wieder zur Schule willst? So einen Kampf gegen das Böse steckt nicht jeder so schnell weg.« Sie schnaubte leise, und ihre Mundwinkel verzogen sich zu einem Grinsen. »Wobei du mit deiner Sluagh-Todesrate vermutlich auch ganz gut auf dich selbst aufpassen kannst.«

Stolz erfüllte mich, doch freuen konnte ich mich nicht. Immer wieder spukte die Erinnerung an den Kampf in meinem Kopf herum. Wie mein Dolch sich in die Körper gebohrt hatte. »Vermutlich.«

»Das waren keine Menschen mehr.« Ruby schien mir anzumerken, woran ich dachte. »Je öfter du dir das sagst, umso einfacher wird es.«

Ich nickte und hoffte, dass sie damit recht hatte. »Und ja, ich will zur Schule. Das lenkt mich ab.«

»Ich verstehe einfach nicht, dass deine eigene Mutter dich so belogen hat …« Sie sprach nicht weiter. Als ich gestern Abend mit Logan zurück in seine Wohnung gekommen war, hatte ich nicht mehr gesagt, als dass ich nun die Wahrheit kannte.

Während die anderen zuerst in schockiertes Schweigen und dann in eine wütende Schimpftirade verfallen waren, hatte Logan sich mit mir aufs Sofa gesetzt. Wir hatten so dicht nebeneinandergesessen, dass mich sein Körper nicht nur warm hielt, sondern auch beruhigte. Wäre alles drum herum nicht so beschissen gewesen, hätte es ein perfekter Abend sein können.

Ich bemerkte, dass Ruby auf eine Reaktion meinerseits wartete, und nickte. »Ja. Sie hatte das alles geplant. Ich weiß nicht, wer noch involviert ist, aber das muss ich auch nicht. Das Ergebnis ist dasselbe. Ich bin Hüterin der Liga. Sie hat ihren Willen bekommen. Aber wie konnte sie mich nur derart hintergehen? Sie ist schließlich meine Mutter.« Mir entfuhr ein eiskaltes Lachen. »Scheiße, sie haben mir Gift in die Venen gepumpt, um an ihr Ziel zu kommen. Wie krank kann man nur sein?«

»Ich habe ehrlich keine Antwort darauf.« Rubys geflüstertes Geständnis war erfüllt von Schmerz, weil die Liga so etwas billigte. »Willst du sie anzeigen? Ich meine, die Liga wollte Conor und dich unbedingt als Hüterpaar haben. Aber das können sie unmöglich gewollt haben.«

»Meine Mutter war an dem Abend nicht alleine. Da war noch ein Mann, und ich bin mir ziemlich sicher, dass es Mr Graham gewesen ist. Ich werde ihn definitiv darauf ansprechen.«

»Ich weiß nicht, was ich sagen soll«, gestand meine beste Freundin nach einigen Momenten des Schweigens, die erfüllt waren von leiser Radiomusik. Sie fuhr auf den Parkplatz der Schule und stellte den Motor ab. Dennoch bewegte sich keine von uns. »Ich könnte es dir nicht einmal verübeln, wenn du die Liga jetzt noch mehr hasst.«

»Das tue ich nicht«, gestand ich leise. »Ich hasse nur die Mittel, zu denen sie gegriffen haben. Ich hasse, dass meine Mutter ein Teil davon ist. Aber ich hasse nicht, was die Liga tut.«

»Wir retten die Welt.« Ruby lächelte mich zaghaft an.

»Ja.« Ich erwiderte ihr Lächeln, und auch wenn ein Teil von mir noch immer um die Liebe meiner Mutter trauerte, fühlte ich mich leichter. Weil ich von nun an nie wieder darum würde betteln müssen. Es gab nichts, was mich dazu bringen würde,

275

meiner Mutter jemals wieder zu glauben, dass sie mich wirklich liebte. Zumindest mehr liebte als die Liga.

Als wir wenige Minuten später den Klassenraum erreichten, begrüßte mich Shawn mit einem Strahlen. »Meine liebste Eliza! Du bist zurück! Ich habe dich vermisst!«

Ich musste unweigerlich lachen, weil ich mich so freute, wieder in der Schule zu sein, und weil Shawn einfach etwas an sich hatte, das meine Mundwinkel dazu brachte, sich zu heben. »Du gibst also immer noch nicht auf?«

»Shawn, du könntest mich auch mal fragen. Vielleicht bekommst du von mir eine andere Antwort.« Ruby zwirbelte eine ihrer Locken zwischen ihren Fingern und zwinkerte ihm zu.

Er drehte sich auf seinem Stuhl vollständig zu uns, und seine dunklen Augen funkelten vergnügt. Sie waren ein starker Kontrast zu seinem hellen Haar. »Sorry, Eliza ist diejenige welche. Und sie wird schon noch irgendwann mit mir ausgehen.«

Kurz fühlte ich mich an mich selbst erinnert, als ich Logan beweisen wollte, dass ich mehr war als Conors Anamaite, und musste grinsen. »Was hab ich denn verpasst? Gibt es irgendwelchen Tratsch?«

Shawn schmunzelte, als wüsste er, dass meine Frage pure Ablenkung war, und weihte uns in die aktuellen Gerüchte ein. Wer mit wem auf welcher Party geknutscht hatte und welches Pärchen kurz davorstand, sich zu trennen. Ich sog alles in mich auf. Seine Stimme, den Lärm meiner Mitschüler und das Läuten der Schulglocke, die den Unterricht ankündigte. Das alles fühlte sich so herrlich normal an, dass für die nächsten Stunden die Liga und alles andere in den Hintergrund rückten.

Erst als es zur Pause klingelte, holte mich die Gegenwart wieder ein. Unter einem Vorwand setzte ich mich von Ruby ab und verließ das Schulgelände. Ich wusste, dass es außerhalb dessen nicht mehr sicher für mich war, aber ich musste mich mit Sadie treffen – und sie hatte darauf bestanden, dass wir allein waren.

Eine Straße weiter fand ich sie auf dem kleinen Spielplatz, auf dem es nur eine Rutsche und zwei Schaukeln gab. In einer von ihnen saß sie.

Sadies Haut war gebräunt, doch zugleich wirkte sie blass und irgendwie zerbrechlich. War sie dünner geworden? Ich umarmte sie zur Begrüßung. »Hey.«

»Hi.« Sie lächelte mich an, als ich mich auf die zweite Schaukel setzte und meine Tasche in den Sand sinken ließ. Ihr langes blondes Haar trug sie zu einem tiefen Zopf gebunden, und statt wie früher in einem schicken Tweed-Anzug mit Mantel, hatte sie eine helle Jeans und einen schwarze Daunenjacke an.

»Du siehst anders aus.«

Sie nickte langsam und betrachtete den Sand unter ihren schwarzen Stiefeln. »Es wird langsam besser.«

»Was wird besser?«

»Es ist wichtig, dass du mir zuhörst, Eliza. Die Liga lügt«, flüsterte sie, als hätte sie Angst, jemand könnte sie hören. Ihre Augen zuckten umher, und sie biss sich nervös auf die Unterlippe. »Sie saugen die Hüter aus. Deshalb werden sie kaum älter als fünfzig. Sie lassen zu, dass die Hüter ihre Essenzen abgeben, und sobald sie zu schwach sind, um weiter das Portal zu stärken, werden sie den Sluagh zum Fraß vorgeworfen.«

Ich stoppte in meiner Bewegung, während mir heiß und kalt zugleich wurde und ich meine große Schwester entsetzt anstarrte. »Was? Wie kommst du darauf?«

»Bitte sag mir nicht, sie konnten dich schon manipulieren?« Tränen schimmerten in ihren Augen, und sie kniff sie zusammen. »Ich wusste, ich hätte dich früher warnen sollen. Aber du warst immer so viel stärker als ich. Ich war sicher, du würdest nie …«

»Sadie, was ist hier los? Woher hast du diese Informationen?« Meine Finger umklammerten die eisigen Ketten der Schaukel, nur um mich davon abzuhalten, sie zu schütteln.

Sie schluckte hörbar und strich sich über ihre Augen. »Ich habe ein altes Tagebuch von Großmutter Mailin gefunden. Sie hat es herausgefunden, aber war schon zu schwach, um etwas dagegen zu tun.«

»Das ist doch …« Ich hatte keine Worte, wusste nicht, was ich denken sollte. Ein Teil von mir glaubte ihr jedes Wort, während der Rest von mir dagegen ankämpfte. Doch nachdem mich sogar meine eigene Mutter belogen hatte … Und sie hatte mit Mr Graham zusammengearbeitet, der Teil des Kuratoriums war.

Mein Hals fühlte sich auf einmal staubtrocken an, und meine Kehle brannte, als ich mich räusperte. »Und was soll ich jetzt tun?«

Sadie griff in ihren Nacken und öffnete den Verschluss einer Kette, die sie kurz darauf unter ihrem dicken Wollschal herauszog. Sie war schlicht und silbern, während ein Anhänger aus schwarzem Diamant daran hing. »Ich habe die hier in ihren alten Sachen gefunden. Sie hat mir in meinen letzten Tagen in der Liga geholfen. Meine Essenz wurde nur so weit abgegeben, dass ich den Schutz um das Portal stärken konnte, aber nicht selbst ausgelaugt war.« Vorsichtig reichte sie mir das Schmuckstück. »Aber ich konnte nicht mehr mit dieser Lüge leben. Greg war es egal, als ich ihm davon erzählt habe. Er ist damit aufgewachsen zu glauben, dass sein Handeln nobel ist. Er ist geblendet. So wie Conor es sicher ebenfalls ist.«

278

Ich betrachtete den schwarzen Diamanten. Oder war es ein Onyx, so wie der Griff meines Dolches? »Was bewirkt dieser Stein?«

»Er ist getränkt mit Sluagh-Essenz. Er wird deine Essenz binden, sodass du nicht zu viel von ihr hergeben kannst.«

»Ich weiß nicht, was ich davon halten soll«, gestand ich leise. Hatte ich es mir nur eingebildet oder pulsierte der Anhänger in meiner Hand?

»Probiere es aus. Du wirst den Unterschied spüren.« Sie erhob sich von der Schaukel und schaute mit einem traurigen Lächeln auf mich herunter. »Es tut mir leid, was Mutter dir angetan hat.«

»Mir auch.«

»Es gibt keine Entschuldigung für ihr Verhalten. Aber sie ist so geblendet von dieser Welt, dass sie alles dafür tun würde. Selbst wenn sie dafür ihre eigenen Töchter hergeben muss.«

In der Ferne hörte ich die Schulglocke, die die Pause beendete, und erhob mich ebenfalls. Die Kette ließ ich in die Tasche meines Mantels gleiten. »Sehen wir uns bald mal auf einen Kaffee?«

Sie lächelte und nickte. »Unbedingt.«

Dann verschwand sie. Einen Moment lang schaute ich ihr hinterher, bevor ich meine Tasche schulterte und zurück zur Schule lief. Die Kette fühlte sich schwer in meiner Manteltasche an, und ich hatte das Gefühl, ich würde eine Waffe in das Gebäude schmuggeln. Sadie war zurück und hatte wie aus dem Nichts diese Bombe platzen lassen.

Ich hatte keine Ahnung, was ich von der Kette und ihren Worten halten sollte. Unsicher kaute ich auf meiner Unterlippe herum, während ich den schmalen Fußweg in Richtung Schule entlangging. Es war nicht nur die Kette, die mir Sorgen machte, sondern Sadies Verhalten. Wieso gab sie mir die Kette ausgerechnet jetzt? Warum machte sie so ein großes Geheimnis um ihre Rückkehr?

Meine Finger tasteten nach dem Anhänger. Seine steinerne Oberfläche fühlte sich kalt an, und das Pulsieren war fort. Vielleicht hatte ich es mir auch nur eingebildet. Aber das ungute Gefühl ließ mich nicht los.

KAPITEL 21

In den nächsten Tagen pendelte sich langsam ein Rhythmus ein, und es erdete mich. Ich entspannte mich immer mehr und versuchte, die hinterhältige Aktion meiner Mutter nicht zu nah an mich heranzulassen. Ich ging zur Schule, und danach trainierte ich in der Liga. Das zwischen Logan und mir hing irgendwie ungeklärt in der Luft, und langsam befürchtete ich, dass ihm seine Bitte um ein Date mit mir nur herausgerutscht war. Vielleicht hatte er sich nach dem Angriff nur verpflichtet gefühlt und bereute es jetzt. Zum ersten Mal seit unserem Kennenlernen flirtete ich nicht mit ihm. Ich verhielt mich ihm gegenüber wie bei jedem anderen auch. Aber insgeheim hoffte ich, dass er mich darauf ansprechen würde. Zugleich verunsicherte mich sein Schweigen. Etwas, das ich nicht von mir kannte und auch nicht mochte. Ich wollte *wirklich* mit ihm ausgehen. Aber nachdem jede Initiative bisher von mir ausgegangen war, musste er einfach den nächsten Schritt machen.

Sadies Kette hatte ich nach unserem Treffen auf dem Spielplatz in meinem Schrank versteckt. Ich wusste noch immer nicht, wem ich trauen konnte, und konnte mit niemandem über diese Neuigkeiten sprechen. Ich hatte Sadie noch einmal kontaktiert und um ein weiteres Treffen gebeten, aber sie antwortete mir nicht mehr.

Nun stand ich neben Conor am Portal, und unsere Hände lagen auf dem kalten Stein, während wir uns mit der jeweils anderen aneinander festhielten. Ich spürte die Bedrohung von der anderen Seite so deutlich, dass ich meine Hand zurückziehen wollte. Stattdessen drückte ich Conors fester.

Wir hatten uns mittlerweile aufeinander eingespielt.

Sadie hatte recht gehabt. Natürlich schwächte das Portal mich, wenn ich den Schutz mit meiner Essenz stärkte. Doch mir wurde klar, dass mir nichts passieren konnte, solange Conor und ich zusammenarbeiteten. Mr Graham hatte uns zu Beginn erklärt, dass unsere Essenzen sich so ähnelten, dass sie sich gegenseitig stärkten und halfen, sich zu regenerieren.

Conor drückte ebenfalls meine Hand, und gleichzeitig traten wir von dem Portal weg. Unsere Aufgabe fühlte sich inzwischen so natürlich an wie atmen. Jegliche Angst, die ich am Anfang gespürt hatte, war verflogen. Und dennoch ließen mich Sadies Worte nicht mehr los.

Unsere Großmutter Mailin hatte diese Kette getragen. Der Gedanke hatte sich in meinen Kopf gebrannt.

Sie war ein paar Jahre vor meiner Geburt gestorben, aber sie war die Mutter meines Vaters gewesen, der immer nur in den wärmsten Worten von ihr gesprochen hatte. Auch meine Tanten Fiona und Glenna hatten nie etwas Schlechtes über sie gesagt. Deshalb war ich immer automatisch davon ausgegangen, dass sie ein unglaublich guter Mensch gewesen sein musste – und eine gute Hüterin.

Aber warum hatte sie dann diese Kette? War sie diejenige gewesen, die den Stein in Sluagh-Essenz getaucht hatte?

»Hey, alles klar?«

Ich blinzelte und bemerkte, dass Conor mich stirnrunzelnd ansah.

»Ich weiß nicht«, gestand ich ehrlich und wollte nichts lieber, als ihm von alldem zu erzählen, was mich gerade beschäftigte. Stattdessen presste ich meine Lippen zusammen. Zuerst würde ich Nachforschungen anstellen müssen. Und ich wusste auch schon, wo. »Meinst du, ich könnte einen Nachmittag vom Training frei bekommen?« Mein Blick wanderte an ihm vorbei zu den Protektoren, die sich wie gewohnt um das Portal versammelt hatten. Darunter war auch Logan. Sein Blick war auf Conors Hand gerichtet, die inzwischen auf meinem Unterarm ruhte. Seine Miene verriet nichts. Aber in mir stieg die Befürchtung auf, dass dies der Grund war, warum er nun doch zögerte.

»Sicher. Aber das solltest du mit Mr Graham besprechen.« Conor lachte, nahm seine Hand weg und trat von mir zurück. »Wieso solltest du nicht?«

»Ich würde gerne meinen Großvater besuchen.« Wir wechselten fließend aus der Rúnda heraus, und im nächsten Moment waren alle Protektoren um uns verschwunden. Dennoch konnte ich ihre Anwesenheit weiter spüren. Ich hatte das Gefühl, noch immer Logans Blick im Nacken zu haben, und hätte am liebsten frustriert aufgeschrien. Wieso musste das alles so schwer sein?

Ich lief voraus in Richtung Ausgang und begann, die Treppen zurück zur Liga aufzusteigen.

»Patrick O'Malley?« Natürlich kannte er meinen Großvater,

den vorletzten Hüter. »Ich habe gehört, er lebt nun in Loughshinny.«

»Richtig. Ich habe ein paar Fragen an ihn.«

»Redet er denn wieder?«

Im Gehen drehte ich mich mit erhobenen Augenbrauen halb zu ihm um.

Sofort verzog Conor beschämt das Gesicht. »Entschuldige. Das war unangemessen.«

Ich drehte mich wieder um und spürte Bedauern darüber, dass man offenbar so über meinen Großvater redete. Dabei hatte er fast sein ganzes Leben lang für die Liga gearbeitet. »Ich glaube nicht. Er ist verschlossen geworden, seit Fiona gestorben ist.«

»Tut mir leid.«

»Mir auch«, murmelte ich, und den Rest des Weges brachten wir schweigend hinter uns.

Oben angekommen, ging ich als Erstes zu Mr Grahams Büro. Seine Tür stand offen, und ich klopfte etwas zu fest. Ich hatte ihn sonst nur beim Training gesehen und bisher vermieden, ihn darauf anzusprechen, dass er mit meiner Mutter unter einer Decke steckte.

Er schaute stirnrunzelnd zu mir auf. »Was kann ich für dich tun?«

»Ich weiß, dass Sie und meine Mutter mir eine Falle gestellt haben, damit ich für die Liga arbeite. *Ich weiß es.*« Die Worte flossen nur so aus mir heraus, und ich presste meine Lippen zusammen. Meine Mutter hatte mir wehgetan, auf eine Art, die ich nicht einmal beschreiben konnte. Aber Mr Grahams Mittäterschaft war fast genauso schlimm. Er behauptete, der beste Freund meines Vaters gewesen zu sein. Wieso legte er mich dann derart rein?

Mr Graham atmete tief ein und deutete auf den Platz gegenüber seinem Schreibtisch. »Setz dich bitte.«

Ich schloss die Tür hinter mir und setzte mich, während es in meinem Bauch brodelte. »Die Gründe meiner Mutter kenne ich. Was sind Ihre?« Meine Mutter wollte damals nur unseren Familiennamen retten. Daran war nichts schönzureden.

Mr Graham lehnte sich auf seinem Platz zurück und atmete hörbar ein. Selbst im Sitzen sah er riesig aus und schien den gesamten Raum zu dominieren. »Es tut mir leid, wie das alles gelaufen ist. Ich wünschte, es wäre anders.«

»Wie war es denn?« Sein ruhiger Tonfall beruhigte das Zittern meiner Finger, die ich in meinem Schoß gegeneinanderpresste, nur wenig.

»Simon kam zu mir und weihte mich ein. Das war in der Nacht des … Angriffs. Deine Mutter hatte einen jungen Jäger engagiert und auch Simon mit ins Boot geholt. Er bat mich, das alles zu verhindern. Ich konfrontierte sie, doch sie behauptete, dass es bereits zu spät sei. Deshalb begleitete ich sie. Der Überfall passierte, und wir brachten dich in die Liga. Das alles ist eine Schande.«

»Dennoch haben Sie nichts gesagt«, erwiderte ich vorwurfsvoll. »Meiner Mutter wurde weder ein Prozess gemacht, noch hat sich irgendwer bei mir entschuldigt.«

»Weil wir dich brauchen«, sagte er langsam. »Der Schutz des Portals ist geschwächt, deine Cousine war in Amerika, und du und Conor seid so stark, dass wir diese Möglichkeit nicht einfach hatten verstreichen lassen können.«

Ich blinzelte die aufsteigenden Tränen weg. *Eine Möglichkeit.* Das war ich also. Ich war der einfachste Weg gewesen. Egal auf wessen Kosten.

Ich nickte langsam und schaute an ihm vorbei aus dem

Fenster. »Ich möchte ein Training in den nächsten Tagen ausfallen lassen und meinen Großvater besuchen.«

Im Augenwinkel sah ich, wie Mr Graham nickte. »Natürlich. Zwei Protektoren werden dich begleiten.«

Ich brummte zustimmend, dann erhob ich mich. »Danke.« Das Wort schmeckte wie Schmirgelpapier auf meiner Zunge.

»Es tut mir leid«, sagte Mr Graham, gerade als ich die Tür öffnete. »Diese Behandlung hattest du nicht verdient.«

»Nein, das hatte ich tatsächlich nicht«, stimmte ich ihm zu und verließ sein Büro.

Kaum hatte ich die Liga verlassen, klingelte mein Handy, und meine Mutter rief an. Ich war noch nicht einmal dran gegangen, doch ich war mir sicher, meine Mutter wusste inzwischen von meinen Plänen.

Sie und Mr Graham konnten sich zwar nicht ausstehen, aber offensichtlich arbeiteten sie zusammen, wenn es um mich ging. »Hallo Mutter.«

»Hallo, Eliza. Wir fahren zusammen nach Loughshinny. Ich habe uns schon für morgen Nachmittag bei deiner Großtante Kiana und deinem Onkel Colin angemeldet. Zwei Protektoren werden uns begleiten müssen, aber die werden unser Familienessen nicht stören.«

Es hatte keinen Sinn mit ihr zu streiten. Außerdem musste ich mich so nicht darum kümmern einen Fahrer zu finden. »Holst du mich direkt nach dem Unterricht ab?«

»Ja, aber bitte nimm Wechselkleidung mit. Du musst nicht unbedingt in deiner Schuluniform Besuche abstatten.« Sie rümpfte hörbar ihre Nase, und ich sah schon innerlich vor mir, wie sie missbilligend ihre Augenbrauen hob.

Ich war kurz davor, ihr zu sagen, dass ich auch alleine fahren konnte, schluckte die Worte aber runter. Sie würde so oder so dort auftauchen. »Natürlich, Mutter.«

»Gut. Hab noch einen schönen Abend. Und beste Grüße von Tante Glenna. Wir haben es endlich geschafft, unser Treffen nachzuholen. Da fällt mir ein, dass wir sie mitnehmen sollten. Der letzte Familienbrunch ist schon wieder viel zu lange her.«

Ich wollte kein Familienbrunch, sondern meine Ruhe! Doch meine Mutter zu ignorieren war fast, als würde man einen Güterzug aufhalten wollen. Zumal es mir in die Karten spielen würde, wenn noch andere Leute dort auftauchten. So würde niemand merken, wenn ich in den Unterlagen meiner Großmutter nachschaute, ob ich irgendetwas zu der Kette herausfand. »Wie du willst«, gab ich also nach, aber nicht ohne dabei mit den Zähnen zu knirschen. Sie tat so, als wäre nichts zwischen uns passiert, als hätte es ihren Verrat nie gegeben. Genau ihre Masche. So lange leugnen, bis keiner mehr darüber sprach. Wie ich das hasste!

»Wundervoll! Bis morgen!« Meine Mutter legte einfach auf, und ich wunderte mich nicht eine Sekunde darüber.

Mein Handy vibrierte unter einer eingehenden Nachricht von Ruby. Sie erinnerte mich daran, dass ich unser Treffen für die Projektarbeit nicht vergessen sollte, weil sie und Shawn die Arbeit sicher nicht für mich mitmachen würden.

Ich verkniff mir ein Lachen und antwortete ihr.

Kannst du mich abholen? Ich habe keine Lust, Bus zu fahren.

Klar, dein Taxi kommt sofort. Warte einfach an der Ecke vor eurem Haus :-*

Ich lächelte, denn auf Ruby war einfach immer Verlass. Ich lief nach Hause und stellte mich vor den Souvenir-Shop. Dabei wanderten meine Gedanken wie automatisch zu Logan. Inzwischen war ich mir fast sicher, dass er mir aus dem Weg ging. Zumindest waren wir seit unserem Kuss nicht eine Minute lang alleine gewesen. Und ein bisschen befürchtete ich, dass er das beabsichtigte.

Weil ich nur nach Rubys altem grauen Nissan Ausschau hielt, fiel mir der schwarze VW Golf erst auf, als er vor mir anhielt. Mir entfuhr ein Lachen, als die Scheibe heruntergelassen wurde und ich Shawn hinter dem Lenkrad entdeckte. »Hat Ruby dich etwa als mein Taxi losgeschickt?«

»Ich war schon bei ihr, und sie meinte, während sie sich um die Snacks kümmert, könnte ich dich schon mal abholen.«

Ich zog die Beifahrertür auf und schmunzelte, als ich mich auf den Sitz fallen ließ und dann anschnallte. »Danke.«

»Für dich würde ich bis ans Ende der Welt fahren«, säuselte er und gab Gas.

»Wird dir denn nicht langsam langweilig?« Ich versuchte mir ein Grinsen zu verkneifen, aber seine Sprüche waren dafür viel zu lustig. Und er hatte schon viel zu viele Dates gehabt, seit er an unserer Schule war, als dass ich sein Flirten ernst nehmen konnte.

»Dich rumzubekommen? Nein. Das ist meine Lebensaufgabe.« Er zwinkerte mir zu und betrachtete schmunzelnd die Straße. »Ich verstehe nur nicht, wie du dich so sehr gegen mich wehren kannst.«

»Du meinst gegen deinen unbestechlichen Charme?« Ich musste echt an mich halten, um nicht laut loszulachen.

»Ja! Bisher hat das noch keine geschafft!« Shawn klang geradezu beleidigt. Aber mich würde er nicht täuschen, denn seine Mundwinkel zuckten verräterisch.

»Das ist das Problem. Du bist nicht sehr wählerisch, was deine Partnerinnen angeht, und das ist auch in Ordnung. Aber ich will für meinen Mann eben am liebsten nur die eine sein.«

»Für dich würde ich jede andere links liegen lassen. Gib mir nur ein Zeichen.« Er zwinkerte mir von der Seite her zu.

»Also bin ich deine große Liebe?« Allein die Vorstellung ließ mich loskichern. Ich hörte nicht mehr damit auf, bis wir in Rubys Straße einbogen und dort am Straßenrand hielten.

Erst dann schaffte ich es halbwegs, mich zu beruhigen und mir die Tränen aus den Augenwinkeln zu wischen.

Shawn versuchte finster auszusehen, aber seine Augen lächelten, als er ausstieg. »Du klingst ja fast, als wäre ich nicht fähig zu lieben.«

»Das bist du ganz bestimmt. Mit der Richtigen.« Ich sah ihn über das Dach seines Wagens hinweg an, als ich ebenfalls ausstieg. »Aber das bin ich sicher nicht.«

Er fasste sich an die Brust, als hätte ich ihn angeschossen. »Du brichst mir das Herz!«

»Nein«, korrigierte ich ihn und warf ihm spielerisch eine Kusshand zu, während ich in Richtung Eingangstür ging. »Ich achte nur darauf, dass *du* mir nicht *mein* Herz brichst.«

Einen Moment lang hörte er auf zu lächeln, und seine ganze Ausstrahlung veränderte sich. Von spielerisch zu düster. Seine grauen Augen fixierten mich, während er vor mir an der Eingangstür stehen blieb und die Klingel drückte. Dann beugte er sich ein Stück nach vorn. »Hast du denn bei mir Angst, nicht auf dein Herz achtgeben zu können?«

»Bisher nicht«, antwortete ich ihm ehrlich und war überrascht davon, wie anders sich seine Ausstrahlung plötzlich anfühlte. *Düster. Geheimnisvoll. Anziehend.*

Wie von selbst trat ich einen Schritt zurück und zwang mir ein Lächeln auf. »Und es ist ja auch nicht so, als würdest du das wirklich wollen.«

Shawn musterte mich intensiv, als könnte er mir tief in die Seele blicken. Dann lächelte er auf einmal belustigt, und seine Augen wirkten gleich weniger durchdringend. »Denkst du etwa, ich spiele mit dir?«

»Ja.« Ich sagte es, als wäre es offensichtlich. »Natürlich spielst du mit mir. Aber ich habe kein Interesse, wie ich schon sagte.«

Er legte den Kopf schief. »Also gibt es da jemanden, dem ich in den Hintern treten muss, damit er dein Herz wieder freigibt?«

Meine Gedanken drifteten unweigerlich zu Logan, aber ich ließ mir nichts anmerken. Dennoch nickte Shawn und drehte sich in dem Moment zur Tür, als Ruby sie öffnete.

»Na endlich! Lasst uns diese blöde Projektarbeit hinter uns bringen!«

Wir machten es uns im Wohnzimmer von Rubys Eltern gemütlich. Sie hatte bereits diverse Unterlagen auf dem Tisch zwischen den zwei Sesseln und dem Sofa ausgelegt. Ich war schon oft hier gewesen und fühlte mich sofort wohl. Überall im Haus hingen Fotos, und ich spürte die Wärme, die von Rubys Familie ausging.

Ich ließ mich auf einen der beiden Sessel nieder und sank sofort ein. Die Sessel waren schon älter und total gemütlich. Ruby hatte auf den kleinen Turm aus Schulbüchern eine Schale mit Chips abgestellt, die ich mir sofort schnappte.

Shawn setzte sich in den anderen Sessel, während Ruby uns

Getränke holte. Als sie den Raum verließ, spürte ich, wie Shawn sich in meine Richtung drehte. »Ich finde dich echt cool, Eliza.«

Ich drehte meinen Kopf in seine Richtung. »Dann lass uns Freunde sein.«

Er verzog sein Gesicht. »Können Frauen und Männer überhaupt Freunde sein?«

»Oh«, stieß Ruby aus, die gerade mit einer Colaflasche und Gläsern zurückkam. »Das ist eine Diskussion, in die ich mich äußerst gerne einmische.«

»Was ist denn deine Meinung dazu?«, hakte Shawn mit einem belustigten Unterton nach.

»Ich denke, dass so was niemals gut geht. Irgendjemand entwickelt immer Gefühle – und dann werden Herzen gebrochen.«

Mir entfuhr ein Seufzen. »Und ich glaube, dass es sehr wohl geht – solange keiner von beiden wirklich Interesse am anderen hat.«

Shawn machte ein Geräusch, als würde er etwas einwerfen wollen. Doch ich ließ ihn gar nicht zu Wort kommen. »Du willst mit jeder Frau schlafen. Das zählt nicht. Wenn du tief in dich hineinhorchst, merkst du selbst, dass wir zwei sowieso nicht zusammenpassen.«

»Das sagst du nur, weil du bereits einen anderen Kerl im Kopf hast«, erwiderte er und lehnte sich lässig auf dem Sessel zurück.

»Ich kann das Freundschaftsangebot auch zurücknehmen«, drohte ich.

Er hob sofort seine Hände. »Schon gut! Dann sind wir eben Freunde.«

Ruby kicherte und zwinkerte ihm zu. »Wir zwei müssen aber keine Freunde sein.«

Sofort wurde Shawns Lächeln wölfisch, und er betrachtete meine beste Freundin etwas eingehender. »Wir würden uns gegenseitig zerfleischen.«

»Ach.« Ihre Augenbrauen sprangen hoch. »Wie kommst du darauf?«

»Eliza ist eine Gazelle, die erlegt werden will. Aber du«, er machte eine kurze Pause, »du bist eine Löwin, die selbst erlegt.«

Ruby stieß ein Geräusch aus, dass mich beinahe an ein Schnurren erinnerte, und ließ sich auf das Sofa fallen. »Wieso musst du so recht haben?«

Ich presste amüsiert die Lippen zusammen und zollte Shawn innerlich den größten Respekt. Noch nie hatte ich gesehen, wie jemand so geschickt einen Korb verteilte. »Okay, genug mit dem Unsinn. Wir sollten die Projektarbeit erledigen. Ich will eine Eins.«

»Du bekommst doch schon eine Eins, wenn du dich vorne aufstellst und dein hübsches Lächeln zeigst«, beschwerte sich Ruby und schaute zu Shawn. »Sie ist eine Streberin und Lehrerliebling.«

Shawn schmunzelte. »Das ist mir auch schon aufgefallen.«

Ich grinste, denn ich fühlte mich kein bisschen beleidigt. »Das ist auch der Grund, weshalb ihr ebenfalls eine eins bekommen werdet.« Mein Grinsen fiel in sich zusammen, und ich deutete auf die Unterlagen. »Aber nur, wenn wir das hier jetzt gemeinsam erledigen.«

Ruby murrte, schnappte sich aber das erste Buch, um es Shawn zu reichen. Dieser lächelte zufrieden, und ich hatte das Gefühl, er schien sich tatsächlich bei uns wohlzufühlen.

Dass er wirklich auf mich stand, nahm ich ihm nicht eine Sekunde lang ab. Jungs, die Mädchen wirklich mochten, verhielten sich wie Conor.

Conor würde sich niemals die Zeit mit anderen Mädchen vertreiben, nur weil Leslie ihn von sich stieß. Er bemühte sich um sie.

Ich hoffte, dass ich auch irgendwann so jemanden finden würde.

Ich dachte an Logan und schluckte den Kloß in meinem Hals herunter, der sich plötzlich gebildet hatte. Ich würde mir von seinem Verhalten nicht den Nachmittag vermiesen lassen.

Und doch war da dieser Blick gewesen, als Conor seine Hand auf meinen Unterarm gelegt hatte.

Zweifelnd, so hatte er ausgesehen.

KAPITEL 22

Loughshinny war eine Kleinstadt direkt an der Küste mit knapp tausend Anwohnern. Hier lag das Anwesen meiner Großtante Kiana. Sie war die Schwägerin meines Großvaters Patrick und hatte ihn aufgenommen, als dieser nach dem Tod meiner Großmutter immer mehr abgebaut hatte.

Ihr Anwesen war ein zweistöckiges Herrenhaus, das am Ende einer langen Straße lag, die von Bäumen gesäumt wurde, und hinter dem sich das weite Meer erstreckte.

Es war jedes Mal ein grandioser Anblick. Unsere Familientreffen fanden meist hier statt, denn mit über achtzig Jahren war meine Großtante das Oberhaupt unserer Familie und bestand darauf, die Gastgeberin sein zu dürfen.

»Was für ein scheußliches Wetter«, schimpfte meine Mutter gerade, als wir auf die gepflegte Kieseinfahrt fuhren. Das aus rotem Stein erbaute Gebäude ragte imposant und ein wenig verwittert vor uns auf. Rechts und links der Auffahrt leuchteten in rotgoldenen Farben die Blätter der Bäume und bildeten einen starken Kontrast zu dem tiefgrauen Himmel, aus dem sich bindfädenartig der Regen über uns ergoss.

»Sei doch nicht immer so negativ.« Tante Glenna sah sie mit hochgezogenen Augenbrauen vom Beifahrersitz an. »Es könnte viel schlimmer sein.«

»Schlimmer wäre ein Gewitter, das stimmt«, erwiderte meine Mutter. Im nächsten Moment zuckten Blitze über das vor uns liegenden Meer.

»Hätte ich mal nichts gesagt«, murmelte meine Mutter und umklammerte das Lenkrad fester. Sie hasste Gewitter.

Eine tiefe Traurigkeit überkam mich. Gewitter hatten uns früher alle immer in ein Bett getrieben. Früher, als mein Dad noch mein Held gewesen war und Sadie und ich uns wie Freundinnen verstanden hatten. Wir alle hatten gewusst, wie sehr meine Mutter Gewitter hasste, und deshalb waren wir immer zu ihr ins Bett gekrabbelt – nur um sie zu ärgern. Sie hatte immer so getan, als würde sie das noch mehr hassen, aber wir hatten schon damals gewusst, dass sie das eigentlich schön fand. Es lenkte sie ab.

»Wenn du möchtest, kann ich nachher auch zurückfahren«, schlug meine Tante nun vor.

»Auf gar keinen Fall!«, erwiderte meine Mutter. »Du fährst, als hättest du den Führerschein im Lotto gewonnen!«

»Das stimmt doch gar nicht«, erwiderte Tante Glenna nun übertrieben empört. »Ich fahre absolut in Ordnung!«

Ich biss mir auf die Unterlippe, um nicht laut aufzulachen.

»Pah«, stieß meine Mutter aus und parkte neben zwei schwarzen Mercedes, während der Regen noch stärker zu werden schien.

»Haben wir genug Schirme?«, fragte ich und verzog mein

Gesicht angesichts der dicken Tropfen, die uns sicher binnen Sekunden durchnässen würden.

»Seid dankbar, dass ich immer an alles denke.« Meine Mutter holte aus dem Seitenfach der Tür drei Regenschirme, als würde sie die dort immer für Notfälle verstauen.

»Danke.« Ich nahm mir einen und stieg eilig aus dem Auto, während ich zugleich mit der Hüfte die Autotür zustieß und den Schirm aufspannte. Prasselnder Regen begleitete mich, während ich zum Hauseingang lief. Dort öffnete sich in dem Moment die Tür, als wir sie erreichten.

Uns folgten zwei Protektoren, die uns mit einem Auto der Liga hinterhergefahren waren. Sie würden sich im Hintergrund halten, hatte uns meine Mutter versichert.

Von mir aus hätten sie auch mit uns am Tisch sitzen können. Diese Erwiderung fand meine Mutter dann doch nicht so lustig.

Jeffards, der Butler meiner Großtante, begrüßte uns mit einer kleinen Verbeugung und nahm uns die Regenschirme ab. Er war knapp sechzig und arbeitete schon ewig hier. Als Kind hatte ich immer versucht, ihm ein Lächeln zu entlocken, doch dazu ließ er sich nur selten herab.

Nachdem er auch unsere nassen Mäntel entgegengenommen hatte, führte er uns in den Salon, wo meine Großtante uns mit einem Aperitif begrüßte. Hier roch es immer ein wenig nach Pfefferminz und herbem Rum. Der Kamin in der Ecke erfüllte den Raum mit Wärme und heizte so stark, dass mein Gesicht innerhalb weniger Augenblicke zu glühen begann. Der elektrische Kerzenleuchter an der Decke spendete warmes Licht und betonte damit die senfgelben Couchmöbel.

Doch das Highlight des Raums war die große Fensterfront, hinter der sich das Meer in einiger Entfernung zu tobenden

Wellen auftürmte. Nur ein großes Feld trennte das Herrenhaus vom Wasser. Wenn das Meer so unruhig war, könnte man glatt meinen, es würde einen mit einem Wellenschlag verschlingen.

Meine Großtante Kiana saß auf einem Sessel vor der Fensterfront und lächelte mich wohlwollend an. Ihr weißes Haar trug sie offen und schulterlang. Tiefe Furchen zeugten auf ihrem Gesicht von den vielen Malen, die sie in ihrem Leben gelächelt hatte.

Ich trat zu ihr heran und ergriff ihre Hand, während ich mich zu ihr herunterbeugte und ihr einen Kuss auf die Wange gab. »Entschuldige, dass ich nicht anständig gekleidet bin.«

Sie schnaubte, nachdem sie meine Begrüßung mit einem festen Händedruck erwidert hatte. Doch ihre Augen funkelten vergnügt. »Wenn ich es nicht besser wüsste, müsste ich bei deiner zerrissenen Kleidung davon ausgehen, du würdest bald einen qualvollen Hungertod sterben.«

»Siehst du, du hättest dich wirklich etwas besser kleiden können«, stichelte meine Mutter und tauschte mit mir den Platz.

»Sie wird das so lange machen, wie du dich davon ärgern lässt«, erwiderte meine Großtante und begrüßte auch sie.

Um ehrlich zu sein, hatte ich einfach nicht daran gedacht, mir etwas Schickeres anzuziehen. Ich hatte heute Morgen einfach wahllos Sachen eingepackt und erst nach dem Unterricht auf der Toilette gemerkt, dass ich vielleicht doch die falsche Wahl getroffen hatte.

Meine Mutter hatte natürlich gemeckert, als sie mich abholte, aber für sie war es auch keine Option gewesen, noch einmal bei meiner Wohnung anzuhalten, weil wir sonst zu spät zum Essen gekommen wären.

Ich ging weiter zu meinem Onkel Colin, dem Cousin meines Vaters. Er war ein ernster Mann mit grau meliertem Haar, das er stets zur Seite gestrichen trug. Sein Kleidungsstil zeichnete sich schon seit Jahren durch helle Hosen, Jacketts und dem dazu passenden Hemd aus. Er war der Erbe des Byrne-Imperiums, das sich seinen Namen durch Whiskey gemacht hatte. Der Whiskey war teuer, exklusiv, und jede Person, die etwas von sich hielt oder genug Geld besaß, schien ihn haben zu wollen.

»Hallo, Onkel Colin«, begrüßte ich ihn freundlich.

»Hallo, Eliza, Hüterin des Portals«, erwiderte er spöttisch und ehrfürchtig zugleich. Er kannte natürlich die Liga. Seine Firma war eine von denen, die sie mit Spenden unterstützte. Er war ein Eingeweihter, ohne Funktion. Außer natürlich, dass er Geld spendete und deshalb so viel Wissen wie nötig erhielt. Das hatte Tante Glenna mir auf dem Hinweg erzählt.

Ich zuckte mit den Schultern und grinste. »Ist ein interessanter Job.«

»Mach ihn gut«, erwiderte er nur und drehte sich zu meiner Mutter, um sie ebenfalls zu begrüßen.

Es hätte wie eine Drohung klingen können, aber mein Onkel war so blasiert und selbstgefällig, dass ich mir nichts dabei dachte. Er war ein alleinstehender Mann aus Überzeugung. Meine Großtante betonte immer wieder, dass sie die meisten grauen Haare davon hatte, dass er sich nicht binden wollte. Und nun, da er bereits über fünfzig Jahre alt war, hatte sie die Chance auf eigene Enkel ganz abgeschrieben.

Dabei wurde sie nicht müde zu betonen, dass es ja – Gott sei Dank – noch Sadie, Mara und mich gab.

Ich suchte den Raum nach Großvater Patrick ab, doch fand

298

ihn nirgends, was bedeutete, dass er heute einen seiner schlechteren Tage hatte und vermutlich auf seinem Zimmer war.

Eines der Hausmädchen kam herein und verteilte auf einem Tablett ein lilafarbenes Getränk, in dem dunkle Beeren und Eis miteinander tanzten.

»Auf einen netten Abend«, toastete Großtante Kiana in die Runde.

Wir anderen erhoben unsere Gläser und tranken dann einen Schluck. Gin brannte in meinem Rachen, während die Säure von Limetten und die Süße von Beeren die Schärfe linderten.

»Ui, da hat es aber jemand gut mit uns gemeint«, raunte Tante Glenna mir zu.

Ich lachte leise. »Für besonders viel Spaß heute Abend.«

Glenna kicherte und kassierte einen finsteren Blick meiner Mutter. Sie hasste es, nicht zu wissen, worüber andere flüsterten.

Glücklicherweise lenkte Glenna das Thema geschickt auf Colins Whiskey-Geschäfte. Etwas, worüber er außerordentlich gerne sprach.

Nach einer Weile gingen wir in das angrenzende Esszimmer, das einen ebenso grandiosen Ausblick bot. Die weißen Möbel und der dunkle Kronleuchter verliehen dem Raum zusammen mit den dunkelblauen Wänden einen maritimen Look.

Nachdem uns eine Suppe als Vorspeise serviert wurde, war für kurze Zeit nur das Klirren von Geschirr zu hören.

»Eliza«, begann meine Großtante nach ein paar Minuten und legte ihren Löffel zur Seite, um mich mit ihrem strengen und zugleich funkelnden Blick anzusehen. »Erzähl uns doch, wie es ist, eine Hüterin zu sein. Die Aufgabe kam doch recht überraschend. Bei unserem letzten Treffen waren immerhin noch Sadie und Greg dabei.«

»Es kam sehr überraschend«, stimmte ich ihr zu und überging ihre Anspielung auf Sadie einfach. Zugleich blitzte die Erinnerung an das gehetzte Gesicht meiner Schwester in mir auf. Allein die Art, wie eindringlich sie mich vor der Liga gewarnt hatte, ließ nun Beklommenheit in mir aufsteigen. »Aber mein Anamaite ist sehr nett, und die Aufgabe fühlt sich richtig an.« Ich musste lächeln und konnte es nicht einmal verhindern.

»Oh, so hat Mailin auch immer gelächelt«, stieß meine Großtante aus und senkte den Blick auf ihre Suppe, doch ich hatte die Wehmut in ihren Augen aufblitzen sehen. Mailin war ihre Schwester gewesen, und ich wusste, dass sie sich früher sehr nahegestanden hatten. Ich konnte mir kaum vorstellen, wie schrecklich es sein musste, seine eigene Schwester zu verlieren. Kaum merklich straffte sie ihre Schultern und konzentrierte sich dann wieder auf mich. »Wie gefällt es dir denn sonst in der Liga, nachdem du dich so lange dagegen gesträubt hast?«

Meine Mutter stieß ein ersticktes Geräusch aus, als würde sie mich warnen wollen, bloß nichts Schlechtes zu reden. Als hätte mich das jemals aufgehalten. »Es sind wohl doch nicht solche Freaks, wie ich immer dachte.«

Großtante Kiana und Glenna lachten, während Onkel Colin schnaubte und meine Mutter mich mit roten Wangen anfunkelte.

Ich zuckte entschuldigend mit den Schultern und hoffte, meine gekräuselte Nase sah nach einem schlechten Gewissen aus. »Die Leute sind wirklich nett. Sie machen alle einen wichtigen Job, und ich bin froh, dass es Menschen gibt, die sie unterstützen.« Dabei fiel mein Blick auf meinen Onkel Colin.

Wohlwollend lächelte er und lehnte sich auf seinem Sitzplatz zurück. »Wohl wahr. Es gibt viele wichtige Glieder in dieser Kette.«

Tante Glenna hatte mir außerdem erzählt, dass er keinerlei Talent als Jäger gezeigt hatte. Trotz jahrelangem Training war er nie in die Rúnda übergetreten und leistete nun seinen Beitrag auf andere Weise.

»Auf jeden Fall«, stimmte Glenna zu und hob ihr Glas, damit wir uns erneut zuprosteten. Sie und meine Mutter tranken bereits das zweite Glas, und wie es aussah, würde ich zurückfahren müssen.

Großtante Kianas Falkenblick richtete sich auf meine Mutter. »Hast du denn schon mal wieder etwas von Sadie gehört, seitdem sie verschwunden ist?«

Ich versuchte mich nicht auffällig zu verhalten und konnte doch nicht verhindern, dass ich erstarrte.

Meine Mutter schnaubte. »Nur Fotos vom Strand. Keine Erklärung. Keine Entschuldigung.«

»Na ja, wenn sie sich bei jemandem entschuldigen müsste, wäre das wohl Greg.« Tante Glenna tätschelte ihre Hand. »Mach dir nicht so viele Gedanken. Der Ruf der Moores wäre selbst dann nicht ruiniert, wenn Eliza nicht eingesprungen wäre. Unsere Familie bringt schon seit einem Jahrhundert die stärksten Hüterinnen hervor. Da wird man den einen oder anderen Patzer verkraften können.«

»*Patzer?* Du meinst, ein Dieb und eine Vertragsbrecherin sind nur Bagatellen?«

»Das *reicht*«, entschied Großtante Kiana, und selbst meine Mutter hatte keinen so vernichtenden Blick drauf. »Du hast deinen Mann und meinen Neffen für tot erklären lassen. Dann lass seinen Geist in Frieden ruhen und zieh ihn nicht in jede Diskussion mit hinein.«

Mein Herz polterte, und ich wollte am liebsten laut jubeln, weil endlich jemand meinen Vater in Schutz nahm. Stattdessen betrachtete ich die harten Züge meiner Mutter, und mir wurde klar, dass ihr Verhalten so viel mehr bedeutete, als sie vielleicht preisgeben wollte.

Sie hatte meinen Vater für tot erklären lassen und angeblich mit ihm abgeschlossen. Ich runzelte meine Stirn. Ihre Lippen waren verkniffen, ihre Augen glänzten, und beim Einatmen blähten sich ihre Nasenflügel. Meine Mutter sah nicht aus, als hätte sie mit dem Thema abgeschlossen. Sie war wütend und verletzt. Dabei war er bereits vor sechs Jahren verschwunden.

Vor Sadie und mir hatte sie immer diese kühle Fassade aufrechterhalten, als wäre Dad ihr egal. Doch jetzt, im Beisein seiner Familie, die ihn verteidigte, war sie so viel emotionaler als sonst. Wer reagierte so, wenn er damit abgeschlossen hatte?

Ich biss mir auf die Unterlippe und senkte den Blick, als mir etwas klar wurde: Vielleicht hatte meine Mutter ihn nur für tot erklären lassen, um das Kapitel mit ihm zu beenden.

Sie schaute nun aus dem Fenster hinaus, und ihr Blick wurde einen Moment lang leer und traurig, bevor sie blinzelte und wieder dieser gewohnte Hochmut über ihre Züge glitt.

»Okay, dann wechseln wir mal das Thema«, schlug Glenna vor, während unser Geschirr vom Personal abgeräumt wurde. »Mara geht es übrigens ausgezeichnet. Sie hat einen engagierten Mentor und brilliert in ihrer Ausbildung zur Protektorin.«

Meine Großtante ging sofort auf den Themenwechsel ein, denn sie liebte uns Großenkel alle sehr und wollte über alles informiert sein.

Ich hörte mit halbem Ohr zu, wie Glenna von ihrer Tochter

schwärmte, während ich nach draußen auf den Regen blickte, der gegen die Fenster trommelte. Es war bereits so dunkel, dass man nur noch den zerfurchten Himmel sah, an dem hin und wieder Blitze zuckten.

Es erinnerte mich ein wenig an die Rúnda, an ihre Dunkelheit und die feinen Linien, die sie durchzogen. Alles war miteinander verbunden und doch unabhängig.

Inzwischen wurde die Hauptspeise serviert.

Und auf einmal fühlte sich der schwarze Edelstein in meiner Hosentasche tonnenschwer an. Ich schluckte. Mir blieb nicht mehr viel Zeit, um an Informationen zu kommen. Der Stein wartete nur darauf, dass ich sein Geheimnis lüftete. Und wenn ich nicht das nächste Treffen abwarten wollte, sollte ich mich wohl beeilen.

Meine Mutter reiste nämlich stets exakt nach dem Dessert ab.

Ich zwang mich, langsam zu essen und schaffte es irgendwie, mich an der Konversation zu beteiligen. Doch als das nächste Mal unser Geschirr abgeräumt wurde, sprang ich geradezu auf und entschuldigte mich.

Niemand nahm von mir Notiz, denn sie waren sowieso zu sehr in ein Gespräch über Politik gefangen.

Ich verließ das Esszimmer und lief sofort durch den engen Flur zur Treppe nach oben. Dort wurde ich langsamer und schaute mich um. Im oberen Stockwerk lagen die Schlafzimmer. Aber mein Großvater bewohnte das Zimmer weit hinten rechts, etwas abseits der anderen. Dem gegenüber lag das alte Kinderzimmer meiner verstorbenen Großmutter Mailin. Dort bewahrte man ihre alten Sachen auf, und ich würde sicher etwas finden.

Im Flur war es still, und auch als ich am Ende des Flures

angekommen war und horchte, war hinter der geschlossenen Zimmertür meines Großvaters nichts zu hören. Er schlief sicher schon.

Als ich die Tür des Schlafzimmers aufschob, fand ich mich in einem rosa-weißen Mädchentraum wieder. Rosa Wände und weiße Möbel. Mein Vater hatte mir einmal erzählt, dass sie dieses Zimmer angeblich als Teenager so eingerichtet und bis zu ihrem Auszug so gelassen hatte.

Das war zwar nicht unbedingt meine bevorzugte Farbkombination, aber ich musste hier ja auch nicht wohnen.

Ich zögerte einen Moment lang und schüttelte dann das schlechte Gewissen von mir ab. Als Kinder hatten wir schon so oft ihre Sachen durchwühlt, und nie hatte jemand etwas dagegen gehabt.

Ich trat vorsichtig an das Bücherregal und betrachtete die alten Notizbücher, die es hier zuhauf gab. Ich zog eines von ihnen heraus und blätterte darin herum, nur um herauszufinden, dass es alte Tagebücher waren.

Sofort stellte ich es zurück. Rumwühlen war eins, aber Tagebücher zu lesen war ein Schritt, den ich nicht zu gehen bereit war. Deshalb überflog ich die Buchrücken, in der Hoffnung, etwas anderes zu finden.

Dann hörte ich ein Knarzen von hinten und fuhr herum.

Mein Großvater stand in der Tür. Sein Gesicht war von Falten zerfurcht, sein Kopf bereits kahl und seine schmale Gestalt untersetzt. Er war ein paar Jahre jünger als meine Großtante, doch er sah viel älter aus.

Ich lächelte, als ich ihn sah. »Hi. Ich wollte dich nicht wecken.«

Er schüttelte seinen Kopf und seine zusammengepressten Lippen schienen nun ebenfalls zu lächeln.

Ich schlang meine Arme um meine Mitte. »Vielleicht hast du es mitbekommen, aber ich bin jetzt Hüterin.«

Mein Großvater nickte langsam und wirkte plötzlich so unglaublich müde. Ich liebte ihn, auch wenn er schon immer so distanziert gewesen war. Aber er hatte seine Anamaite verloren, und ich konnte ihn nun ein klein wenig besser verstehen.

»Auf jeden Fall habe ich was gefunden und dachte, ich könnte dich dazu was fragen.« Das wäre der leichteste Weg. Immerhin war er ebenfalls Hüter gewesen und musste wissen, wenn seine Anamaite der Liga misstraut hatte.

Neugier blitzte in seinen Augen auf.

Ich trat einen Schritt auf ihn zu und zog die Kette aus meiner Hosentasche. Dann hielt ich ihm den schwarzen Diamanten auf meiner Handfläche entgegen.

Mein Großvater keuchte und rang nach Luft, während er den Diamanten anstarrte wie eine todbringende Krankheit. Ich hatte seine Stimme nicht mehr gehört, seit meine Tante gestorben war. Nun jagte sie mir eine Gänsehaut über den gesamten Körper. »Ich hätte sie retten müssen«, stieß er aus, mit einem Klang, als würde Reibeisen über Holz krächzen.

Mir wurde eiskalt, und ich ging noch näher auf ihn zu. »Was meinst du damit?«

Er wimmerte und trat zurück, wobei er gegen den Türrahmen stieß. Er umfasste seinen Kopf und murmelte nur noch vor sich hin. »Schuld. Schuld. Schuld.«

»Mr Moore?« Plötzlich tauchte seine Pflegerin im Flur auf und schaute ihn irritiert an. Dann blickte sie in das alte Kinderzimmer und zog ihre Augenbrauen fragend zusammen. »Was ist passiert?«

»Ich wollte ihn nicht aufregen«, stieß ich aus und ließ die Kette unauffällig zurück in meine Hosentasche gleiten.

Sie glaubte mir kein Wort, nahm aber meinen murmelnden Großvater am Arm und führte ihn zurück in sein Zimmer. Als sie die Tür hinter sich schloss, bemerkte ich meine laute, viel zu schnelle Atmung.

Er hatte die Kette gekannt. Also stimmte es. Meine Großmutter hatte diese Kette getragen, aber es hatte nicht gereicht. Am Ende war sie in einem Pflegebett gestorben, an Altersschwäche. *Mit vierundfünfzig Jahren.*

Ich blieb einen Moment lang in ihrem Zimmer stehen und zwang mich zur Ruhe. Offenbar hatte meine Großmutter diese Kette tatsächlich besessen, aber sie hatte ihr nicht viel genützt.

Würde sie mir helfen können?

Und wieso hatte Sadie die Kette bei sich gehabt und mir erst jetzt gegeben?

Ich musste ihr dringend schreiben, denn meine Fragen wuchsen ins Unermessliche.

Doch vorher würde ich dieses Abendessen hinter mich bringen.

KAPITEL 23

Am nächsten Morgen fielen die ersten Unterrichtsstunden aus, und obwohl ich mir vorgenommen hatte auszuschlafen, war ich um kurz nach sieben Uhr wach.

Als ich mir einen Kaffee machte, öffnete sich Conors Zimmertür, und er kam gähnend heraus. »Guten Morgen.«

»Morgen«, erwiderte ich. »Wollt ihr auch Kaffee?«

»Leslie ist schon weg. Aber ich nehme gerne einen.« Mit diesen Worten verschwand er im Bad.

Als er fünf Minuten später zurückkam, saß ich auf dem Sofa und hatte das Frühstücksprogramm eingeschaltet.

Conor nahm sich seinen Kaffee und setzte sich wie selbstverständlich neben mich auf das Sofa. Unsere Beine berührten sich, und ich wollte ganz automatisch von ihm abrücken, bis mir klar wurde, dass wir alleine waren. Er war mein Anamaite, und seine Nähe fühlte sich schön an. Und ich wollte diese Nähe.

So.

Jetzt war es raus.

Conor nahe zu sein, fühlte sich schön an.

Ich lächelte in meine Tasse, während ich einen Schluck nahm, und entspannte mich. Die Welt war nicht untergegangen, nur weil ich mir diesen Gedanken eingestanden hatte.

Und wir hatten endlich die Möglichkeit, Zeit miteinander zu verbringen. Als Freunde. »Was hast du vor, wenn unser Jahr endet?«

Conor machte ein nachdenkliches Geräusch und trank einen Schluck aus seiner Tasse. Er wirkte entspannt und wandte mir seinen Kopf zu, um mich anzusehen. So nah bei ihm zu sitzen hatte etwas Beruhigendes, und langsam verstand ich, warum alle glaubten, wir würden uns irgendwann ineinander verlieben. Doch das war unsere eigene Entscheidung – unser Wille.

»Ich denke, ich werde mit Leslie einen langen Urlaub machen.« Er lächelte, auch wenn es seine Augen nicht erreichte. »Auch wenn sie bei uns wohnt … ihr fällt das alles sehr schwer.«

»Das verstehe ich«, murmelte ich und fand es dennoch schade, dass unsere Freundschaft bisher so oberflächlich geblieben war. Sie und Ruby lachten mittlerweile miteinander, als würden sie sich ewig kennen. Doch sobald ich dazukam, wurde Leslie verhaltener. Ich wusste, dass sie sich das nicht anmerken lassen wollte, aber sie war einfach keine gute Schauspielerin.

Mir entfuhr ein Seufzen. »Wir haben noch fast ein ganzes Jahr vor uns.« *Ein Jahr, in dem der Schutz des Portals mir einen Teil meiner Essenz nehmen würde.* Ich spürte die Kette bleischwer in meiner Hosentasche liegen. Ich hatte sie gestern nicht mehr herausgeholt und heute wahllos wieder die gleiche Jeans anzogen.

Ich war kurz davor, Conor alles zu erzählen. Aber ich hielt mich zurück.

Conor griff nach meiner Hand. Unsere Verbindung wallte auf und ließ meinen ganzen Körper prickeln. »Ich bin froh, dass du meine Anamaite bist.«

Ich lächelte ihn an und erwiderte den Druck seiner Hand. »Wir sind ein echt gutes Team.«

Mein Herz klopfte schneller, während ich sein Gesicht betrachtete. Seine hohen Wangenknochen, betonten sein schmales Gesicht, und seine dunklen Augenbrauen hoben sich von dem hellen Haar auf seinem Kopf ab. Seine grünen Augen musterten mich nachdenklich, als würde auch er merken, dass wir zum ersten Mal alleine waren. Conor war attraktiv, das war unbestreitbar, und er war mein Anamaite. Es wäre seltsam, wenn ich ihn nicht attraktiv fände. Doch das war es nicht, was ich für ihn empfinden wollte. Wir waren Freunde. Das war so viel mehr wert als eine Liebelei, die auf einer ähnlichen Essenzschwingung aufgebaut war.

Ich räusperte mich und löste meine Hand schnell aus seiner, bevor wir gleichzeitig wegsahen. Das nächste Jahr würde nicht leicht werden. Aber wir würden es schaffen.

Plötzlich klingelte Conors Handy. Er machte ein brummendes Geräusch, als er es aus der Hosentasche zog. »Mr Graham«, meinte er überrascht und ging ran. Dann versteifte er sich. »Wir kommen.« Er knallte seine Tasse so fest auf den Couchtisch, dass der Kaffee überschwappte, doch Conor achtete gar nicht darauf. Dann riss er mir auch meinen aus der Hand, packte mich und zog mich eilig zur Wohnungstür.

»Was ist los?«, keuchte ich, und Panik wallte in mir auf.

»Ein Sluagh-Angriff! Wir sollen sofort zur Liga kommen!«

In Windeseile schlüpften wir in Schuhe und Jacken und

griffen nach unseren Dolchen, die auf der Kommode im Flur lagen.

Auf dem Weg nach unten hallten unsere Schritte durch das Treppenhaus. Ich schnappte überrascht nach Luft, als ich all die Jäger sah, die zeitgleich aus den Wohnungen stürmten.

Ein Sluagh-Angriff. Die Worte hallten durch meinen Kopf, während ich mit Conor nach draußen und dann zur Liga eilte. Dort herrschte totale Aufregung. Uns kamen Protektoren und Jäger entgegen, die nach draußen eilten, während wir uns zum Portal begaben.

»Was genau hat Mr Graham gesagt?« Mein Atem ging abgehackt, während wir das Treppengeschoss hinaufeilten, da die Aufzüge zu langsam gewesen wären.

»Es gab einen Angriff, und wir sollen sofort zum Portal kommen, um es zu schützen. Die Protektoren werden draußen gebraucht«, stieß Conor aus und nahm immer zwei Stufen auf einmal.

Oben angekommen pressten wir unsere Hände auf den Scanner, um in den Geheimgang, der nach unten führte, zu kommen. Unsere Schritte hallten im Gewölbekeller wider, als wir ihn schließlich erreichten.

Sofort spürte ich den Stoß aus Energie. Ich rang nach Luft und fuhr herum. »Was war das?«

Doch Conor eilte schon zu Mr Graham, der vor dem riesigen verzierten Stein stand. »Wir sind hier.«

»Gut. Wir haben keine Ahnung, was da draußen los ist«, gestand er mit ruhiger Stimme und sah uns nacheinander in die Augen. »Aber hier drin werden wir tun, was nötig ist, um das Portal zu beschützen.«

»Wo genau war der Angriff? Wer wurde angegriffen? Was ist überhaupt passiert?«, stieß ich aus und rang nach Luft, während ich mir über die Arme rieb und versuchte herauszufinden, woher dieses seltsame Gefühl kam. Weder Mr Graham noch Conor schienen es wahrzunehmen, oder sie ignorierten es.

»Im Phoenix Park, am Hafen und im National Botanic Gardens sind mehrere Sluagh aufgetaucht. Sie haben Personen angegriffen. Mitten am Tag.«

Entsetzt riss Conor seine Augen auf. »Was? Sicher, dass es Sluagh waren?«

Unser Mentor nickte fahrig. »Unsere Jäger bei der Polizei haben uns sofort verständigt.«

Mein Hals wurde eng, und ich hatte keine Ahnung, was ich dazu sagen sollte.

»Macht euch bereit, gleich das Portal zu stärken«, riet er uns und zog sein Handy aus der Hosentasche, um einen eingehenden Anruf entgegenzunehmen.

»Verdammt«, murmelte Conor und fuhr sich durch sein Haar. Sein Blick wanderte zum Portal, als würde er jetzt auch diese Schwingungen wahrnehmen, die ich spürte. Er wechselte in die Rúnda, und ich folgte ihm.

Gleichzeitig sogen wir Luft ein, als wir die Oberfläche des Steins sahen. Der Schutz darauf schimmerte noch immer, aber nun kräuselte er sich wie ein aufgewühlter Fluss. Erst jetzt bemerkte ich die gespenstische Stille um uns herum. Ich schaute über meine Schulter und sah, dass heute ein ganzes Dutzend Protektoren anwesend war anstatt nur eine Hand voll. Sie alle starrten das Portal an.

Gänsehaut überzog meine Arme, und ich stieß den Atem aus, als auch Mr Graham mit weiteren Protektoren, darunter auch Leslie und Logan, in der Rúnda erschien.

Sie alle rissen die Augen auf, als sie den Stein betrachteten, über den der netzartige Schutz wellenartig pulsierte.

»Was ist hier los?« Mr Grahams Stimme klang alarmiert. Er deutete auf das Portal, als hätte er dies zuvor nicht bemerkt. »Eliza! Conor!«

Je näher wir ihm kamen, umso stärker pulsierte es.

Plötzlich stoben Schatten aus den Ecken hervor, als hätten sie nur darauf gewartet, uns anzugreifen. Sie flogen durch die riesige Höhle wie ein Schwarm wütend gewordener Fledermäuse.

»Sind das Shag?« Entsetzt starrte ich auf die kleinen Schattenwesen, die auf uns zuschossen, und suchte automatisch nach Sluagh. Aber hier waren keine. »Was passiert hier?«

»Das Portal!«, brüllte Mr Graham, und ich fuhr herum.

Conor nahm meine Hand. Unsere Verbindung wallte auf. Kampfgeräusche erfüllten die Höhle, und Chaos brach aus.

Im nächsten Moment erschien neben mir ein Schatten. Der Scath! *»Enaijeen!«* Nein!

Das Wort dröhnte so laut in meinem Ohr, dass mir ein Schrei entfuhr, noch während Conor und ich gleichzeitig unsere Hände auf das Portal legten.

Dann ging alles ganz schnell.

Der Diamant in meiner Hosentasche schien plötzlich in Flammen aufzugehen, so sehr brannte er auf meinem Oberschenkel. Ich zerrte die Kette mit einem Schmerzensschrei aus der Tasche und fühlte das Glühen in meiner Hand, als hätte sich Lava über meine Haut ergossen. Im nächsten Moment explodierte der Schutz des Portals, und das Tor schwang auf. Entsetzliche Schwärze pulsierte daraus hervor und das Dröhnen einer Tiefe, die mein Verstand nicht begreifen konnte.

»Nein!« Conor starrte mich an, sah die glühende Kette und riss sie mir aus der Hand. Er warf den Diamanten auf den Boden und zertrümmerte ihn mit einem einzigen Tritt. Das aufgehende Tor traf ihn mit voller Wucht und schleuderte ihn zur Seite.

Schreie hallten durch die Höhle.

Eine schwarze Wolke schoss durch das Tor, im selben Moment, als ich meinen Dolch hochriss, in das Herz der herausschießenden Dunkelheit. Unmenschliche Schreie erklangen so schrill, dass ich die Augen zusammenkniff. Gleichzeitig warf ich mich gegen das Tor und schloss es mit einem dumpfen Knall.

Conor lag bewusstlos am Boden, während ich mich gegen das Portal lehnte und meine Augen schloss. Dahinter donnerte es gegen den Stein, als würde sich eine ganze Welt dagegen werfen.

Jeder Muskel zitterte, als ich nach meiner Essenz griff und sie aus mir hinausfließen ließ. Der Schutz pulsierte über meine Haut und auf das Portal. Das Netz glühte, und Tränen rannen über meine Wangen. Was auch immer gerade passiert war – es war meine Schuld!

»Hör auf!« Eine Stimme erreichte mich durch Nebel, während ich fühlte, wie immer mehr meiner Essenz aus mir herausgesogen wurde. Ich gab sie dem Portal, und während ich immer schwächer wurde, spürte ich, wie sich das Netz fest um den Stein spannte.

»Eliza!«

Ich schlug meine Lider auf und sah Logan vor mir. Meine Augen spiegelten sich glühend in seinen.

»Hör auf!«

Ich öffnete meinen Mund, konnte kaum atmen, während meine Knie langsam unter mir nachgaben. »Es tut mir so leid …«

Im nächsten Moment packte mich jemand am Fuß.

Ich blickte hinab, wollte schreien und entdeckte Conor. Er sah mehr tot aus als lebendig. Seine Lider flatterten, und ich spürte seine Essenz durch mich hindurchfließen.

»Nein«, schluchzte ich, als mir klar wurde, dass er dies nicht überleben würde. »Lass das!«

»Du auch«, stieß er krächzend hervor.

Ohne zu zögern, löste ich die Verbindung zum Portal und brach neben Conor zusammen.

Meine Augen fanden seine. Er war so blass. »Es tut mir leid.«

»Ich weiß«, flüsterte er und griff nach meiner Hand, bevor seine Muskeln erschlafften.

Ein Schrei löste sich aus meiner Kehle, und ich schluchzte unkontrolliert los. Im selben Moment umzingelten uns Protektoren.

Die Welt verschwamm vor meinen Augen, und ich blinzelte hektisch, während ich versuchte, mich auf meine Atmung zu konzentrieren. Mein Blick löste sich von Conor und wanderte zurück zum Portal, auf dem das Netz nun stetig glomm.

Irgendwas war von der anderen Seite herübergekommen. Noch immer hatte ich in einer Hand den Dolch und spürte ihn wie ein lebendiges Wesen. Ich hatte einen Sluagh gestreift, und instinktiv wusste ich, dass die Waffe danach gierte, ihn zu vernichten.

Logan brüllte etwas, doch ich verstand ihn nicht. Ich konnte nur noch das Portal anstarren und spürte tief in meiner Brust eine Last, die nie wieder verschwinden würde.

Die Kette.

Ich schaute suchend zu Boden, wo ich sie zerbrochen neben Conor fand. Er hatte sie zerstört, bevor das Portal ihn umgerissen hat.

Mr Graham tauchte neben mir auf. Er folgte meinem Blick und bückte sich, um die Reste der Kette aufzuheben. Als er seinen Kopf hob, um mich anzusehen, musste ich angesichts seiner Fassungslosigkeit den Kopf abwenden.

Ich war schuld. An allem.

Wir wurden nach oben in das Krankenzimmer gebracht, wo man uns untersuchte. Conor lag direkt neben mir. Er war noch immer bewusstlos, und ich spürte mit jeder Sekunde, wie seine Lebensenergie weiter schwand. Ich spürte, wie das Band zwischen uns spröder wurde, bis es ganz langsam riss.

»*Nein*...« Ich streckte meine Hand nach ihm aus, doch plötzlich wurde sie weggeschlagen.

Leslie stand zwischen unseren Betten und starrte mich an, als wäre ich der Teufel höchstpersönlich. »Du hast *genug* angerichtet!«

»Ich muss ihm helfen«, stammelte ich und rang um Luft, während Tränen meine Augen füllten und alles in mir danach brüllte, das Band wieder zu flicken. »*Bitte.*«

Mr Graham wartete keine Antwort ab, sondern schob Leslie zur Seite und mein Bett näher an das von Conor. »Was auch immer in der Rúnda passiert ist – sie ist nicht fähig ihrem Anamaite willentlich zu schaden.«

Ich schluckte schwer und griff nach Conors Arm. Er war eiskalt. Dann schloss ich meine Augen und leitete den Strom meiner Essenz in meine Finger. Conor und ich hatten dieselbe Frequenz, und sein Körper nahm meine Essenz auf, als wäre sie seine eigene. Unsere Verbindung war nur noch ein ganz schwach, wie ein Nachhall, an dem ich mich festkrallte, weshalb es schmerzte, ihn zu berühren. Feuer breitete sich in meinem Körper aus, während ich ihm alles gab, damit er leben konnte.

Ich spürte das Schimmern in mir, diesen ruhigen Strom, der von meinem Körper zu seinem wanderte. Gleichzeitig wurden meine Muskeln immer schlaffer.

»Das reicht!« Mr Graham löste meine Hand, während meine Verbindung zu Conor schlussendlich vollständig zerfiel. »Er atmet normal.«

Ich war nicht mehr dazu fähig, meine Augen zu öffnen, und nickte nur schwach. Im nächsten Moment riss mich eine Dunkelheit mit sich, in der seelenverschlingende Mäuler mich angriffen.

***

Als ich wieder zu mir kam, war ich allein. Conor und ich waren nicht länger verbunden. Es fühlte sich an, als hätte man mir etwas Essentielles genommen. Langsam öffnete ich meine Augen und entdeckte Logan neben meinem Bett. Er sah aus, als hätte er nicht eine Sekunde lang geschlafen.

»Conor …« Meine Stimme brach.

»Er wird überleben.« Logan betrachtete mich, als wüsste er nicht, ob er mir trauen konnte. In seinen Augen kämpften Vorwurf und Sehnsucht, und seine Stimme war rau, als er zu sprechen begann. »Euer Zeichen …«

»Ich weiß«, kam ich ihm zuvor, weil ich es nicht hören wollte. Diese Verbindung war so rein gewesen, dass ich jetzt, wo sie fort war, nicht wusste, wie ich jemals wieder richtig atmen konnte. »Ich will zu ihm.«

»Er wird gerade behandelt, und du stehst unter Arrest.« Es war Mr Graham, der mir von der Tür aus antwortete.

Als ich meinen Kopf drehte, traf mich sein eiskalter Blick. »Danke fürs Aufpassen«, sagte er zu Logan, der mit einem knappen Nicken verschwand. Er ging einfach und ließ mich zurück.

Vermutlich hatte ich nichts anderes verdient.

Mr Graham trat an mein Bett und schaute auf mich herunter. Sein Blick war so undurchdringlich, als wäre ich eine Fremde. »Du wirst noch heute vor dem Kuratorium aussagen.«

Ich nickte nur, weil ich meiner Stimme nicht traute.

»Versuch nicht zu fliehen. Die Türen und Fenster werden bewacht.«

Bei seinen Worten zuckte ich zusammen. Hilflos sah ich zu, wie auch er mir den Rücken kehrte und ging. Mein Blick zuckte umher, und ich spürte die Anwesenheit von anderen. In der Rúnda. Sie beobachteten mich.

Ich atmete tief durch lehnte mich zurück, während ich an die Decke starrte. Ich wusste nicht, wie lange ich geschlafen hatte, aber es war hell, also musste bereits ein neuer Tag angebrochen sein. Wenn Conor also immer noch behandelt wurde, stand es schlimm um ihn. Aber er lebte, und das war alles, was für mich jetzt im Moment zählte.

Mein Körper war schwach und müde, doch mein Geist drehte schier durch, während ich die Geschehnisse noch einmal durchging.

Die Kette hatte das Portal geöffnet … oder den Schutz gebrochen. Eins von beidem.

Und irgendwer hatte mich zu warnen versucht. Kein Sluagh – der wäre bemerkt worden. War es der Scath gewesen, der mich schon bei ihrem letzten Angriff gewarnt hatte? Es hatte sich in dem Moment so angefühlt.

Aber wieso sollte er mich überhaupt warnen wollen?

Und woher waren die Shag gekommen? Die Kette musste sie angelockt haben.

Ich schluckte schwer, als mir klar wurde, dass das Portal jetzt vermutlich wieder verschoben werden musste, damit die Sluagh es nicht fanden. Meinetwegen.

Nein. Wegen Sadie.

Sadie hatte mir die Kette gegeben.

Meine Schwester hatte mich in eine Falle gelockt. Aber wieso?

Wieso hatte meine Großmutter diese Kette besessen, wenn sie fähig war, das Portal zu öffnen?

Und was war mit dem Sluagh, der durch das Portal gekommen war?

∗∗∗

Niemand besuchte mich, nur eine Protektorin, die mir etwas zu essen brachte und mich anschaute, als wäre ich der größte Abschaum der Welt. Wobei dies genau zu den Gefühlen passte, die ich mir selbst gegenüber hegte.

Als ich Stunden später zum Verhör abgeholt wurde, waren meine Schultern gestrafft und meine Haltung aufrecht. Ich würde für all meine Taten geradestehen. Das war das Mindeste, was ich tun konnte.

In einem langgezogenen Raum erwarteten mich die drei Mitglieder des Kuratoriums, während an den Wänden Protektoren standen. Meine Mutter saß auf einem der zwei Stühle ihnen gegenüber.

Dahinter saßen meine Tante Glenna sowie meine Großtante Kiana, mein Onkel Colin und sogar mein Großvater. Sie alle starrten mich ernst und mitleidsvoll an.

Die Augen meiner Mutter waren gerötet, doch zugleich

strotzte ihre Haltung vor Trotz. Sie deutete auf den Stuhl neben sich und griff nach meiner Hand, als ich neben ihr stand.

Ich wusste nicht, was ich davon halten sollte.

»Ich bin bei dir«, flüsterte sie. »Es tut mir leid.«

»Danke.« Meine Stimme zitterte, und ich musste mich räuspern, als ich mich dem Kuratorium zuwandte und mich setzte. Ich hatte keine Ahnung, was meine Mutter oder der Rest meiner Familie hier tat, aber ich war noch nie in meinem Leben so dankbar für ihre Anwesenheit gewesen.

Der Leiter des Kuratoriums, Liam O'Brien, saß in der Mitte. Zu seiner Rechten befand sich Mrs Kelly und zu seiner Linken Mr Graham.

»Erzählen Sie uns, was gestern passiert ist, Miss Moore.«

Meine Mutter drückte erneut meine Hand, und ich richtete mich ein wenig auf, als mir klar wurde, dass ich unbewusst zusammengesackt war.

»Conor und ich waren beim Portal und …« Ich erstarrte, als ich die Überreste der Kette auf dem Tisch liegen sah. »Die Kette … als wir uns dem Portal genähert haben, hat sie sich ganz komisch angefühlt, und in dem Moment, als wir das Portal berührt haben, hat es sich geöffnet.«

»Die Kette hat den Schutz gesprengt«, erklärte Mr Graham. »Woher hattest du sie?«

Mein Blick flog zu meiner Mutter, und ich sandte ihr eine stumme Entschuldigung. »Von Sadie.«

Meine Mutter stieß neben mir ein ersticktes Geräusch aus.

»Sie wollte mich kürzlich treffen, und da gab sie mir die Kette. Sie sagte, sie würde mich davor bewahren dem Portal zu viel Essenz zu geben. Es tut mir so leid.«

»Hast du Beweise?«

Ich schüttelte meinen Kopf. »Nur den Chatverlauf mit Sa-

319

die, dass sie sich mit mir treffen möchte.« Mein Blick traf den von Mr Graham. »Wenn ich gewusst hätte – ich wollte nie jemandem schaden. Auch wenn ich zu Beginn kein Teil der Liga sein wollte. Inzwischen weiß ich, dass Sie alle hier den wichtigsten Job überhaupt haben. Das Portal muss geschlossen bleiben.« Die Erinnerung an schwarzen Rauch erfüllte mich, und ich erstarrte. »Etwas ist gestern in unsere Welt gelangt.«

Mr Graham nickte.

Sie stellten mir weitere Fragen zu Sadie und der Kette, doch ich konnte kaum eine davon zufriedenstellend beantworten.

Als ich irgendwann entlassen wurde, brachte mich ein Protektor in einen leeren Besprechungsraum, in dem ich warten sollte, bis man mir mein Urteil verkündete.

Ich machte mich auf das Schlimmste gefasst, während ich wartete und vor mich hinstarrte. Immer wieder sah ich Conor vor mir liegen, bewusstlos und beinahe tot.

Als ich schließlich wieder reingeholt wurde, war ich so voller Schuld, dass ich kaum atmen konnte.

»Eliza Moore«, begann Mr O'Brien und betrachtete mich ernst, nachdem ich mich wieder hingesetzt hatte. »Wir nehmen Ihre Nachrichten und ein Überwachungsvideo, auf dem Ihre Schwester zu sehen ist, als Beweis dafür, dass Sie die Wahrheit sagen.«

Obwohl ich keine Ahnung hatte, woher sie so schnell ein Video hatten auftreiben können, überwog die Erleichterung. Ich atmete auf und unterdrückte ein dankbares Wimmern.

»Sie wurden offensichtlich reingelegt. Dennoch hat Ihr Handeln und die Tatsache, dass Sie sich niemandem aus der Liga anvertraut haben, Konsequenzen. Sie haben uns damit bewiesen, dass Sie noch kein vollständiges Vertrauen zur Liga aufgebaut haben. Allerdings kommt es Ihnen zugute, dass Sie nach der Öffnung des Portals sofort gehandelt und einen neuen starken Schutz aufgebaut haben.«

Ich nickte langsam, schwieg aber weiterhin.

»Conor wird überleben. Doch als er den Schlüssel zerstört hat, wurde eine ungeheure Energie freigesetzt, die ihm sehr zugesetzt hat. Dadurch, dass er beinahe gestorben wäre, hat sich auch das Band zwischen Ihnen gelöst. Ein Selbstschutz des Körpers, damit kein unnötiger Energieaustausch mehr stattfinden kann.«

Das war eine Erklärung, aber sie half nur unzureichend gegen den Schmerz, der seitdem an mir haftete. Ich vermisste die Verbindung zu Conor so sehr, dass es mich selbst erschreckte.

»Des Weiteren konnten wir feststellen, dass an Ihrem Dolch eine Spur des Sluagh haftet, den Sie befreit haben. Deshalb wird es Ihre Aufgabe sein, ihn zu jagen. Danach werden Sie unter Aufsicht weiterhin bei der Liga bleiben können, falls Sie das wünschen. Sollten Sie sich entscheiden, aus der Liga auszutreten, steht Ihnen dies frei.«

»Ich werde ihn finden, und danach möchte ich bleiben«, versicherte ich schnell und überraschte mich damit selbst.

Meine Mutter stieß neben mir ein leises Geräusch aus, das irgendwie stolz klang.

Kurz darauf durfte ich gehen. Ich fühlte mich ausgelaugt und wusste nicht, wie ich mich nun verhalten sollte. Meine gesamte Familie begleitete mich nach draußen, und ich hatte noch immer keine Ahnung, was sie hier taten.

Erst als wir das Gebäude verlassen hatten, nahm mein Großvater meine Hand und zwang mich damit, ihn anzusehen. »Es tut mir leid.« Seine Stimme war rau und leise.

»Was? Es muss dir nichts …«

»Doch«, unterbrach er mich und warf einen Blick zu meiner

Großtante und ihrem Sohn, sowie zu Glenna und meiner Mutter. Sie beobachteten uns neugierig, und mir wurde klar, dass wohl mein Großvater alle dazu gebracht hatte, der Anhörung beizuwohnen.

Ich trat ein paar Schritte von ihnen weg, und er folgte mir. »Was tut dir leid?«

»Meine Reaktion auf die Kette.« Sein Blick wanderte über die Liffey. »Es war Mailins Kette. Sie experimentierte mit Sluagh-Essenzen, weil sie glaubte, dadurch wieder an Stärke zu gewinnen. Doch es passierte das Gegenteil. Es laugte sie aus, und sie starb.«

Ich versuchte, noch die Neuigkeit zu verdauen, dass meine Großmutter selbst an ihrem Tod schuld hatte, da redete mein Großvater schon weiter. »Ich hätte sie retten müssen. Aber ich wusste nicht wie, und damals wäre ich ihr ohne zu zögern selbst in den Tod gefolgt.«

Noch immer hielt er meine Hand, und ich drückte sie versichernd. »Ich weiß, was du meinst.«

Trauer schimmerte mir entgegen. »Wenn ich nicht …«

»Es war meine Entscheidung die Kette mitzunehmen, und ich werde wiedergutmachen, was ich angerichtet habe.«

Er lächelte nicht, aber in seinen Augen blitzte für einen Moment Stolz auf. Zugleich überkam ihn wieder dieser unendlich müde Ausdruck.

Ich winkte meinem Onkel zu, der sofort herüberkam und meinen Großvater stützte. Danach verabschiedeten wir uns, und ich war mit meiner Mutter alleine.

Sie begleitete mich über die Brücke zu meiner Wohnung.

»Darf ich dort überhaupt noch wohnen?«, fragte ich und schaute nachdenklich hoch.

»Geschickter Themenwechsel. Aber es ist sicher eine Sache

zwischen euch Hütern gewesen, also frage ich nicht, was Patrick von dir wollte.«

Ich schaute sie von der Seite her an. »Warum stehst du mir bei? Müsste ich nicht eine fürchterliche Enttäuschung für dich sein?«

»Oh«, machte sie und lachte. »Das mag sein. Aber ich muss gestehen, dass mich die Aussicht auf eine tote Tochter doch mehr erschreckt hat als die Möglichkeit, sie könnte die Liga hintergangen haben.« Sie räusperte sich leise. »Nun, wobei das mit Sadie doch überraschend kam.« Sie versuchte unbeschwert zu klingen, doch ich kannte sie viel zu gut, um darauf hereinzufallen.

»Ich wollte der Liga nie schaden.«

»Ich weiß.« Sie tätschelte meine Hand und zog mich dann über die grün gewordene Ampel. »Dein Vater wäre sehr stolz auf dich, weißt du?«

Ich wollte mich ihrer Hand entziehen. Ihre Worte waren wie ein Faustschlag in die Magengrube, und ich atmete scharf ein.

Doch sie hielt mich fest, während wir auf der gegenüberliegenden Straßenseite stehen blieben, direkt vor der Tür zum Shop, der den Eingang zu den Wohnungen tarnte. »Versteh mich nicht falsch. Wie er uns verlassen hat, ist unverzeihlich für mich. Ich weiß nicht, ob ich ihm das jemals vergeben kann. Doch ich möchte ihn als den gewissenhaften Mann in Erinnerung behalten, der er davor gewesen ist – zumindest versuche ich es«, fügte sie hinzu, als ich skeptisch meine Augenbrauen hob..

Gleichzeitig wurde mir bei ihren Worten ganz warm. »Ich dachte, du würdest ihn hassen.«

»Das tue ich«, erwiderte sie ernst, und ihr Blick wanderte in die Ferne. »Doch er war auch der einzige Mann, den ich jemals wirklich geliebt habe.«

Das war schon ein bisschen romantisch, und ich lächelte meine Mutter an.

Nun hob sie tadelnd ihre Augenbrauen. »Dennoch hasse ich, was er getan hat.«

»Schon gut.« Ich lachte und seufzte dann. »Da wir nun so ehrlich zueinander sind – warum magst du Mr Graham eigentlich nicht?« Der Gedanke kam mir ganz plötzlich.

Ihre Lippen pressten sich zu einer harten Linie, und ich sah das Zögern in ihrem Blick.

»Komm schon. Danach stehen keine Geheimnisse mehr zwischen uns.«

Sie lächelte, als würde ihr dieser Gedanke gefallen. »Er war der beste Freund deines Vaters und hat lange für seine Unschuld gekämpft. Egal, wie eindeutig die Beweislage war. Das hat mich wahnsinnig gemacht. Ich hatte euch, zwei Töchter, die ihren Vater verloren hatten, und ich wollte einfach weitermachen. Sein Verschwinden hat auch so schon zu sehr wehgetan.«

»Warum hat Mr Graham dir dann geholfen?«

»Weil du unsere einzige Chance warst, die Schäden im Portal zu reparieren.« Sie schnaubte und lächelte zugleich. »Es ist eine Schande, dass du nicht mehr Hüterin sein kannst. Deine Kraft allein hat gereicht, um ein geöffnetes Portal zu verschließen. Und zugleich bist du alleine zu schwach, um den Schutz verstärken zu können.«

»Die Verbindung hat sich gelöst, aber könnte man sie nicht erneuern?« Hoffnung glomm so stark in mir auf, dass ich die Luft anhielt.

»Durch die Zerstörung des schwarzen Diamanten hat Conor so viel Energie abgegeben, dass er wohl nie wieder Hüter sein kann. Und alle nachfolgenden Kandidaten passen nicht genug zu dir und deiner Frequenz.«

Ich rang nach Luft, als ihre Nachricht sich wie eine Faust in meinen Magen rammte. Meine Augen weiteten sich, und ich starrte zu Boden, während sie sich mit Tränen füllten. Er hatte diese Verbindung zwar genauso auflösen wollen wie ich, doch kein Hüter mehr zu sein ... das hätte seine eigene Entscheidung sein müssen. Er hätte sie selbst fällen sollen. Sie hätte ihm nicht durch meinen Fehler entrissen werden dürfen.

Ich atmete zittrig ein und presste mir die Hände auf die Augen. »Scheiße.« Im selben Moment, als ich die Augen schloss, spürte ich die fehlende Verbindung wie einen amputierten Arm.

Ich wollte mir nicht vorstellen, wie stark der Schmerz in einem Jahr gewesen wäre.

»Da wäre außerdem noch etwas anderes, Eliza. Die Liga geht inzwischen davon aus, dass Sadie hinter den Einbrüchen bei uns und in eurer Wohnung steckt.«

»Das macht doch gar keinen Sinn!«, entfuhr es mir.

»Sie glauben, sie könnte versucht haben, uns den Schlüssel zum Öffnen des Tores unterzujubeln.«

Das ergab noch weniger Sinn. Wie hätte sie dabei sicherstellen sollen, dass ich die Kette dann auch trug? Das sprach ich aber nicht laut aus, denn ich wollte keine Diskussion mit meiner Mutter beginnen. Nicht, wenn wir uns gerade so gut verstanden.

»Willst du noch mit reinkommen?«, fragte ich etwas zögerlicher, während ich auf den Souvenirshop deutete. »Auf einen Kaffee?«

Meine Mutter lächelte sanft und hakte sich bei mir unter: »Liebend gern.«

KAPITEL 24

Meine Mutter blieb so lang, bis sie sicher war, dass ich nicht durchdrehte – ihre Worte. Nun saß ich alleine in meiner Wohnung auf dem Sofa. Ich konnte kaum glauben, dass ich erst seit wenigen Wochen hier wohnte und schon bald wieder ausziehen musste.

Ich dachte an Conor. Die ganze Zeit.

Das Problem mit zwei Seelen, die erst verbunden und dann gewaltsam auseinandergerissen wurden, war, dass der Schnitt nie glatt sein würde. Obwohl die Verbindung nicht mehr da war, spürte ich sie noch immer wie einen grausamen Nachhall meiner Fehler.

Plötzlich klingelte es an der Tür, und einen Moment lang erwog ich einfach, sitzen zu bleiben und denjenigen zu ignorieren, der davor stand. Doch nach wenigen Sekunden ertönte das Klingeln erneut.

Ich seufzte und erhob mich schließlich.

Ein überraschender Laut entwich mir, als ich Ruby im

Hausflur entdeckte. Einen Moment später fiel sie mir um den Hals. »Ich bin gekommen, sobald ich durfte!«

Ich erwiderte erfreut ihre Umarmung. »War es denn verboten?«

»Nein, ich konnte einfach nicht weg. Da draußen war so viel los.« Sie löste sich von mir, hielt mich von sich weg und betrachtete mich eingehend. »Bist du verletzt? Bei dir passiert echt eine Sache nach der anderen!«

Ich lachte und zog sie in die Wohnung. »Komm rein.«

Mit Snacks und einer Tasse Tee setzten wir uns auf das Sofa, und ich brachte sie auf den neuesten Stand.

Sie wurde mit jeder Minute blasser und sah am Ende so aus, als würde sie gleich vom Sofa kippen. »Du musst diesen Sluagh jagen?«

»Ich *will* ihn jagen, Ruby«, berichtigte ich sie. »Ich muss wiedergutmachen, was ich angerichtet habe.«

»Was Sadie angerichtet hat, meinst du.«

»Ich hätte die Kette nicht zum Portal bringen dürfen.« Ein Seufzen entfuhr mir, und ich betrachtete die Wand. Erinnerungen blitzten vor meinen Augen auf. *Rauch. Das elektrisierte Flirren des Schutzes. Conors Schrei.* »Mr Graham hatte recht: Ich habe der Liga zu wenig vertraut. Ich muss beweisen, dass ich würdig bin, ein Teil von ihr zu bleiben.«

Einen Moment lang schwieg Ruby und betrachtete mich nachdenklich, bevor sie langsam nickte. »Das verstehe ich.«

»Okay, genug von diesem Chaos. Bring mich bitte auf andere Gedanken. Nach den ganzen Sachen, die in den letzten Tagen passiert sind, habe ich ganz vergessen, dich auf Kian anzusprechen! Auf unserer kleinen Spontanparty in seiner Wohnung hast du ihn ja ganz offensichtlich schön ignoriert!«

Ruby jammerte und ließ sich rücklings aufs Sofa fallen. »Es ist so schrecklich!«

»Was genau?« Ich versuchte nicht einmal, mein Schmunzeln zu unterdrücken. Es tat gut, an etwas anderes zu denken. »Wusstest du nicht, dass er Logans Mitbewohner ist?«

»Doch, sicher.« Sie wedelte wegwerfend mit ihrer Hand. »Aber normalerweise fange ich nichts mit Typen von der Liga an.«

»Nicht?« Ich dachte daran, wie sie mit den beiden Jägern geflirtet hatte, mit denen wir feiern gegangen waren.

»Nein! Das macht alles nur komplizierter. Aber Kian war so lustig, und irgendwie dachte ich nur: Scheiß drauf, was soll schon passieren?« Sie schnaubte. »Schöner Mist. Jetzt kommt es mir vor, als würde ich ihm ständig über den Weg laufen.«

»Was genau ist denn daran das Problem?«

»Er will mit mir ausgehen!«

Ich lachte überrascht auf. »Was?«

»Ja! Er hat mich nach einem Date gefragt, und ich habe Nein gesagt.«

»Aber warum?«

Sie hob ihren Kopf von der Sofalehne, damit sie mich ansehen konnte. »Was warum?«

»Warum willst du nicht mit ihm ausgehen? Er wirkt nett.«

»O Gott, Eliza!«

»Was denn?«, fragte ich lachend. »Erklär es mir!«

Sie seufzte schwer und stemmte sich dabei auf ihre Unterarme. »Weil er *nett* ist! Ich würde ihm das Herz brechen, weil er sich in mich verlieben würde, und das wäre scheiße.«

Ich lachte jetzt so laut, dass mir Tränen in die Augen schossen. »*Das* ist deine Sorge?«

»Was denn sonst?«

»Vielleicht willst du selbst nicht verletzt werden. Weil er nett ist. Weil du ihn wirklich mögen könntest.«

»Wir hatten nicht mehr als eine Nacht.«

Ich tippte mir auf die Nase. »Stimmt. Aber bisher hast du auch noch nie einen Typen ignoriert, mit dem du vorher geschlafen oder geknutscht hast.« Nicht, dass es so super viele gewesen wären. Aber wir hatten ein paar von ihnen beim Feiern wiedergesehen, und Ruby war immer eher auf Konfrontation gegangen, als sich zu verstecken. Kian hatte sie hingegen kaum ansehen können.

»Du bist so eine Besserwisserin«, zischte sie und schaute weg.

Lächelnd tätschelte ich ihren Fuß. »Trotzdem liebst du mich.«

»Wie auch immer das passieren konnte.«

Ich kicherte. »Das ist mein unverwechselbarer Charme.«

Ruby verdrehte ihre Augen und warf ein Kissen nach mir. Dann richtete sie sich auf. »Diese Chips befriedigen mich nicht. Lass uns was zu essen bestellen.«

»Wie du willst«, ging ich auf ihren plumpen Versuch ein, das Thema zu wechseln. »Such was aus.«

Ruby zog triumphierend ihr Handy aus der Hosentasche, und ich beobachtete sie dabei, wie sie laut darüber nachdachte, worauf sie jetzt Hunger hatte. Ich musste lächeln, weil diese Situation so herrlich normal war.

Meine Laune schlug jedoch schnell um, als mir klar wurde, dass ich ab heute Abend auf der Jagd sein würde. Ich hatte keine Ahnung, was mich erwartete und wie ich mir diese Jagd genau vorstellen sollte, aber ich war bereit. Bereit, den Sluagh zu töten.

330

Dabei hoffte ich, dass nichts schiefging. Denn sterben war keine Option für mich.

Ich würde das schaffen. Das musste ich einfach.

***

Am nächsten Morgen machte ich mich auf den Weg zur Liga, um Conor zu besuchen.

Von Ruby hatte ich erfahren, dass er in einem Einzelzimmer auf der Krankenstation untergebracht worden war. Ich hoffte, dass man mich zu ihm lassen würde.

Auf dem Weg grüßte ich ein paar Jäger und Protektoren, die ich in den letzten Wochen kennengelernt hatte. Es fühlte sich so surreal an, dass ich erst so kurze Zeit ein Teil von ihnen war.

Ich hatte mich inzwischen tatsächlich an meine Rolle innerhalb der Liga gewöhnt. Eine Hüterin, die auf diese Position gedrängt worden war. Eine Außenseiterin, die langsam Freude an ihrer Aufgabe fand.

Und nun war ich einfach … ich wusste nicht, was ich war. Ich hatte keine richtige Ausbildung und hatte alles nur in einem Crashkurs gelernt.

Je mehr ich darüber nachdachte, umso mehr verknotete sich mein Magen. Für mich war immer klar gewesen, dass ich nach dem Probejahr gehen würde. Einen Moment lang fühlte ich mich, als wäre ich im freien Fall.

Mr Graham trat aus einem der Büros, die ich passierte, und machte ein überraschtes Geräusch, als er mich sah. »Guten Morgen.«

»Morgen«, erwiderte ich und deutete auf den Flur hinter ihn. »Ich wollte Conor besuchen.« Ich hatte das Gefühl, ich bräuchte eine Erklärung, um hier zu sein. Dabei hatten sie mir gestern eine Chance gegeben. Ich durfte als Jägerin arbeiten.

Das Gefühl des freien Falls löste sich bei diesem Gedanken in Luft auf, und ich fühlte wieder festen Grund unter mir. Ich war nun in der Ausbildung zur Jägerin, und man würde mir hoffentlich all das beibringen, was ich noch zu lernen hatte.

Er nickte. »Wie fühlst du dich nun, da die Verbindung gelöst ist?«

Ich räusperte mich, als ich den Kloß in meinem Hals bemerkte. »Es ist schon seltsam«, gestand ich. Mr Graham würde sowieso jede meiner Lügen durchschauen. »Aber ich denke, da es zu so einem frühen Zeitpunkt passiert ist, ist es weniger … unangenehm, als wenn es später gewesen wäre.« Ich dachte an Onkel Charles und meinen Großvater, die seit dem Tod ihrer Anamaite nicht mehr dieselben waren.

Mr Graham nickte langsam. »Komm doch nach deinem Besuch in mein Büro. Dann könnten wir schauen, ob du es schon schaffst, eine Fährte mit deinem Dolch aufzunehmen.«

Mein Herz pochte schneller. »Das wäre großartig.«

Er hob seine Augenbrauen. »Wir wollen ein böses Wesen aus einer anderen Welt töten.«

»Großartig ist vielleicht ein wenig übertrieben.« Ich zog meine Nase kraus und lachte nervös. »Ich will es nur wiedergutmachen.«

Mein Mentor schnaubte leise. »Ich frage mich, was Sadie sich dabei gedacht hat.«

»Ich konnte sie nicht mehr erreichen.« Gestern Nacht hatte ich ihr noch diverse wütende Nachrichten geschickt und sie angerufen. Aber sie war nicht drangegangen. Ihre Mailbox quoll jetzt sicher vor lauter angepisster Schimpftiraden meinerseits über. Das war aber auch das Mindeste, was sie für diese Aktion verdiente.

Sadie konnte froh sein, dass ich es irgendwie geschafft hatte, das Portal wieder zu schließen. Dass dieser Sluagh in unsere Welt entwischen konnte, war eine Katastrophe. Bei dem Gedanken, was alles passieren konnte, lief mir ein kalter Schauer über den Rücken.

»Gut, dann möchte ich dich nicht weiter aufhalten.«

Ich schenkte meinem Mentor ein gepresstes Lächeln und verabschiedete mich.

Auf der Krankenstation begegnete mir überraschenderweise Simon. »Hi.«

Er zuckte zusammen, als er mich sah. »Hi.«

»Ich bin hier, um Conor zu besuchen.«

Er atmete erleichtert auf. Hatte er etwa Angst vor mir? »Er ist stabil. Ich ...«

»Das geht sie überhaupt nichts an!« Leslies Stimme peitschte durch das leere Krankenzimmer.

Ich drehte mich um und sah, dass sie aus einer Tür links von uns gekommen war, die sie nun leise hinter sich zuzog. Offenbar lag dort Conor.

Simon stammelte etwas und verdrückte sich schnell.

Als er uns alleine gelassen hatte, drehte ich mich zu ihr. »Leslie, es tut mir so leid.«

»Das reicht nicht annähernd«, erwiderte sie und wollte wütend klingen, doch sah tief erschöpft aus. Unter ihren Augen lagen dunkle Ringe, und ihre sonst schon blasse Haut wirkte geradezu durchscheinend.

»Ich weiß«, flüsterte ich, bevor ich mich räusperte. »Conor zu verletzen ist das Letzte gewesen, was ich wollte. Ich dachte wirklich ... Ich hatte die Kette nur dabei, weil ich dachte, sie würde mir helfen.« Dass ich sie nicht einmal absichtlich mitgenommen hatte, ließ ich ungesagt. Die Erkenntnis, dass Conor nur aufgrund eines Zufalls – weil ich meine Jeans von gestern wieder angezogen hatte – schwer verletzt worden war, war zu grausam.

»Das war dumm.«

Ich nickte stumm.

»Aber du hast ihn gerettet.«

Die Erinnerungen an die Ereignisse am Portal waren verschwommen, aber ich wusste, dass mir in dem Augenblick nichts anderes übrig geblieben war. Ich hätte mich eher von einer Klippe gestürzt, als ihn sterben zu lassen. Er war mein Anamaite … oder zumindest war er es gewesen. »Ich hätte niemals zulassen können, dass er stirbt.« Der Kloß in meinem Hals war so groß, dass ich fast daran erstickte.

»Ich weiß«, flüsterte Leslie nun und strich sich über ihre Augen. »Es tut mir leid wegen gerade eben.«

»Schon okay«, sagte ich automatisch, obwohl mich ihre Wut stärker getroffen hatte, als ich mir anmerken ließ.

Sie schnalzte mit ihrer Zunge und deutete auf die Tür hinter sich. »Geh rein.«

Ich wartete einen Moment ab, ob sie ihre Meinung nicht doch noch änderte, und nickte ihr dann dankbar zu, bevor ich an ihr vorbeiging.

Nichts hätte mich auf das Gefühl vorbereiten können, das mich überkam, als ich durch die Tür trat. Conor lag mit Schläuchen verkabelt in einem Krankenbett. Seine Herztöne piepten durch den Raum, und Sonnenlicht drang warm durch die zugezogenen hellen Vorhänge.

Tränen schossen in meine Augen, als ich mich auf den Stuhl neben dem Bett setzte. Seine Hand fühlte sich warm unter meiner an, doch zugleich wurde mir kalt. Zu wissen, dass unsere Verbindung nicht mehr existierte, und es zu spüren, waren zwei völlig unterschiedliche Dinge. Während ich ihn berührte war da nichts. Kein Funken, kein Band, keine Verbindung. Conor und ich waren nichts mehr füreinander. Wir waren nur noch zwei Menschen, die in der Vergangenheit etwas Besonderes geteilt hatten und nun ihre eigenen Wege gehen würden. »Bitte wach wieder auf.« Ich entschuldigte mich nicht bei ihm. Das würde ich erst tun, wenn er mir das nächste Mal in die Augen sah. Eine Weile lang saß ich einfach an seinem Bett und starrte ihn an. Er würde wieder aufwachen. Er *musste* einfach.

Irgendwann hielt ich das Schweigen, den Schmerz und die Schuldgefühle nicht mehr aus, und ich erhob mich und verließ das Zimmer.

Als ich kurz darauf bei Mr Graham ankam, stand er am Fenster und schaute hinaus auf die Liffey. Ich klopfte an die offen stehende Tür. »Hallo.«

Er drehte sich zu mir um. »Wie geht es Conor?«

»Er ist noch nicht wieder wach.«

Mr Graham nickte, als hätte er nichts anderes erwartet. »Er wird aber aufwachen.«

»Was macht Sie da so sicher?«

»Mein Bauchgefühl.«

»Ich hoffe, es ist nicht dasselbe, das Ihnen sagte, mein Vater wäre kein Verräter.«

Meinem Mentor entfuhr ein schnaubendes Lachen. Dann deutete er auf den Stuhl vor seinem Schreibtisch. »Hast du deinen Dolch dabei?«

»Natürlich.« Ich zog ihn aus meinem Stiefel und legte ihn vor mir auf den Tisch.

»Darf ich?«, fragte Mr Graham und nahm auf mein Nicken hin meinen Dolch in die Hand. Dabei begutachtete er ihn, als könnte er etwas sehen, das meinen laienhaften Augen verborgen blieb.

»Wie sollen wir damit eine Spur zu dem Sluagh finden?« Die Frage platzte einfach aus mir heraus, weil er so lange schwieg und immer nur brummende Laute ausstieß.

»Ein Teil der Essenz des Sluaghs haftet an deinem Dolch. Wir können sie extrahieren und daraus ein Pulver gewinnen. Das wird dich in der Rúnda in seine Richtung führen.«

»Das klingt total verrückt.«

»Verrückter als alles andere bisher?«

Ich machte eine unbestimmte Kopfbewegung aus Schütteln und Nicken.

»Du wirst dich schon heute Abend auf die Jagd begeben. Wir wollen nicht riskieren, dass wir seine Fährte verlieren. Aktuell hoffen wir, dass er in der Nähe bleibt, bei seinen Artgenossen.«

»Und Sie trauen mir das zu?«

»Es haben sich bereits mehrere erfahrene Mitglieder der Liga gemeldet, um dich zu begleiten.«

»Wirklich?«

»Wir haben uns dafür entschieden, Ruby und Leslie an deine Seite zu stellen. Zudem ist es dein Dolch, der den Sluagh getroffen hat. Du bist mit ihm verbunden und wirst ihn schneller finden können als jeder andere Jäger.«

Für einen kurzen Moment hatte ich das Bedürfnis zu fragen, wieso Logan mich nicht begleitete. Er hatte mich trainiert und wurde sogar zum Mentor ausgebildet. Doch ich traute mich nicht. Vielleicht wollte er mir auch gar nicht helfen. »Leslie hat sich freiwillig gemeldet?«

»Gerade eben.«

Ich lächelte. »Okay. Mit den beiden werde ich es schaffen.«

»Davon gehe ich aus. Und ich weiß, dass deine Bildung dir wichtig ist, aber für diese Mission wirst du den Unterricht unterbrechen müssen.«

»Das ist kein Problem«, sagte ich schnell und betrachtete meinen Dolch. »Danke, dass Sie mir diese Chance geben.«

»Nutze sie. Wir vergeben keine weitere. «

Die Botschaft war angekommen. Ich musste das hier geradebiegen, sonst würde ich die Liga verlassen müssen. »Ich werde Sie nicht enttäuschen.«

»Es geht nicht darum, dich zu bewähren. Beweise dir selbst, dass du es kannst.«

Darauf wusste ich nichts zu erwidern, also nickte ich nur. Als ich kurz darauf sein Büro verließ, fühlte ich mich ohne meinen Dolch völlig schutzlos. Doch ich würde ihn wiederbekommen, zusammen mit dem daraus gewonnenen Pulver.

Die Worte meines Mentors hatten etwas in mir entflammt. Ich konnte es nicht genau greifen, aber da war dieses Gefühl, dass ich es schaffen würde. Komme, was wolle.

KAPITEL 25

In dem Moment, als ich den Wohnungsschlüssel ins Schloss steckte, öffnete sich weiter hinten im Flur eine andere Tür.

Logan.

Ich wusste nicht, wie ich mich verhalten sollte. In meinem Kopf spielten sich wieder die Szenen am Portal ab, und ein Teil von mir wollte sich verstecken. Doch man hatte mich freigesprochen und mir eine neue Chance gegeben. Es gab nichts, wovor ich mich verstecken musste.

In diesem Moment entdeckte Logan mich ebenfalls, und ich hatte mit allem gerechnet, aber nicht mit seiner Reaktion. Er lächelte – und dabei vertieften sich seine Grübchen so sehr, dass es in meinem Bauch unkontrolliert kribbelte. »Ich habe gehört, du bist bald auf einer großen Jagd.« Seine tiefe Stimme war weich wie Samt und alles andere als vorwurfsvoll.

Ich erwiderte sein Lächeln vorsichtig und lehnte mich gegen meinen Türrahmen. »Hat mich überrascht, dass du nicht mitkommst.«

Sein Blick verdüsterte sich für einen Moment, aber dann zuckte er wegwerfend mit seinen Schultern und kam auf mich zu. »Ich will doch nicht euren Mädelsabend stören.«

»Hast du Sorge, du könntest jemanden von uns ablenken?« Ich erkannte meine Stimme kaum, so rau klang sie plötzlich. Logan stand nun ganz dicht vor mir. Er war mir so nah, dass ich sein holziges Shampoo riechen konnte.

»Angst, dass du diejenige wärst?«, fragte er und schmunzelte. Seine Augen liebkosten mein Gesicht mit einer Zärtlichkeit, die nichts mit seiner Distanziertheit gemeinsam hatte, mit der er mich sonst angesehen hatte.

»Warum flirtest du auf einmal mit mir? Was soll der Sinneswandel?«

»Weil ich erkannt habe, dass ich ein verdammter Idiot bin.«

»Hat das etwa damit zu tun, dass Conor nicht mehr mein Anamaite ist?«

»Nein.« Er schüttelte leicht seinen Kopf und lächelte noch immer sanft. »Ich wusste es schon eher, aber ich war zu stur, um es mir einzugestehen.«

»Was einzugestehen?«

»Dass ich dich will.« Einen Augenblick später beugte er sich vor und küsste mich mit einer Heftigkeit, die mich nach Luft schnappen ließ. Seine Hand legte sich in meinen Rücken und drückte unsere Körper aneinander. Gleichzeitig eroberte er mit seiner Zunge meinen Mund.

Mir entfuhr ein tiefes Seufzen, und ich hob meine Arme, um mich an ihn zu schmiegen.

Doch dann beendete er den Kuss genauso schnell, wie er ihn begonnen hatte, und trat mit einem rauen Lachen zurück.

Meine Arme fielen ins Leere. »Findest du das etwa witzig?«

Ich konnte nicht verhindern, dass meine Stimme ein wenig gekränkt klang.

Seine Finger legten sich sanft unter mein Kinn, auch wenn meine Augen längst auf seine gerichtet waren. »Ich möchte nur verhindern, dass wir genau hier im Flur etwas tun, was wir vielleicht in ein Schlafzimmer verlegen sollten.«

Bei seinem Geständnis lachte ich überrascht auf.

»Geh mit mir aus, Eliza.« Es war eine Aufforderung und klang zugleich nach einer Bitte.

»Okay.« Ich biss mir auf die Unterlippe. »Wann?«

»Jetzt.«

Ich schluckte. Er meinte es wirklich ernst. »Wir haben Mittag. Echte Dates finden abends statt.«

»Echte Dates schiebt man nicht mal eben so zwischen eine Beinahe-Verurteilung und die Jagd nach dem absolut Bösen.« Seine Augenbrauen hoben sich und seine Grübchen tanzen. »Sag einfach Ja.«

»Ja.« Ich deutete auf mein schlichtes Outfit, das man unter meiner dicken Jacke kaum erkennen konnte. »Muss ich mich umziehen?«

»Nein.« Er griff nach meiner Hand, und tausend Ameisen kribbelten auf meiner Haut, während er mich in Richtung der Treppen zog. »Lass uns keine Zeit vergeuden.«

Ich kicherte und folgte ihm.

Wir gingen zu Fuß und Händchen haltend die Arran Quay runter, an der Liffey entlang. Autos fuhren an uns vorbei, und die Sonne schien warm auf uns herunter, während der Wind kalt über meine Wangen strich. Laub bedeckte den Straßenrand, und die knorrigen Äste der Bäume streckten sich in die Luft wie lange Finger.

»Wo genau gehen wir denn hin?«, fragte ich nach einigen

Minuten, die wir schweigend nebeneinander hergelaufen waren. Ich hatte grundsätzlich nichts dagegen zu schweigen, aber Logan kam mir irgendwie verändert vor. Wir kannten uns noch nicht lange, aber ich hatte das Gefühl, dass ihn etwas beschäftigte.

Logan strich sich durch die Haare. »Sorry. Ich bin echt ein mieses Date.«

»Ach, halb so wild. Aber das können wir besser. Wie wäre es, wenn du mir etwas von deiner Familie erzählst?«

»Meine Familie?« Er klang fast, als würde ich ihn bitten, über Erbrochenes zu sprechen.

»Wie war es so, bei deiner Tante aufzuwachsen?«

»Ich war vierzehn, als ich zu ihr gezogen bin. Aufwachsen würde ich das nicht nennen.« Ein Lächeln erschien auf seinen Lippen. »Tante Daisy ist toll. Sie hat sich nie beschwert, auch wenn ich es ihr manchmal nicht leicht gemacht habe.«

»Wie oft siehst du deinen Vater?«

»So gut wie nie.«

»Er ist Jäger, oder?«

»Richtig. Und Mentor. Aber das hat er hinter sich gelassen, als er ging.«

»Warum ist er überhaupt gegangen? Ich weiß, dass es überall auf der Welt Sluagh gibt, aber hier in der Nähe des Portals sind sie doch am meisten vertreten.«

»Er musste weg.«

Ich runzelte meine Stirn und schwieg, während wir ein Pärchen mit Kinderwagen überholten. »Warum?«, fragte ich, als wir außer Hörweite waren und Logan noch immer schwieg.

Er seufzte leise, als würde er lieber das Thema wechseln. Ich öffnete schon meinen Mund, um ihm zu versichern, dass er mir nichts erzählen musste, wenn er nicht wollte, da räusperte er sich. »Mein Vater hat meine Mutter nie geliebt. Sie starb bei meiner Geburt. Ich habe sie also nie kennengelernt, aber ich denke manchmal, dass es besser für sie war, weil sie nicht mitbekam, wie sehr er wegen einer anderen Frau gelitten hat.«

»Das klingt ja fürchterlich«, stieß ich aus und konnte mir nicht einmal ansatzweise vorstellen, wie schlimm die ganze Situation für Logan gewesen sein musste.

»Deine Tante Fiona ist seine Jugendliebe gewesen. Sie waren einige Jahre lang ein Paar. Dann wurde sie Hüterin und lernte Charles kennen.«

Ich erinnerte mich daran, wie Logan immer darauf bestanden hatte, dass Hüter schlussendlich immer ein Paar wurden. Vielleicht waren diese Worte nie seine eigenen gewesen. Kein Wunder, dass er so sehr darauf gepocht hatte, dass meine Verbindung zu Conor schlussendlich seiner Freundin Leslie das Herz brechen würde.

»Es hat meinem Vater das Herz gebrochen. Sie haben es noch eine Zeit lang probiert, aber am Ende hat Fiona sich für Charles entschieden. Mein Vater hat versucht wieder auf die Beine zu kommen, und kam mit meiner Mutter zusammen. Sie waren nicht einmal verheiratet, als sie schwanger wurde. Aber meine Tante hat mir immer versichert, meine Mutter hätte ihn wahrhaftig geliebt.«

»Deshalb ist dein Vater ins Ausland gegangen.«

»Er hat es die ersten Jahre versucht. Für mich. Das wusste ich. Aber es hat ihn zu sehr verletzt, Fiona und Charles miteinander glücklich zu sehen. Deshalb war es auch okay für mich, als er ging. Es war vermutlich für uns alle eine Erleichterung.«

»Deshalb warst du dir also immer so sicher, dass ich mit Conor zusammenkommen würde.«

Logan nickte bloß stumm, und für einen Moment richteten

sich seine Augen gedankenverloren auf die Liffey. Dann zuckte sein Mundwinkel. »Ich wusste ja nicht, wie stur du sein würdest.«

»Conor und ich hatten vielleicht eine kompatible Frequenz, aber am Ende wollten wir diese Verbindung niemals eingehen.«

»Ich weiß«, sagte Logan und nahm plötzlich auch meine andere Hand. »Du hast mir bewiesen, dass es möglich ist, der Verbindung zu widerstehen, Eliza. Deshalb gehen wir jetzt auch miteinander aus.«

Ich lachte und genoss das Kribbeln, das von unseren verschlungenen Händen bis in den Rest meines Körpers pumpte. Tausende Schmetterlinge flatterten in mir, und diese kleine Berührung seiner Hand reichte, um mein Herz ein wenig schneller schlagen zu lassen. »Das ergibt doch keinen Sinn.«

»Vieles ergibt keinen Sinn«, erwiderte er kryptisch, doch bevor ich weiter nachhaken konnte, deutete er auf etwas vor uns. »Was meinst du?«

Ich entdeckte eine rosa Markise und stieß ein entzücktes Geräusch aus. »Du führst mich ins ›The Sweetest Thing‹ aus?«

»Nicht so ganz.«

»Okay?«

Logan wollte es wohl spannend machen, denn er führte mich wortlos vor das hübsche Café, das für seine heiße Schokolade berühmt war.

Er bat mich darum draußen zu warten, und kurz darauf drückte er mir einen dampfenden ToGo-Becher in die Hand. »Ich hoffe, es schmeckt dir.«

»Was hast du denn bestellt?«, fragte ich lachend und roch an der Öffnung des Deckels, aus der der Geruch von heißer

Schokolade und noch von etwas anderem strömte, das ich nicht ganz zuordnen konnte.

»Das ist meine Lieblingssorte, und ich habe irgendwie das Gefühl, sie könnte dir auch schmecken.«

»Gewagte These.« Ich lächelte. »Ich lasse es noch einen Moment abkühlen.«

»Wir müssen eh weiter.« Logan führte mich über die Straße und steuerte direkt den gegenüberliegenden Ticketshop für Bootstouren an.

Dort kaufte er zwei Tickets und führte uns dann direkt auf das bereits wartende Boot, in dem ein paar Touristen saßen.

Wir gingen bis nach hinten durch und setzten uns dann auf die Plätze in der letzten Reihe. Ich konnte die ganze Zeit nicht aufhören zu lächeln.

»Die Tour geht nicht lange. Nur eine Dreiviertelstunde.« Logan schaute auf die Uhr. »Also bleibt dir danach noch genug Zeit, um dich für deinen Auftrag vorzubereiten.«

»Ich habe ein bisschen Angst davor«, gestand ich leise und atmete tief durch. »Aber mit Ruby und Leslie werde ich es schon schaffen.«

»Leslie ist eine großartige Protektorin, und Ruby ...« Er lachte kurz. »Sie macht zwar nicht den Eindruck, aber ich kenne kaum eine Jägerin, die so hart zuschlagen kann.«

»Reden wir von meiner Ruby?«

Wir lachten gemeinsam, und Logan schaffte es, meine Anspannung zu lösen, die sich mit dem Gedanken an heute Abend gebildet hatte.

Das Boot wankte auf den sanften Wellen des Wassers, und die Luft war erfüllt von Stimmen. Glücklicherweise saßen wir geschützt vom Wind, und durch die Sonne war es trotz der kalten Jahreszeit noch angenehm warm. Ich nahm einen ersten Schluck von meiner heißen Schokolade.

Der Geschmack von Minze erfüllte meinen gesamten Mund, und ich unterdrückte ein Würgen, konnte ein angewidertes Geräusch aber nicht unterdrücken.

»Shit. Es schmeckt dir nicht?«

Ich schaute in Logans entsetztes Gesicht. »Ist das Pfefferminzschokolade?«

»Ja«, antwortete er schwach. »Ich war mir sicher, es würde dir schmecken. Ich kenne niemanden, der das nicht mag.«

Ich zog meine Nase kraus und stellte die heiße Schokolade vor mir ab. Enttäuschung wallte in mir auf, die ich nicht unterdrücken konnte. »Das ist offenbar ein Zeichen?«

»Ein Zeichen wofür? Sag mir bitte nicht, dass du abergläubisch bist und uns jetzt aufgibst, bevor es richtig angefangen hat.«

Ich rollte mit den Augen. »Es ist ein Zeichen dafür, dass wir so gut wie nichts voneinander wissen. Außer diese traurigen Sachen, die unsere Väter betreffen. Was übrigens eine echt armselige Gemeinsamkeit ist.«

Logan starrte frustriert auf die heiße Schokolade, als könnte er noch immer nicht fassen, dass er falsch gelegen hatte. »Da hast du wohl recht. Na ja, ein bisschen kenne ich dich schon. Ich weiß, dass du Nusseis magst, Süßigkeiten nicht widerstehen kannst und keinen Käserand an deiner Pizza magst. Du bist sportlich und warst eine starke Hüterin, weshalb du als Jägerin unglaublich sein wirst. Wenn du dir etwas in den Kopf gesetzt hast, schaffst du es auch. Du bist wunderschön, und wenn du mich so ansiehst, kann ich an nichts anderes denken, als dich zu küssen.«

Ich seufzte verträumt. »Das war schon ein bisschen süß.«

Eins seiner Grübchen vertiefte sich, und er lehnte sich ein wenig vor. »Wie wäre es, wenn wir ein Spiel spielen?«

Ich beugte mich ihm entgegen und erwiderte sein träges Lächeln. »Du weißt ja schon, dass ich echt gut im Spielen bin.«

Logan entfuhr ein überraschtes Lachen, was er als Hüsteln tarnte, als sich alle neugierig zu uns umdrehten. Die Bootsfahrt hatte inzwischen begonnen, und ein Guide begrüßte die Gäste. Erst als sie ihre Aufmerksamkeit wieder nach vorne richteten, sprach er weiter. Logan grinste mich an. »Du machst mich echt fertig.«

»Meine Lieblingsbeschäftigung, wie du weißt.«

Er lachte leise, während er sich über seine Stirn strich, als müsste er sich konzentrieren. »Du wirst es mir nicht leicht machen, oder?«

Mir entfuhr ein Kichern, und ich lehnte mich auf meinem Platz zurück. »Dann lass uns also spielen.«

Seine Augenbrauen hoben sich, als würde er eine Falle wittern, doch dann schmunzelte er. »Du stellst eine Frage, und dann bin ich dran.«

»Ist das nicht eine normale Unterhaltung?«

»Die Fragen müssen dem Alphabet folgen.«

Ich machte ein fragendes Geräusch.

»Angst im Dunkeln oder nicht?«

Ich verstand und lächelte. »Eher nicht. Bist du ein Morgenmensch?«

»Mein Wecker klingelt um fünf, und ich bin meistens vorher wach.«

»Eww«, machte ich entsetzt.

»Chaotisch?«, fragte er nach einer kurzen Pause.

Ich schüttelte den Kopf. »Super ordentlich. Chaos macht

346

mich nervös.« Das Spiel begann richtig Spaß zu machen. »Drama oder Komödie?«

»Action, der Rest ist eher eine Einschlafbegleitung.« Er dachte nach. »Eis oder Schokolade?«

»Kuchen. Fandest du unseren Kuss schön?«

Logans Augen verdunkelten sich, und einen Moment lang sah es so aus, als würde er mich packen und an sich ziehen. Doch leider war der Guide so laut, dass man ihn einfach nicht ausblenden konnte. »Du küsst fantastisch. Aber ich brauche dringend eine Auffrischung.« Er räusperte sich. »Gehst du noch mal mit mir aus, und dann suchst du das Getränk aus?«

Ich nickte, während es in mir schon wieder zu kribbeln begann. »Hast du eine Ex, von der ich wissen sollte?«

»Niemand, der dir in die Quere kommen könnte.«

Mir entfuhr ein verblüfftes Lachen.

Während der Bootstour erfuhr ich so viel über Logan, dass ich beim Anlegen das Gefühl hatte, ihn schon ewig zu kennen.

Als wir wieder in Richtung unserer Wohnungen gingen, hatten wir nur noch wenige Fragen übrig. »Und verliebst du dich schnell?«, fragte Logan mich in diesem Moment.

Überrumpelt starrte ich ihn an und hatte keine Ahnung, was ich sagen sollte. Logan ging mir unter die Haut, und schon bei unserer ersten Begegnung war da eine Spannung gewesen, die ich so noch nie zuvor gespürt hatte.

»Nein«, antwortete ich schließlich ehrlich. »Für die wirklich wichtigen Dinge lasse ich mir Zeit.«

Seine Grübchen wurden so tief, dass ich das Gefühl bekam, genau das Richtige gesagt zu haben.

Ich räusperte mich. »Von jetzt an, in genau einem Jahr, wo siehst du dich?«

Sein Blick glitt nach vorne, und wir umrundeten eine Gruppe Jugendlicher, die sich irgendwas auf einem Handy anschauten. Es gab überhaupt keinen Anlass dafür, aber auf einmal hatte ich das Gefühl, eine falsche Frage gestellt zu haben. »Neben dir«, erwiderte er, und sofort stieß ich erleichtert den Atem aus.

»Warmer Strand oder kühle Berge?«

Ich kicherte. »Berge. Xylophon oder Glockenspiel?«

Logan lachte und machte dann ein nachdenkliches Geräusch. »Ersteres. Yacht oder Kanu?«

»Yacht. Ich lasse mich gerne verwöhnen«, sagte ich zweideutig und stellte mit leiser Enttäuschung fest, dass wir schon bei unserem Haus angekommen waren.

Ich ließ mir mit meiner letzten Frage Zeit, bis wir durch den Shop in das dahinterliegende Treppenhaus kamen und hochgingen. Doch Logan kam mir zuvor, während er mir so nahekam, dass meine Haut überall zu brennen schien. »Zeigst du mir bei unserem nächsten Date, wie genau?«

»Wow«, stieß ich aus und lachte, weil das so direkt und aus dem Nichts kam, wie ich es von ihm eigentlich nicht erwartet hatte. »Jetzt gehst du aber ganz schön ran, was?«

Er blieb vor mir stehen, als wir meine Wohnungstür erreichten. Logan nahm gedankenverloren eine meiner dunklen Strähnen zwischen seine Finger. Wehmut glitzerte kurz in seinen Augen, doch er lächelte sie davon. »Ich habe so viel Zeit vergeudet. Nur weil ich mich von dem Schmerz meines Vaters habe mitreißen lassen.«

»Es ist ja nicht so, als wäre es jetzt komplizierter als vorher.« Ich legte meine Hand auf seinen Brustkorb und machte einen kleinen Schritt nach vorn. »Wenn ich wieder da bin, wiederholen wir dieses Date, und das nächste Mal werden wir noch genug Zeit zum Knutschen haben.«

348

»Es klingt so lächerlich, wenn du das so sagst.«

»Wie würdest du es denn nennen?«

Er schob seine Hand in meine Haare und verwob seine Finger in meinem Hinterkopf mit ihnen. »Vielleicht sollten wir unsere letzten Minuten nicht mit Reden vergeuden.«

Ich lachte atemlos und beugte mich nach vorn, um seine Lippen mit meinen zu umschließen. Seine andere Hand strich mir sanft über den Rücken, um mich näher an sich zu ziehen. Er küsste mich langsam, als würde er mich kosten und zugleich nie wieder loslassen wollen. Ich stellte mich auf meine Zehenspitzen, um ihm noch näher zu kommen.

Alles um mich herum verschwamm, und ich schmeckte nur noch Logan und eine schwache Note der Pfefferminzschokolade, die von seiner Zunge tausendmal besser schmeckte.

Ich war so tief in den Kuss versunken, dass mir ein tiefes Stöhnen entfuhr. Im nächsten Moment wurde die Wohnungstür aufgerissen.

»*Leute*«, seufzte Ruby amüsiert und lehnte sich gegen den Türrahmen.

Nun stöhnte ich vor Frust auf und warf meiner besten Freundin einen bösen Blick zu, als ich mich widerwillig von Logan löste. »Du bist voll der Stimmungskiller!«

Sie grinste und zeigte mit beiden Daumen auf sich. »Irgendwer muss doch darauf aufpassen, dass du dich nicht zwischen Tür und Angel vernaschen lässt.«

Ich konnte nicht anders, als bei ihren Worten laut loszulachen. Dann schaute ich amüsiert zu Logan. »Wir holen das nach. Und das nächste Mal ohne Unterbrechung.«

»Ich freue mich schon darauf. Sehr.« Er küsste meinen Mundwinkel, langsam und zärtlich, und ich bekam am ganzen

Körper Gänsehaut. Dann zwinkerte er mir zu. »Pass auf dich auf.«

Einen Moment lang sahen wir einander in die Augen, und ich war so gefangen von seinem Anblick, dass ich kurz vergaß zu atmen. Mein Herz pochte gegen meine Rippen, und das Kribbeln war so intensiv, dass ich schlucken musste.

Ich wusste ganz plötzlich und mit einer erschreckenden Sicherheit, dass ich mich von den Fersen bis in die Haarspitzen vollkommen in Logan verliebt hatte.

KAPITEL 26

Ruby ließ mir Zeit zum Umziehen, während sie meinen Rucksack packte, doch danach drängte sie mich eilig in Richtung Liga. »Mr Graham meinte, wir sollen sobald wie möglich kommen. Was für ein Glück, dass ihr hier kurz nach mir aufgekreuzt seid, sonst hätte ich euer Date stören müssen.«

»Stimmt, du hast nur den Abschiedskuss unterbrochen«, erwiderte ich und lachte hohl. Nervosität machte sich in mir breit, während wir über die Straße joggten. »Weißt du, warum wir uns so beeilen müssen?«

»Ich habe keine Ahnung. Aber grundsätzlich ist das immer ein schlechtes Zeichen.«

»Verdammt«, murmelte ich und atmete tief durch, als wir den Haupteingang erreichten.

»Wir schaffen das«, versuchte Ruby mich zu motivieren.

»Wir müssen«, erwiderte ich und trat in das Hauptquartier der Liga ein. Mir schien, als wären heute mehr Leute da als sonst. Aber vielleicht bildete ich mir das auch nur ein, weil ich so nervös war.

Wir schwiegen, bis wir Mr Grahams Büro erreichten. Leslie wartete bereits auf uns. Sie trug einen schwarzen Overall, der aussah, als könnte sie damit ganz bequem kämpfen.

Überraschenderweise war nicht nur Mr Graham anwesend, sondern auch Mr O'Brien.

»Willkommen«, begrüßte uns der Leiter des Kuratoriums und bedachte uns mit einem ernsten Blick. »Mr Graham hat mich hinzugeholt, da bei der Erstellung des Suchmittels einige Unstimmigkeiten aufgetaucht sind. Danke, dass Sie so schnell kommen konnten. Es scheint, als müssten wir uns besonders beeilen.«

Mr Graham trat vor und hielt ein kleines Fläschchen mit einem dunklen Pulver in seiner Hand. Er übergab mir meinen Dolch, den ich sofort einsteckte.

»Bitte wechselt alle in die Rúnda.«

Wir kamen Mr Grahams Bitte nach und befanden uns nur einen Moment später auf der anderen Ebene.

Der Mentor trat vor und hielt das Fläschchen in die Höhe. »Wie ihr wisst, konnten wir durch Elizas Dolch einen Teil der Essenz des Sluaghs lösen und so ein Suchpulver erstellen. Leider ist es eher unstet, was entweder bedeutet, dass der Sluagh sich immer weiter entfernt, oder, dass zu wenig Essenz durch den Dolch entrissen wurde. Deshalb ist Eile geboten. Seid ihr vorbereitet?«

Kein Stück. »Ja«, sagte ich dennoch.

Auch Ruby und Leslie nickten.

»Ihr müsst sehr sparsam mit dem Pulver umgehen, da wir nicht wissen, wie lange die Jagd andauern wird.« Er bedeutete mir, näher zu treten. »Das Pulver enthält einen Fetzen der Essenz des Sluaghs. Würden wir das Pulver in die Luft werfen, würde es einige Meter in Richtung des Sluahgs schweben und dann der Schwerkraft erliegen. Deshalb werden Leslie und Ruby dir ein wenig Pulver auf das Zeichen auftragen. Dadurch wirst du für einige Zeit spüren, in welche Richtung es geht.«

Seltsamerweise war dies nicht einmal das Verrückteste, was ich bisher von der Liga gehört hatte. »Alles klar.«

Nun trat Mr O'Brien vor. »Versuchen Sie immer nur so kurz wie möglich in die Rúnda zu wechseln. Der Sluagh wird spüren, dass ihm ein Teil seiner Essenz folgt.«

Ich nickte. »Wir werden ihn finden.«

»Davon bin ich überzeugt«, sagte er, und es klang, als würde er uns nicht wiedersehen wollen, falls es uns nicht gelang. »Wir wissen nicht, wie die Sluagh sich in dieser anderen Welt in den letzten Jahrhunderten verändert haben. Also haben wir keine Ahnung, was da auf uns zukommt. Sie müssen ihn ausschalten.«

Leslie und Ruby lächelten grimmig und entschlossen.

Mr Graham wirkte zufrieden. »Dann sollten wir beginnen. Ich zeige euch, wie ihr das Pulver auftragen müsst. Ruby, hast du an den Pinsel gedacht, um den ich dich gebeten habe?«

Sie nickte und fischte ihn aus der Tasche ihrer dunklen Jeans.

Unser Mentor öffnete das Fläschchen und tunkte die Spitze des Pinsels hinein. Nur so sehr, dass ein wenig von dem Pulver daran hängen blieb.

Ich drehte mich automatisch um und strich meine Haare aus dem Nacken. Kurz darauf spürte ich die feinen Borsten auf meiner Haut und ein sanftes Ziehen, als würde mein Tattoo das Pulver einsaugen.

Im nächsten Moment fühlte ich einen leichten Sog. Mein

Kopf drehte sich ruckartig nach rechts, und ich wusste einfach, dass der Sluagh sich in dieser Richtung befand – und inzwischen einige Kilometer hinter sich gebracht hatte. »Es funktioniert.«

»Großartig. Dann wünschen wir Ihnen viel Erfolg.« Mr O'Brien wirkte ungeduldig und schaute uns abwartend an.

Leslie zog einen Gegenstand aus ihrer Tasche und blickte darauf, während sie den Kopf in die Richtung neigte, in die ich meinen Kopf gedreht hatte. »Wir müssen in Richtung Nord-Osten.« Ein Kompass.

Kurz darauf wechselten wir alle wieder in unsere Ebene. Das Sog-Gefühl verschwand und war jetzt kaum mehr als ein fahler Geschmack auf meiner Zunge.

Schnell machten wir uns auf in Richtung Tiefgarage, wo wir in Rubys Wagen stiegen. Die Jagd war eröffnet.

∗∗∗

Wir fuhren in Richtung Nord-Osten aus Dublin heraus. Es roch nach dem alten Lufterfrischer, den Ruby am Rückspiegel hängen hatte, und das Auto war erfüllt von der leisen Popmusik, die im Radio lief.

Der Nachgeschmack des Sluaghs wurde immer weniger. Aber lag es nur daran, dass ich ihn auf dieser Ebene einfach schlechter spürte? Oder fuhren wir vielleicht doch in die falsche Richtung? In diesem Moment konnte ich vor uns die Überreste der eingestürzten Brücke sehen. »Können wir dort kurz anhalten?«

Da ich schlecht in einem fahrenden Auto in die Rúnda wechseln und wieder zurückkehren konnte, hielt Ruby kurzerhand am Straßenrand an. Jemand hupte wütend, als Ruby abrupt bremste. Beide Geräusche klangen mir noch nach, als ich in die andere Ebene wechselte.

Ich spürte sofort das Kitzeln auf meiner Haut. Doch während es in der Liga noch einen klaren Weg vorgegeben hatte, schien mir nun, als würde ich in mehrere Richtungen gezogen werden.

Als ich Sekunden später ins Auto zurückkehrte, sahen mich Ruby und Leslie erwartungsvoll an. Doch als ich ihnen von meinem Gefühl erzählte, wirkten sie ratlos.

»Vielleicht ist das Pulver doch nicht so genau, wie die Liga glaubt«, versuchte Ruby es zu erklären und zuckte mit ihren Schultern.

»Möglich«, stieg Leslie darauf ein und schaute auf ihren Kompass. »Aber aus Nord-Osten kam das Gefühl am stärksten?«

Ich nickte und schaute hinaus. »Wir sollten der Spur auf jeden Fall weiter folgen. Trotzdem ist es seltsam.«

»Absolut«, stimmte Ruby mir zu und blinkte, um sich wieder in den Feierabendverkehr einzuordnen.

Ich schaute hinaus zum dunkler werdenden Himmel. Warum war die Spur nur so unstet?

Hoffentlich fanden wir den Sluagh bald.

***

Wir wechselten uns beim Fahren ab. Das Pulver setzten wir erst wieder ein, als wir mitten in der Nacht für eine kurze Pause an einer Tankstelle anhalten mussten. Mit dem frischen Pulver konnte ich die Spur wieder stärker fühlen. Dennoch war es, als wären da noch Abzweigungen oder andere Wege. Wir diskutierten, was das wohl bedeuten könnte, kamen aber auf kein klares Ergebnis. Wir würden auf unser Bauchgefühl vertrauen müssen.

Inzwischen war es bereits fünf Uhr morgens, und wir befanden uns mittlerweile auf einer Straße kurz vor Limerick. Fast schien es, als würde der Sluagh wissen, dass er verfolgt wurde. Es fühlte sich an, als ließe er uns absichtlich einmal quer durch Irland fahren. Erst dachten wir, er befände sich in Cavan, dann führte uns die Spur aber weiter nach Galway und daran vorbei. Nun fuhren wir auf einer Landstraße, nur wenige Kilometer vor Limerick. Das Gefühl, dem Sluagh näher zu kommen, wurde immer stärker.

»Ich wollte dir noch was erzählen«, durchbrach Leslie die Stille, die von einem alten Song aus den Siebzigern untermalt wurde. Im Hintergrund schnarchte Ruby leise.

»Conor ist heute Nachmittag kurz wach gewesen.«

Mein Herz klopfte schneller, als würde es sich daran erinnern, dass er vor Kurzem noch mein Seelenverwandter gewesen war. »Wie ging es ihm?«

»Er hat nur deinen Namen gesagt. Dann ist er wieder eingeschlafen.« Traurige Bitterkeit schwang in ihren Worten mit, während sie sich auf die Straße konzentrierte. »Die Spezialisten sagen, er sei stabil. Sein Körper braucht nur noch etwas Ruhe.«

»Es tut mir leid«, stieß ich aus, auch wenn ich natürlich absolut nichts dafürkonnte.

»Schon gut. Es war doch klar, dass er nach dir fragen würde, nach allem, was passiert ist. Zudem hat er sicher beim Aufwachen gespürt, dass die Verbindung nicht mehr besteht.«

»Stimmt. Es ist für mich auch immer noch merkwürdig. Wer weiß, wie fremd sich das für ihn angefühlt hat.« Wenn nicht gar beängstigend. Vermutlich hatte er geglaubt, ich sei tot.

»Er war geradezu panisch und hat sich erst beruhigt, als man ihm versichert hat, dass es dir gut geht.«

»Du bist froh, dass die Verbindung jetzt schon gelöst ist, oder?«

»Es waren die schlimmsten zwei Monate meines Lebens«, gestand sie.

»Ich kann mir nicht einmal ansatzweise vorstellen, wie es sich anfühlen muss, wenn der eigene Freund eine Partnerschaft mit einer anderen Frau eingeht.« Mir entfuhr ein tiefes Seufzen. »Aber der Verlust dieser Verbindung tut mir fast körperlich weh. Ich bin froh, dass wir nicht ein Jahr damit warten mussten.«

Schweigend hingen wir unseren Gedanken nach. Es war noch dunkel, und wir hatten schon seit einer Weile kein anderes Auto mehr gesehen. Als uns nun ein Kleintransporter entgegenkam, blinzelte ich geblendet, während Leslie auf der schmalen Straße bremste und so weit wie möglich zur Seite fuhr, um ihm Platz zu machen.

»Fühlst du ihn noch?«

»Wir kommen ihm näher«, antwortete ich ihr, als sie wieder beschleunigte. »Aber ich spüre auch wieder diese seltsamen Abzweigungen. Als könnten wir auch rechts und links abbiegen und würden ihn trotzdem finden.«

Leslie machte ein unzufriedenes Geräusch, blinkte und fuhr dann kurzerhand in eine Seitenstraße, die sich als lange Einfahrt herausstellte. »Wir sollten kein Risiko eingehen und das Pulver benutzen. Wenn wir dem Sluagh schon so nahe sind, müssen wir nicht mehr sparen.«

Ruby stöhnte hinter uns verschlafen. »Wieso haben wir angehalten? Sind wir da?«

»Wir benutzen noch ein wenig Pulver«, informierte Leslie sie und hatte das Fläschchen bereits in der Hand.

Ich drehte mich auf meinem Sitz herum und strich meine Haare nach vorne, während ich in die Dunkelheit jenseits der Scheinwerfer starrte.

Irgendwas war anders. Ich spürte es. Und mit einem Mal fühlte ich mich beobachtet. Als würde dort in der Dunkelheit etwas lauern, das nur darauf gewartet hatte, dass wir anhalten würden.

Ich schluckte. Das konnte nicht sein. Niemand hätte wissen können, dass wir genau hier anhielten. Dennoch konnte ich mein Bauchgefühl nicht einfach ignorieren. »Beeil dich, bitte.«

Leslie fragte nicht, pinselte mir schnell ein wenig Pulver auf mein Tattoo, und noch während sie den Motor wieder startete, wechselte ich für eine Millisekunde in die Rúnda, um den Weg zu prüfen.

In diesem kurzen Moment sah ich eine dunkle Gestalt wenige Meter vor uns. Der Körper eines Menschen, umgeben von den Rauchschwaden eines Sluagh.

»*Aschenaiel.*« *Schnell.* Es war dieselbe Stimme, die ich schon so oft zuvor gehört hatte. War dies eine Falle? Oder hatte er uns gewarnt?

»Scath«, stieß ich in dem Augenblick aus, als ich wieder zurückkehrte und Leslie aufs Pedal drückte.

»Was?« Ruby packte meinen Sitz so fest, dass er wackelte. »Wo?«

»Gerade eben. Er stand einfach da und hat uns beobachtet. Er hat auch was gesagt.«

»Was hat er gesagt?«, fragte Leslie gepresst und drückte noch mal aufs Gas.

358

»*Aschenaiel*«, wiederholte ich, und das Wort fühlte sich vertraut auf meiner Zunge an. »Schnell.«

»Woher weißt du das?«, fragte Ruby gehetzt. Sie hatte ihr Gesicht in Richtung Heckscheibe gedreht, als würde sie prüfen, ob uns jemand verfolgte.

»Ich verstehe einige Wörter. Wegen meines Vaters.«

»Er hat die Sluagh studiert und ihre Sprache«, sagte Leslie, als würde das alles erklären. »Unglaublich, dass er dir das beigebracht hat. Wieso hast du bisher nichts gesagt?«

»Weil das verrückt ist«, erwiderte ich leise. Mein Blick war starr aus dem Fenster gerichtet, und fast erwartete ich, ihn jeden Moment wiederzusehen. »Ich möchte noch nicht, dass es die Runde in der Liga macht.«

»Man würde dich sofort zu den Spezialisten verfrachten.« So wie Ruby das sagte, klang es wie eine Strafe. Für jemanden, der die Jagd liebte, war es das vermutlich auch. »Keine Angst, wir verraten dich nicht. Vorerst. Irgendwann kommt so was immer raus.«

»Ich sage es Mr Graham, wenn wir den Sluagh erledigt haben.«

»Gute Idee.« Leslie räusperte sich. »Was könnte der Scath hier gewollt haben?«

Ich atmete tief ein. Keine Geheimnisse mehr. Ich wusste, dass ich ihnen nichts mehr verheimlichen wollte. »Ich glaube, es hat etwas mit mir zu tun.« Dann erzählte ich ihnen von meinen bisherigen Begegnungen mit dem Scath.

»Das heißt, das Ding ist der Grund, weshalb wir nicht unter der Brücke verschüttet wurden?«, fragte Ruby hörbar fassungslos von hinten. »Dann sag ihm oder ihr Danke von mir, wenn du ihn das nächste Mal siehst!«

»Ihm oder ihr?« Ich stand völlig auf dem Schlauch. Scath waren doch irgendwelche Wesen.

Leslie schnaubte lachend, als hätte sie meinen Gedanken erraten. »Ein Scath ist halb Mensch, halb Sluagh. Sie können beide Gestalten annehmen.«

»Das bedeutet, dass ich ihm vielleicht sogar schon in seiner menschlichen Hülle …«

»Keine Hülle. Richtiger menschlicher Körper«, korrigierte Leslie mich. »Themawechsel. Sind wir eigentlich noch auf dem richtigen Weg? Wir können uns später um den Scath kümmern, und beim nächsten Halt wechseln wir alle in die Rúnda und prüfen, ob wir verfolgt werden.«

Dem stimmten Ruby und ich nur allzu bereitwillig zu.

Plötzlich wurde das Kribbeln in meinem Nacken zu einem regelrechten Pochen. »Er ist hier irgendwo in der Nähe!«

»Der Scath?«, fragte Ruby mit einem Knurren.

»Nein! Der Sluagh. Rechts«, stieß ich aus, und Leslie wurde langsamer. Kurz darauf offenbarte sich in dem Lichtkegel der Autoscheinwerfer eine Schottereinfahrt.

Leslie wurde noch langsamer, bis wir genau davor stehen blieben. Wir starrten wie gebannt aus dem Fenster auf das alte Backsteinhaus, das hier sicher schon einige Jahrhunderte stand. Dunkelheit umschloss es, und durch die teils eingeschlagenen Fenster drang kein Licht.

»Genau das, was ich mir vorgestellt hatte.« Ruby klang, als würde sie das ernst meinen.

»Das ist ja wie im Horrorfilm«, stieß ich aus, und mein Überlebenswille weigerte sich, mich aus dem Auto steigen zu lassen. Dennoch legte ich meine Hand auf den Griff. »Ich spüre, dass der Sluagh da drin ist.«

»Dann lasst uns ihm in seinen rauchigen Arsch treten«, sagte Leslie grimmig und entschlossen.

Wir stiegen aus dem Wagen und wechselten einen Moment später in die Rúnda. Hier war es sogar noch dunkler, und weil sich keine Menschen in der Nähe befanden, schimmerte die Umgebung nur ganz leicht.

Wir konnten von unserer Position aus durch die schwach schimmernden Wände des Bauernhauses blicken, doch da war kein Sluagh.

»Dieser verdammte Mistkerl«, stieß Ruby leise aus und näherte sich mit gezücktem Dolch dem Gebäude. »Er versteckt sich.«

»Weiß er, dass wir hier sind?« Ich umklammerte meinen eigenen Dolch fester und lief neben ihr her.

»Vermutlich hat er uns wegen des Pulvers bereits wahrgenommen.« Leslies Schritte waren nahezu lautlos auf dem Kies.

So leise wie möglich schob sie die Tür auf, und wir traten nacheinander ein. Hier drin war es so düster, dass ich mich vorsichtig mit meinem Fuß vorantastete, um nicht gegen irgendwas zu stoßen. Überall lag Zeug rum, und soweit ich erkennen konnte, stapelten sich Unterlagen und Bücher auf den Kommoden und Schränken.

Wir durchquerten einen großen Wohnbereich, und ich wechselte kurz in die andere Ebene. Der Geruch von Schimmel, Staub und etwas anderem, das an Verwesung erinnerte, erschlug mich fast. Ich würgte, noch während ich in die Rúnda wechselte. »Hier ist irgendwas gestorben.«

Ruby stieß ein angewidertes Geräusch aus.

Als ich das nächste Mal zurückwechselte, knackte es plötzlich direkt unter mir. Mein Blick schnellte nach unten auf einen rissigen Holzboden. Im nächsten Moment ertönte ein

Knurren, eine Hand schlug durch das Holz und packte meinen Fuß.

Ich schrie und versuchte, mich loszumachen, bevor ich meinen Dolch mit voller Wucht auf die Hand heruntersausen ließ. Ein Ächzen erfüllte die Luft, und die Hand lockerte sich. Sofort wechselte ich in die Rúnda und sprang zurück.

»Alles okay?« Ruby starrte auf das Loch im Boden, aus dem dunkle Schatten drangen.

»Okay«, stieß ich nur aus und wich mit den anderen noch ein paar Schritte nach hinten. Doch der Sluagh zog sich zurück, anstatt erneut anzugreifen.

»Komm raus, du Feigling!«, versuchte Leslie ihn zu provozieren.

Mein Blick glitt über den Boden, der an einer Stelle ein wenig weicher schimmerte. Da musste eine Klappe sein, die nach unten führte.

»*Uhtheaithe aiuh*«, grollte der Sluagh unter uns.

»Hütet euch«, übersetzte ich für die anderen. »*Kahomy auhash!*« *Komm raus*, erwiderte ich. Auf einmal fiel mir die Sprache ganz leicht. Als hätte sich eine Blockade gelöst.

»Das ist so krass«, murmelte Ruby.

Der Sluagh stieß ein dunkles Grollen aus, das klang, als würde er uns auslachen, durchtrieben und böse.

»Fuck!«, stieß Leslie aus und fuhr ganz plötzlich herum.

Ich sah nur im Augenwinkel die Shag, die plötzlich auf uns zu stoben, und riss meinen Dolch hoch. Unglücklicherweise streifte ich sie nur und wurde mit der Wucht des Angriffs zu Boden gerissen. Direkt auf die Klappe.

Eine Hand aus Schatten und Dunkelheit griff in mein Haar. Holz splitterte, als der Boden unter mir brach, und ich tiefer in das Loch gezerrt wurde.

»*Bauhfaien Kahahfthe.*« Er wollte Kraft aus meiner Essenz saugen!

Ich schrie und krallte meine Finger in das Holz, während mein Kopf halb in dem dunklen Keller hing. Kopfüber starrte ich auf die Dutzenden Schatten, die sich dort aneinanderdrängten, und spürte, wie sie bereits an meiner Seele nagten. Weiße Schlieren stoben aus meinem gesamten Körper und wurden von den Schatten verschlungen.

»Eliza!« Ruby brüllte meinen Namen, und im nächsten Moment packte mich jemand am Bein und zog mich zurück.

Haare wurden mir ausgerissen. Ich stach wie wild mit meinem Dolch in alle Richtungen. Ein Ächzen ertönte, und im nächsten Moment löste sich der feste Griff in meinem Haar. Ruby zerrte mich mit einem Ruck aus dem Keller. Haut wurde aufgeschürft. Überall war Blut.

Ich sprang sofort auf die Beine, und mir entfuhr ein verzweifelter Laut, als ich die Sluagh sah, die uns plötzlich umzingelten. Ihre Schatten flackerten wie Flammen um ihre Gestalt, und ich hörte ihre drängenden, hungrigen Stimmen.

»Wir müssen hier weg«, sagte ich leise und drängte mich Rücken an Rücken mit Ruby und Leslie. »Das schaffen wir niemals.«

»Augen zu!«, brüllte plötzlich eine Stimme, und im nächsten Moment wurde etwas in den Raum geworfen. Ein Klicken ertönte, und auf einmal flutete gleißendes Licht meine Sinne.

»Raus!« Jemand packte mich am Arm und zerrte mich Richtung Haustür. Die Berührung war fest und drängend, und ich spürte eine Aura, die ich bisher nur ein paarmal wahrgenommen hatte. Und zwar jedes Mal, wenn ich verfolgt wurde. Es war der Scath, der uns schon mal gerettet hatte.

Für eine Millisekunde wog ich unsere Chance ab, was passieren würde, wenn ich ihn von mir stieß. Doch ich entschied mich anders, packte Leslie und Ruby und zog sie mit mir.

Gemeinsam stolperten wir nahezu blind nach draußen, während das Licht immer heller zu werden schien.

Außerhalb des Hauses umfing uns Dunkelheit, und ich blinzelte hektisch, damit meine Augen sich daran gewöhnten. Als ich wieder klar sehen konnte, war der Scath verschwunden.

»Ab ins Auto!« Ruby reagierte als Erste, stieß uns an und sprintete los.

Hinter uns grollte es, und noch immer waren das Haus und die Umgebung vom gleißenden Licht erhellt. Die Schatten wurden von ihm weggedrängt. Wenn wir eine Chance hatten zu entkommen, dann war der Moment vermutlich jetzt gekommen.

Leslie und ich sprangen zu Ruby ins Auto, und wir fuhren schlitternd los. »Wer zum Teufel war das?«

»Ich glaube, es war der Scath«, antwortete ich atemlos und starrte hinaus. »Die Sluagh … sie haben sich versteckt. Von alleine hätten sie diesen Schuppen niemals gefunden!«

»Jemand muss sie hergeführt haben, damit sie sich an das Licht unserer Welt gewöhnen können.« Leslie atmete hektisch. »Leute, es wurde beim Öffnen des Tores nicht nur ein Sluagh reingelassen, sondern eine ganze Horde!«

»Denkst du das wirklich?«, fragte ich und umklammerte meinen Dolch fester. Zugleich wusste ich tief in mir, dass sie recht hatte. Als ich in den Keller gestarrt hatte, war mir sofort aufgefallen, dass diese Sluagh … *anders* waren. Viel ursprünglicher als die, auf die ich bisher getroffen war. Diese Sluagh kannten nur Hunger und Kampf. Das war die Erklärung dafür, dass die Spur mit dem Pulver so unstet war. Wir könnten überall abbiegen und würden immer auf einen von ihnen treffen.

Und ich ganz allein war dafür verantwortlich. Ich hatte all diese Sluagh hereingelassen, als ich mit der Kette den Schutz des Portals zerstört hatte. Nur durch meine Hilfe hatte das Böse in unsere Welt gefunden. Und jetzt war es meine Aufgabe, das wieder geradezubiegen.

KAPITEL 27

Der Wagen verlor beinahe den Kontakt zur Fahrbahn, als Ruby scharf durch eine Kurve raste.
 Leslie hielt bereits das Handy am Ohr und verständigte die Liga.
 Als sie auflegte, klang sie unzufrieden. »Sie schicken Jäger, die in der Nähe leben.«
 Ruby knallte ihren Fuß auf die Bremse, und das Quietschen der Reifen durchzuckte die Nacht wie ein Schuss. Der Geruch von verschmortem Gummi lag in der Luft, und ich wurde in den Sicherheitsgurt gepresst. »Dann warten wir hier.«
 »Gute Idee«, stimmte Leslie sofort zu, und beide blickten mich erwartungsvoll an.
 »Ich weiß nicht, ob wir so lange warten können«, erwiderte ich zu ihrer sichtlichen Überraschung. Mein Blick flog in den Rückspiegel, wo das Licht im Haus bereits verblasste. »Sobald das Licht verschwindet, werden sie sicher aus dem Haus fliehen.« Ich schluckte schwer. »Bestimmt gibt es noch mehr von

ihnen, und das ist der Grund, weshalb die Suche so unpräzise war. Wir wurden einfach in die Richtung anderer Sluagh gezogen.«

»Fuck, du hast recht«, flüsterte Leslie, und selbst in der Dunkelheit sah ich, wie sie erblasste. »Das ist schlecht. Sehr schlecht.«

»Und das ist die Untertreibung des Jahrtausends!«, warf Ruby ein und presste für eine Sekunde ihre Lippen grimmig zusammen, bevor sie seufzte. »Aber ich gebe Eliza recht. Die Sluagh werden so schnell wie möglich fliehen, und wir haben keine Ahnung, wie lange die Jäger brauchen und ob es überhaupt genug sind.«

»Hast du einen Plan?«, fragte Leslie und wog ihren Kopf mal in die eine, dann in die andere Richtung, als würde sie innerlich das Risiko abschätzen wollen.

Ruby ballte ihre Faust. »Wir kämpfen bis zum Tod!«

»Das werden wir sicher nicht«, warf ich ein und deutete auf das kleine Fläschchen mit dem Pulver, das schon gut zu einem Drittel aufgebraucht war. »So wie es aussieht, kann nur ich die Sluagh finden.«

»Wir haben vorhin ein paar erledigt«, sagte Ruby und hielt ihren schimmernden Dolch hoch. »Sicher wird auch an unseren Waffen eine Spur kleben. Immerhin sind sie alle zusammen rübergekommen. Ihre Essenzen ähneln sich bestimmt. Zudem werden sie sich von den anderen Sluagh unterscheiden. Sie waren so lange in ihrer Welt und sind weniger weit entwickelt als die Sluagh, die schon länger hier sind.«

»Das leuchtet ein.« Leslie schnallte sich ab und öffnete die Autotür. »Wir positionieren uns an den Ausgängen und töten so viele, wie wir können.«

»Das klingt nach genau dem, was ich gerade vorgeschlagen habe«, warf Ruby ein und stieg ebenfalls aus.

Ich wollte meine Tür ebenfalls öffnen, doch sie klemmte. Ich versuchte es noch mal. Da war ein Widerstand. Mir entfuhr ein warnendes Geräusch. Gleichzeitig wurden Ruby und Leslie zurück in den Wagen gestoßen, und in dem Moment, als sich ihre Türen schlossen, erlosch das Licht im Haus.

Ich sah, wie ein Schatten, nein, es waren *mehrere*, unter das Auto schossen. Automatisch wechselte ich in die Rúnda.

Das Bild, das sich mir bot, war verheerend. Eine Flut aus Dunkelheit ergoss sich aus dem Haus. Es war eine Welle aus Dutzenden wütenden Leibern, die innerhalb eines Wimpernschlages in die Nacht verschwanden.

»Nein!« Ich fluchte und stieß meine Stirn an die Scheibe des Wagens.

»War das wieder der Scath?« Ruby reagierte als Erste und sprang wieder aus dem Wagen. Sie fluchte. Die Gestalten, die uns in Auto gestoßen hatten, waren ebenfalls verschwunden.

Ich stieg ebenfalls aus und schaute mich um. Nichts war zu sehen.

Leslie stellte sich neben mich. »Es scheint, als hättest du einen Beschützer. Offenbar hat er heute Freunde mitgebracht.«

»Merkwürdig.« Meine Lippen pressten sich zu einer harten Linie. »Aber weshalb?«

»Scath sind die Nachfahren von Sluagh. Wieso sollten sie uns helfen, wenn wir doch der Liga angehören und dafür geboren wurden, sie zu töten?«, fragte Leslie nachdenklich und lief auf und ab.

»Das solltest du am besten deinen Schatten fragen«, schlug Ruby vor und drehte sich zur Straße, als mehrere Autos aus verschiedenen Richtungen heranrasten. »Sieht so aus, als wäre die Verstärkung da.«

»Wir sagen ihnen nicht, dass du die Sprache der Sluagh verstehst«, entschied Leslie und sah mich warnend an. »Das könnte ein Fehler sein. Gerade im Hinblick auf deine Familiengeschichte und die Tatsache, dass wir von Scath gerettet wurden, macht uns das nicht unbedingt vertrauenswürdig. Wir sprechen darüber zunächst nur mit dem Kuratorium.«

»Gute Idee.« Ruby stellte sich in einer beschützenden Geste vor mich, als die Wagen vor uns hielten. »Kommt, wir begrüßen unsere Kollegen und erklären ihnen, warum sie nun doch überflüssig sind.«

Immer mehr Autos parkten auf dem Kies. Die Liga hatte unseren Hilferuf wirklich ernst genommen.

Es war ein beschissenes Gefühl, dass wir ihnen jetzt sagen mussten, dass die Sluagh fast alle entkommen konnten. Und das ohne eine Erklärung darüber, wieso wir nicht gekämpft hatten.

***

Wie zu erwarten, war das Kuratorium entsetzt über unsere Neuigkeiten gewesen.

Sie entschieden, dass Leslie fortan die Leiterin der Mission sein würde, da Ruby und ich noch dabei waren unseren Schulabschluss zu machen. Ich bot an, die Schule hintenanzustellen, aber das Kuratorium verneinte dies so heftig, dass weder Ruby noch ich Einwände erhoben.

Auch sonst war die Leitung der Liga nicht untätig gewesen. Offensichtlich hatte Ruby vor Kurzem darum gebeten, eine Wohnung innerhalb der Liga beziehen zu dürfen, und man teilte uns mit, dass wir fortan zusammenleben würden. Obwohl das natürlich großartige Neuigkeiten waren, konnte es den Schock über das Erlebte kaum abmildern.

Mein Magen fühlte sich von dem kurzen Frühstück, das wir vor Stunden auf dem Rückweg nach Dublin an einer Raststätte zu uns genommen hatten, noch immer flau an. Vielleicht hatte ich aber auch einfach schon wieder Hunger.

Es war bereits später Nachmittag, als wir Mr O'Briens Büro verließen.

Wir steuerten auf die Aufzüge zu, als Logan aus einem der Besprechungsräume trat. Ein Lächeln schob sich auf mein Gesicht, doch als ich sah, wer ihm aus dem Raum folgte, fielen meine Mundwinkel wieder hinab. Es waren mein Onkel Charles und meine Cousine Mara. War er nicht längst abgereist? Und warum war Mara nicht in den USA?

Zuletzt trat Mr Graham aus dem Raum. Es war derselbe, in dem ich mit Conor zum ersten Mal unsere Verbindung gespürt hatte.

Mein Herz schlug immer schneller. Ruby stieß ein ersticktes Geräusch aus und packte schützend meinen Arm.

Als Logan uns entdeckte, steuerte er direkt auf mich zu. Doch er lächelte nicht, sondern blickte mir in die Augen, als würde er mir so viel sagen wollen und nichts davon aussprechen können.

»Logan«, begrüßte Mr O'Brien ihn, der mit uns sein Büro verlassen hatte, und umrundete uns mit einem strahlenden Lächeln. »Ich kann Ihnen nicht genug danken, dass Sie und Mara diese Verbindung so kurzfristig eingegangen sind.«

Logan wurde langsamer, und ich sah ihm an, dass er sich nur mit viel Widerwillen auf Mr O'Brien konzentrierte.

370

Mein Herz setzte einen Schlag aus, bevor es viel zu schnell und viel zu laut loshämmerte.

Verbindung.

Logan.

Mara.

Mein Blick flog zu meiner Cousine, die mich kühl musterte und sich weiter mit unserem Onkel Charles unterhielt. Mr Graham nickte mir mit zusammengepressten Lippen zu.

Mir schien, als würde sich eine Haube über mich legen. Als würden alle Geräusche um mich herum verschwimmen, während mein Herz zu begreifen versuchte, was mein Verstand längst zusammengesetzt hatte.

Logan hatte uns nicht begleitet, weil er eine Verbindung zu Mara eingegangen war. Damit er ihr Anamaite wurde. Man hatte sie extra aus Amerika herfliegen lassen, damit sie das Portal zusammen mit Logan beschützte.

»Ich bin müde«, hörte ich mich leise und tonlos sagen.

Ruby griff nach meiner Hand und zog mich in den Aufzug, der längst auf uns wartete. Leslie verabschiedete sich schnell von den Anwesenden und drückte unauffällig den Knopf, der die Türen vorzeitig schließen ließ.

Logans Blick verfolgte mich, bis ihn die Aufzugtüren ausschlossen. Mit einem Ruck fuhren wir los.

Tief in mir zerbrach etwas, und ich wusste mit absoluter Sicherheit, dass es mein Herz war.

Logan und Mara.

Langsam drehte ich mich zu Leslie und starrte sie an, während sie mich mit Mitleid in ihren Augen anblickte. »Ich weiß jetzt genau, wie du dich gefühlt hast. Keine Worte wären genug, um dieses Gefühl zu lindern.«

Sie legte ihre Hand auf meine Schulter. »Ich weiß.« Sie log

nicht und machte mir auch nichts vor. Wir wussten beide, dass jede Beschwichtigung eine Lüge wäre.

Selbst Ruby fluchte nur leise und hatte vor Entsetzen ihre Hand vor den Mund geschlagen.

Mein Blick glitt zur verspiegelten Wand und traf auf meine geröteten Augen. In diesem Moment wurde mir eins klar. Ich hatte mich tatsächlich in Logan verliebt. Ich hatte ihm mein Herz geschenkt. Und es fühlte sich an, als hätten sich eiserne Klauen darum gelegt.

***

Es war keine Überraschung für mich, als Logan nur eine halbe Stunde später vor meiner neuen Wohnung auftauchte. Ruby war gerade losgefahren, um ihre Klamotten zu holen. Leslie besuchte Conor.

Also war ich auf mich allein gestellt, als ich die Wohnungstür öffnete. Ich hatte versucht, den Schmerz abzuschütteln, und schenkte ihm dieses flirtende Lächeln, das immer wie automatisch auf meinem Gesicht erschien, wenn ich ihn sah. Doch ich wusste nicht, ob mir das wirklich gelang. Ich machte einen Schritt zur Seite, um ihn reinzulassen, weil dies kein Gespräch war, das man auf dem Flur führte. »Hallo, Hüter.«

Er ging an mir vorbei in die Wohnung. »Lass es mich erklären.«

»Das musst du nicht.« Ich schloss die Tür und trat ins Wohnzimmer, wo ich mich auf den Sessel setzte, damit er nicht auf die Idee kam, sich neben mich zu setzen. Auch wenn ich es mir jetzt nicht anmerken ließ, würde seine Nähe mich nur noch mehr verletzen. »Mittlerweile kenne ich die Regeln der Liga. Du und Mara habt wohl die bestmögliche kompatible Frequenz, und das muss die Liga nutzen. Gerade jetzt, nach allem, was ich angerichtet habe.«

»Du hast den Schutz alleine so stark gemacht, dass sich fast alle Risse geschlossen haben.« Er lächelte voller Stolz. »Ich wünschte …«

»Wir sollten uns nichts wünschen, was sowieso nicht wahr werden würde«, unterbrach ich ihn und lehnte mich in dem Sessel zurück. »Aber ich möchte ehrlich sein. Ich verstehe nun, warum du dich mir gegenüber damals so verhalten hast. Es wäre eine dumme Idee, sich mit einem Hüter einzulassen.«

Seine Grübchen blitzten auf und fuhren mir direkt in den Bauch. »Und ich weiß jetzt, dass es sehr wohl möglich ist. Du hast es mir bewiesen. Jetzt, da ich weiß, wie es sich anfühlt …«

»Hör bitte auf damit.« Meine Stimme war leise. »Du hattest von Anfang an recht. Das wird nur einem von uns das Herz brechen.« Ich konnte ihn nicht einmal ansehen, als ich zugab, wie viel ich für ihn empfand.

Logan, der die ganze Zeit gestanden hatte, kniete sich nun vor mich, damit wir auf Augenhöhe waren. Es war eine demütige Geste, die so viel mehr bedeutete, als ihm vielleicht bewusst war. Es war Respekt und Liebe.

Seine Augen waren warm, und seine Grübchen unterstrichen, wie ehrlich sein sanftes Lächeln war. Dennoch berührte er mich nicht, als wüsste er, dass ich noch nicht so weit war. »Ich mag dich. Sehr. Nicht einmal diese Verbindung kann das ändern. Weil nicht Mara es ist, die ich will. Ich will dich.«

Mein Herz polterte und tobte, doch ich zwang mich, mir nicht anmerken zu lassen, wie kurz davor ich war, mich einfach in seine Arme zu werfen. »Wieso glaubst du, du könntest dieser Verbindung widerstehen?« Ich zwang mich, all die Worte auszusprechen, die ich bisher für mich behalten hatte. »Conor und ich haben etwas Besonderes geteilt. So wie … ihr. Es ist eine Verbindung, die sich anfühlt, als hätte eine uralte Macht sie selbst geschaffen. Und diese Verbindung zu Conor wieder zu verlieren … es hat sich angefühlt, als hätte man mir tatsächlich einen Teil meiner Seele entrissen. Er wird immer fehlen. Du hast keine Ahnung, wie schwer es wirklich ist.«

»Aber es ist nicht unmöglich. Wenn man wirklich will«, beharrte er und erinnerte mich so sehr an mich selbst, dass mein Mundwinkel zuckte.

»Wieso denkst du, du wärst so stark?«

»Weil ich mich in dem Moment in dich verliebt habe, als du mir in deinem Hadeskostüm gesagt hast, dass ich mich zu sehr anstrenge.« Er lachte leise, und sein Lächeln wurde noch ein wenig sanfter. »Es war so verdammt schwer, dich mit meinem besten Freund zu sehen. Aber du bist so stark und mutig und, nicht zu vergessen, unglaublich attraktiv.«

Ich stieß ein überraschtes und leicht ersticktes Lachen aus. Zugleich blinkte in meinem Kopf immer wieder dieses eine Wort auf: verliebt. Logan hatte sich in mich verliebt!

»Lass es mich dir beweisen. Du musst nicht sofort eine Beziehung mit mir anfangen. Aber geh mit mir aus. Noch ein paarmal. Du wirst sehen, wie perfekt wir zusammenpassen.«

Ich biss mir auf die Unterlippe. Unsicherheit dämpfte das kurze Hochgefühl. »Wann ziehst du mit Mara zusammen?«

»Gar nicht.« Er lächelte noch breiter. »Ich habe mich dagegen entschieden, und das Kuratorium hat eingewilligt. Mara wird ebenfalls hier im Haus wohnen, aber eben nicht mit mir zusammen.«

Erleichterung flutete mich, und ich hätte beinahe laut geseufzt. Dennoch versuchte ich, mir nichts anmerken zu lassen. »Okay. Cool.«

Logan lachte, denn er durchschaute mich sofort. »Komm, ich lade dich zum Abendessen und auf einen starken Drink ein, und du erzählst mir alles von deiner Mission. Ich habe schon gehört, dass es spektakulär gewesen ist.«

»Oh ja.« Ich lächelte und streckte ihm meine Hand entgegen, damit er mir hoch half. »Das klingt nett.«

»Nett«, wiederholte er mit dunkler Stimme und zog mich so nah an sich, dass unsere Körper sich berührten. »Das dachte ich damals auch, als du auf mich zugekommen bist.«

»Und als ich den Mund aufgemacht habe, habe ich es versaut?«

Er grinste, küsste mich kurz und schnell auf den Mundwinkel und scheuchte mich dann in Richtung meines Zimmers. »Zieh dir was Nettes an. Ich hole dich gleich ab.«

Ich erwiderte sein Grinsen und verschwand in meinem Zimmer. Als ich ein kurzes schwarzes Kleid aus dem Schrank holte, hörte ich, wie die Wohnungstür geschlossen wurde.

Kaum zehn Minuten später war ich umgezogen, und mit meinem dunkelroten Lippenstift gab ich dem Outfit einen letzten Akzent. Meine warme Strumpfhose und die kniehohen Stiefel machten es wintertauglich.

Zwar war ich noch immer nicht gänzlich davon überzeugt, dass es gut gehen würde, weiter mit Logan auszugehen, aber mein Herz wollte sich noch nicht davon abbringen lassen.

Vielleicht war es dumm, weiter mit ihm Zeit zu verbringen, aber bekanntlich waren es gerade diese Dinge im Leben, die einen weiterbrachten. Es gab genau zwei Möglichkeiten, wie das hier enden würde – es brach mir das Herz, oder wir schafften es, glücklich zu werden.

Ich straffte meine Schultern und ging in Richtung der Tür.

Nichts hatte mich je davon abgehalten, mich einer Herausforderung zu stellen.

KAPITEL 28

Als ich die Wohnungstür öffnete, hörte ich die Stimme meiner Cousine Mara.

Ich streckte meinen Kopf hinaus und sah, wie sie gerade ihre Wohnung verließ und sich mit einer anderen Jägerin unterhielt, die ich bisher nur vom Sehen kannte. Ich wusste, dass Ruby ebenfalls mit ihr befreundet war, aber bisher hatten wir einfach keine Berührungspunkte gehabt.

Als Mara mich entdeckte, zerfiel ihr Lächeln zu Staub, und sie musterte mich abschätzig von oben bis unten. »Hi, Eliza.«

»Hi«, erwiderte ich, und mir wurde klar, dass unser bisher frostiges Verhältnis unter diesen Umständen wohl auf Antarktistemperaturen herabsank. Ich nickte auch ihrer Begleitung zu und kramte gedankenverloren in meiner Handtasche.

Mara und die andere Jägerin passierten mich. Ich wollte ihr nicht unbedingt unter die Nase reiben, dass ich mit ihrem Anamaite ausging, also ging ich noch einmal zurück in die Wohnung und trank einen Schluck Wasser.

Als ich wenige Minuten später wieder rausging, war niemand mehr auf dem Flur zu sehen. Natürlich wollte ich, dass das zwischen Logan und mir funktionierte, aber das bedeutete nicht, dass ich unnötig Stress provozieren musste. Ich mochte ihn. Sehr. Das machte mich gerade ein wenig zerbrechlich.

Ich lief in Richtung von Logans Wohnung. Warum brauchte er so lange?

Als ich näher kam, sah ich, dass die Wohnungstür nur angelehnt war. Ich schob sie leise auf, und bevor ich auf mich aufmerksam machen konnte, hörte ich Maras Stimme aus dem Wohnzimmer. »Ein Date?«

»Ja, Mara. Ich habe sie um ein Date gebeten. Es tut mir leid, aber ich habe dir vor unserer Verbindung klargemacht, dass ich dies nur für die Liga tue. Ich will keine Beziehung.«

Ich schob meinen Kopf vor und entdeckte die beiden. Sie sahen einander an, und auch wenn Logan abweisend seine Arme verschränkt hatte, konnte ich es sehen. Dieses Band zwischen ihnen. Es war, als würde ich Conor und mich sehen und diesen riesigen Magneten, der uns mit aller Macht zueinander hatte drängen wollen.

»Du meinst wohl, du willst keine Beziehung mit mir«, fügte meine Cousine hinzu. Ich biss mir auf die Unterlippe, und auch wenn alles in mir danach drängte, weiter zu lauschen, drehte ich mich um und verließ schnell wieder die Wohnung. Es stand mir nicht zu, das mitanzuhören.

Ich schrieb Logan eine kurze Nachricht, dass ich unten auf ihn warten würde, weil ich sowieso noch den Schlüssel für Ruby hinterlegen musste, und ging zur Treppe.

Logan antwortete natürlich nicht, und ich konnte nicht verhindern, dass meine Hände nervös zitterten. Auch wenn Logan sich klar für mich entschieden hatte, nagten Zweifel an mir. Mara und er würden zusammenarbeiten und sich jeden Tag sehen. Und ihre Verbindung hatte kein zeitliches Limit so wie bei Conor und mir. Sonst hätte Logan davon erzählt. Er glaubte sicher, er wäre stark genug, ihrer Verbindung zu widerstehen. Aber war er das auch auf Dauer?

Und wollte ich diejenige sein, die ihn davon abhielt, mit Mara glücklich zu sein? Natürlich war es nicht so. Noch nicht. Aber Mara hatte geklungen, als würde sie das genauso sehen.

Der Stein in meinem Magen wurde immer schwerer, und jegliches Hochgefühl verschwand. Ich fühlte mich ausgelaugt, und meine Augen brannten.

Schnell hinterlegte ich beim Ladenbesitzer meinen Schlüssel für Ruby, bevor ich nach draußen eilte und gierig die frische Luft einatmete.

Ich lief über die Straße und lehnte mich gegen die steinerne Mauer, die die Liffey an ihren Seiten rahmte. Das Wasser plätscherte leise vor sich hin, und der kalte Wind roch nach bald fallendem Schnee. Ich zog meinen Mantel fester um mich und beobachtete den abendlichen Verkehr. Die Sonne war bereits untergegangen.

Durch die Fenster des Shops sah ich Mara und Logan aus dem Hinterausgang in den Verkaufsraum treten. Sie hatten mich noch nicht entdeckt und unterhielten sich mit dem Ladenbesitzer.

Mein Magen zog sich zusammen, als Mara wie beiläufig die Hand auf Logans Rücken legte.

Plötzlich aufwallende Eifersucht schnürte mir die Kehle zu, und ich wandte den Blick ab, während ich noch einmal tief durchatmete.

Ganz plötzlich wurde dieses elendige Gefühl von etwas anderem überlagert. Mein Kopf zuckte zur Seite, als ich den Scath neben mir spürte.

Der Scath hatte seine Schattengestalt angenommen, und obwohl es durch die vorbeifahrenden Autos und wegen der Straßenlaternen nicht unbedingt dunkel um mich herum war, schien er mit der Dunkelheit dazwischen zu verschmelzen.

Kurz setzte mein Herz vor Schreck aus. Doch dann beruhigte ich mich. Hätte er mich umbringen wollen, hätte er das längst erledigt. Zudem hatte er mir schon so oft das Leben gerettet, dass er einen kleinen Vertrauensvorschuss verdiente. »Danke.« Das Wort war kaum mehr als ein Wispern im Wind.

Der Scath machte ein zustimmendes Geräusch, das mir eine Gänsehaut verursachte. Ich spürte, dass er eine dunkle Kreatur war, etwas, das nicht in diese Welt gehörte. Und doch war ein Teil von ihm menschlich.

»Warum?«, fragte ich ihn leise. »Warum hilfst du mir immer wieder?«

Der Scath näherte sich mir, und ich blieb wie erstarrt stehen. Ein Teil seiner Dunkelheit streifte meine Wange, und wo Entsetzen sein sollte, fühlte ich nur Sehnsucht.

Ich blinzelte überrascht und machte nun doch einen Schritt zurück. »Antworte mir.«

Ein leises grollendes Lachen ertönte, bevor er einfach verschwand.

»Eliza?«

Ich drehte mich um, als ich Logans Stimme hörte, und versuchte, mir nicht anmerken zu lassen, wie weh es tat, dass Mara neben ihm stand. Weil ich meiner Stimme nicht traute, sah ich Logan nur fragend an.

Dieser blickte neben mich, als hätte er gespürt, dass ich bis gerade eben nicht alleine gewesen war. Doch dann blinzelte er und lächelte vorsichtig. »Ich weiß, dass das jetzt schräg klingt.«

Oh, bitte nicht. Eine dunkle Vorahnung verknotete jedes meiner inneren Organe.

»Aber ich habe bemerkt, dass da eine gewisse Spannung zwischen euch herrscht. Und ich denke, es wäre das Beste, wenn wir das klären, bevor es nur noch schlimmer wird.«

»Die Idee ist fantastisch«, stimmte Mara ihm sofort süßlich zu und lächelte mich an, als wäre ich eine Gazelle und sie die Löwin.

Da kannte sie mich aber schlecht. Ich nickte langsam, und mir wurde klar, dass Logan jemand war, der es uns beiden immer würde recht machen wollen. Ganz einfach, weil wir beide wichtig für ihn waren.

Aber das war nicht das, was ich mir für mich wünschte. Ich wollte geliebt werden. Heiß und innig, und ich wollte an erster Stelle stehen und mir diesen Platz nicht mit einer anderen teilen.

Deshalb fällte ich eine Entscheidung. Für mich und für mein Herz, das innerlich vor Protest brüllte. »Es tut mir leid, Logan. Ich kann das nicht.«

Seine Augen weiteten sich, und er warf Mara einen bittenden Blick zu. »Warte kurz, okay?«

Als sie zögerlich nickte, bat er mich, ein paar Schritte weiter zu gehen. Er drehte mich so, dass ich Mara nicht mehr sehen konnte. In seinem Blick las ich, dass er davon überzeugt war, das Richtige zu tun. »Wir können das schaffen.«

»Ich möchte das nicht«, erwiderte ich leise und zugleich fest. Tränen schimmerten in meinen Augen. »Ich mag dich. Sehr«, wiederholte ich seine Worte von vorhin. »Aber es reicht nicht, um für den Rest meines Lebens diesen Kampf zu kämpfen.«

»Eliza.« Er sagte meinen Namen wie eine Bitte. »Gib mir eine Chance.«

»Das war deine Chance.« Ich stieß ein Lachen aus, traurig und hohl. »Werde glücklich. Das ist das Einzige, was ich mir für dich wünsche.«

Er griff verzweifelt nach meiner Hand, als ich mich von ihm abwenden wollte. Als wüsste er nicht, wie er mit Worten retten sollte, was längst verloren war. Seine Augen sahen mich flehend an.

»Lass mich gehen.«

Logan ließ meine Hand los und straffte zugleich seine Schultern. »Ich werde uns nicht so schnell aufgeben.«

Ich atmete tief durch und schüttelte meinen Kopf, während ich kurz davor war, in Tränen auszubrechen. »Das solltest du aber, wenn du in meinem Herzen nicht nur verbrannte Erde hinterlassen willst.«

»Ich werde dir dein Herz nicht brechen. Ich könnte das gar nicht.«

Vielleicht glaubte er dies wirklich. Aber ich wusste es besser.

Und als ich mich stumm umdrehte und in Maras dankbares Gesicht blickte, wusste ich, dass sie ihn nicht aufgegeben hätte. Sie hätte um ihren Anamaite gekämpft. Für einen winzigen Moment kam mir in den Sinn, dass sich aufgrund unserer Verwandtschaft unsere Seelen ähneln müssten. Wenn meine Frequenz also nur ein wenig anders gewesen wäre, hätte vielleicht sogar Logan mein Anamaite werden können.

Mein Hals wurde eng vor Sehnsucht. Alles begann mit einer Lüge, und ich war eine Närrin, weil ich mir für einen Moment wünschte, sie wäre wahr gewesen. Damals im Club, als wir beide als Hades verkleidet gewesen waren, hatte es sich für einen winzigen Moment so angefühlt, als wäre *er* mein Seelenverwandter.

Ich hatte vom ersten Moment an gewusst, dass diese verdammten Grübchen mein Untergang sein würden.

Nun ging ich an den beiden vorbei und lief an der Liffey entlang, immer weiter, obwohl ich kein wirkliches Ziel hatte. Ihre Blicke brannten sich in meinen Rücken, und während ein Teil von mir verletzt war, weil Logan mir nicht folgte, war der andere dankbar.

Manche Entscheidungen brechen einem das Herz und schenken zugleich Frieden.

Ich schrieb Ruby eine kurze Nachricht und lief einfach weiter. Dabei spürte ich den Scath ganz in meiner Nähe, als würde er mich weiterhin beschützen wollen.

Vielleicht war es dumm, aber seine Anwesenheit war tröstlich. Sie lenkte meine Gedanken auf die Aufgabe, die nun vor mir lag.

Ich würde all die Sluagh jagen und töten, die ich durch das Portal in unsere Welt gelassen hatte.

Das war, wofür ich geboren worden war.

Ich war nun eine Jägerin, und ich würde mir und der ganzen Welt beweisen, dass ich es wert war, ein Teil der Liga zu sein.

Ende Band 1

Valentina Fast

STEINERNES HERZ

erscheint im Oktober 2022

Danksagung

Eliza Moore zu schreiben war wie ein Rausch. Die Figuren, ihre Schicksale und ihre Aufgaben sind zu meinen Freunden geworden, und ich liebe es, dass ich genau in diesem Moment noch mitten in dem zweiten Band stecke. Ich werde Eliza und ihre Freunde wirklich vermissen.

Zunächst danke ich meiner Agentin Christine Härle, die mich immer so tatkräftig unterstützt. Sie sind ein Schatz!

Ein ganz großer Dank geht an meine Lektorin Anni. Du bist die Beste. Ohne zu übertreiben. Danke für alles <3

Ich danke auch all meinen großartigen Kollegen, mit denen ich mich immer austauschen kann. Ohne euch würde dieser Job nur halb so viel Spaß machen.

Zum Schluss danke ich Euch, meinen Lesern, denn ohne Euch wäre ich jetzt nicht dort, wo ich bin. DANKE!

Manchmal müssen unsere Essenzen nicht auf derselben Wellenlänge schlagen.

Es reicht auch, wenn es unsere Herzen tun.

Eure Valentina

Der Auftakt einer neuen fesselnden Dilogie von Erfolgsautorin Valentina Fast!

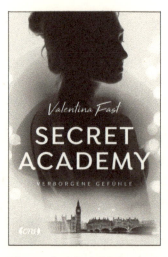

Valentina Fast
SECRET ACADEMY
Verborgene Gefühle

448 Seiten
ISBN 978-3-8466-0106-8

Als angehende Agentin der Londoner Secret Academy – einer Schule für Menschen mit außergewöhnlichen Begabungen – steht die 19-jährige Alexis im Dienst der Krone. Als sie jedoch erfährt, dass ihre kleine Schwester entführt wurde, wirkt auf einmal jeder in ihrem Umfeld verdächtig. Alexis kann niemandem mehr trauen. Nicht ihrem Mitschüler Dean, und erst recht nicht dem Neuen, der Ärger magisch anzuziehen scheint. Doch als ihr klar wird, dass es um mehr als die Rettung ihre Schwester geht, muss sie sich entscheiden. Für die Pflicht – oder für ihr Herz.

ONE

Band 2 der Secret Academy-Dilogie: spannend, fulminant und hochromantisch!

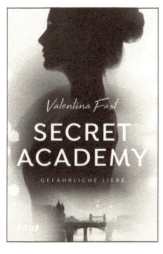

Valentina Fast
SECRET ACADEMY
Gefährliche Liebe
Band 2

496 Seiten
ISBN 978-3-8466-0117-4

Alexis hat Hochverrat begangen – am MI20, ihren Freunden und ihrer großen Liebe. In einem Hochsicherheitsgefängnis wartet sie nun auf ihren Prozess und trifft dort auf einen Feind, der sie an ihre körperlichen und emotionalen Grenzen bringt. Und auch an der Akademie braut sich ein Sturm zusammen: Alexis' Schwester Cassie geht es nach ihrer Rettung immer schlechter, und Dean fasst einen Entschluss, der ungeahnte Folgen hat. Die Lage spitzt sich zu, und ein Wettlauf gegen die Zeit beginnt. Wird Alexis es schaffen, freizukommen und die geheimen Machenschaften ihrer Gegner aufzuhalten?

ONE

Leseprobe

Secret Academy – Verborgene Gefühle

Valentina Fast

Prolog

Wie alles begann ...

»Lexiiiiii.« Meine kleine Schwester Cassie zog meinen Spitznamen flehentlich lang. »Spiel mit!« Ihre großen blauen Augen erinnerten mich so sehr an unseren Vater, dass ich kurz meinen Kopf abwenden musste und einmal mehr hoffte, dass sie es nicht bemerkte. Mein Blick glitt durch den Schlafsaal, den wir uns mit zehn anderen Mädchen teilten, die allesamt jünger als ich waren. Die Betten standen dicht nebeneinander aufgereiht, und dazwischen war gerade mal genug Platz, um dort entlang zu gehen. Dennoch spielten meine zehnjährige Schwester Cassie und drei andere Mädchen in ihrem Alter seelenruhig auf dem Boden mit Puppen, die unsere Eltern schon längst weggeworfen hätten. Nur waren diese Puppen alles, was meine Schwester außer mir noch hatte.

»Heute nicht.« Ich schenkte meiner Schwester ein kurzes Lächeln. Sie war fünf Jahre jünger und kam viel besser mit allem zurecht als ich selbst. Zumindest wollte ich, dass es so war. Vielleicht redete ich mir das auch nur ein, um mir nicht noch mehr Sorgen machen zu müssen.

Als unsere Eltern vor einem knappen Jahr bei einem Autounfall ums Leben kamen, verloren wir alles. Unsere Spielsachen, unsere Freunde, unser Zuhause. Wir hatten niemanden mehr, und der Staat steckte uns in ein Londoner Kinderheim.

Cassie mit ihren blonden Haaren und ihren freundlichen

Augen war so ein hübsches Mädchen, dass sich die Anfragen für sie schnell häuften. Da wir aber Schwestern waren und uns niemals trennen wollten, hätten die Leute uns gemeinsam adoptieren müssen. Wenigstens akzeptierte die Heimleiterin unseren Wunsch, zusammenzubleiben. Mir war klar, dass dies nicht immer üblich war.

Doch scheinbar wollte niemand eine brünette, hagere Teenagerin, die der Heimleiterin nach viel zu finster dreinschaute.

»Na gut«, seufzte Cassie, so wie Mom es immer getan hatte, wenn sie wusste, dass sie trotz allem ihren Willen bekommen würde. Kurz fiel ihr Blick traurig auf die Puppe, bevor sie mich wieder angrinste. »Machst du mir eine Blume?«

Ich lachte und nickte dann, bevor ich mich von meinem Bett erhob, auf dem ich gerade noch gelegen und gezeichnet hatte. Nicht, dass ich besonders talentiert war, aber es lenkte mich ab. Ich setzte mich auf den Bettrand, riss ein Blatt Papier aus meinem Block und strich es glatt, während die Mädchen mit dem Spielen aufhörten und vom Boden aus zu mir aufschauten. Sie waren alle so jung und jede von ihnen hatte diesen traurigen Ausdruck in den Augen, als hätten sie in ihrem jungen Leben schon zu viel mitgemacht. Ich lächelte, weil ich wusste, dass ein Lächeln die Seele mehr wärmen konnte, als es ein Kleidungsstück jemals könnte. Sie lächelten schüchtern zurück.

Ein letztes Mal strich ich das Papier glatt, bevor ich es zur Hälfte knickte. »Einst lebte in einem fernen Land eine schöne Prinzessin«, begann ich, wie immer, wenn ich die Blume faltete, so wie meine Mutter es mir beigebracht hatte. »Sie war so schön, dass die Prinzen von nah und fern kamen, um sie um ihre Hand zu bitten. Doch niemand von ihnen konnte sie beeindrucken. Ihr Vater fand, sie solle endlich heiraten, und ungeduldig wie er war, forderte er seine Tochter auf, sich endlich zu entscheiden.«

Meine Schwester kicherte, wie immer an dieser Stelle, und ich lächelte schief, während ich weiterbastelte. »Aber die Prinzessin war eigensinnig und wollte sich nichts vorschreiben lassen, deshalb entschied sie, dass nur derjenige Prinz sie zur Frau nehmen durfte, der ihr das schönste Geschenk machte.« Mir war plötzlich, als würde mir beim Erzählen das blumige Parfüm meiner Mutter in die Nase steigen, und mit einem Mal fühlte ich mich in die Vergangenheit zurückversetzt. Ich konnte mich noch genau daran erinnern, wie ich in Cassies Alter neben meiner Mom gesessen hatte und sie mir diese Geschichte erzählte. Die Erinnerung ließ mich kurz wehmütig werden, weil sie trotz allem zu schön war, um sie vergessen zu wollen. »Die Prinzen kamen in Scharen und brachten die wunderbarsten Geschenke. Doch kein Schmuck, keine schönen Kleider, keine prunkvollen Kutschen und auch nicht die schnellsten Pferde der Welt konnten sie begeistern. Aber die Prinzen kamen immer wieder, auch wenn es von Jahr zu Jahr weniger wurden. Denn irgendwann verbreitete sich das Gerücht, die Prinzessin sei gierig, hochmütig und würde sich niemals entscheiden können, weil sie sich so von den dargebotenen Reichtümern blenden ließ.«

Nun begann ich, die Blume zu formen. »Doch dann kam ein Prinz, der von einem Sturm überrascht wurde. All seine mitgebrachten Geschenke fielen in einen Fluss und wurden fortgespült. Gnädigerweise erhielt er bei einer Bauernfamilie Zuflucht für die Nacht. Am nächsten Tag sah er, dass seine edle Kleidung ruiniert war, doch da er kein eitler Mann war, machte es ihm nichts aus, die geflickte Kleidung des Bauers zu

tragen. Sie liehen ihm einen alten Gaul, mit dem er weiterrei-
ten konnte und warnten ihn noch, dass die Prinzessin ihn so
niemals empfangen würde. Doch der Prinz lachte nur und
machte sich auf den Weg zum Palast. Dort saß die Prinzessin
auf ihrem Platz, neben dem Thron ihres Vaters, und war traurig. Nicht einer hatte sie als die Frau gesehen, die sie war, und
es würde auch niemand mehr kommen. Dann aber trat der
Prinz in den Saal. Die Wachen wollten ihn schon nicht vorlas-
sen, doch die Prinzessin winkte ihn neugierig zu sich.« Ich
machte eine Pause und schaute in die erwartungsvollen Gesichter der Mädchen, die sich voll und ganz auf mich konzen-
trierten. »Er hatte nichts bei sich, was er der Prinzessin schenken konnte, doch als er sie sah, verliebte er sich sofort in ihre
strahlenden Augen. Der Prinz bat um ein Blatt Papier, und die
Neugier der Leute wuchs. Mit geschickten Fingern faltete er
eine Blume daraus und kniete sich dann vor die Prinzessin.«
Ich hielt die fertig gefaltete Blume zwischen meinen Fingerspitzen und streckte sie den Mädchen entgegen, als wäre ich
selbst der Prinz. »Meine Prinzessin, ich habe nichts bei mir,
was Euch von einer Ehe mit mir überzeugen könnte. Doch ich
möchte Euch diese Blume schenken. Sie wird niemals verge-
hen, genauso wie meine Liebe zu Euch, die in mir entfachte,
als ich Euch zum ersten Mal in die Augen blickte. Nehmt diese Blume von mir an, das bitte ich Euch, selbst wenn Ihr mich
abweisen wollt. Denn dann weiß ich, dass wenigstens ab und
an ein kleiner Gedanke von Euch mir gehören wird.«
Cassie und ihre Freundinnen seufzten, und ich betrachtete
lächelnd die kleine Blume aus Papier zwischen meinen Fingern. »In der Prinzessin entbrannte in diesem Moment eine
ebenso große Liebe für den Prinzen, denn er war der Erste, der
sie als Frau sah und nicht als Prinzessin. Überwältigt von ihren

Gefühlen bat sie ihn selbst um seine Hand, zur Empörung aller Anwesenden. Er lachte erfreut und sagte natürlich zu. Sie heirateten noch am selben Tag, und die Feierlichkeiten liefen eine ganze Woche lang. Gemeinsam lebten sie glücklich bis ans Ende ihrer Tage.«

»Ich will auch einen Prinzen«, seufzte meine kleine Schwester und brachte mich damit zum Lachen.

»Dafür bist du noch zu jung, aber stattdessen bekommst du eine Blume.« Ich legte ihr die Bastelei in die Hand und schaute dann zu den anderen Mädchen, die die Blume mit großen Augen betrachteten. »Und jetzt mache ich für jede von euch eine dieser besonderen Blumen, ja?«

Das darauffolgende Jubeln war mehr wert, als ich aussprechen konnte. Diese Mädchen hatten ihre Familien verloren oder waren ihnen aus gutem Grund entrissen worden – und dennoch freuten sie sich über so eine kleine Papierblume. Mit einem Lächeln begann ich, weitere Zettel aus meinem Block zu reißen und dann zu falten.

Als ich schließlich fertig wurde, war es bereits so spät, dass unsere Hausmutter kam und das Licht ausschaltete. Wir alle legten uns in unsere Betten, aber es dauerte noch lange, bis die Mädchen aufhörten sich leise flüsternd zu unterhalten.

Ich selbst war jedoch hellwach und betrachtete gedankenverloren die Decke. Knochige Finger kratzten an ihr entlang, und hätte ich nicht gewusst, dass es nur die Schatten des kahlen Baums vor unserem Fenster waren, hätte ich mich vielleicht gefürchtet. Doch diese Angst hatte ich abgelegt, als mir klar geworden war, dass die Realität noch viel grausiger sein konnte als meine Fantasie. Meine Eltern zu verlieren, war so ziemlich das Schlimmste, was hätte eintreffen können.

Als die Kirchturmuhr draußen Mitternacht schlug, wartete

ich noch einen Moment, bevor ich lautlos aus meinem Bett stieg und mich wieder anzog.

Seit dem Unfall litt ich an Schlaflosigkeit, und wenn ich schlief, dann quälten mich Albträume. Ich war nicht dabei gewesen, dennoch träumte ich davon, als wäre ich die einzige Überlebende.

Leise schlich ich aus dem Gemeinschaftszimmer und glitt in den leeren Flur, der in völliger Dunkelheit lag. Ich lief den mittlerweile bekannten Weg bis zu der Kammer, die sich direkt über den Garagen befand. Ich schloss hinter mir ab, bevor ich das Fenster öffnete und wie jede Nacht meinen Mund verzog, als die Scharniere knarrten. Ich hatte sie schon öfter heimlich geölt, doch der Erfolg hielt nie lange an. Mit einer fließenden Bewegung kletterte ich auf den Fenstersims und zog das Fenster hinter mir zu, bevor ich auf die Garage und anschließend auf die Straße sprang. Meine Landung war geübt und lautlos. Ich rannte sofort die Straße entlang, bis ich außer Sichtweite des Heims war und endlich langsamer wurde. Meine alten Schuhe waren kaum warm genug für den sich anbahnenden Winter, und meine Kapuzenjacke schützte mich nicht wirklich vor dem kalten Wind. Aber es waren die Sachen, die meine Eltern mir gekauft hatten, und deshalb gehörten sie zu meinen Lieblingsstücken.

Zitternd schob ich meine Hände in die Taschen meiner Jacke und zog die Schultern hoch, während ich über die Straße lief. Leichter Nieselregen setzte ein und benetzte meine Haut, doch ich spürte nur die pure Erleichterung, hier draußen zu sein. Obwohl es uns hätte schlechter treffen können, schienen mich die Mauern unseres Heimes mit jedem weiteren Tag ein wenig mehr zu erdrücken.

Ich fürchtete mich nicht in der Dunkelheit, denn sobald ich

um die Ecke bog, kam ich auf eine Hauptstraße, die voller Licht und Leben war.

Mein Vater hätte mich für den Rest meines Lebens eingesperrt, wenn ihm nur zu Ohren gekommen wäre, was ich tat. Immerhin war ich minderjährig, gerade mal fünfzehn Jahre alt, und lief durch die nächtlichen Straßen von London. Aber vielleicht wusste mein Dad es ja auch und schrie mich vom Himmel aus an. Bei diesem Gedanken musste ich lächeln.

Ich blieb auf der belebten Straße, lief vorbei an Restaurants, Bars und Hotels. Hier war alles voll, laut und bunt. Es lenkte mich ab, und wenn ich mich lang genug bewegte, wurde ich vielleicht müde genug, dass ich zu erschöpft zum Träumen war.

Die ersten Nächte im Kinderheim waren meine persönliche Hölle gewesen. Während Albträume, schmerzliches Vermissen und die Sorge um unsere Zukunft mich quälten, hatte ich es kaum eine halbe Stunde am Stück zwischen all den schlafenden Kindern ausgehalten. Sie hatten mir viel zu deutlich vor Augen geführt, dass wir nun zu ihnen gehörten. Wir waren einsame Seelen, die von ihren Familien aus den verschiedensten Gründen getrennt worden waren.

Unruhig hatte ich mich damals durch das Heim geschlichen und war irgendwann auf die Kammer gestoßen, von der aus ich über die Garage nach draußen klettern konnte.

Zunächst hatte ich nicht gewusst, was ich tun sollte, war einfach nur losgelaufen und wollte wenigstens für einen kurzen Moment diesem neuen Leben entfliehen. Als ich schließlich völlig erschöpft in den frühen Morgenstunden, kurz vor Sonnenaufgang, zurückgekehrt war, hatte mich ein müder Frieden eingehüllt.

Seitdem lief ich jede Nacht durch diese Straßen und konnte

mich wenigstens für wenige Stunden der Illusion hingeben, dass ich auf meinem Rückweg unser Zuhause ansteuern würde – und nicht diesen trostlosen Ort. Manchmal hoffte ein kleiner Teil von mir, dass wir irgendwann wieder ein Zuhause haben würden. Einen Ort, an dem wir uns geborgen fühlen könnten. Doch ein anderer, zynischer Teil von mir war sich sicher, dass es so einen Ort ohne unsere Eltern nicht geben konnte.

Ich sog tief die kühle, feuchte Nachtluft ein und lächelte grimmig. Aber vielleicht, irgendwann, würde ich so einen Ort erschaffen können. Für mich und meine Schwester. Nur für uns beide. Es wäre nicht dasselbe Zuhause wie früher, aber immerhin ein Zuhause.

Gedankenverloren betrachtete ich den Boden und wich gerade einem Kaugummifleck aus, sodass ich die Gruppe Feiernder erst im letzten Moment bemerkte. Einer von ihnen rempelte mich an. Ich stolperte, knickte um und spürte wie mein Herz einen Moment lang aussetzte, als ich in Richtung Straße fiel.

Jemand rief etwas, ich streckte meine Hände aus, wollte mich irgendwo festhalten, doch griff ins Leere.

Im nächsten Moment ertönte ein lautes Hupen. Ein Knall durchzuckte die Nacht. Schreie ließen mein Herz noch schneller schlagen, während ich spürte, wie mich etwas nach vorne schleuderte. Reifen quietschten. Ein Auto fuhr davon. Mein Gesicht brannte. Verschwommen sah ich Lichter. Beine kamen auf mich zu. Rauschen setzte in meinem Kopf ein. Jemand legte seine Hände auf meine Arme. Worte wurden gesagt. Ich verstand nichts.

Im nächsten Moment explodierte der Schmerz in meinem Kopf und ließ die Welt kippen. Ein letztes Mal sog ich Luft ein, spürte das aufkommende Zittern in meiner Brust, bevor alles um mich herum schwarz wurde.

*

Als ich aufwachte, war mir schummrig, doch ansonsten schien es mir gut zu gehen. Vermutlich hatte mir jemand ein Schmerzmittel gegeben. Ich erinnerte mich vage an den Unfall, daran, dass mich jemand angerempelt und mich ein Auto angefahren hatte.

Träge blinzelte ich und wartete einen Moment, bis sich meine Augen langsam scharf stellten und der müde Schleier über ihnen verschwand. Weiße Wände umrahmten ein Fenster, hinter dem Dunkelheit lag, und ein Piepen durchflutete den gesamten Raum. Ich lag im Krankenhaus.

Es dauerte einen Moment, bis der Gestank von Desinfektionsmittel meine Nase brennen ließ. Ich hielt kurz die Luft an, schob den Gedanken beiseite, dass Unfallopfer hierherkamen, und atmete dann einmal tief durch. Ich lebte. Also war alles okay.

Und es war noch mitten in der Nacht. Also hatte noch niemand mitbekommen, dass ich mich aus dem Heim geschlichen hatte. Cassie schlief und musste sich keine Sorgen um mich machen. Erleichterung überkam mich.

Das leise Quietschen eines Stuhls schräg hinter mir ließ mich zusammenzucken.

Ich drehte meinen Kopf und sah im Augenwinkel, wie sich jemand erhob. Eine Ärztin mit kurzen, blonden Haaren und einem freundlichen Lächeln ging um mein Bett herum, wobei ihr Kittel aussah, als wäre er ihr zwei Nummern zu groß. Fast, als hätte sie sich ihn in aller Hast übergestreift und nicht bemerkt, dass er jemand anderem gehörte. »Entschuldige, Alexis, wir wollten dich nicht erschrecken.«

Sie hatte mich beobachtet, dachte ich und öffnete gerade meinen Mund, um zu fragen, wen sie noch meinte, als ich kurz darauf hinter ihr einen Mann aufragen sah. Er lächelte ebenfalls leicht und betrachtete mich neugierig.

Meine Stirn legte sich in Falten, und ich spürte eine Woge aus Wärme, als ich ihn näher betrachtete. Gleichzeitig wusste ich, dass diese Wärme nicht von mir ausging. Ich kannte den Mann nicht, aber ich hatte ihn schon einmal gesehen, da war ich mir sicher. Aber wo?

Mein Blick zuckte zu der Ärztin, und ich spürte Neugier aufflammen. Sie tanzte wie ein Schwarm Ameisen über meine Haut, als würde sie mich kitzeln wollen. Sie war fremd, und dennoch spürte ich die Neugier, als würde sie aus meinem Inneren kommen. Dennoch war ich sicher, dass dieses Gefühl nicht von mir war.

Aber wie war das möglich?

»Wer-« Meine Stimme war ein leises Krächzen, und ich musste mich räuspern, damit ich von vorne anfangen konnte. »Wer sind Sie?«

»Ich bin Dr. Samantha Smith«, stellte sich die Ärztin vor und kam zu mir ans Bett. »Aber alle nennen mich Dr. Sam.«